海天译丛

守护她

Veiller sur elle

[法]让-巴蒂斯特·安德烈亚 著

黄雅琴 译

深圳出版社

版权登记号　图字：19-2025-060号

图书在版编目（CIP）数据

守护她 / (法) 让-巴蒂斯特·安德烈亚著 ; 黄雅琴译. -- 深圳 : 深圳出版社, 2025. 8. -- (海天译丛).
ISBN 978-7-5507-4277-2

Ⅰ. I565.45

中国国家版本馆CIP数据核字第202577AY26号

守护她

SHOUHU TA

责任编辑　邱秋卡
责任校对　万妮霞
责任技编　梁立新
封面设计　曰尧

出版发行　深圳出版社
地　　址　深圳市彩田南路海天综合大厦（518033）
网　　址　www.htph.com.cn
订购电话　0755-83460239（邮购、团购）
设计制作　深圳市龙瀚文化传播有限公司 0755-33133493
印　　刷　深圳市华信图文印务有限公司
开　　本　889mm × 1194mm　1/32
印　　张　13.25
字　　数　300千
版　　次　2025年8月第1版
印　　次　2025年8月第1次
定　　价　78.00元

献给贝雷妮丝

三十二个人。三十二个人还住在修道院，那是 1986 年秋天。修道院位于马路尽头，走在路上不禁噤若寒蝉。千百年来，修道院岿然不动。无关道的艰辛，无关道的迷茫。三十二颗坚如磐石的心——当我们临于虚空，必须坚如磐石——同样是三十二具结实的躯体，在他们风华正茂之时。再过数小时，三十二就要减少为三十一。

修士们围成一个圈，即将远去的人身处其中。自圣弥额尔修道院[1]拔地而起，同样的圈围过很多次，诀别也道过很多次。有过许多宽恕的时刻、犹疑的时刻，肉身想抵住袭来的暗影。离去，曾一次次发生，还将一次次发生，他们都在静待那一刻。

垂死之人和其他人不一样，只有他没发愿。但他得以在修道院待了四十年之久。每次发生争执或产生异议，便有身穿红袍的人——从不是同一个人，来到这里，一锤定音。他留下。他是修道院的一部分，就像回廊、立柱、罗曼风格的柱头，而它们之所以能得到精心维护，全仰赖他的才华。那么，没什么可抱怨了，他支付了房租，靠他的劳动。

只有一双手从棕色的羊毛毯子里伸了出来，从头颅各个角度看过去，那是一个八十二岁的孩童，饱受噩梦折磨。发黄的皮肤紧绷在瘦骨嶙峋的肉体上，仿佛即将开裂。额头因高烧仿

1 位于意大利北部的一座修道院，是皮埃蒙特地区的地标性建筑之一。

佛打上了蜡，闪闪发亮。身上的力量总有一天会离他而去。可惜的是他没有回答他们的问题。一个人有权守护自己的秘密。

再说了，他们觉得已然知晓。不是全部，但掌握了核心。偶尔也会产生分歧。为了排遣烦恼，众人像长舌妇一样喋喋不休地讨论。罪犯、还俗者、政治避难者。有人说他留在这里并非心甘情愿——这说法站不住脚，因为有人见过他去而复返——另一些人坚信他是出于自身安全考虑才留在修道院。流传最为广泛的版本，也是最为秘而不宣的版本，因为浪漫只能偷摸而行：他在这里，他要守护她。那个她，距离他的小房间数米开外，在大理石的黑暗中等待着。耐心等待了四十年。圣弥额尔修道院的修士全都见过她。所有人都想再见她一次。只要向修道院院长温琴佐神甫开个口就行，求他应允，但没人敢这么做。许是害怕，据说近距离接触过她的人会随之产生渎神的念头。当他们置身黑暗，天使的脸庞便出现在梦中，挥之不去，修士受够了这些。

垂死之人还在抗争，他睁开眼又闭上。其中一位修士赌咒说他从中看到了欢乐——他搞错了。有人把清凉的织布覆上他的额头，他的双唇，动作轻柔。

病人再次挣扎起来，这一次，所有人达成了一致。

他有话要说。

当然，我有话要说。我见过人飞，越飞越快，越飞越远。我目睹了两次世界大战，家国沦陷，我在日落大道上采摘过橘子，你们难道不认为我有话可说？抱歉，我是忘恩负义之徒。我决定隐于你们之中，你们供我衣物，你们给我吃食，而你们又对我一无所知，或者说所知甚少。我沉默了太久太久。合上百叶窗，光线刺痛了我。

他动了。合上百叶窗，我的兄弟，光线似乎令他不适。

暗影为我挡住了皮埃蒙特的太阳，睡意沉沉，人声嗡嗡作响。一切来得太快。一周之前，他们还看到我出现在菜园中、楼梯上，总有东西要小修小补。年岁渐长，动作渐缓，但自打我出生起就没人对我有过什么指望，我目前的状态还算令人艳羡。之后的某天早晨，我爬不起床了。我从旁人的目光中读出了：该轮到我了，丧钟即将敲响，我会被抬到小院中，面朝大山，虞美人盛放，数个世纪以来，修道院院长、装饰画画师、唱诗班成员、圣器管理员全都长眠于此。

他已病入膏肓。

百叶窗嘎吱作响。四十年来，它一直嘎吱作响。黑暗，终于降临。就像电影院的黑暗——我见证了电影的诞生。空荡荡的地平线起初空无一物。那是炫目的平原，定睛细看，记忆中的暗影、侧影渐渐具象为城市、森林、人类和野兽。它们不断前移，在台前站定，我的演员们。我认出了其中一些，他们未曾改变。或高尚，或可笑，全都进了同一个熔炉，再也分不清彼此。悲剧这枚钱币就是金子和渣滓的稀有合金。

只是时间问题。

时间问题？别逗了。很早之前我就是个死人了。

再换上一块清凉的织布。他似乎平静下来了。

然而，从何时开始，死人不能讲述自己的故事？

法国佬。我讨厌这个绰号，尽管别人还给我取过更恶劣的。我所有的欢乐、所有的悲剧都源自意大利。我先祖生活的土地，美危机四伏，它但凡睡上五分钟，丑便会毫不留情地结果掉它。才华如野草般肆意生长。高歌欢唱如同杀人放火，拿笔画画如同坑蒙拐骗，我们会让狗子在教堂墙壁上撒尿。一个意大利人用自己的名字“麦加利”命名了毁灭等级，也就是地震烈度，冥冥之中已注定。一只手可以夷平另一只手缔造的一切，情感同样如此。

意大利，大理石的王国，废料的王国。我的国度。

确实，我 1904 年出生在法国。十五年前，我的父母成婚没多久便离开了利古里亚，前往法国碰运气。所谓运气，便是他们被称作“意大利佬”，被人嫌弃，被人嘲笑发大舌音 r——据我所知，“发大舌音”这个动词正巧就是 r 开头。1893 年在艾格－莫尔特爆发了种族主义骚乱，父亲侥幸躲过了劫难，而他的两个朋友死在了当地：好人卢恰诺和老伙计萨尔瓦托雷。父亲每次提到他俩都会加上这两个词。

意大利家庭禁止孩子讲母语，不让他们做“意大利人”。他们用马赛香皂给孩子洗澡，希冀皮肤能变白。但是，维塔利亚尼家没这么干。我们讲意大利语，吃意大利饭，用意大利人的方式思考，也就是说，我们动不动就把“最、最、最”或“死”字挂在嘴边，泪水充足，双手一刻不得闲。诅咒骂人就像撒盐一样稀松平常。我们家像个马戏团，我们为此骄傲。

1914年，那个无意保护卢恰诺、萨尔瓦托雷和其他外乡人的法国政府宣称我父亲毫无疑问是法国好公民，理应参军入伍，某个公务员不知是出于失误还是在开玩笑，在誊写父亲的出生证明时少写了十岁。于是，他拉长了脸，踏上了征途，枪口并没有鲜花[1]。父亲的父亲在1860年的千人军远征中丧了命。农诺·卡洛和加里波第[2]一同征服了西西里岛。要了他性命的并不是波旁家族的子弹，而是马尔萨拉港口有暗疾的妓女，至于细节，家族内部更愿意闭口不谈就此翻篇。他确实死了，简单明了：战争下的手。

战争也杀死了我的父亲。有一天，一名宪兵来到作坊，我们家就住在上头的莫里耶讷山谷。母亲每天照常开门迎客，想着万一能接到订单，那等父亲回来便能完成，他总要重新开始的，开凿石头，维修檐槽，开挖喷泉。宪兵摆出应景的表情，显得过于悲伤，他看着我，一阵轻咳，解释说有那么一枚炮弹，就这样。母亲表现得极为得体，询问遗体什么时候运回国，宪兵结结巴巴地解释说，战场上有战马，还有其他士兵，一枚炮弹，炸开了花，结果就是，分不清谁是谁，甚至分不清马和人。母亲以为那人要哭出来了，于是递上一杯布劳略利口酒——我从未见过哪个法国人不是龇牙咧嘴地灌下这酒的，她本人隔了好久之后才流下眼泪。

当然，我并不记得这一切，或者说记不真切了。我清楚那

1 这种表达方式出现在第一次世界大战期间，某些军人自信必将取得胜利，用鲜花装饰自己的枪口。现用来指代“天真烂漫、无忧无虑的人”。

2 加里波第（1807—1882），意大利军事家、革命家、政治家和民族英雄，他献身于意大利统一运动。

些事实，加上点色彩修复了记忆，而今色彩从我指间溜走，我在皮基利亚诺山上的陋室中已然待了四十年。现如今——至少几天前我还力所能及——我的法语说得很糟糕。1946年之后，没人叫我“法国佬”了。

宪兵到访之后没过几天，母亲对我说，她在法国无法给予我所需的教育。她肚子又隆起来，是个男孩，也可能是个女孩——那孩子从未降生，至少没有活下来。她的吻覆盖在我脸上，解释说，她让我离开是为了我好，她让我回到故乡，因为她相信我，她看出了我对石头的热爱，尽管我还年纪轻轻，她知道我注定会有一番成就，所以才给我起了这个名字。

我的人生背负着两个枷锁，而我的名字或许是相对较轻的那个。可是我讨厌它，极度讨厌。

母亲常常下来作坊看父亲工作。她知道自己怀上我的那刻，是因为她感到肚子里的我因为凿子的敲击声动弹了一下。在此之前，她一直在卖力干活，帮着父亲搬巨石，这或许为之后的故事埋下了一个注脚。

“他会成为雕塑家。”她宣布道。

父亲嘟嘟囔囔，回嘴说这是脏活儿，双手、脊背和眼睛比石头劳损得更快，如果他成不了米开朗琪罗，那就不要干这行。

母亲欣然同意，决定先助我一臂之力。

我叫米开朗琪罗·维塔利亚尼。

我在1916年10月回到故乡，路上陪伴我的是一名酒鬼和一只蝴蝶。酒鬼认识我父亲，多亏了肝病，他躲过了征兵，可事态发展之快令他担心肝硬化也保不了他太久。征兵征走了孩子、老人，还有瘸子。报纸宣称我们节节胜利，德国鬼子马上要成为老皇历了。在我们生活的社区，前一年意大利加入盟军的消息被解读为胜利指日可待。前线归来的人却唱起了反调，那些还愿意唱高调的人是这么看的。工程师卡莫纳和其他意大利佬一样，先是在艾格莫尔特采盐，后在萨瓦开杂货店，售卖的酒一大半进了自己肚子，最后他决定回老家。就算要死，也要落叶归根，蒙特普尔恰诺红葡萄酒染红了双唇，也能减轻他对死亡的恐惧。

他的老家在阿布鲁佐。他是个好人，同意顺道把我送到齐奥·阿尔贝托那里。之所以应承下来，是有点可怜我，还有，我认为，是我母亲的眼睛。母亲的眼睛，常常代表了某些东西，而我母亲的虹膜出奇地蓝，接近发紫。男人之间为此爆发了不止一次斗殴，直到我父亲终结了一切。石匠有一双危险的手，我不否认这点。竞争的天平迅速倒向我父亲。

母亲在拉普拉的火车站月台上洒下豆大的紫色泪珠。阿尔贝托叔叔也是石匠，他会好生照料我的。她保证等卖了作坊有了盘缠便立刻来和我团聚。几个星期就能办完，最多几个月——而她用了二十年。火车汽笛嘶鸣，喷吐出黑色浓烟，我到现在都能闻到那股气味，火车带走了醉醺醺的工程师和她的独子。

十二岁的年纪，再怎么说，难过也不会持续太久。我不知道火车在颠簸之中去往何方，但我知道我从未坐过火车——或者说我不记得坐过。兴奋劲很快让位给了不适感。一切倏忽即逝。我想定睛细瞧，一株松树，一幢房子，但它们立刻消失不见。景色被制造出来，并不是为了移动。我感到难受，想告诉工程师，可后者张大了嘴巴在呼呼大睡。

幸好，出现了一只蝴蝶。它是在莫达讷上的车，停歇在玻璃上，在飞驰而过的群山和我之间。它和玻璃做了片刻斗争，就此放弃，不再动弹。它并不美丽，往后的春天我见过许多五彩斑斓、金光闪闪的蝴蝶。它毫不起眼，灰扑扑的，要眯起眼睛才能看出点蓝色，那是一只被日光晒晕的尺蛾。有那么一刹那，我想对它施虐，就像我那个年纪的顽童会做的那样，接着我意识到当我紧紧盯住它，这纷扰世界中唯一的静物，恶心感便烟消云散了。蝴蝶停留了几个小时，那是某股善意派来抚慰我的，这或许是我初次隐隐感到，事物并非如它表象所示，蝴蝶不只是蝴蝶，它是一段故事，是压缩在方寸之中的庞然大物，几十年之后投下的第一枚原子弹印证了上述观点，或许还有其他的，比如，我弥留之际留在最美修道院地下室的东西。

工程师卡莫纳一觉睡醒，和我详细说起他的计划，他确实有个计划。他是共产主义者。*你知道那是什么吗？*我在生活的社区听见有人骂过几次，在法国，人们总是怀疑这人或那人是共产党。我回答：“嗯，当然了，就一个热爱人类的人吧。”

工程师哈哈大笑。某种程度上来说，确实如此，共产主义者是热爱人类的人。“还有，热爱人类，总不是坏事，明白吗？”我从未见过他如此严肃。

卡莫纳家族在拉奎拉省有块地，该省在地理位置上有两处劣势。其一，它是阿布鲁佐地区唯一没有入海口的省份。其二，此地地震频发，我祖辈生活的利古里亚同样如此，可利古里亚这个讨厌鬼至少还拥有入海口。

卡莫纳的土地毗邻斯坎诺湖，风景绝佳。工程师计划在此建造一幢高楼，用来安置当地无产者，楼基底安装上巨大的滚珠轴承，他只收取低廉的租金，用以维持日常开销——作为一名优秀的共产主义者，他准备把最次的楼层留给自己。两组马每隔十二小时倒班一次，整栋楼一天之内完成一次自转。这样楼里的居民无一例外每天能享受一次湖景，没有剥削者也没有被剥削者。可能有一天电力能取代马力，卡莫纳坦言电力兴许做不成这么多事。但他爱做梦。

滚珠轴承还有一大优势，万一发生地震，它可以和地面结构脱钩。当达到麦加利 XII 级——正是他告诉了我这个名字——相较于普通大楼，他的大楼幸存率多了百分之三十。百分之三十，听上去不算什么，但麦加利 XII 级可不是闹着玩的，他骨碌碌转动着大眼珠子，可厉害了。

我的目光落在我的蝴蝶上，半睡半醒，当我们进入意大利时，工程师还在和我温柔地谈论毁灭。

我和意大利的初次见面如故友相逢。我着急忙慌地跑下火车，在踏板上一个踉跄，双臂张开，十字架一样倒在都灵火车站的月台上。我就这样躺了一会儿，压根没想到哭鼻子，我满心喜悦，宛如圣职授任礼上的神甫。意大利充斥着火石的味道。意大利弥漫着战争的气息。

工程师决定乘马车。这比靠两条腿走路更花钱，既然母亲把塞了钱的信封交托给他，就像酒该被喝了，他陈述道，那钱也该被花了，还有，我们上路前先去买上一小瓶波河平原产的葡萄酒，如果你愿意的话。

我当然愿意，周遭一切令我目不暇接：休假的士兵、出征的士兵、脚夫、火车司机，熙熙攘攘的行人，形色仓皇，他们的职业或抱负在幼小的我看来全都神秘莫测。我这辈子都没见过鬼祟之人。我感到他们是在善意地回应我渴求的目光，仿佛是在告诉我，*你是我们的一员*。他们或许注意到了我额头正中间鼓起的瘀青。我穿行在长腿丛林中，欢欣雀跃，沉醉在气味之中：木焦油和皮革，金属和枪炮，暗影和战场的气息。那里有喧嚣，有嘈杂，那是在锻造金属。嘎吱声、摩擦声、撞击声，这一曲实实在在的音乐由大字不识的人演奏，不同于麻木不仁的显贵择日蜂拥而至音乐厅、装模作样地欣赏的那类音乐。

初到意大利，我并不知晓它正冲向未来。一切只关乎速度，步履匆匆，火车疾驰，子弹呼啸而过，际遇大起大落，结盟分分合合。但是，所有人，这乌泱泱的人似乎都在急刹车。欢欣雀跃的肉体挤挤挨挨地冲向车厢、壕沟，以及拉上铁丝网的地平线。然而，在两次运动之间，在两次突飞猛进之间，有声音在喊“我还想活长久点”。

之后，当我职业生涯起飞后，一名收藏家得意扬扬地向我展示了他最新的战利品，未来主义画家路易吉·鲁索洛[1]的画作《起义》。那是在罗马，在20世纪30年代，我记得。那人自认为见多识广，热衷抽象艺术。傻瓜一个。除非他当年去过都灵新门火车站，否则他看不懂这幅作品，也无法理解这幅画一点也不抽象。这是一幅形象的画作，鲁索洛画下了在我们眼前迸发的图像。

十二岁的孩子显然没法组织起语言来表达这种感受。此时此刻，我心满意足地看向四周，眼睛瞪得溜圆，而工程师正在月台尽头的小饭馆解馋。我全都看在眼里。又一个征象，证明了我和其他人不一样。

我们离开火车站时，天下着小雪。没走两步，一个宪兵拦住我俩，要求检查证件。不是我同伴的证件，只是我的。工程师卡莫纳用他那冻僵了又经过酒精刺激的手指掏出我的通行证递给宪兵。后者向我投来狐疑的目光，摆出一副大清早出门上班该有的模样，等晚上他就会卸下伪装，除非他生来就这样子。

“你是个小法国佬？”

我不喜欢别人叫我“法国佬”，更不喜欢他们在前面加个“小”字。

“你才是小法国佬，该死的。”

宪兵差点背过气。在我长大的地方，“该死的”是后院最爱用的脏话，宪兵选择这份工作，可不是为了穿上漂亮制服，任由别人指点他们的男子气概。

1　路易吉·鲁索洛（1883—1947），意大利画家和作曲家。

卡莫纳是个优秀的工程师，他从口袋里掏出我母亲给的信封，为卡住的齿轮上了点润滑油。我们立马可以走人。我拒绝坐出租马车，指了指有轨电车。卡莫纳一边发牢骚一边研究地图，提了几个问题，最后确认有轨电车可以把我们送到离目的地不太远的地方。

我一屁股坐在木头长凳上，这是我生平第一次穿越一座大城市。我高兴极了。没了父亲，也不知道何时才能见到母亲，确实如此，但眼前的一切令我兴高采烈、心醉神迷，未来由我攀登，由我打造。

“我说，卡莫纳先生？”

“什么？”

“电是什么东西？”

他惊讶地打量着我，似乎想起来我人生头十年都是在萨瓦乡村度过的，从来没有去过外地。

“这就是，我的孩子。”

他指了指路灯，灯杆上顶着一个美丽的金球。

“那就像蜡烛一样喽？”

“但它不会熄灭。电子在碳纤维两头流通。”

“电子是什么？魔法吗？”

“不是的，那是科学。”

“科学是什么？”

雪片打着旋儿，轻盈如女孩的裙子。工程师耐心、和蔼地解答我的疑问。我们很快路过了一幢在建的大楼：林格托工厂[1]，

---

1 该建筑曾是菲亚特的汽车工厂，落成于1923年。

再过上几年，组装完毕的菲亚特汽车便会沿着螺旋斜坡驶上屋顶，完成首次轮胎试跑，那是机械化的圣弥额尔修道院。渐渐地，建筑变得稀稀拉拉，马路让位给小径，有轨电车在田头停了下来。我们还要靠双腿走完最后三公里路。我十分感激这家伙，卡莫纳，他陪我走了这么远的路，天寒地冻，时局还不稳。我俩在烂泥地里前行，我想象着，他记忆中我母亲的眼睛已开始苍白，不再那么发紫。但他还是把我安然无恙地送到了齐奥·阿尔贝托的大门口。

我们使劲摇铃，又敲了好几次大门，齐奥·阿尔贝托终于屈尊来开门。他身上的套衫脏兮兮的，眼球和工程师一样浑浊，布满血丝，这两人都疯狂地爱着母亲那双葡萄一般的紫色眼睛。母亲写过信，通知了我的到来，也没有什么事需要多做解释。

“这是您的新徒弟，米开朗琪罗，安东内拉·维塔利亚尼的儿子。您的侄子。”

“我不喜欢别人叫我米开朗琪罗。”

齐奥·阿尔贝托低头看我。我以为他会问我那喜欢别人怎么称呼我，我便回答“米莫”。这是爸爸妈妈给我取的小名，也是此后七十年别人对我的称呼。

“我不想要他。”齐奥·阿尔贝托说。

我又一次遗忘了一个细节。因为，确实，那关乎细节。

“我不明白。我以为安东内拉……维塔利亚尼夫人给您写过信，都谈妥了。”

“她写过。但我不要这样的学徒。”

“为什么？”

“没人告诉我他是侏儒。”

这是个小问题，罗莎大妈曾这样评论。这位女邻居在一个狂风暴雨的夜晚为我母亲接生。炉子噼啪作响，狂风拨旺了炉火，宛如地狱之火映红了四壁。街区里好几个接生婆跑来凑热闹，只隐约看见会让她们的丈夫想入非非的紧致肌肤，又一哄而散，一边画十字一边喃喃低语“魔鬼”。罗莎大妈不为所动，她一如既往地低声唱歌，擦拭产妇的身体，为她加油鼓劲。霍乱、伤寒、厄运，还有如果少喝点酒便不会拔出的刀，夺走了她的孩子、朋友和丈夫。她又老又丑，没有什么可失去了。魔鬼把清静还给了她，他知道烦恼之源。他有更容易获取的猎物。

“这是个小问题。”她把我从母亲肚子里拉出来时说道。一语成谶，“小”，凡是见过我的人都能一眼看出，我终其一生都是个不折不扣的“小”东西。罗莎把我放在精疲力竭的母亲旁边。父亲三步并作两步跑上楼，罗莎后来说起，他看着我，皱起了眉头，又环顾四周，仿佛在寻找其他东西，他真正的儿子，而不是这件毛坯，接着他点点头：“我明白了，就这样吧。”他那副样子，就像是在石料内部敲出了一条隐藏的裂缝，几个星期的劳动随之付诸东流。我们不能怨恨石头。

石头，旁人确实把我的不同归罪于它。母亲怀孕时没有停过工，她在作坊搬运巨大的石块，令街区的壮汉都汗颜。可怜的米莫，女邻居都认为这孩子受了老大的罪。软骨发育不全，后来大家是这么说的。我被叫作“小个子”，老实说，齐奥·阿尔贝托的“侏儒”也没有更难听。大家和我解释说，身高不能定义我本人。如果这是真话，那他们为什么要谈论我的身高呢？我从未听人说起“个子中等的人”。

我不怪父母。如果说石头造就了我，如果它真的有黑魔法，那么它从我这里夺走了一些又弥补了一些。石头一直在同我说话，各种各样的石头，石灰岩、变质岩，甚至是墓石，我后来会躺在上面聆听逝者的故事。

“确实出乎意料。”工程师嗫嚅道，戴上手套的手指轻轻敲打嘴唇。真恼人啊。

雪花纷纷扬扬地落下。齐奥·阿尔贝托耸耸肩，想把我们拒之门外。工程师用脚抵住门。从旧的皮大衣内侧口袋里掏出母亲的信封，将它递给我的叔叔。里面几乎是维塔利亚尼家全部的积蓄。这些年，漂泊流浪，辛劳工作，皮肤经烈日和盐渍灼烧，一次又一次从头再来，指甲缝里经年累月的大理石粉，还有偶尔一丝温情，那是在看到我降生时。这皱巴巴、脏兮兮的钞票才会如此珍贵，齐奥·阿尔贝托才会又打开一条门缝。

“这笔钱是这小子的。我是说，米莫，”他涨红了脸改口道，“如果米莫同意把钱给您，那他就不是学徒，是合伙人。”

齐奥·阿尔贝托慢慢点了点头。

“唔，合伙人。”

他还拿不定主意。卡莫纳等了很久，随后叹了口气，从背包里掏出一个皮套。工程师这人喜欢老旧物件，喜欢小修小补，岁月磨砺的审美。但这个套子的皮革，簇新、柔软，仿佛仍在动物身上微微发颤。卡莫纳开裂的手套抚过皮套表面，打开，不情不愿地取出一个烟斗。

“我花了大价钱搞来的烟斗。用欧石楠树根雕的，两个世界的英雄——伟大的加里波第在这树根上坐过，当时他正试图把罗马并入我们美丽的王国，他怀揣崇高的理想但注定失败。”

我在艾格莫尔特见过几十个类似烟斗，统统卖给了好骗的法国人。我不知道这个烟斗最后是怎么落到卡莫纳手里，他又是怎么被诓进去的。我有点为他羞愧，为整个意大利羞愧。这是个天真、慷慨的男子汉。他算是“大出血”了，我知道他真心实意想帮我，并非要急着回老家或是因为要带着一个十二岁但体格与年龄不符的男孩而感到碍手碍脚。齐奥·阿尔贝托答应了，两人干下一杯烧酒，就此达成交易，烧酒的刺鼻气味萦绕在简陋的小屋中。接着，卡莫纳起身，赶路前又闷下一杯，他那摇摇晃晃的身影很快在漫天大雪中渐行渐远。

他最后一次回头，在垂暮的世界散发的黄色磷光中举起一只手，冲我微微一笑。阿布鲁佐山长水远，他也不再年轻，时势艰难。我后来没有去过斯坎诺湖，生怕发现那儿什么都没有，从来都没有建起过靠滚珠轴承转动的大楼。

我亏欠“失足”妇女良多，而我的阿尔贝托叔叔就是某位失足妇女的儿子。在热那亚的港口，一位勇气可嘉的少女在男人身下辗转反侧，既不生气也不害臊。只有提起她时，我的叔叔才会毕恭毕敬，满腔热忱。但这位暗巷圣女住在很远的地方。齐奥·阿尔贝托不会读也不会写，他的母亲随着时间流逝愈发神秘了。我的书写相当不赖，叔叔发现这点后高兴极了。

阿尔贝托叔叔并非我亲叔叔。我们没有一丁点的血缘关系。我从来都没搞清楚过整件事，他的祖父似乎欠了我的祖父一笔钱，这笔没有还清的债变成了道德负担，代代相传。齐奥·阿尔贝托做人做事不太上道，但还算老实人。他答应了我母亲的请求，接纳了我。他在都灵郊区有个小作坊，作为无牵无挂的单身汉，也没有什么奢侈的开销，他接到的零散订单足够养活自己，可是我来了。当时，有许多狂热分子鼓吹战争是进步的举措，那些人也不喜欢“狂热分子”这个称呼，更愿意自比“诗人”或者“哲学家”，反正战争普及了某些材料，它们比石头更便宜，更轻盈，更容易生产和加工。钢铁就是齐奥·阿尔贝托的头号敌人，连梦中他都在骂骂咧咧。他讨厌钢铁胜过奥匈联盟或者德国人。关于德国佬，我们还可以找到减轻罪行的情节，他们的厨艺，他们可笑的尖头头盔，他们发脾气发得在情在理。但我们不知道如何使用钢材建造东西。看谁笑到最后，等一切都垮塌了。齐奥·阿尔贝托不明白，一切已经垮塌了。老实说，钢铁并非一无是处，它造出了漂亮的大炮。

齐奥·阿尔贝托看上去一把年纪，其实没有那么老。他一个人住在作坊边上的房间里，三十五岁竟然还是单身汉，等他冲完澡，洗干净大理石粉末，再换上唯一一套西装，看着还挺人模人样的。他有个老相好，一个都灵妓女，据说他对待女孩彬彬有礼。20 世纪 20 年代初，在城南的街区 ——林格托和圣萨尔瓦里奥之间 ——流行着这么一种说法，某人“像阿尔贝托那样做爱”，此后再无人提起，因为齐奥·阿尔贝托搬走了，带着他的大理石和奴隶，也就是我。合伙人，我到现在都想哈哈大笑。

很多人问过我，阿尔贝托叔叔在此后的故事中扮演了什么样的角色。如果这个“此后”是指我的职业生涯，那就是没有。如果是指我的最后一件作品，那或许他的些许灵光也融入了其中。不，不是灵光，是碎片 ——我可不希望大家以为他也灵光乍现过。齐奥·阿尔贝托是个蠢货。不是洪水猛兽，只是个可怜的家伙，但也一样。我回想起他的时候，不带怨恨也不难过。

将近一年时间，我生活在这个男人的阴影下。我烧饭，打扫，送货。有上百回我差点被有轨电车碾死，被马匹撞翻，被某个家伙痛打，他讥讽我的个子，我反唇相讥至少我下面没问题，他女朋友会更喜欢。工程师卡莫纳会欣喜地发现我生活的街区用上了电。每次互动都是一次潜在的电闪雷鸣，有一次，我们也不知道电子如何发生了移动。我们在打仗，和德国人、奥匈帝国、我们的政府、我们的邻居，也就是说，我们在自己打自己。有人想要战争，有人想要和平，说话的嗓门越提越高，想要和平的那人终究是挥舞拳头，先动了手。

齐奥·阿尔贝托不让我碰他的工具。他有次逮个正着，看见我在修改一个小型圣水缸，这是隔壁的恩宠圣母教区预订的。齐奥·阿尔贝托每周总要酩酊大醉一两次，而最近一次醉酒留下了后遗症。圣水缸做得太粗糙，简直是亵渎，十二岁的男孩都能做得更好，于是我趁着他灌酒的时候这么做了。他醒了过来，把我抓了个现行，我手里还拿着凿子。他目瞪口呆地检查了我的工作，然后对着我一顿拳打脚踢，嘴里还骂骂咧咧，骂了什么我也听不懂，那是热那亚土话。接着，他继续倒头大睡。当他再次睁眼醒来，看见我浑身青一块紫一块，走路也不利索，便假装不知道发生了什么事，径直走向圣水缸，发现自己并不讨厌这东西，于是大度地向我提议由他亲自去送货。

齐奥·阿尔贝托定期向我口授一封写给他母亲的信，并允许我也给母亲写一封信——他慷慨地出了邮资。母亲并不常常回信，她总在赶路，到处找活儿干，这样就能挺过一周，接着再找下一份差事。我想念她紫色的双眸。我的父亲，我的领路人，他指导我完成了最初的生涩尝试，教会我区分六齿凿、弯头修整锉和齿锤，他的身影现在已然模糊。

1917 年，活儿更少了，齐奥·阿尔贝托愈发闷闷不乐，酒越喝越多。士兵有时会踏着暮色列队走过，报纸通篇只谈论战争，我们只能觉察出隐隐的不安，感受到和我们的环境脱节了，就是那种永远无法归位的脱节。在那儿，邪恶的畜生在蹂躏地平线。然而，我们的日子几乎照旧，只是远离前线的生活让我们吃饭时多了一点负罪感。到了 8 月 22 日，面包开始短缺，没东西下肚了。都灵炸开了锅。列宁的名字出现在城市的墙头，街垒出现了，8 月 24 日早晨，一位革命者在同一条街上拦住我说，小心点，街垒通电的，这件事比其他任何事情更加清晰地向我指出，世界在改变。那家伙称呼我“同志”，又拍了拍我的背。我看到妇女在街垒上迎击窘迫的士兵，她们爬上装甲车，露出傲人、坚挺的胸脯，士兵是不敢冲她们开枪的。无论如何，不会立马开。

起义持续了三天。众人无法达成一致，除了一点，大家都受够了战争。政府最终靠着机关枪让所有人听话，五十条人命浇灭了热情。我躲在作坊闭门不出。一天傍晚，平静刚刚降临，开始供应少量的面包。齐奥·阿尔贝托回来的时候，心情比平常愉快。他假装要扇我一巴掌，看见我一溜烟钻进桌底便咯咯笑出了声，然后他叫我拿来羽毛笔，听写一封给他母亲的信。他浑身散发着街角劣质酒的味道。

妈咪：

我收到了你寄给我的汇票。幸好有了它，我可以买下圣诞节时和你提过的小作坊。那是在利古里亚，这样我就可以离你近点了。都灵找不到活儿了。但利古里亚那里有座城堡，总需要维修吧，还有教堂，当局十分重视，那就意味着有活儿干。我卖掉了这里的作坊，不贵，也算是笔好交易，我刚和抠门鬼洛伦佐签了合同，我很快就会动身，带上那个小鬼米莫。等我到了彼得拉－达尔巴再给你写信，爱你的儿子。

“帮我签个漂亮的名，混蛋。”齐奥·阿尔贝托总结道，“要显得我飞黄腾达了。”

当我回想这段岁月，奇怪的是：我没有感到不幸，尽管孤身一人，一无所有，无亲无故。北欧的森林再无安宁，遍地都是被金属击中的血肉，多年之后，还有炮弹误伤无辜路人。人们发明了令麦加利都要闻之胆寒的蹂躏方式，后者也只是制定了区区十二个等级的毁坏程度。但我没有感到不幸，每天晚上，当我向我私人的万神殿祈祷，我都会意识到这一点。殿里的偶像在我的一生中一直在变化，后来还加入了歌剧演员和足球运动员。大概是因为我还年轻，我的日子阳光灿烂。现在的我只会认为，白日的美归功于夜晚的预见。

修道院院长温琴佐神甫离开办公室，沿着逝者之梯（恰如其分的名字）一路往下。再过一会儿，他会回到附楼，回到临终男人的床头。修士告诉他，时间快到了。他要把生命面包放在临终之人的嘴上。

温琴佐神甫穿过教堂，并没有留意墙上的壁画，他跨过黄道十二宫大门，踏上皮基利亚诺山顶的露台，在那里可以俯瞰皮埃蒙特。神甫面朝一座塔楼的废墟。传说，一位年轻的村妇，美丽的阿尔达，为了逃脱敌军魔爪，从塔楼一跃而下，圣弥额尔救下了她。虚荣的虚妄[1]，她想在村民面前再现壮举，让所有人大吃一惊，却没承想摔得粉身碎骨。这座同名塔楼的一部分在 14 世纪的一次地震中也“粉身碎骨”了，当地地震频发，大地时不时晃动一阵。

更远处，几级台阶深入地下，一条铁链拦住去路，上面悬挂了一块“禁止通行”的牌子。院长一脚跨过，那灵巧劲在他这个年龄段实属不易。那不是通往附楼的路，垂死的男人在附楼等着他。在去见他之前，院长要去见见她。隔三岔五地，她会让他睡不好觉，他担心有人闯入，或者更糟。永远不知道会发生什么事，就像十五年前那次一样，巴尔托洛梅奥利修士撞见有人站在铁门前面，那是保护她的最后一道防线。那是个装作迷路的美国游客。但院长立马识破了谎言，他对这种气味知

1 原文为拉丁语。

根知底，那是告解者的气味。没有游客会在偶然来到圣弥额尔修道院的地基深处。不会的，那人之所以出现在这里，是因为他听过传闻。

院长猜对了。五年后，那人回来了，带着一份合乎手续的许可文件，由梵蒂冈教皇签署。人们为他打开铁门，见过她的人又多了一个。莱奥纳德·B. 威廉姆斯，就是这位加州斯坦福大学教授的名字。威廉姆斯穷毕生之力研究这位修道院的囚徒，试图勘破其中的秘密。他出版过一本专著，发表过几篇论文，之后归于沉寂。他的研究工作尽管十分出色，最终却被束之高阁，被人遗忘。梵蒂冈处置得当，它打开了那道门，就好像没什么好隐瞒的。此后数年，一切太平。但就在最近九个月，修士注意到有些游客在四处打探，你可以从茫茫人海中辨别出他们。压力陡增。

下坡路走了好几分钟，院长在走廊的迷宫里自由穿行。这条路，他走过无数遍，可以在黑暗中畅行。叮当声相伴左右——那是他手中的钥匙串发出的声音。该死的钥匙。一把钥匙对应修道院的一扇门，有时一扇门有两把钥匙，仿佛那扇微不足道的大门后面有秘密在骚动。这样想来，这个把众人聚集到一起的秘密，这个圣体，似乎有点小题大做了。

他到了。他感受到了脚下的泥土，湿漉漉的，花岗岩因自重而释放出由数十亿个原子形成的气味，还有附近斜坡上绿植的味道。铁门，总算到了。铁门已经更换过，现在门上安装了五重保险的门锁。遥控器第一下没反应，温琴佐神甫对着橡胶按钮猛按一通，每次都是这样，你说这是进步，现在是1986年了，可怎么就生产不出一个好用的遥控器呢？他恢复平静，上帝啊，请宽恕我的不耐烦。

红色指示灯终于熄灭了，警报解除。最后一段走廊由两个鞋盒一般大小、最先进的探头把守。有人闯入，必会引发警报。可即便真的有不速之客到来，那又是为了什么？他不可能带着她离开。当年是十个壮汉把她搬下来的。

温琴佐神甫打了个寒战。要担心的不是盗窃。他不会忘记那个疯子拉斯洛·托特。怒意升腾而起，说他“疯子”未免太宽宏大量了，他应该被叫作“精神失常者”。他们险些铸成大错。但此时此刻他不愿想起拉斯洛，这个匈牙利人阴森的脸上目光灼灼。闹剧最终化险为夷。

我们把她锁起来是为了保护她。院长嘲讽地想道。她在那儿，别担心，她好得很，没人有权看上她一眼。没人，除了温琴佐神甫、提出申请的修士，以及少数几位在四十年前参与将她锁入地下的还在世的红衣主教，兴许还有几名官员。全世界加起来顶多四十来号人。当然，还有她的创造者，他有自己的钥匙。他可以随心所欲地来到此处，照料她，定期为她擦洗。是的，她需要擦洗。

院长打开最后两道锁。他每次都是先开上面一道，这个习惯性动作或许出卖了他内心的紧张。他想摆脱这种情绪，于是下定决心——就像上次来的时候那样——下次要先开下面那把锁。门默默打开了——锁匠吹嘘过铰链质量很好，他所言非虚。

他没有开灯。更换铁门的时候，先前的氖灯一并替换成了更加柔和的照明，太好了，氖灯会伤害到她。不过，他喜欢在黑暗中欣赏她。她比他略微高点。在一座圆形房子的中央——

罗曼式穹顶的原始神庙——她微微颔首矗立在基座上，沉溺在石头的梦境中。唯一的光源来自走廊，划过她的脸庞，并在手腕上留下一道裂缝。这具在黑暗中沉睡的雕像，院长深谙她的每处纹理细节，甚至不用费眼端详。

我们把她锁起来是为了保护她。

院长怀疑过，把她放在这里的人们也是为了保护自己。

萨沃纳[1]曾为意大利贡献了两位教皇，西斯笃四世和儒略二世。彼得拉－达尔巴，距离萨沃纳城以北大约三十公里，差点贡献了第三位。我想，我要为这次失败承担一点责任。

如果有人告诉我，1917年12月10日早上那个拖拖拉拉地走在齐奥·阿尔贝托身后的小男孩最终左右了教皇选举，我会放声大笑。我们已经走了三天，几乎是马不停蹄。奥匈帝国的军队在卡波雷托把我们打得一败涂地，此后，整个国家都在等待前线的消息。有人说，在距离威尼斯不远的地方终于稳住了防线。也有完全相反的风声，敌军将长驱直入，在睡梦中割断我们的喉咙，或者更糟，强迫我们吃大白菜。

彼得拉－达尔巴出现了，端坐在山顶，映衬在朝霞之中。一个小时后我才明白过来，它的地理位置具有迷惑性。彼得拉－达尔巴并非矗立于山脊之上，而是依高原边沿而建。真的是依着建造的，在村子的围墙和悬崖之间只有一条供两人迎面通行的小道。旁边就是五十米的悬空，或者更确切地说，充溢着树脂和百里香芬芳的纯净空气。

需要穿越整个村子之后才能明白村名的由来：地质运动随心所欲地把一部分托斯卡纳山地搬到了这里，形成了一个巨大的山地平台，在高低起伏之间伸向远处的皮埃蒙特。利古里亚守护着东西两边，提醒着它不可太过安逸。这里属于山区，山

1 位于意大利利古里亚大区热那亚湾畔，是萨沃纳省的首府。

坡种满了几近发黑的绿植，野兽在其中出没。彼得拉－达尔巴的美源自它略带粉色的石头，仿佛是千万个黎明融入其中。

访客已然筋疲力尽，脾气也变得暴躁，但他立刻注意到两幢体面的建筑。首先是一座壮丽的巴洛克风格教堂，规模宏大，外立面采用红绿两色大理石，它就这样突兀地矗立在偏僻的内陆地区，这一切都归功于它供奉的圣人。圣彼得之泪教堂的建造地正是圣彼得遭到逮捕的地方，就是那个去野蛮之地（后来的法国）传教的圣彼得。那天晚上，据说，他梦见了自己三次不认主，于是痛哭流涕。泪水渗入岩石，成了地下泉水，在稍远一点的地方汇聚成了一汪湖水。教堂始建于1750年左右，选址正是在泉眼上，泉水在地下室潺潺流淌。它被赋予了诸多奇效，供奉也因此滚滚而来。但它从未创造过奇迹，除了一点，它凭借水的美德把高原改造成了托斯卡纳地貌。

司机应齐奥·阿尔贝托的要求，把我俩放在教堂前面。他坚持乘车从萨瓦纳来到这里，他可不是那种坐小破车的乡巴佬，他要大张旗鼓。这叫先声夺人。齐奥·阿尔贝托打算为自己做点宣传的想法落空了。村子似乎在前一天举行了盛大的庆祝活动，一条横幅落在喷泉里，成了一头狮子的围巾，纸屑伴随着卷起的狂风翩翩起舞。齐奥·阿尔贝托让司机按响喇叭，只惊动了几只斑鸠。怒火中烧的他决定自己走完最后一段路。他买下的作坊在村子外。

离开彼得拉－达尔巴的路上我们看见了第二栋建筑物。或者说，它看见了我们，我有种感觉，尽管相隔甚远，但它在打量我们，但凡访客不是王侯将相，它便会责备他们不够体面。

每次久别之后重返彼得拉－达尔巴，奥尔西尼别墅都会给我同样的印象。只要走到村子最后一口泉眼和通往高原的马路之间，它就会止住我前进的脚步，让我不要轻举妄动。

别墅建在森林边缘，距离最近的房子有两公里。别墅后面，陡峭的墙垛荒废已久，倾颓滚落而下，石头如绿色的泡沫抵住别墅外墙。在一个有泉水的高海拔地区，森林小径据说会因着走在上面的人而改道。只有樵夫、烧炭人和猎户敢深入其中。人们认为，小径改道的故事都是前者编造出来的，为了维护自己的尊严，这些"小拇指"[1]在森林中迷失了整整一周之后终于走了出来，面色憔悴，胡子拉碴。

别墅前面是一望无际的橘树、柠檬树和酸橙树。从海岸刮来的海风锻造、抛光了奥尔西尼家族的这些金子，散发出清甜的香气。你会不由自主地停下脚步，震惊于眼前绚烂的景致，它像一幅点彩画，像经久不息的烟火，由橘子、柠檬、杏子、金合欢花组成。果林和屋后的森林形成了鲜明对照，彰显了奥尔西尼家族的使命，这点已经镌刻在家族纹章上。来自黑暗，走向光明。[2]这是命令，是事实，万事万物应各归其位，这个地方将永远置于奥尔西尼家族的统治之下。家族只承认上帝至高无上的权利，但在上帝缺席的时候他们也乐意打理他的事务。因此，彼得拉－达尔巴这两幢体面的建筑物之间存在着千丝万缕的联系，而且这成双成对的关系会延续到天荒地老，就像一对鲜少对话但互相认可的兄弟。

---

1 小拇指，法国童话故事中的人物，是樵夫家最小的儿子，在被父母抛弃后多次凭借自己的智慧从森林中逃离危险，找到回家的路。

2 原文为拉丁语。

我还记得，我那天早上沿着成排的橘树前行，感到有好奇的目光追随着我俩。我还记得，我见到了作坊，一处旧农场，边上有个谷仓，两幢建筑物之间荒草丛生，一株胡桃树挺立在中央。母亲会喜欢这里的，等我攒够了钱就把她接来。齐奥·阿尔贝托打量了一圈，双手叉腰，睫毛上挂着雾凇。他心满意足地点点头。

“接着要做的就是找到好石料。”

1983 年，佛朗哥·马里亚·里奇[1]坚持要在他的 *FMR* 杂志上为我做个几页的专访。他这人有点疯癫，于是我答应了。这是我唯一接受的采访。里奇并没有问起她，这点出乎我的意料。但她一直都在，在字里行间，不起眼得如同一头大象。

文章从未刊登出来。某些高层收到了风声，印量十分有限，库存的杂志上市前就被人拦截，在印刷厂被买走了。1983 年 6 月的第 14 期 *FMR* 晚了一周上市，还少了几页。或许这才是最好的结局。里奇为我寄来一本幸免于难的杂志。等我离开人世，你们可以在我的小手提箱里找到它，就在我房间的窗户底下。七十年前，我就是拎着这个箱子来到彼得拉－达尔巴的。

我在采访中说过：

我的阿尔贝托叔叔从来都不是伟大的雕塑家。这就是为什么我在很长一段时间里都只是个平庸的匠人。因为他，还因

1　佛朗哥·马里亚·里奇（1937—2020），意大利出版商和杂志主编。

为我听不进另一个声音，只有那个声音说了相反的话，我相信这世上有好石料。并非如此。我知道，因为我曾花费数年去找寻。直到我明白过来，我只需要俯下身子，捡起脚下的石头。

埃米利亚诺老头，也就是之前的石匠，用极其低廉的价格把作坊卖给了齐奥·阿尔贝托。后者每每提起这桩买卖，便会搓起双手。他在都灵搓了手，在路上搓了手，见到彼得拉－达尔巴、作坊和谷仓之后又搓了手。我们住下的当晚，他一刻不停地搓手，随后，他觉察到有个人钻进他的被窝，对方冰冷的双脚贴上他的双脚。

齐奥允许我睡在谷仓，也就是说，作坊和隔壁的卧室全都属于他。这样的安排合乎我的心意：十三岁的男孩，谁没有憧憬过在稻草堆里睡觉？刚过午夜，我听到了齐奥的叫声，于是一溜烟跑着赶来。齐奥正和另一个人扭打在一起，我起初以为那是个成年人。

“你在这里做什么，你这个小混蛋？”

“我是维托里奥！”

“谁？”

“维托里奥！合同第三条！”

我至今仍可以听见他那战战兢兢的嗓音，游离在两个音区之间，高音—低音—高音。他的自我介绍一字不差就是这样，维托里奥，合同第三条。于是，他收获了一个绰号“条款三”，成了牺牲品，忽视这点，那我们就罪大恶极。

条款三比我大三岁。在这个地区，男人全都矮壮敦实，因为要尽量贴近他们耕作的土地，但他的个子显得鹤立鸡群。这是他父亲唯一遗传给他的东西，一个路过的瑞典农学家，没人知道他来此地做什么。他弄大了一个村姑的肚子，女孩告诉了他怀孕的消息，男人立马溜之大吉，没有丝毫眷恋。

我们用了点时间终于搞明白条款三是埃米利亚诺老头的雇工，他一直和老主人抵足而眠。有老话可以印证，在这地方的冬天，如果一个人必须在一袋金子和一炉温暖的火之间做选择，那他一定看不上金子。温暖是稀罕物，在屋里和心里都是如此。对于齐奥而言，两个大男人一起睡觉，这可不行，再说了，他也没听说过类似的传统。条款三耸耸肩，表示可以去谷仓睡觉，此举更是惹恼了齐奥——他开始后悔没有仔细阅读公证人寄给他的文件。我悄悄提醒他，他压根不识字。他倒没有为此生气。公证人应该提醒过他。他现在想起来了，多尔蒂尼先生兴许说了，那个晚上，他们和一群木匠哥们喝了太多的酒。此后的信件往来确认条款三属于作坊的一部分，以极其低廉的价格一同被转让，但在签署条款之后必须雇用该年轻人整整十年。

我这辈子从未见过像条款三那样没有石匠天赋的人。但他是我们的得力助手。他干得卖力，赚得很少，只要有地方睡觉和有口吃的，便心满意足。齐奥看向他的眼神近乎温柔，不久之后，他意识到自己有了第二个奴隶，我的翻版，但比我强壮，比我听话，尤其是比我没天赋。

第二天，一溜儿辎重车出现了，小车和马匹组成的队伍在帕尔马的黄昏中扬起尘土。那是齐奥的全部家当，从都灵运来。赶车人和齐奥喝上一杯后，随即上路。

我们做好了接待首批顾客的准备。在这个村庄，顾客只有两位：教堂和奥尔西尼家族。齐奥决定登门拜访以表敬意，他考虑起礼仪规矩，其实，无论先去哪家，都合情合理。奥尔西尼家族最后胜出。教堂有点太过频繁地把穷字挂在嘴边，这点倒是和齐奥如出一辙，他一直念叨还有些汇票需要兑付，可这是假话。她的母亲是用现金为他买下了这个作坊，他也不用给我们付工资。三点钟刚敲过，我们仨，齐奥、条款三和我，站在了别墅侧门前。一名女仆来开门，打量起这个奇怪的三人组，然后问我们有何贵干。

“我是阿尔贝托·苏索[1]师傅，来自都灵，”齐奥一边点头哈腰一边用夸张的语气说话，“你们或许听说过我了。我接手了埃米利亚诺老头的作坊，想向尊敬的奥尔西尼侯爵夫妇献上我的敬意。”

“你们在这里等着。”

管家在女仆之后现身，随后他认为我们的拜访不属于管家的职责范畴，理应由侯爵秘书负责，那人很快出现在侧门。围墙后面可以辨别出绿意盎然的花园，池塘的深色反光，在早晨的空气中升起袅袅白烟。

“侯爵先生和侯爵夫人不会接待匠人，”秘书解释说，“你们找管家吧。”

他的优越感如雨水一般落在我们身上，而在世界范围内，同样的优越感也溅落在正发展壮大的革命者身上。天国都没有奥尔西尼别墅那么固若金汤。我有点瞧不起秘书，但花园令我心驰神往，我隐约瞥见了几座雕像。仆人正在取下两尊雕像之间的横幅，类似于我们初到村庄时在喷泉那儿见过的。

---

1 “苏索”是阿尔贝托母亲的姓氏，他在外常自称“苏索师傅”。

“有人过生日？”

秘书居高临下地俯视我，一条眉毛挑起，形成了一道完美的弧线。

“没有，我们在庆祝年轻的侯爵奔赴前线。他加入了驻扎在法国的军团，这是奥尔西尼家族和意大利王国的无上荣光。”

出乎所有人的意料，我哭了起来。秘书和齐奥脸色大变，一个是尴尬一个是不解，两人此刻宁愿在卡波雷托面对奥匈帝国的榴霰弹。条款三已然抛开童年的乐土，加入成年人的队伍，他挪开几步，突然兴致大发，研究起大门的过梁承柱。接待我们的女仆一时间忘了礼仪。她推开浑身僵硬的秘书，在我面前蹲了下来。

“好吧，怎么了，我的小乖乖？”

我没有反感，我觉得这个“小乖乖”是针对我的年龄而非我的个子。我完全不明白我为什么会为了一个不认识的人哭泣。十三岁的我要如何面对人们刻意埋藏起来的哀伤？我只能结结巴巴地说：

“我希望他能回来。”

“哎呀，哎呀。”女仆喃喃低语。

她让我的脑袋靠在她的胸口上，她有着丰满的胸脯，我羞于承认感觉好多了。

一周之后，整个村子的人浩浩荡荡地涌入圣彼得之泪教堂。齐奥坚持要去——必须露个脸，对生意有好处——但我们坐在最后一排。教堂大殿人山人海。有人是从萨沃纳和热那亚赶来的。坐在第一排的是奥尔西尼家族。后面一排是当地豪绅：朱斯蒂尼亚尼家族、斯皮诺拉家族、格里马尔迪家族。

年轻的侯爵，彼得拉－达尔巴的英雄就在那里，在教堂的交叉甬道，沐浴在他会狠狠嘲讽的荣光之中。他的葬礼正在进行中。我在女仆怀里哭泣的那天，他已经死去两天了，1917 年 12 月 12 日。不是死在前线，他并没有英勇地冲锋陷阵，为了夺下敌军阵地而献出自己的生命。不是的，他的死法和大多数人一样，荒唐地死在了法国有史以来最惨烈的火车事故中（军方数十年后承认了这点）。

12 月 12 日，他得到委派，心急火燎地想去参谋部报到，于是和休假的军人一同登上了从巴萨诺开往莫达讷的火车，接着换乘目的地为尚贝里的 ML3874 号列车。火车长达三百五十米，在驶过圣米歇尔－德莫里耶讷[1]的下坡段时，它无法承受住自身的重量，足足超载了五百吨，包括钢筋铁皮还有兴高采烈回家过节的男孩，他们的喜悦太过沉重。自动刹车失效了，用了手刹，但没用，火车刹不住。脱轨的车厢挤压在一起，胳膊一样粗的钢梁像铁丝一样七歪八扭，所有一切都烧煳了。年轻的侯爵在撞击过程中被抛了出去，是为数不多遗体完好的死者。剩下的大多数人，四百多人，其血肉和钢筋粘连在了一起。

在那之后，假如这两个字一次次冒出来，却无力解开早已织好的命运。假如年轻的侯爵没有参战？在豪门世家，避免入伍是轻而易举的事。假如他没有为了尽早奔赴前线而登上这班列车？可是，维尔吉利奥·奥尔西尼上了。他是自愿入伍的。

1 法国萨瓦省的一个市镇。

大家痛哭流涕，也只能这样了。至少村民哭了，奥尔西尼家的人端庄得体，嘴角下撇，下巴扬起，目光投向远方，望向家族的未来。

巨大的管风琴奏响音乐，身穿制服的男人们抬起棺材走向光明，众人四散而去。我个子小，坐在最后一排，现场人又多，所以那天压根没见着奥尔西尼家族的人，除了遥不可及的黑色身影。人全都走光了，我以为只剩下我一人，于是磨磨蹭蹭地留在教堂里面欣赏雕像。有些东西把我吸引到它面前。

“你喜欢它吗？”

我吓了一跳。安塞尔莫神甫最近被任命为圣彼得之泪教堂的本堂神甫，他热切地看着我。他才四十多岁，头顶已经秃了，他把热忱和柔情糅杂在一起，此后的人生中我在很多神甫身上见过这种特质。

“这是《圣母怜子像》。你知道这是什么意思吗？”

“不知道……”

“就是痛苦的圣母[1]。一位母亲在十字架下为自己的孩子哭泣。这座雕像出自17世纪一位无名石匠之手。那么，你喜欢吗？”

我凑近了观察母亲的脸庞。我见过很多悲伤的母亲，不止我的母亲。

“好吧，说话呀。说说，我的孩子。”

“我认为她并不难过。这太假了。”

“假？”

---

1 原文为拉丁语。

“是的。耶稣的手臂，那儿，太长了。斗篷也不能拖在地上，否则圣母走路的时候会绊到脚。它不真实。”

“啊，你就是那个和石匠一起干活的小法国佬。”

“不是的，神甫。”

“你不是学徒？”

“我是学徒，但我是意大利人，不是法国人。”

“你叫什么名字，我的孩子？”

“米莫，神甫。”

“米莫，这不是正经名字。”

“米开朗琪罗，但我更喜欢米莫。”

“那好吧，米开朗琪罗，我相信你是个聪明的孩子。但是，我们刚才似乎犯下了傲慢的罪过。还有，认为圣母会被她自己的斗篷绊倒，这是渎神。我主不会允许这种意外发生的。她是恩典，不会有失风度。你愿意忏悔吗？”

我欣然接受——他面露讶异。母亲常常忏悔，我也要求这么做，但在她看来，我太过纯洁。为了不让神甫失望，我把齐奥·阿尔贝托的罪过安在自己身上，安塞尔莫神甫听得一惊一乍，但他很乐意在主面前为我求情。当他在宽恕我的时候，我又心不在焉地想起了奥尔西尼家族，他们到底长什么样呢。他们的脸是庄重的，还是丑陋的？他们让我着迷，就好像我在表象的秩序后面窥见了混乱，一个新兴世界正在地表之下低号、酝酿，它将推翻旧日世界。

忏悔结束，安塞尔莫神甫让我从教堂回廊上的门离开，门通往圣器室，后者连通着巴洛克风格的内院。石墙围成的花园中央精心种植了棕榈树、柏树、橡胶树和九重葛。钟楼守护着这个小小的伊甸园，为它遮挡凛冬的寒风，酷夏的烈日。

“神甫？”

“嗯？”

“意外，是什么意思？”

“就是日常生活中发生的无法预料的情况。”

我装作听明白了。花园后面，紧靠外墙的贝壳喷泉汩汩往外淌水。三个小天使各自骑在一头海豚上，腋下夹着双耳尖底瓮，三百年来一直在为水池注水。第四头海豚弄丢了它的小天使。安塞尔莫神甫的手指探进水中，然后在自己的额头上画了十字。

“这就是圣彼得流泪的地方。”他向我解释道。

“真的是他的泪水？”

神甫笑了。

“不知道。我所知道的是，这是高原上唯一的泉眼。没有它，彼得拉－达尔巴不会存在，果树也是。所以，这算是某种奇迹。”

“它还创造过其他奇迹吗？”

“没有。你可以试试。”

我把手浸入水中——我必须踮起脚尖。我的愿望平凡又平庸，连自己也不太相信，可谁知道呢：我想长高。什么都没有发生。人生并不公平，在同一时间，一个名叫亚当·赖纳的奥地利人（那是敌人）即将迎来我祈求的巨变。他是历史上唯一从侏儒变成巨人的人。我不知道他在哪个喷泉浸湿了手指。

安塞尔莫神甫指了指孤零零的海豚，它的骑手丢了。事实上，他解释说，喷泉没有完工，石匠三十岁便死了。

“你的师父可以为我们雕刻第四个小天使吗？我们刚收到一笔慷慨的捐款，可以用它做些事。”

我应承下来，就此告辞。夜幕降临。我站在村口的下坡路前，眺望奥尔西尼别墅。我看到有人在窗户后面走动，但隔得太远看不真切。或许有人在高高的天花板下面布置餐桌，所有一切都是金的、银的，可是在埋葬了儿子之后他们会饿吗？他们或许只是在哭泣，压根没有碰餐盘，泪珠也是金的和银的吧。

齐奥·阿尔贝托在我进屋时已经摇头晃脑了，面前的酒瓶空空如也。这一天真刺激，他解释说，不管怎么说，二十二岁就嗝屁，不应该啊。我骄傲地宣布了安塞尔莫神甫的订单。他怒火中烧，巴掌随即伺候上来，条款三正躲在作坊角落吃饭，我应该感谢他皱了下眉头，我才不至于被齐奥打趴在地上，就像在都灵那时候一样。齐奥·阿尔贝托勃然大怒，指责我背着他做交易，你以为你是谁，我难道没能力赚到钱？既然你有天赋，你去啊，自个儿去雕那该死的小天使。

然后，他呼呼大睡。我忍住泪水，拿起锤子，把凿子抵在一块大小合适的大理石块上，敲下了我漫长生涯的第一锤。

齐奥·阿尔贝托去附近的村子转了几天，带回几单生意。他径直走进作坊，研究起我雕完的小天使。他似乎累坏了，但说话有条有理，这说明他没有找到酒喝。

“你雕的？”

“是的，齐奥。”

我好想再看一看这个小天使。或许我会看着因年少无知犯下的错误而哈哈大笑。不管怎么说，我认为错误在可接受的范围内。齐奥·阿尔贝托摇摇头，伸出手。

“把六齿凿给我。”

他手拿工具，围着小天使转圈，想修正某个细节，作罢，又盯上了另一个细节，还是作罢，他再次看向我，重复了一遍问题：

“你雕的？”

“是的，齐奥。”

他目不转睛地盯着我，一边跑去拿酒，用牙齿扯下瓶塞，长长灌下一口。

“谁教你这么雕刻的？”

“我的父亲。”

十三岁的我是早熟的，但那个年代没有这种说法。那时的世界更加简单。人分富人和穷人，死人和活人。那个年代不讲究细微差别。当七岁的我对父亲说“不对，不是这里”时，他也和齐奥·阿尔贝托一样面露愠色，当时他正在雕刻门像柱。

“你自有办法，当然喽，但你这种人，我在都灵见得多了。你不要有非分之想。作坊太脏了。你最好睡觉前给我打扫干净。”

接着，他把我的雕像翻转过来，留下自己的签名缩写。米莫·维塔利亚尼的首个作品《持瓶天使》签上了阿尔贝托·苏索的大名。

我气呼呼地倒在稻草床上。没过一会儿，条款三跌跌撞撞地爬上通往阁楼的楼梯，来和我会合。他骂骂咧咧，咯咯直笑，手脚并用爬到我的角落。他可以喝上几杯齐奥·阿尔贝托的劣质酒。

“我说，老板他为了那个天使不太高兴啊。他没完没了地在说，你的屁放得比你屁股高[1]。”

“我可做不到，我屁股够矮的了。”

“什么？”

“没什么。晚安。”

“喂，米莫。”

“嗯？”

“我们去墓地吧？”

没有什么字眼比“墓地”两字更刺激的了，至少对于十三岁的我而言。我支起身子。

“去墓地？”

“是的。每个人都必须在墓地里转一圈，每个人。谁是孬种谁就要去亲一口焦尔达诺的女儿。”

焦尔达诺是客栈老板。他女儿有种丰腴的美，十四岁的年纪对什么都好奇。亲她一口在她这里不算惩罚，恰恰相反，可焦尔达诺从不会远离女儿，手边也总放着一把上膛的枪。

必须返回彼得拉－达尔巴才能到达墓地，在通往村庄的上坡路前选择右转，那里有条小路切断了主路。在森林中穿行一段距离之后，便能抵达绿树成荫的露台，墓地就在那儿。对于一个人口只有五百人的村庄而言，墓地规模着实惊人。但本地不乏世家大族，他们需要找个风景宜人的地方，远离海滨的污

1 引申义为“好高骛远，志大才疏”。

穆，于是挑中了这里作为安息之地。宏伟的陵墓毗邻寒酸的墓穴，颂扬着陵墓主人的至高权力，可他们已经丧失了更珍贵的东西。这种矛盾不会困扰任何人。逝者都是坏信徒。

穿越森林令我的神经高度紧张。下了一整天的雨，地面冒起些许白烟。公路类似林间小路，两边的斜坡靠凸肚墙勉力抵住。条款三一个劲地问我有没有害怕，他话这么多就是为了掩饰自己的不安。我不再害怕了。我陪父亲去过很多墓地，甚至送他葬入了空墓——棺材是空的，我们在里面放上他生前喜欢的东西。可现在，父亲再也不能拉住我的手了。

快走到公墓入口时，灌木丛里窜出个东西。我差点昏过去。

“别害怕，是埃马努埃莱。”

两人相似的样貌先是让我吃了一惊，然后我注意到了埃马努埃莱的制服。瑞典农学家确实该溜之大吉，他留下的不是一个种，而是两个。埃马努埃莱跟着双胞胎哥哥降生，他们的母亲已恢复了力气，咒骂完上帝又咒骂瑞典男人。脐带缠绕住埃马努埃莱，憋得他浑身发紫，他能拣回这条小命多亏了接生婆，老太婆对着奄奄一息的他吹了一口气，重新发动起这台小小的机器。母亲给双胞胎取名维托里奥和埃马努埃莱是为了纪念意大利国王，她还写了封信到罗马向国王禀明此事。她收到了一位默默无闻的秘书寄来的回复，表达了国王的谢意，于是她将信件装进镜框，悬挂在裁缝铺子里将近四十年。

埃马努埃莱历经波折出生后，留下了严重的后遗症。他会四肢抽搐，有时甚至不受控制。说话费力——只有哥哥和母亲听得懂。但出乎意料的是，他靠自学学会了认字，尽管他系鞋带都费力得很。他有两大爱好：冒险小说和制服。

每次见到埃马努埃莱他都穿着制服。他可不是什么宗派分子，他随心所欲地混搭，将平民的、军人的（包括敌军的），还有神职人员的（包括敌对的教派的）衣服一股脑儿套身上，浑然不觉时代差异。瑞典农学家这档子事儿，再加上国王的来信，把一段凄惨的露水情缘变成了传奇故事，所有人或几乎所有人吧，全都认得埃马努埃莱，从南边的萨沃纳到北边的皮埃蒙特地界。他常常收到制服，鲜少有成套的，但数量可观，有死去老人的遗物，有整理阁楼时找到的。战争在他这里是好事一桩，他像大实业家一样为战争拍手叫好。

那天晚上，他挂着第二帝国的两条肩带，头戴狙击兵的真皮毡帽，还装饰着金灿灿的帽徽和鸡毛，套了一件邮递员外套，束上阿斯卡里[1]的宽皮带，裤子和靴子则是宪兵的。他用力地握住我的手，叽里咕噜说了一大通，他的哥哥回答说，不是的，别胡说八道。

墓地的铁门一直开着。晚上没人会来，也没人会从那里跑出去。条款三打头阵。他消失在了墓碑间。守护逝者的大柏树遮蔽住了部分月光。光天化日下的确信和清晰线条让位给了模糊的边界，一个充满暗影的世界，万物都在晃动。五分钟后，条款三出现了，双手插兜，吹着口哨。但发红的面颊泄露了他没命地快跑过。埃马努埃莱接着出发，又镇定自若地回来，那说明他没跑。轮到我了，我犹豫了。

“去啊，”条款三说，“没什么好怕的。我听到过嘎吱声，仿佛墓穴打开了，其他没什么。怎么，你打退堂鼓了？”

1　阿拉伯语中指雇佣兵，后来专指意大利殖民地的土著士兵。

我的个子不允许我打退堂鼓。我总是需要付出双倍的努力。我进入墓地。空气愈发清爽，或者是我的错觉。我似乎听到了一记声响，当场原地石化。柏树的气味让我回想起了萨瓦省的老邻居，一位制作弦乐器的手艺人。我稍稍安下心。重新上路，两眼盯着地面。声音越来越清晰了，在冰冷的空气上跳跃：撕裂声、叹气声、刮擦声。柏树的清香消散了，黑色的气息将其腐化，那是麻风病的气味，死物的气味。

我必须停下来喘口气。在我正前方，一道月光划过天使的脸，它端坐在陵墓的正面，手持小号。陵墓的门打开了，我本该落荒而逃。一股无形的力量让我动弹不得。月光穿过柏树，落在陈旧的部件上，吱呀作响，月亮在移动，照亮了陵墓内室和漆黑光滑的花岗岩石板。于是，我看见了她。

那个身影慢慢站立起来，离开了石板，犹犹豫豫地向我迈出一步。低垂的头，脸上蒙了一层黑纱。她在陵墓门口掀起面纱，直勾勾地望着我，那是一双幽灵的眼睛，深嵌在巨大的眼眶中。她和我身高相仿。皮肤过于苍白，可嘴唇丰润饱满，娇艳欲滴，她一定是每晚从冰冷的墓穴中跑出来吸食活人鲜血的。

比我更勇敢的人都会晕过去的。所以，我晕了。

醒过来的时候，只有我一个人，陵墓的门重又关上。狂风刮过，柏树被吹弯了腰，在夜里窃窃私语，那是树木的语言，邪恶、私密，我可不愿花时间倾听。我大叫起来，因为有只湿漉漉的手搭上我的额头，但那只是一片打湿的栗树树叶。等我能够重新站起来，我撒丫子狂奔。埃马努埃莱和条款三早没了人影。

我跑回床上，和衣钻进被窝，止不住打战。我的阁楼伙伴随即现身，头上顶着稻草，睡眼惺忪。

“你去哪儿了？我们在等你。”

“你们看见她了吗？”

“谁？”

“她！那个死人！”

“你见到死人了？”

“她从墓里走出来，一身黑衣。我发誓！”

条款三皱起眉头端详我，接着哈哈大笑。

“你啊，你这小子是想和焦尔达诺女儿玩亲亲吧。”

大风刮了一整晚。我彻夜难眠，直到黎明的晨光抚慰了我的恐惧。两三个小时后，我被一脚踢醒。

“你还在呼呼大睡？我干吗要付你钱？赶紧的，有活儿干了。”

齐奥·阿尔贝托爬下梯子。我跟着下来，一头扎进饮水槽，水来自奇迹之泉。在利古里亚内陆地区，风，如同水，如同火，是生命之源或毁灭之源。那个晚上，风将奥尔西尼别墅屋顶上的一尊雕塑吹落在屋顶一角。没有其他损失，除了顶楼有点渗水，昨晚两场大风之间还下了一场雨。木匠之后会去修补。毕竟是奥尔西尼家族，当务之急是要把雕像放回去，确保建筑外立面左右对称。别墅的雇工一大清早便来找我叔叔。

我叔叔嘛⋯⋯在别人面前，我这辈子也没改过口，这个老混蛋。

工人已经在柑橘林里忙碌开来。在千里之外，在大西洋彼岸，在另一个我从未设想过有朝一日可以拜访的国家，人们靠着地上喷涌而出的黑油发了财，这黏糊糊的石油挑起了战争，又赢得了战争。在彼得拉 – 达尔巴，财富源自随光线的变化，源自冬日清晨细腻的苦涩和甘甜。我为柑橘世界感到遗憾。没有人会为了一只橘子大打出手。

我们这次走了大门，终于得见奥尔西尼别墅。我第一次见到那个年代流行的草坪，那时还不太讲究林木修剪。两个相连的露台指明了宅子的位置，同时缓和了斜坡，一道石梯从露台中间穿过。第一个露台铺了草坪，点缀上圆得像鹅卵石的月桂，圆形的紫杉，就像是巨人遗落的棋子，而我根本不知道这个游戏的规则。第二个露台更靠近别墅，右边是个灌木丛迷宫，左边是池水泛蓝的长条形池塘。管家在楼梯上等着我们，后面就是宅子大门。过梁上面悬挂着奥尔西尼家族的纹章，用粗粝的石头雕琢而成，还留着些许色彩。D'oro, all' orso di verde sormontato da due arance dallo stesso.[1]

---

1 意大利语，意思就是下面那句话。

镀金，绿色的熊端坐在两个橘子上面。家族传说由此开启，我的悲欢都和这个家族息息相关，我的生命，行将结束的生命，总而言之，也仰赖于它。

没人知道奥尔西尼家族的源起。我们在热那亚世家大族的族谱中找不到他们的蛛丝马迹。但他们早就在那里了，这点不可否认。18世纪末，奥尔西尼别墅在彼得拉-达尔巴拔地而起，其富丽堂皇的外表让人们迅速遗忘了这里本是块空地。如果有人问起村民，会得到这样的答复：它一直在那儿。

出于无聊，出于妒忌，抑或出于对奇谈的热爱，人们为奥尔西尼家族编造了成千上万个传奇故事。有人说，他们来自西西里岛，属于在寻求正统性的“荣誉社会”[1]，后来人们把他们叫作黑手党，要过了很久我们才知道原来圈内人用cosa nostra[2]来称呼，但是，奥尔西尼别墅建造起来的时候，还压根不存在黑手党呢[3]。那么，他们是“真福保罗”[4]的后裔吧，在中世纪的西西里岛出现的团体，带有些许传奇色彩，据说会劫富济贫。他们造访富人家，本是为了搜刮他们的财富，可最终迷失在了温柔乡中。无稽之谈，其他人反唇相讥，不能因为他们家种植柑橘就说他们是西西里人。再说了，家族纹章上还有头熊呢，而Orsini这个姓氏也包含了orso，也就是“熊”。真相——这是山谷里流传最广的版本——如下：奥尔西尼家族来自阿布

---

1 西西里岛黑手党的原始名称。

2 意大利语，意为“我们自己的东西”，是西西里岛黑手党成员的称呼。

3 西西里岛黑手党最早起源于19世纪中叶，前文提到奥尔西尼家族的别墅是在18世纪末建造起来的。

4 存在于中世纪西西里岛的秘密教派，为穷人和平民而战的骑士团。

鲁佐，靠养熊和街头卖艺为生，他们把驯服的熊卖到世界各地，比如，阿列日耍狗熊的人，还有美国的演出秀。可是，当有人靠在村子酒馆吧台边上提起这个故事时，遭到了众口一词的反驳：从没见过有人靠狗熊发财的。确实如此，有天晚上叙述者表示同意，他们不是靠狗熊发财的。他们四处兜售狗熊，有一天晚上，他们驻扎在彼得拉－达尔巴附近，意外发现了一笔宝藏，属于圣殿骑士，或者阿尔比教派的宝藏。也可能是某个达官显贵的，他在十字军东征的路上，认为谨慎起见还是把财宝埋起来，然后再去和异教徒奋勇作战。最后，奥尔西尼家族利用这笔财富，经过一个世纪的苦心经营，成了富有和高贵的代名词。

一个小时后，我踩着众说纷纭的传奇故事，小心翼翼地前行。管家负责引路，穿过长长的、有点潮湿的仆人专用走廊，来到一扇天窗下面。侯爵的秘书坚持和我们一同爬上去。别墅其实有两栋建筑：大家可以看到的那栋，外墙涂成茴香绿，并凿出了三角楣窗户，兼具古典主义和帕拉第奥主义[1]。里面那栋略小一点。两栋之间的宽度仅有六十厘米，那简直是一个错综复杂的迷宫，连接起了接待室、卧室、整个家族的生活空间。仆人通常走暗道，这样就不会在奥尔西尼家族成员面前碍眼了。

屋顶经过昨晚大雨的冲刷闪闪发光。雕像损坏了三分之一，断裂的部分砸坏了瓦片，落进窟窿里。即便有三个人，阿

1 这种建筑风格的灵感来源于文艺复兴晚期威尼斯建筑师安德烈亚·帕拉第奥的设计。他的作品是基于古希腊和古罗马古典神庙建筑的对称性、透视性和展现的价值来构建的。

尔贝托、条款三和我，我们还是花了点时间才把它重新立起来。雕像的一条胳膊在坠落过程中摔断了。那是一个身披托加的女性，右手优雅地搭在左肩上。我和条款三争论了几句，她到底是准备穿衣服还是脱衣服？无论如何，雕像可真够沉的，女人不爱听这话，我礼貌地压低了声音悄悄说，它沉得像头死驴。

“要扎上钢筋它才能站得稳，”齐奥·阿尔贝托解释说，“至于那条手臂，可以稍微修补一下，隔着距离看不出的。”

整个上午我们忙上忙下，搬运钢筋、砂浆和石灰。更准确地说，是我和条款三在干活。齐奥下完命令之后，便拿起酒瓶坐在檐沟上，人在外面容易口渴嘛。工作有个好处，昨晚遇鬼的经历已被我抛在脑后。在太阳下面暴晒两小时后，我几乎可以肯定那都是我想象出来的。中午，我们把雕塑放回基座，并把两者接了起来。我在屋顶两头奔来跑去，忙得不可开交。我才十三岁，但齐奥把我往死里用。我累得快趴下了，他阴恻恻地看着我，下唇翕动，仿佛有话要说但又没说出口。他这辈子都这样——我永远不知道他想对我说什么。

我们的职业危险重重。即便战争没有杀死我的父亲，在草酸出现之前用来抛光大理石的金刚砂粉也会置他于死地。金刚砂粉，我简直不敢相信，它就是铅粉。如果有人在我去世之后检查我的肺，发现上面布满斑点，我一点也不会意外，诸多石匠的命运因此暗淡无光。在我热衷社交的年代，我和天才登山运动员里卡尔多·卡辛有过一次讨论。因为我俩都在旷日持久地和岩石作斗争，又或许是因为他也没有父亲，反正我俩成了朋友。他为人谦逊，率先开口表示我的职业更危险。我们面临同样的风险，他说。就算是你，你也会掉下去。

下午进展顺利，直到意外发生。我刚刚搅拌好十公斤用于固定雕像的胶水。胃部泛起一阵恶心。我已经在屋顶上跑了好几公里，顶着大太阳，没吃没喝，除了齐奥大发慈悲地赏了我们一口酒。我停下片刻，眺望远方，看见了邮递员骑自行车的身影。有个人跟在后面跑，隔了一段距离，每次邮递员停下来转身挥动拳头，他便立在原地。这个奇怪的组合吸引了我的注意，我着迷地看了一会儿。太阳照在奔跑者的身上反射出金光，我明白过来那是埃马努埃莱。

“喂，条款三！”

“什么？”

“看那儿。好像是你的……”

突然之间，我两腿发软，身体前倾，我下意识地抓住水桶，千万别松手，否则齐奥会揍我的，弄洒了这么一桶好砂浆。我连带着水桶越滚越快。我听见有嘈杂的喊声，愈来愈远，和我没有多大关系了。我从屋顶滚了下来，越过通风孔，半个身子挂在锌制檐沟上。我紧紧抓住一块锌片，可有什么用呢，我困了。松开手，张开双臂，坠入十米高的虚空。

失去意识只有短短一秒。我猛然惊醒，画出一道完美的弧线，一头撞向外立面。绳子拉住了我。齐奥和条款三认为这种防范措施缺乏男子气概，我和他们不一样，高空作业时我一定会系上安全绳。谨慎的性格源自我的父亲，他编了句顺口溜：我们建造起教堂，雕刻师纷纷落下。

条款三一脸惊恐地出现在檐沟上，和我面面相觑。不一会儿，齐奥也赶来了，他是好奇多过担忧。条款三看见我挂在绳子上不禁哈哈大笑。

“你吓死我了！”

“把我拉上来，该死的！”

“不可能的。你钻窗户回来，就在你右边。我来摇绳子。”

条款三拽动绳子。我顺利抓住窗户的边框——窗户开着。我的同伴用大拇指给我打了一个手势，随即消失不见。绳子松开，我滑进屋里，那是一间黄绿色的卧室，幽幽飘荡着橙花的香味，令人昏昏欲睡。我本能地搭住桌子想站起来，却打翻了桌上的一碗橘子。我眼疾手快接住碗，又去追赶散落一地的水果，有些滚到了家具下面。我颤颤巍巍，摸到床沿边坐下。每一个动作都是亵渎，存在本身就是大不敬。我这辈子都没摸过这么厚的床垫，也没见过顶帐。床铺不是乱糟糟的，只是稍微有点皱巴巴，好像有个人钻过被窝。我不能留在这里。

床头柜上有张打开的卡片。开头写着生日快乐……斯宾塞体[1]。管家明白无误地说过：我们不得以任何借口进入屋子。他并没有提到偷看主人的信件会遭受怎样的处罚，但可以想见不会有好事。可我还是情不自禁地拿起了卡片，那漂亮的字迹让我着迷，这短短几行字的祝福我读了一遍又一遍，“我们希望你会喜欢这份礼物”。我凑上去闻了闻——纸上有淡淡的香味，那是一种混合了橙香的女性化的异国香味。所以，这就是贵族。倾斜的手写体，用墨水写成，他们互送卡片，只为了说句生日快乐。

我躺在床上，想入非非，卡片紧贴在胸口。那是写给我

1 一种复古的装饰书体。

的。亲爱的米莫，我们希望你会喜欢这件新衣服，还有这把你心心念念的角质刀。今晚，会是我躺在这由羽毛、羊毛和棕绷组成的云朵上。成为贵族，就那么一会儿，即便是假装。

就一分钟。行行好。不会损害到任何人的短短一分钟，从飞奔疾驰的一个世纪里偷来的一分钟。

温琴佐神甫慢悠悠地从圣弥额尔修道院的地下室走上来。楼梯似乎比以前更陡了。老胳膊老腿的喘不上气，需要考虑接班人的问题了。他为了教会殚精竭虑，尽心尽力保守交托给他的秘密。他多么想说：这里没有宝藏，除了那颗虔诚之心，绝无半句虚言。他想功成身退了。终于可以做一些一直想做的事，比如说……此刻他没有任何想法。兴许是累了。

他走进那间小屋，小个子在这里度过了生命中的四十个春秋。他想到“小个子”，但绝无半点不敬之意，其实只要小个子在场，院长每次都觉得要被他强大的气场完全碾压，仿佛米开朗琪罗·维塔利亚尼投下了巨大的暗影。

此刻的他躺在病床上，命悬一线，但这人还是让院长印象深刻。他爱发牢骚，粗鲁没礼貌，两人倒是相处得非常融洽。围成一圈的修士四散开来，此情此景令人颇感安慰。总有一天，他也会被修士簇拥着。他不会孤零零地离开人世。

对哦，他想起来了！等他摘下那串大钥匙，交到继任者手里后，他要去庞贝。去阿马尔菲海岸转转。那儿的色彩如梦似幻。可万一发生点意外呢？万一他在那里愚蠢地死去，就像那些刚退休就猝死的人呢？他就没法拥有为他送终的修士了。没有守护者握住他的手，帮他渡过最后一关。或许，他该留在修道院。这里还不赖。

他在床边跪下。维塔利亚尼八十二岁了，几天前身体还硬朗着呢，可不到一个晚上，死亡让他的双颊凹陷了下去，齿轮磨损殆尽，这台机器行将停摆。

“我的兄弟，你有什么话想说的？”

很多人在生死边缘会吐露秘密。几十年来，这位雕塑家的秘密令梵蒂冈隐隐不安，令红衣主教夜不能寐。他动了动干燥的双唇，尽管有初学修士定时用冰块湿润他的嘴唇。院长凑上耳朵，那声音仿佛来自远方，就像是幽灵在低语，声音在屋子里回荡。他站直身子，审视小屋，眉头紧皱。

“维塔利亚尼先生会玩音乐？”

“不会，神甫，怎么了？”

“我觉得他刚才说的是：小提琴[1]，小提琴，小提琴。”

1 原文是violon，对应下文的Viola（薇奥拉）。

薇奥拉。薇奥拉。薇奥拉。

我昏昏欲睡之际觉察到有个人影。橙花的香味似有若无。我嘟囔了一声，可那个人影还在，挥之不去，我支起胳膊肘。生日卡片掉落在地上，我睡着时松开了手。

我猛然间回过神来，记起了刚才的所作所为。我在一张床上睡着了，一张属于奥尔西尼家族的床。不过，这不算什么。无关痛痒的过失，相较于正等着我的。我扭过头去。

是她。昨晚的死人，她就站在床边，一袭绿色丝质长裙。她这是阴魂不散，没完没了地纠缠住我啦。我张嘴大喊起来，继而皱起眉头。太古怪了，死人还会换衣服，还有橙花的香味。

“我昨晚在墓地见到的人是你啊。”她眯缝起眼睛说。

死人是不会说话的，至少不会说无聊的废话。结论由此得出：那不是幽灵。女孩和我年龄相仿。我不知道是该求她大发慈悲，原谅我躺在她床上睡觉，还是干脆摆烂晕过去。

“你不会又要昏过去吧？你吓到我了，昨天。”

“我，我吓到您了？我以为您是死人呢！”

她定睛看我，仿佛我是个疯子。

“我像死人吗？”

“现在不像。”

“真可笑。为什么要惧怕死人？”

“呃……因为他们死了？”

“难道是死人制造了战争？是死人躲在路边杀人越货，烧杀劫掠？死人是我们的朋友。你最好还是提防活人。”

我目瞪口呆地看向她。我从没听过这种言论，也从未和女孩有过长时间的交流，除了我的母亲，但她不能算是女孩，她是我的母亲。

“我要回到屋顶上。”

“你在我房里干吗？怎么进来的？”

“窗户。”

“为什么？”

“我要飞。没飞成。”

她的反应令我猝不及防。她冲我灿烂一笑，那笑容在我脑海里延续了几十年，我攀附住这笑意盈盈的嘴角跨过了无数深渊。女孩从碗里拿起一个橘子递给我。

“给你。”

我这辈子都没吃过几个橘子。她看着我，明白了其中缘由。就在这时，门开了。

“亲爱的，我们在等你呢……”

这是我第一次见到侯爵夫人。人高马大，生硬冷淡，乌黑的头发挽成发髻。但一缕落在肩头的秀发破坏了她的端庄形象，那头发太过柔软，太过耀眼，绝非不经意地散落。侯爵夫人直勾勾地看着我，被惊呆了，眼前的这个人一身水泥、汗水和砂浆，玷污了她的宅邸。一滴鲜血从我的脑门滑过，我撞上外立面磕破了脑袋，慢慢地、慢慢地，滴落在深色地板上。

“他，他在这里干吗？”

“他来自天上，妈妈。好吧，他从屋顶摔下来的。”

侯爵夫人拉动窗帘边上的绳子。

“工人不得进入宅邸，除非是在室内工作。幸好遇见的是我，不是你父亲。”

一块护壁板洞开——那是一道暗门——一身黑衣的仆人现身。侯爵夫人做了个手势，指向我。

“这个……这个年轻人迷路了。他在屋顶上干活。您和西尔维奥把他送回去。”

我从侯爵夫人身前经过，她一把夺下我手中的橘子。

“把这给我，小贼。”

护壁板在身后合上，我们一头扎入环绕别墅的迷宫走廊，我听见侯爵夫人悠远的声音。

“老天哪，那个可怕的小东西怎么回事？”

显而易见，侯爵夫人的评价刺痛了我。母亲让我相信，我魅力非凡，矮小的身材也不会折损我的魅力。不过，正如一位挚友所说，没人会信老母亲的话。

我回到屋顶，齐奥·阿尔贝托靠在烟囱上呼呼大睡，嘴角流出一道口水。条款三开始修补雕像的胳膊。我急忙上前搭手，不想被说成借故偷懒。他调制的材料不过关，有的结成了块，大理石粉加得不够多，水又加得太稀了。只能返工。

“我似乎看见了你弟弟，”我一边搅拌一边说，“脚下一滑摔下屋顶之前。他好像追在邮递员后面跑。”

“啊，是的。埃马努埃莱到哪儿都跟着他，他喜欢邮递员的制服。安杰洛老爹会假装发火，他其实很喜欢我弟弟。有时他跑完一圈觉得腿疼，便留几封信让我弟弟去送。”

夕阳西斜时，齐奥终于醒了过来。他擦干嘴角，朝瓦片吐了口唾沫，骂骂咧咧地说自己口干舌燥。随即消失不见，留下我俩把工具运下楼。我们又用了半个小时把工具装上车，我重新回去检查了一遍屋顶，解开用来搬运工具的绳索，跑到别墅后面再绕了一圈，正打算原路返回，又迎面撞上绿裙女孩。她在神出鬼没方面简直天赋异禀。她双颊通红，黑色的头发里面还有小树枝，似乎刚从树林里面钻出来，过了别墅后墙几米便是一片树林。

“对不起，妈妈不让我和你说话。一个有教养的女孩不能和工人过从甚密。她说，我是运气好，不然差点就没了清白。”

“可是我……”

“我们来自不同的阶层，你明白吧。我们不能交朋友，不能。”

“我明白。”

“今晚十点，墓地见？”

“嗯？”

“我们今晚十点墓地见？”她极为耐心地重复了一遍。

“可是，我以为您的母亲说过……”

“没人会信老母亲的话。”

她跑开了，又突然停下。

“你叫什么名字？”

“呃，米莫。”

“我叫薇奥拉。”

我失魂落魄地回来，坐到车后面，一路上没开口说过话。就连齐奥也发现了我的异样。

“怎么回事？”他闷声问道。

“没什么。”

可是，我确实经历了一些事，她的名字在我脑海中萦绕，就像是那些老人家喝醉了酒哼起的旋律，家乡的曲子响起，他们的双眸熠熠生辉，仿佛又回到了二十岁。

薇奥拉。薇奥拉。薇奥拉。

我趴在床头借着油灯给母亲写信。我每天都给她写信，告诉她我的近况。然后把信焚毁。我每个月只能寄一次信，我不想让她担心，她在信中叫我“大孩子”。她为我操的心够多了，担心钱，担心我的吃食，或担心我没东西吃。她每封信的笔迹都不一样，因为和我父亲一样，她不识字，只能找人代笔。她在最后几封信中提到已经离开了萨瓦前往法国北部，她在一个农庄上找到了活儿。老板人不错。我很快就能休假了。我回信说，齐奥对我很好，我会存钱接你来和我团聚。我俩互相撒谎，充满爱意的谎言。

村里的钟楼敲响了九点半的钟声。我不知道该拿薇奥拉的邀请怎么办，我从未受到过邀请，更何况这次是去墓地。睿智的条款三兴许能为我出谋划策，可他刚回来便没了影儿。我猜他是不怕死地去调戏焦尔达诺的女儿了。他在车上也是神游天外的样子，而在彼得拉－达尔巴没有什么做梦的理由。我还是出了门，出于礼貌，一路上天人交战，走走停停，来来回回，当我最终认定连着两次叨扰死者简直是无理取闹时，墓地大开的铁门已然出现在夜色中。村里的大钟再次敲响。薇奥拉恰在此时钻出森林，我并没有看到她脚下的路。她从我面前走过，没瞧我一眼，走了几步之后又停下来，注意到我纹丝不动地站在原地，于是投来恼怒的目光。

“你到底是走，还是不走？”

她走向我昨晚看见她钻出来的陵墓。薇奥拉飘忽不定。难以琢磨，难以形容。她有其独特的美，不同于焦尔达诺的女儿。她的女性特征不在于玲珑的曲线，恰恰是因为她和性感不沾一点边，她抬动手肘转动膝盖，瘦削的身形翩然而动，似乎总能避开肉眼不可见的障碍物。那双眼睛太大了，在一头乱蓬蓬的黑发映衬下，面部线条利落明晰，骨节分明，皮肤呈暗金色，暗合了奥尔西尼家族源起地中海的传说。

“这是我家族的墓室。维尔吉利奥现在也在这里了。”

“您的哥哥？”

“别对我说您呀您的，烦死了。是的，是我的哥哥。维尔吉利奥非常聪明。我从没见过像他一样聪明的人。”

“我的父亲也死于战争。”

“该死的战争，”薇奥拉嘟嘟囔囔，“你怎么看？”

“战争？”

“是的。我嘛，我认为美国参战会改变战局，卡波雷托的失利是暂时的，是因为卡多尔纳[1]没有做好准备，还有气候因素。但我不信协约三国[2]的承诺。我想说的是，法国承诺把那些属于我们的土地还给我们是很好，但你不觉得威尔逊[3]有他自己的算盘吗？恐怕会鸡飞蛋打，不是吗？”

“呃，是啊。”

“呃，是啊？”

“我懂得不多，我什么都不知道。”

---

1 路易吉·卡多尔纳（1850—1928），参加过第一次世界大战，1914年任意大利王国的总参谋长。

2 指法国、英国和俄国。

3 指参加了一战的美国总统伍德罗·威尔逊。

“那你在等什么，圣灵降临？”

“你怎么知道这些事的？”我问，有点儿恼火。

“和所有人一样。看报纸。我没权利看报纸，妈妈说报纸会弄坏年轻姑娘的脑子。不过，等父亲扔了《晚邮报》，园丁会在焚毁报纸之前拿给我，我给他几个里拉作为报酬。”

“你有钱？”

“从爸妈那里偷的。那是为了他们好，否则他们的女儿什么都不懂。我借你一些书，你感兴趣吗？”

“什么书？”

“你了解哪方面的知识？”

“雕塑。”

“好吧，所有的书，除了雕塑。还有……米开朗琪罗·博纳罗蒂是在哪一年出生，哪一年去世的？”

“呃……”

“1475 年出生，1564 年去世。关于雕塑，你一窍不通嘛。事实上，你什么都不懂。我会帮助你的。对我来说，简单得很，凡是我看到的听到的，我全都记得住。”

我把手覆在眼睛上——一切进展太快。薇奥拉，本质上是个未来主义者。和她说话，就像是在山路上疾驰而下。每次回来的时候我都精疲力竭、担惊受怕、雀跃兴奋，或者是上述三种情绪的混合。

我俩的呼吸在寒夜的空气中凝结成一团团白雾。薇奥拉抚平裙子。

“你的母亲，”薇奥拉开口问道，“在哪里？”

“很远的地方。”

“她什么味道的？”

“嗯？”

“一个母亲，身上总带有某种气味。你的母亲呢？”

“什么都没有。好吧，要是有，那就是面包味。香草味，当她制作卡尼思脆莉[1]时。还有花露水味，那是我父亲送给她的生日礼物。一点点汗水的气味。你的母亲呢，什么味道？”

“忧伤。好吧，我要回去了。”

“现在？”

“要是赶不上子夜弥撒，那就完蛋了。”

“什么子夜弥撒？”

“圣诞节弥撒，笨蛋。”

这是我背井离乡的第二个圣诞节。这次，我认为还是把它忘得一干二净才好。

“你要了什么礼物？”薇奥拉问。

我胡编乱造。

“一把小刀。刀柄用动物的角制成。还有一辆小汽车。你呢？”

“关于安吉利科修士[2]的书。我没有这本，但他们会继续送我衣服，好像我衣服不够穿似的。你喜欢安吉利科修士吗？”

“喜欢。”

“你都不知道他是谁，对吗？”

“不知道。”

---

1 传统的利古里亚洋甘菊形饼干。

2 安吉利科修士（约1395—1455），意大利早期文艺复兴画家，代表作有《圣母领报》。

“你能陪我走到路口吗？”

她把手递给我，我握住了。就这样，我们跨出了一步，跨过了世俗鸿沟，跨过了阶级差距。薇奥拉把手递给我，我握住了，这个壮举从未有人提起，一场悄无声息的革命。薇奥拉把手递给我，我握住了，正是在那一刻我成了雕塑家。我当时没有意识到变化，当然了。然而，此时此刻，在灌木丛和猫头鹰的见证下，我俩手掌相合，达成共谋，直觉告诉我应该雕刻出某些东西。

我俩约定了暗号。在村公路和通往墓地的马路相交的十字路口，稍远的地方有个空心树桩。我们把它当信箱来用。薇奥拉会在她房间窗口挂上一盏红灯笼，提示我树桩里面有消息，我在隔着一公里的作坊也能看见灯笼的光。她答应很快会告诉我下次约会的时间。我们在墓地碰头，没人会想到大半夜去那儿的。那就没人来打扰我们了。在十字路口，她挥手说“再见，亲爱的”[1]。随后，她走右边，我走左边。

每天上床睡觉前，我都要眺望黑漆漆的奥尔西尼别墅。一夜又一夜，薇奥拉的窗户，位于宅邸西侧角落的那扇，空空如也。我要等到困意袭来才爬上阁楼。1917 年悠悠流逝，迎来了 1918 年，村里的广场上举办了庆典，庆祝从自相残杀战火纷飞的世界过渡到自相残杀战火纷飞的世界。人们说起有些士兵因对敌军表现出手足之情而遭到枪决，说起军队叛乱，说起有些人拒不上前线，说起自残。在彼得拉－达尔巴，战争似乎遥不

1 原文为意大利语。

可及，尽管把维尔吉利奥·奥尔西尼载到墓园门口的汽车车辙依然清晰可见，说明战争并不遥远。

安塞尔莫神甫十分满意那个签了阿尔贝托·苏索大名的小天使，又交给我们一些教堂内院的零活儿。这里的石头属于石灰岩，而狂风、大海蒸腾而起的盐分经过此地时总要侵蚀些许岩石。1917 年圣诞节至 1918 年 1 月末，我们对教堂内院进行了更替、清理和修复。齐奥·阿尔贝托迎来了开业大吉，似乎心情舒畅——他在新年前夜遇到了一位善解人意的寡妇——酒精消耗量随之减少。两周之后，寡妇让他为“温柔乡”买单，村民全都暗自偷笑。他正巧撞上了十里八乡唯一的职业妓女。诚然，她不再年轻，但风韵犹存，甚至有传言，某个萨沃纳的伯爵还是男爵时不时会来寡妇的温柔乡一度春宵。第二天，齐奥出现在教堂，面色蜡黄，一身酒气。我正在慢条斯理地打磨一座圣人雕像。他夺过锤子和凿子，可双手抖个不停。他骂骂咧咧，汗流浃背，却无济于事，两腿直打战。他嘟囔着放下工具，离开了。打那之后，几乎不会在工地上见到他工作的身影。我可以专心致志地雕刻，而他在边上装作给我一些指导意见。休息间隙，我跑去教堂耳堂端详《圣母怜子像》，在脑海中对它进行修改，一次又一次，我想修正瑕疵，想试图搞明白那位镌刻在铭牌上的*无名氏*为何误入歧途。

薇奥拉的窗户始终悄无声息。直到 2 月的某个傍晚，我刚回到谷仓，发现红色的微光在黑暗中颤动。我们约定的暗号！我在黑夜中狂奔，一口气奔到十字路口。树桩里面有个布头包裹。我原路返回，心脏狂跳，径直爬上阁楼，打开包裹。里面有一封信和一本书。信上写道：“周四十一点。你应该读完这本书了。”那是一本精装书，绿色封面，一位使徒和两位修士的头像上面有一行字：第十七位伟大画家，安吉利科修士，皮埃尔·拉斐特出版社。打开书本的一刹那，我感到一阵恶心，我弄不明白原因，是因为我在晚上狂奔还是书的内容。我从来没见过如此绚丽又如此柔和的色彩。我年轻，我自负，我知道自己天赋异禀。只要一把锤子和一个凿子，我就能胜过那些年龄是我三倍的家伙。但这个家伙，安吉利科修士，他知道某些我一无所知的东西。一瞬间，我对他恨之入骨。

周四早上，狂风暴雨。我们在教堂内部工作，每一道闪电在彩绘玻璃窗上划过，我们便被洒上一身的石榴红、金色和鲜红色。要是雨继续下，我不敢确定能否见到薇奥拉。我们没有考虑到这种意外情况。她会风雨无阻地来赴约吗？关于新友谊的礼节，我一窍不通。

幸好，刮起的西风带走了云朵。晚上十一点，我出现在墓地铁门边。五分钟后，薇奥拉从森林中钻出来，和上次出来的位置一模一样。她冲我简单地点点头，就好像我们一个小时前已见过面，然后走在我前面。我跟随她在墓间穿梭，直到在一条长凳上坐下。

“安吉利科修士什么时候去世的？”她问。

“1455 年 2 月 18 日。”

“哪里？”

“罗马。”

“他的真名？”

“圭多·蒂·皮埃特罗。”

终于，她朝我展露了笑颜。墓地因为她都没有那么吓人了，尽管偶有风吹草动我便被吓得一惊一乍。

“你读过这本书了。很好。你的愚蠢少了一点点。”

“我以为我们再也不会见面了。这几个星期我天天注意你的窗口，始终没有红光。”

“啊，是的。我在生你的气，气死我了。”

“呃……我做了什么？”

她转向我，一脸震惊。

“你真的不知道？”

“好吧，不知道。”

“你每句话开头不是‘好吧’就是‘呃’。这很粗俗。”

“就为了这事生我的气？”

“不是的。我们上次在十字路口分手，你还记得吗？你头也不回地走了。所以我生气了。”

“怎么了？”

她叹了口气。

“当你对某个喜欢的人说了再见，你走出几步之后要回过头再看她一眼，或许还要挥挥手。我，我就回头了。你还一个劲儿往前走，似乎已经把我给抛到九霄云外了。于是我决定再也不见你。可我后来想了想，我告诉自己可能是因为你粗鲁又无知。”

我使劲点头表示同意。

“是的！是的，就是这样。谢谢你回心转意。谢谢你借给我的书。我这次一定回头，我发誓。”

“说起书，你只要把它放在树桩里，我就会换上另一本。我是从书房拿的，但每次只敢拿一本，还有，我无权进入书房了…… 妈妈说我尽浪费时间读那些关于死人的废话。既然说到死人，我们走吗？”

“去哪儿？”

“听死人说话啊，笨蛋。你以为我们在这儿做什么？”

薇奥拉就像一名表演走钢丝的杂技演员，行走在两个世界之间模糊不清的边界上。有人说她介于理智和疯狂之间。我不止一次和别人起了冲突，甚至大打出手，就因为有人说她是疯婆娘。

聆听逝者是薇奥拉最爱的消遣。之所以有了这个爱好，她告诉我，是因为五岁那年参加某位祖辈的葬礼时她不小心在墓穴上睡着了。当她醒来时，脑子里装满了本不属于她的故事，那只可能是地下的亡魂告诉她的。着魔了，安塞尔莫神甫的前任阿斯卡尼奥神甫宣布道。儿童癔症，几周后她被带去米兰求医问药，医生给出了上述诊断。他建议使用冷水浴疗法。如果不奏效，那就要考虑更加极端的治疗手段。经历了第一次冷水浴之后，本就不疯的薇奥拉立马宣称病好了。她开始在夜间外出，别墅后面有一条粗陶材质的雨水管从她卧室边上经过，她就是顺着这条管子爬下楼的。她躺在墓穴上，有时随机挑一个，有时专挑认识的墓主。她亲口承认，逝者再也没有对她开口说过话。但她一如既往地来到墓地，万一，万一某位逝者突然想倾吐心事呢。否则，谁来听他们说话呢？这是她为死者效劳的方式。我以为遇鬼的那晚，她正躺在她哥哥的墓穴上。她和哥哥在一起，就像从前那样，默默无言却惺惺相惜。两人无须说话。

薇奥拉并不会因为我拒绝躺在坟墓上而生气。她只是问我：

“你在害怕什么？”

“幽灵，所有人都这样吧。他们会纠缠住我。”

“纠缠住你？你不觉得很有趣？”

她耸耸肩，走向最喜欢的坟墓。那是一块小小的石灰岩墓板，一部分覆盖上了青苔，她为我念出墓主的姓名，托马索·巴尔迪，1787—1797。小托马索而今成了村子奇谈的一部分。1797 年，彼得拉－达尔巴的一位村民说他听到笛声从地下，从他的地窖传出。大家以为他在说疯话，可第二天以及此后的日子，其他村民纷纷指天发誓说也听到了悠扬的笛声，在马路下面，在客厅地板下，在举行弥撒的教堂下面。然后，一群江湖卖艺人出现了，风尘仆仆，疲惫不堪。他们这些天一直在找他们的同伴小托马索，此人在森林里迷路了。他像往常一样带着笛子外出卖艺，可是一个星期过去了，没有人再见到他回来。

村民于是组织起大搜查，找到一个岩洞入口，那是一个落水洞，男孩有可能会落入其中了。众人还是能听到笛声，仿佛来自很远的地方，一次是在泉水下，一次是在村口。此后便没了动静。到了下一个周六，一条猎犬狂吠不止，把主人带到林中空地。男孩就躺在草地上，嘴唇外翻，露出洁白的牙齿，瘦得只剩皮包骨头。他攥住一根木头笛子，死死不松手。众人着急忙慌地把他送回村里，日光刺痛了他圆睁的双眼。将近午夜时分，他苏醒过来，幽幽说道，他很抱歉，他在巨大的地下城迷了路，才刚刚回魂。

薇奥拉相信他不是说胡话。在我们的脚下有一块隐秘的大陆。我们一无所知地行走在纯金的庙宇和宫殿之上，那儿的人们面色苍白，眼珠也是白的，他们头顶的天空是泥土，云朵是根须。有谁不希望发现一块新大陆？她花费了大量时间躺在托马索的墓上——双脚悬空——希冀着他能为她指点迷津。

当她为我做示范时，我耐心地坐在旁边的长凳上。她一动不动地躺上半小时，浑然不觉周遭的寒意。尽管薇奥拉就在我身边，还会断断续续地发出声音，说出自己的想法，我满脑子都在关注暗夜，一点风吹草动我便胡思乱想。坟墓之间有东西在爬动，我眼角的余光看到了骷髅舞。村里的钟楼敲响了午夜的钟声。没有眼皮的双眼透过树枝对我虎视眈眈。薇奥拉站了起来，我如释重负，差点喜极而泣。

“他对你说话了？”

“这次没有。”

我们穿过铁门。我在门口站定，好奇地问她：

“我每次都看见你从森林里出来。那里有路？”

“对你来说没有。”

话题就此打住。她无视我疑惑的目光，一直走到十字路口。

“我会再给你带点书，要是我被逮住了，那就自认倒霉。你就算看不懂也要看。你多少岁了？”

“十三。”

“我也是。你几月生的？”

“1904 年 11 月。”

“哦，我也是！你能想象我俩同年同月同日生吗？那我们就是宇宙双胞胎！”

“什么意思？”

“我俩之间互相羁绊，超越了时间和空间，一股莫名的力量把我俩联结在一起，超越了我俩本身，坚不可摧。我数到三，数到三的时候我们一起说出出生日期。一、二、三……”

我俩异口同声：

“11 月 22 日。”

薇奥拉高兴得跳起来，搂住我蹦蹦跳跳。

“我们是宇宙双胞胎！”

“好吧，难以置信。同年同月同日！”

“我就知道！回头见，米莫。”

“你不会又让我等上两个月吧？”

“不会让宇宙双胞胎苦等的。”她郑重表示。

她走右边，我走左边。她的快乐点亮了暗夜，轻盈了我的脚步，也减轻了我撒谎的负罪感。我生于 11 月 7 日。我突然记起了她生日卡片上的日期，那段文字我念了一遍又一遍，最后在她的房间里沉沉睡去。在我看来，一个小小的谎言如果能逗人开心，那就不算谎言了吧。或许，我该去向安塞尔莫神甫坦白。忏悔的好理由。

我一边往前走一边郑重其事地回头，一共回了三次。一次是弥补上次的过失，一次是为了今天，最后一次那是因为我情不自禁。

教堂的活儿结束了，作坊的生意又冷清下来。工作少得可怜，齐奥·阿尔贝托不得已再次远行，到周围的村庄和山谷招揽生意。他也拜访过奥尔西尼家族，后者通过管家传话说，有需要的时候一定会找他。

我和条款三无所事事，便各自找点事儿来做。齐奥的石头仓库空空如也，只剩下一块质量上乘的巨型大理石，他要留给未来的大订单。那我就用露天的石头雕着玩，反正在当地到处都是石头。有些习作或许时至今日仍能看到，在某条小径的弯道边给步行者带来意外惊喜。条款三为村民整修老家具，发现自己选错了职业：他是个糟糕的石匠，但在细木工方面有些天赋。1918 年的春天，我见过薇奥拉三次，每次都是在墓地。她费了九牛二虎之力也没法说服我参加她的降神实验——我拒绝躺在坟墓上。到头来，逝者还是没有对她说过话。如果他们真的开口了，我肯定撒丫子逃走了。

薇奥拉是奥尔西尼家四个孩子中的老幺。长兄维尔吉利奥应该是她最爱的家族成员，在那起知名的火车事故中英年早逝，只有二十二岁。我很遗憾没能认识他。“他和你有点像，”有一天她告诉我，“我说什么，他都信。”

二哥斯特凡诺，薇奥拉每次提起他都会表情古怪地眯缝起眼睛，似乎生怕他冷不丁地从灌木丛后面跳出来。斯特凡诺是侯爵夫人最喜欢的儿子，高大、强壮，热衷赛车和打猎。弗朗切斯科是最小的儿子，今年十八岁。一个严肃的年轻人，面色苍白，圣诞节后我们在教堂干活的那段时间，我见过他几次，但当时不知道他是谁。他经常来找安塞尔莫神甫，或者长时间跪在《圣母怜子像》面前祷告，而我面对这尊雕像总是横挑鼻子竖挑眼。薇奥拉说起小哥哥总是带着些许温柔，但说到“他会走得很远”时又微妙地有些嘲讽。弗朗切斯科立志侍奉上帝，这个决定深得父母欢心。他会走得很远，尽管在我身上栽了跟头。

至于侯爵和侯爵夫人，他们是薇奥拉生活中的暗影。虽然他们居住在同一屋檐下，但这两个成年人压根不会为女儿操心，偶尔在走廊上遇见，他们对她说着她难以理解的话。他们不坏，薇奥拉解释说。就算她干了蠢事，他们也从未打过她。十岁那年，她差点把整栋别墅烧了，她想用金合欢花蒸馏液作为基液制作一款属于自己的香水，没承想实验失败，混合液体爆炸了，至于原因，她到现在也没搞明白。薇奥拉躲进耳房，窗帘在熊熊燃烧。大火扑灭后，仆人找到了她，把她带到一本正经的父亲面前，后者只是禁止她从那天起进入书房，她就是看了化学实验的书才酿成大祸的。薇奥拉保证遵守父亲的命令，又暗暗祷告这话不算数。那次实验算是取得了部分成功，爆炸（烧掉了她的眉毛）过后一星期她还能闻到金合欢花的香味。那就是剂量问题，既然已经走在了通往成功的道路上，为什么要就此作罢？

“你能为我配制一款香水吗？”一天晚上我问她，她正躺在某位热那亚显贵的坟上。

“哦，我不捣鼓香水了。我有了其他爱好。内燃机、电力、钟表机械、医学原理。还有艺术，当然啦。我想成为文艺复兴时期的那些人，什么都懂。”

“那你什么时候才会什么都懂？”

“我先要攻克人类的未知领域。”

薇奥拉在某种意义上说承受了上天的诅咒，但凡她看过的、听过的、见过的，她能立马记住。一开始父母以此为乐。在她五岁时，会在深更半夜把她从床上叫起来，让她面对醉醺醺的宾客表演过目不忘的才能。看着眼睛大大的小不点背诵刚读过的奥维德诗歌，这个画面是多么赏心悦目！问题逐渐显现，女孩食髓知味，想了解文字背后的含义。她开始疯狂地阅读，一本接着一本，一台着魔的机器，母亲评论道，金合欢花香水爆炸事故把她的怒气推向了顶点。侯爵夫人再也闻不得这花香，她每次都会想起被熊熊烈火吞噬的窗帘，她确信从中辨别出了魔鬼的脸庞，于是命人清理干净庭院中所有的金合欢树。

书源源不断，越来越多。我有时能在树桩中一下子发现三本，同时把上周读完的书放回洞里。我躺在床上如饥似渴地阅读，记下人名、日期、首都、原理、概念，我就像一块海绵，此前被丢在太阳底下，而今在水里吸足了水分。我瞒着条款三外出，但他不是傻子。一天晚上，我正专心致志地看一本费解的工程书，被他逮了个正着。我为了信守对薇奥拉的承诺，每本书都从头看到尾。令我意外的是，即便是再难懂的天书，我也能从中学到点知识。明智的薇奥拉会作出调整，给我的书时难时易，有时带插图有时没有。她甚至会放上一本小说，因为经她诊断，我“极其缺乏想象力”。

“你在读什么？”条款三问。

“关于热那亚港口扩建的论文，作者是工程师路易吉·路易吉，生于1856年。”

“你晚上就干这事儿？埃马努埃莱还奇怪你为什么不愿意去墓地了。我都不知道原来你想造港口。”

“我不想造港口。这书是薇奥拉借我的。”

“薇奥拉？哪个薇奥拉？”

然后，他脸色煞白。

“薇奥拉·奥尔西尼？”

“是啊。”

“薇奥拉·奥尔西尼？”

“是的。我朋友。”

“那个会变成狗熊的女孩？”

条款三和我说过不少奥尔西尼家族的传奇故事，聊作消遣。奥尔西尼太有钱了，他说道，当某个家族成员打完喷嚏，仆人便会偷走他的手帕，刮出一点金屑。但这是我头一次听说变狗熊的事。他说其他传闻的时候要么乐不可支要么津津乐道，而这个故事让他害怕。

“你不该见那个女孩。”

“为什么？”

“她是女巫。随便找个人问。问问村民。”

此后，我觉察到村民确实会避开薇奥拉，至少对她敬而远之。事情要追溯到几年前。一群外地来的猎人路过村庄待了几天。所谓“外地”，通常是指“并非来自利古里亚、皮埃蒙特或者伦巴第的人”。而每个讲述故事的人因着各自的种族主义和奇思妙想，这些猎人便成了克罗地亚人、黑人、法国人、西西里人、犹太人，甚至新教徒。总而言之，他们行为不端，每晚纵酒狂欢，举止轻佻，看见村里的姑娘就想动手动脚。就在他们离开的前一夜，其中两人单独外出狩猎，遇见了在森林中独自闲逛的薇奥拉，起初他们把她当作狍子，差点开枪射杀。他们好奇心陡增，就在远处默默观察她。薇奥拉捡起地上的小石子，对着月亮检查它们够不够圆。猎人一路跟踪，并没有往坏处想，因为她是个漂亮的女孩。最终，一个猎人说道："她很漂亮，不是吗？"另一个嘲笑道："打住，她才多大，十二，十三？"第一个人回答说够大了，她肯定乐意的，她都一个人在森林里晃荡。他朝女孩扑腾过去，后者吓得大喊大叫。"闭嘴，别叫，我不会伤害你的。"他尽量安抚道，一边解开裤子。薇奥拉奇迹般地逃脱了，消失在矮树丛中。第二个猎人哈哈大笑："跟你老婆一个德行。"另一个一头扎进树丛，想追上薇奥拉："小婊子，我要给她点颜色看看。"手里还提着裤子。他来到一片林中空地，随即发出的叫声即使在萨沃纳都能听到。

他面前赫然是一头熊。动物用后肢着地，站了起来——足足比猎人高出一个头——发出震耳的咆哮，口水溅到他脸上，散发出肉腥味。

"好吧，那家伙遇到了熊，"我翻了个白眼说，"那并不能说明她会变成熊。"

"等等，我还没说完呢。"

条款三没说完。比看到熊更令猎人害怕的是，熊穿着碎成破布条的薇奥拉的裙子。女孩的帽子落在松树针叶地毯上。熊再次发出咆哮。猎人一只手仍旧提溜着裤子，另一只手挥动匕首。但薇奥拉，应该这么称呼这头熊吧，漫不经心地挥动爪子，割破了男人的喉咙。男人不可置信地松开裤子，热血四溅，不明不白地死掉了，条款三总结道。他的同伙撒丫子跑回村庄，人疯了一半，一股脑儿把发生的事抖了出来。起先，没人信他的话，因为除了一只鞋，找不到失踪者的其他遗物。但生还者吓坏了，他没完没了地说。这种害怕不是假装出来的，即便是演员，大腕如巴尔托洛梅奥·帕加诺[1]也演不出来，这位伟大的热那亚人凭借马奇斯特一角儿迷倒了整个意大利。生还者是编不出这种离奇故事的。人们又想到奥尔西尼家族那神秘的财富，再说了，他们的家族纹章上面不是有头熊吗？所有这一切都散发出巫术气息。从此以后，人们遇见薇奥拉便身体僵直，嘴巴打战，又得赶紧掩饰住，生怕惹恼了奥尔西尼夫妇，后者还不知道他们的女儿会变成熊呢。奥尔西尼家族是当地最大的雇主，此事还是避而不谈为上策。

我嘲笑了条款三，后者反正对整个故事坚信不疑。埃马努埃莱来找我俩，戴了一顶殖民军的头盔，身上的轻骑兵外套敞开着，露出赤裸的胸膛，裤子只到及膝处。条款三让弟弟作证，自己所言非虚。埃马努埃莱来了兴致，叽里呱啦说了一大通，可我一个字都没听懂，临到最后，条款三得意扬扬地看着我说：

“你瞧？我说吧。”

我再也没有感受过彼得拉－达尔巴的春意柔情，在那时，

1 巴尔托洛梅奥·帕加诺（1878—1947），默片时期的意大利电影演员。

拂晓会延续一整天。村里的石头攫取了晨光的玫红，并将其传递给一切反射物，方砖、金属、岩石层中的云母、奇迹之泉，最后映照进村民眼睛。只有当最后一个村民安然入睡，玫红才会消逝，甚至在夜幕降临之际，在灯笼的光辉中，男孩偶尔看向女孩的目光中仍残留着玫红色。彼得拉－达尔巴，拂晓的石头。

齐奥·阿尔贝托离开两周后回来了，此后数年一直维持这样的节奏。他一直走到皮埃蒙特腹地的阿奎泰尔梅，拜访了沿路的所有村庄，却一无所获。没人需要石匠。相反，好几次有人建议他参军入伍去保家卫国。回程的路上路过萨塞洛，终于碰上了好运。不值一提的生意，但在没活儿干的时期，聊胜于无。圣母无染原罪教区交代他整修四个天使像和两个装饰罐，以及制作一块还愿牌。齐奥回来的时候拉着一车的天使，他拒绝我们帮忙卸货，并立马投入工作，当晚便完成了第一个天使的毛坯，他心满意足地看着成果，喝了一晚上的酒。第二天，我和条款三接替他继续工作，因为他病了。整整一周他无所事事，从早到晚躺在床上，说着方言想驱散脑子里的可怕想法，大多数人已经不会说这种方言，或许通往热那亚港口的羊肠小道上还有人会说。那段时期，他竟然滴酒不沾。我可以放大胆子说，齐奥·阿尔贝托喝酒，起先是因为他开心。而在醉眼蒙眬之际，幸福出现了裂缝，阴暗的长蛇伺机而入。于是，他揍我。我学会了躲闪，而他每次打人的时候本就稀里糊涂，我也没遭多大的罪。偶尔有一两块乌青吧，谁身上没有呢？

我用了两个月整修完了天使。条款三负责还愿牌，这几乎是不会搞砸的活儿。但他还是把牌子砸成了两半，只能重新开始。

我骄傲地把天使拿给齐奥看，后者检查一番。

“你的名字是个诅咒。”他对我说，“你以为你是博纳罗蒂，但你就是一坨屎，一坨屎，雕的东西也是一坨屎。”

他的拳头如雨点般招呼在我身上，我蜷缩在角落里，满脑子想的是“米开朗琪罗·博纳罗蒂，1475—1564”。

在我生活的世界中，人们总是大声嚷嚷。好好说话，充其量只能算是奢侈，更多的时候被认为是无聊。人们嚷嚷着感谢，嚷嚷着表达满意，为了嚷嚷而嚷嚷。不大声嚷嚷的时候，就挤眉弄眼和手舞足蹈，“把盐拿给我”，并不需要开口说出这句话。我的父亲是这样，齐奥同样如此。男人的专长。薇奥拉，她常常用到“既然如此”或“尽管如此”。她为我打开了一个措辞精妙的世界。如果我提到“起风了”，她会反驳说“那不是风，是利贝乔风[1]”。薇奥拉知道所有风的名字。

1918年6月24日，她借着圣约翰节的契机约我在墓地见面。欣赏鬼火的最佳日子。她像往常一样钻出森林，我曾在大白天去森林里检查过，我发誓那里没有路。我立马和她解释说我不太愿意驱赶鬼火，那是一些受苦受难的灵魂。薇奥拉把手放在我的嘴巴上，而我还在说个不停。

“忘了鬼火。我有一个奇妙的发现。”

“真的？”

薇奥拉告诉过我不能说“好吧”，只有乡巴佬才这么说话。

1 吹向科西嘉西海岸的西风或西南风。

“我发现我可以进行时光旅行，”她欢呼道，“我刚从过去来到现在。”

“怎么做到的？”

“听我说，我来自一秒钟之前。如果说现在是T，那么一秒之前，也就是T–1时，我还不在这里。而现在，我在了。我从T–1穿越到了T。从过去穿越到现在。”

“你不可能真的实现时光旅行。”

“可以的。你瞧，我刚又重复了一次旅行。我是从前一秒过来的。”

“但你回不到过去。”

“回不到，因为过去没用啊。所以，我们总是从现在穿越到未来。”

“你不能去往十年后的未来。”

“当然可以。十年之后，我们相约在这里，1928年6月24日，同一时间。你会看见，我就在这里。”

“但你要用十年才能抵达。”

“那又怎么样？你从法国来的时候，有谁在乎火车开了一分钟还是一天。你从法国来到了意大利，不是吗？”

我皱起眉头，试图找出她推论中的弱点。但薇奥拉没有弱点。

“同样地，1928年6月24日，我会在这里，我将通过时光旅行到达未来。论证完毕。快走，来啊，死人还等着我们呢。”

“你真的会变成熊吗？”

她已经朝墓地走了几步，回过头来，神情严肃。

“谁告诉你的？”

“条款……维托里奥。”

“埃马努埃莱的哥哥？”

“是的。”

“我很喜欢他。我们小时候经常一起玩耍。五岁之前，贵族可以和任何人交朋友玩游戏而不用考虑世俗礼节。他还对你说了什么？”

“一个猎人试图对你……对你……”

“是的，我知道他想做的事。”她打断了我的话，神情突然变得冷酷。

“那是真的？熊的故事？我是说，我知道这不可能，可是……”

“我会告诉你真相，因为我从不对你撒谎。答应我，你也不能对我撒谎。”

“我答应你。”

“那这就会是我俩之间的小秘密。”

“我答应你。”

“我不喜欢大家拿我来说事儿。但既然如此，维托里奥是对的。”

“你可以变成熊。”

“是的。”

“你在拿我寻开心。”

“你不相信我，又为什么要问我？”

“好吧，我信你。你可以变成熊。那你变个给我瞧瞧？”

她莞尔一笑，手指点了点我的脑门。

“用你的想象力。有了它，就不需要我亲自变给你看。等你以后没这个想法时，或许，我就变给你看了。”

我用了整整六十几年时间，这六十几年我将信将疑，还有漫长的临终，我终于认识到我早就知道的事。没有薇奥拉·奥尔西尼就不会有米莫·维塔利亚尼。然而，薇奥拉·奥尔西尼的存在，无须借助任何人。

温琴佐神甫犹豫了。他站在木柜前犹豫了，柜子放在办公室一角，只有他手握门的钥匙。他转身站在窗前，他喜欢从这里眺望群山——在他履行圣职的漫长岁月中他看了无数次的山。细雨纷纷。较低处，有个板石屋顶贴着他的办公室，屋顶下面就是他刚离开的小屋。他等待着报丧那刻的来临，好了，神甫，结束了，可维塔利亚尼坚韧顽强。有谁知道在那宽阔的额头下面灼烧着怎样的愿景，又是何等的遗憾和欢乐在颤动他略短的四肢？院长有种奇异的直觉，他有话对他说。维塔利亚尼有话想说，恰恰在他无能为力之际，或许正是因为他无能为力，所以才想和盘托出。

温琴佐不由自主地回到柜子前。那木头具有迷惑性，令人心安，是祖辈传下来的老物件，和古老的墙壁相得益彰。那是个保险柜，他随身携带着钥匙。里面的文件他阅览过数百遍，并不认为需要如此缜密的防范措施。诚然，在阅读完保险柜里的文件后会产生些许疑问。可能这就是问题所在。教会不喜欢问题——它已经回答了所有问题。

在接过院长一职时，温琴佐意外获悉，这些文件没有存放在梵蒂冈而是留在了修道院。这里更安全，有人向他解释说。知识是利器，圣城有太多的阴谋家，他们会利用这些文件达成自己的政治目的。利用文件达成政治目的。不就是这些文件断送了奥尔西尼红衣主教的璀璨前途吗？他本来有望登上教皇之位。之后没多久，文件便被送到了圣弥额尔修道院，这绝不是随意为之，既然她也在这里。

温琴佐下定决心打开了柜子，就像过往数年许多次那样。这把无法造假的钥匙开启了一个精密无声的机械装置。里面几乎空空如也，他一直觉得有些荒唐可笑。架子上排列着四个白色的硬板纸文件夹，只有四个，平平无奇，类似人事档案、财务档案，但关于这件事，文件夹本该拥有更加精美的装帧，精装封皮、烫金工艺、金属装饰，反正是梵蒂冈热衷的华丽风格。不过，炸药不配有好包装。

四个文件夹标注了同样的名字。维塔利亚尼《圣母怜子像》。里面存放了关于她的几乎所有文献，但归根结底并没有多少内容。最早一批的证词，官方报告，起初由教士撰写，然后是主教，再后来是红衣主教。当然还有斯坦福大学威廉姆斯教授的整本研究报告。温琴佐记起来了，他曾经认为，那是无事生非。他知道关于雕像的一切，那些记录他读过一遍又一遍，也曾亲耳听过修士的忏悔、怪异的梦境，在见过她之后，他们的梦境扭曲了。可雕像没有对他做过任何事——或许是因为他缺乏想象力吧——他一直认为那是无稽之谈。他只是觉得她很漂亮，太漂亮了，他可是鉴赏的行家里手。其他的？道听途说而已。

直到1972年圣灵降临节那天，他头一次听说了那个该死的名字。拉斯洛·托特。自此以后，那个名字惊扰了他的安稳夜，他每天不下十次要摸一摸胸口，在那里，他用皮绳挂着那把无法造假的钥匙。

1918 年夏天，发生了一场火灾。西洛可风[1]焚尽了高原，树木在受苦，人也是。天空不再是蓝色，而是白色的，耀眼的白。有人说，那是大炮在喘息。炮火连天，烽火连绵，一大早起来便能闻到硝烟味，脑门像套了紧箍儿，稍微动两下便汗流浃背。在这样的世界末日氛围中，男人光着膀子，女孩要等狂风掀起裙子后才慢悠悠地拉住裙摆，干柴烈火。1919 年迎来了新生儿潮。

现金短缺，食物捉襟见肘。条款三揽下越来越多的木工活儿，就像这世上最顺其自然的事，他把劳动所得分我一半，背着齐奥·阿尔贝托给我一块面包，一片奶酪。后者骂骂咧咧地说我们是吸血鬼，又把我母亲给我的钱，如果还剩下一点的话，全都换作红酒喝进肚子。他终于下定决心，让我起笔给他母亲写信。

妈咪：

情况不妙，但总会过去的。我花了大把的钱来养吸血鬼，而他们一个子儿都赚不到，我该怎么办？真难啊！算了，我不能抱怨，也不能问你要钱，我总能应付过去的，我说了，就是勒紧裤腰带嘛。毕竟在打仗。爱你的儿子。

1 从撒哈拉沙漠吹向欧洲南部的热风。

7月末，飞扬的尘土模糊了地平线，它竟然没有在公路转向奥尔西尼宅邸的位置消散开，反而冲着我们扑来，齐奥·阿尔贝托莫名地紧张起来。他一头扎进饮水槽，理顺了头发，换了件衬衣。我们伫伫立在马路中央，迎着太阳眯缝起眼睛。有辆汽车一路颠簸，驶过马路两旁的果园，越来越清晰。那是一辆正儿八经的汽车，祖斯特25/35，拥有金色的长鼻子，威风凛凛的挡泥板，它驶出了大火炉，在我们面前停下。司机下车为乘客开门，那是一个漂亮的女人，还裹着一件皮草，尽管那天有三十五摄氏度。女士朝我们走来，司机拿起抹布要挽救尘土对金灿灿的车盖造成的损害。

“你永远是最帅的小伙。”女士掐着齐奥的脸颊说。

我明白过来，那是他的母亲，非要说，齐奥不算难看，但他肯定不是最帅的，永远不会是。妈咪，她一再坚持让我们这么称呼她，并非简简单单的港口女孩。她经营着一个声誉良好的场所——在某些领域确实如此。战争让她一跃成为交际花女王，而她此前早已深耕阴暗小巷多年。

司机随即从冰箱里面取出野餐。这要感谢妈咪国际化的客源，他们有时会用实物来付账，这真的是一次美食盛宴，一场从撒马尔罕到都灵的美食之旅。我这个还不到十四岁的小叫花子生平第一次吃到了鱼子酱。齐奥故作矜持，时不时朝手掌吐口唾沫，抹平额头上那缕倔强的头发。他的母亲落落大方地邀请我和条款三加入，他也不能加以反对。

“你需要钱，亲爱的？”她吃完一碗草莓后，压住饱嗝问道。

“不需要，妈咪，一切都好。”

“但如果这能让妈咪高兴呢？”

“让妈咪高兴，那就不一样了。既然你坚持，那我没法拒绝。”

妈咪打了个响指。司机钻进车里，回来时手里多了个旅行袋。一个厚实的信封露了出来，里面装满了里拉——我猜齐奥都要流口水了。在把信封递给儿子之前，她抽出几张钞票给我和条款三。

“给小伙子的。让我看看哟，他们瘦得跟小鸡仔似的。你呢，你长得不高啊，你不好好吃饭就长不高了。”

“他是侏儒，妈咪。”齐奥解释说。

“他是个俊俏小子。”她对我说，并且眨巴了下眼睛，“告诉我，你喜欢无花果[1]吗？”

“喜欢，夫人，可这儿找不到太多无花果，除了教堂的花园。”

大家哄堂大笑，包括齐奥。条款三笑得在地上打滚，我这才知道他们的无花果并不是长在树上的那种水果。妈咪起身，走路有点踉踉跄跄，灌下的两瓶波尔切韦拉山谷葡萄酒发挥了作用。

“好吧，这不是全部，但公馆没法自行运转。再见了，诸位！[2]”

她回到车边，挥动戴戒指的手。我匆忙跑去为她打开车门，司机拉动手柄发动汽车。妈咪俯下身子，笑盈盈地低语：

---

1 在希腊和罗马神话中，无花果与酒神、象征性欲的普里阿普斯以及女性生殖器有关，因无花果在接缝处裂开，形似女性的生殖器。

2 原文为意大利语。

“多么有礼貌的男人。等你哪天来热那亚，一定来看我。会有人照顾你的。妈咪买单。”

汽车很快消失在最后一抹古铜色的余晖中，齐奥转向我俩，伸出手。我们把妈咪给的钱还给了他。

那段时间，薇奥拉在做梦。她什么都没有对我说，但我觉得她离我越来越远了。她不再打断我，也不再自问自答，我俩之间竟然生出了沉默。我以为是我犯了错，可每次分别时我都会郑重其事地转回头。我们见面的频率越来越高，有时每周见两三次。见面时我俩形影不离。我惊讶于她能轻松地溜出家门，不过在那座宅子里没人在意她。父亲忙于管理田产，今年的干旱又让事情变得更加棘手。他查阅了晦涩难懂的气象档案，又每天写信给热那亚，甚至开始念叨某些古老的求雨仪式，他以前对这类民间信仰可是嗤之以鼻的。至于母亲，她把生命用来跟踪、评估奥尔西尼家族在意大利世家棋盘上的进展。斯特凡诺而今成了长子，是母亲手中的一枚棋子。他定期在全国各地游历，寄居在“世交”家中，结交“大人物”，战争不会一直打下去，必须考虑今后的事。小儿子弗朗切斯科在罗马的神学院。哥哥不在家的日子里，薇奥拉可以尽情地东游西逛。她唯一担心的是在书房被逮个正着，那是父亲的专属领地。

然而，书本还是源源不断地送来。这些书扩大了我的宇宙。当我雕刻的时候，我惊讶地发现，我生平第一次模模糊糊地想到我的一举一动都不是孤例。在我之前已经有数千人精雕细琢过，在我之后还会有成百上千人。锤子的每一下撞击都来自远方，那余音还会缭绕很长时间。我试图解释给条款三听。他瞪大了眼睛看着我，然后建议我不要吸食颠茄[1]了。

薇奥拉转了性子，起先令我摸不着头脑，继而我开始惴惴不安起来。为了求她原谅我臆想的原罪，夏季行将结束时，我终于同意躺在坟墓上。她一脸惊讶，然后无忧无虑地哈哈大笑，那是我熟悉的笑容。她找到一处相邻的坟墓，这样我俩可以手拉手躺在上面。我硬着头皮躺了上去，迷信思想、没来由的恐惧无时无刻不在折磨我——我会不会英年早逝？然后，天空令我晕头转向，还有柏树，繁星点点中的光束。薇奥拉的手蜷在我的掌心。我时不时放开，为了再次体验攥住的快乐。

“你害怕吗？”过了很久之后她问我。

“不害怕。有你在，我不怕。”

“你确定？”

“确定。”

“幸好。因为你握着的不是我的手。”

我尖叫一声，跳下坟墓。薇奥拉笑得眼泪都流出来了。

“你这人太奇怪了！我们就不能安安静静地度过片刻吗，和所有人一样？你不能少点稀奇古怪的行为？”

眼泪还在流，可薇奥拉止住了笑容。

“你怎么了？对不起，我不想这么说的，可是真的太奇怪了！你看见过我一蹦三尺高吗？太蠢了！你吓到我了！”

她倒吸了几口气，举起手。

“不是因为你，是我自己。”

---

1 多年生草本植物，食用一定量会引起神志不清、谵妄、躁动、幻觉等症状。

“为什么？”

她用袖口背面擦干了泪水，从坟墓上坐起来，双手环抱住膝盖。

“你没有梦想吗，米莫？”

“爸爸说梦想不顶用。梦想不会实现，所以才叫梦想。”

“可你有吗？”

“有啊。我希望爸爸能从战场上回来。这是个美梦。”

“还有吗？”

“成为伟大的雕塑家。”

“难道不会实现吗？”

“看看我。我在为酒鬼干活，睡在稻草堆里。我不名一文，大多数人看见我都想哈哈大笑。”

“可是你有天赋。”

“你怎么知道的？”

“安塞尔莫神甫对我哥哥弗朗切斯科说的。你包办了作坊的所有活儿，他一清二楚。”

“怎么回事？”

“维托里奥逢人就说。”

“维托里奥话真多。”

“安塞尔莫神甫确信你非常有天赋，非同凡响的天赋。”

这是我收到的第一份赞誉，还用到了“非同凡响”这个词。

“关于你，我也有伟大的梦想，米莫。我希望你的创作能和安吉利科修士的作品一样精美绝伦。或者像米开朗琪罗的，既然你也叫这个名字。我希望全世界都知道你的大名。”

“那你呢，你的梦想是什么？”

“我希望搞研究。”

“研究？有什么用？”

薇奥拉从口袋里掏出一份报纸递给我，整个晚上她都在等着我提问。

那篇文章仍在我的手提箱里，在窗户下，夹在从未出刊的 ***FMR*** 杂志中。纸页已经泛黄，我好久没有打开过它了，或许碰到的刹那，它便会碎成纸屑。那是一篇刊登在 1918 年 8 月 10 日《新闻报》上的文章。加布里埃尔·邓南遮[1]刚刚率领第 87 战斗机中队，从威尼斯共和国出发，飞抵维也纳。一次几乎不可能完成的飞行任务，飞越上千公里，历时七小时十分钟，打了奥地利人一个措手不及。邓南遮并没有向城市投掷炸弹，而是撒下劝降的传单。我们，意大利人，不会对老弱妇孺开战。我们是对你们的政府开战，他们是国家自由的敌人，你们的政府盲目、固执、残忍，既不给你们和平也不给你们面包，而是用仇恨和妄想来饲养你们。

邓南遮是诗人和冒险家，他不是飞行员。多亏了纳塔莱·帕利，他才能抵达维也纳又活着回来。而纳塔莱·帕利本人在几个月后长眠在了普里山的皑皑白雪之下，他的飞机紧急迫降之后，他试图步行回到山谷。然而，他再也没有醒过来。他永永远远成了传奇故事的一部分，那些先驱试图摆脱重力的束缚。薇奥拉想做同样的事。

---

1 加布里埃尔·邓南遮（1863—1938），意大利诗人、小说家、政治活动家和冒险家。他在意大利文学界占有重要地位。被誉为“诗人”和“先知”。

自打她美好的童年开始，薇奥拉就想要飞翔。

“你要飞？”

“是的。”

“用翅膀？”

“是的。”

“我这辈子还没见过飞机呢，也没见过人飞。你打算怎么做？”

“我要搞研究。”

“你和你父母说过？”

“是的。”

“他们同意了？”

“没有。”

薇奥拉的话听得我精疲力竭。奇形怪状的云朵布满了天空，暗影的五指在墓地游弋。

“那你打算怎么飞，如果你必须做研究可你父母又不准你做的话？”

“我的父母老了。我不是说他们年纪大，他们活在另一个世界。他们无法理解未来飞行会和骑马一样是家常便饭。女人可以留胡子，男人会戴珠宝。我父母的世界死了。你，你害怕活死人，它才是你应该畏惧的。它死了可还在动弹，因为没人告诉它，它死了。所以这才是一个危险的世界。它自行垮塌了。”

“你不打算去别处走走？这些云好古怪。”

“那不是‘云’，那是高积云。我就算求我爸妈也没法说服他俩让我去上大学。‘我没做过研究，’妈妈对我说，‘看看今时今日的我。’她出生时是个女男爵，最终成了侯爵夫人。你提到了志向。办不到，我必须表现给他们看。证明给他们看我是认真的。我现在就要飞。无论如何，我要抓住这个可能。”

“怎么做？”

“我研究了两年。读了所有能找到的书，看了达·芬奇最初的草图，我想我们可以制造出某种飞翔的翅膀。不用飞得太远。重要的是，只要我能飞上一百米，两百米，就可以让爸妈闭嘴。大家会谈论我，然后就会同意我就读都是男人的学校。”

“你不能换个事儿做？简单一点的？我是说，你都可以时间旅行，还能变成熊，你还不满足吗？”

“这不是一回事儿。全都有因果联系。”

“不明白。”

“我只需要你帮助我。你以后会明白的。”

“我是个石匠，薇奥拉。我想帮你，可……”

“你说过维托里奥会做木工？我的翅膀就要用木头和布匹来做。必须在牢固和轻盈之间找到平衡点，还要设计一个辅助补偿系统。就是轮滑和绳子啦，”薇奥拉看着目瞪口呆的我解释道，“达·芬奇的设想存在缺陷，他假设那人要力大无穷。对于精通解剖学的人来说，这太可笑了。我们的翅膀建造起来方便得多，因为我很轻啊。你知道我很轻，对吧？”

“是很轻。不过，你的想法……彻头彻尾在发疯。”

“报纸把邓南遮的尝试称作‘疯狂的飞行’。你会帮我的，说好了？你会帮我飞起来的？”

“会的。”我叹了口气。

“你发誓。”

“我发誓。”

“再发一次。”

“我发誓，我说都说了。你要我吐口痰吗？还是把我俩的唾液混在一起才算数？”

“成年人总在交流唾液。他们照样背信弃义，互捅刀子。我们，我们要做点不一样的。”

她抓起我的手，放上她的心口。那是我一生当中最激动人心的时刻之一。她的胸很平，她从来都不是胸脯丰满的女人，但这种缺失确确实实充盈了我的手掌，就像我之后认识的那些女人带给我的感受。她的手放在我的心口。

“米莫·维塔利亚尼，请您在上帝面前发誓，如果真的有上帝存在，您会帮助薇奥拉飞翔，您永远不会让她摔落在地上。”

“我发誓。”

“而我，薇奥拉·奥尔西尼，我发誓我会帮助米莫·维塔利亚尼成为这世界上最伟大的雕塑家，比肩和他同名的米开朗琪罗·博纳罗蒂，我发誓永远不会让他摔落在地上。”

有那么短暂的瞬间，我和薇奥拉一般高。我们快十四岁了。同样的高度，分毫不差。但这不会持续很长时间，她知道，我也知道，我们都知道，我喜欢说我们。下一秒，薇奥拉继续抽条长个，她会朝着天空茁壮成长。我留在原地，低入尘埃。我们凝视良久，身影落在对方眼里。这刹那的交集，猝不及防的平等，几乎惊到了我俩，在这公墓之夜，白日的余温染红了天际。我不由自主地想到，在这短暂的瞬间，一切都不会改变。然而，那股力量已然发挥作用，催促着薇奥拉快快长高，细胞裂变，骨头伸展，薇奥拉身上的每个分子都在渐渐远离我。

圣彼得在哭泣。他那时还没有成为真正的圣人——必须指出这一细节。他伫立在一处高原之上，这地方有别于他途经的山谷，许是疲劳，许是宽慰。他很久没有流泪了，自打那个晚上人们带走了他的挚友，他愿意为之赴死的挚友。愿意为之赴死，确实，但不是那个晚上，因为在公鸡啼鸣之前他还要三次不认主。

他的泪水渗入裂缝。既然他不是路人甲乙丙，既然他背叛的挚友不再是路人甲乙丙，泪水渗过以他之名命名的石块[1]，成了奇迹之泉。在这砾石遍地的高原之上，不久之后人类前来繁衍生息，柑橘树破土而出。较为科学的观点解释说，高原地下是喀斯特地貌，一直处于变化中，为泉水喷涌创造了条件，尽管那里原先根本不存在泉水，可是科学不会削弱奇迹，它只是用某种恰当的诗意来表述。结论如出一辙：想了解彼得拉－达尔巴，高原的水文地理必不可少。流水，不疾不徐、耐着性子塑造了高原的命运和当地居民的命运，关于水的用途，他们兴许会如此作答："用来喝的，用来浇的。"而精彩的回答是："用来妒忌，用来肆虐。"

无论是在彼得拉－达尔巴还是在其他地方，懂得水，便懂得了人性。

1 圣彼得的名字是Saint Pierre，其中pierre意为"石头"。

墓地立誓之后的第二天，我到处找条款三，想告诉他我们需要他帮忙。他不在作坊。两个小时之后才露脸，穿得人模狗样——换了件干净衬衫，安娜，焦尔达诺的女儿，陪在身旁。他郑重其事地请求安娜，要当她一整天的护花使者。我想知道他们要去哪里。两人扑哧一笑，当然了，你对此一无所知，因为你是“法国佬”。我一蹦三尺高，冲着条款三嚷嚷：“你再说一遍试试看，你才是法国佬。”我俩在干草堆里打滚，安娜不耐烦地瞅着，然后条款三把我抡进一捆草垛。他们都不是记仇的人，随即邀请我跟他们一起走。

“可是，跟着你们去哪里？”

“湖边，傻子。”

奇迹之泉在地下流淌了五公里，时不时涌出地表形成喷泉，我们谷仓前面的饮水槽就是一处，它最终在山谷谷底汇聚成一汪湖水。湖属于奥尔西尼家族。每年 9 月 15 日，家族会邀请所有村民游湖。美好的一天，简单纯粹。只是在意大利，更何况是在彼得拉 - 达尔巴，一切都没那么简单。

我无缘见到登台表演的卡鲁索[1]——三年后他在家乡那不勒斯去世。幸而有了磁带，尽管它的魔力还略显寒碜，我后来听到了他扮演丑角[2]的唱段。丑角遭到妻子背叛，身披丑角花衣，强忍悲痛。穿上外衣，强颜欢笑，收起悲伤，一切都会好。我不由自主地想，莱翁卡瓦洛[3]是否认识奥尔西尼家族，

1 卡鲁索（1873—1921），意大利著名男高音歌唱家，被认为是有史以来最著名的男高音之一。

2 《丑角》是一部意大利二幕歌剧，一出由演员妻子挑诱而引起的悲剧。

3 鲁杰罗·莱翁卡瓦洛（1857—1919），意大利歌剧作家，代表作有《丑角》《扎扎》。

是否在创作这部歌剧之前去过他们家族那个该死的湖。欢笑，丑角，所有人为你欢呼鼓掌。[1]

9 月 15 日的游湖，就是忧伤小丑的欢笑。涂脂抹粉的脸，为了博君一笑。虽说那碧波荡漾的湖泊以及周边十米宽的湖岸属于奥尔西尼家族，但环湖的农田全都属于甘巴莱家族，他们扎根在相邻山谷，是奥尔西尼家族的死敌。

彼得拉 – 达尔巴的居民不负他们的名声，争相发挥想象力来解释两个家族之间的纷争。甘巴莱家祖上本是奥尔西尼家族的佃户，他们背信弃义，厚颜无耻。奥尔西尼家族本该用甘巴莱家的鲜血来灌溉柑橘树。大家提到了奸污、谋杀、背叛。理由已然无关紧要，梁子早就结下，那是世仇，经久不息，久远过山谷里的顽石。奥尔西尼家族拥有湖泊，却没法取湖水灌溉果园，因为甘巴莱家不允许他们穿过自己的土地。当然，他们可以沿着自家的森林小道抵达湖岸。唯一的解决办法就是沿森林小道建立水渠，然后从湖面上抽水，听上去大费周章又不太可行。薇奥拉有一天和我解释说“技术层面可行，经济层面愚蠢”。水泵的维护，电力的供应，还要计算坡度，整个工程太复杂了。为了给果园供水，奥尔西尼家族情愿依靠涌出地面的奇迹之泉，还有承接雨水的蓄水池。最为荒诞的是，甘巴莱家族在相邻的山谷种花，但他们拿这个湖没辙，任由湖边的农田荒芜，唯一的用途就是膈应奥尔西尼家族。后者的反击彬彬有礼，每年邀请村民游湖一日，全村人几乎全体出动，穿过森林，络绎不绝地来到湖边。那一天，甘巴莱家族成员荷枪实

1 原文为意大利语。

弹地在领土上巡视，确保村民不会踏上他们的农田，只在十米宽的湖岸地带活动。奥尔西尼家族的雇工更是人多势众，同样挎上武器，监视着甘巴莱家的一举一动。这个传统可以追溯到二十多年前。谢天谢地，对峙局面没有进一步恶化。

1918年夏天，干旱进一步撕裂了创伤。奥尔西尼家族的地下泉水在枯竭，尽管进行了无数次谈判，双方仍旧互不相让。既然全世界都在打仗，那两家人理应势同水火。甘巴莱家赌咒发誓，只要活着，他们就绝不允许奥尔西尼家的任何一滴水通过他们的土地。如果大风胆敢带走水珠，那他们就种起柏树来当篱笆。奥尔西尼家族作出反击，他们有当地的名门望族撑腰，放出话来，谁在热那亚和萨沃纳的集市上买了甘巴莱家的鲜花，谁就会失去贵族客源。鲜花在货棚里枯萎，橘子颗粒无收。但双方的荣誉都保住了。9月15日，游湖的众人开怀大笑，一个猛子扎进水里，把水泼到别人身上，或在水下温柔地爱抚。

当我们抵达岸边时，奥尔西尼家族已然在那儿了，几乎是全体出动。他们不会游泳，理所当然啦。他们大发慈悲地审视眼前的景象，时不时向某处点头致意，可能有人在问好，也可能是在骂骂咧咧。薇奥拉包裹在一条绿松石色的长裙里，她板着脸，略微退到后方。我开始了解她的为人，不禁猜测她之所以没有和我提过游湖的事，大概是为此感到羞耻。我长到了十三岁——说“长”字的时候，我带着戏谑，终其一生都如此——我还未觉察到在这离奇可笑的祥和背后，风暴正在酝酿。

我奔跑起来，把衣服甩在身后，一头扎进水里，不必在乎自打出生起就拖着的这具异于常人的躯体。湖泊是奇迹之地，一旦我沉入水中，那就和别人一模一样了。只有脑袋露出水面，仿佛水下的我高大威猛，肌肉结实。烈日炎炎，但湖水清凉。

奥尔西尼家族躲在巨大的遮阳伞下观赏我们，时不时喝点小酒，咬口水果。薇奥拉晃悠在森林边缘，也晃悠在童年边缘，时间一分一秒流逝，她渐行渐远。她的父亲，侯爵先生身材高挑，一张长脸顶着古怪的发型，头顶聚拢了一大簇灰发，两边剃得很短。长子斯特凡诺身板厚实，西服撑得紧巴巴的，他反复握紧拳头又松开，似乎是要发泄无处发泄的力量。他留了唇髭，几个月之后被母亲逼着剃干净，借口是看着像“南方人”。一头乌黑的鬈发跟姑娘的秀发似的，这是他一生的痛，他用了大量发胶、耐着性子来抹平。只有小儿子弗朗切斯科缺席，他远在六百公里之外，沉浸在梵蒂冈的宗教氛围中。

我当时还不知道丑角、列波来洛[1]、唐璜，关于歌剧提供的教诲，我一无所知。我不知道众人哄笑是不嫌事大。齐奥曾用自己的方式对我谆谆教诲，*你的屁别放得比你屁股高*。我看到齐奥钻出森林的时候，正游近一个冲我笑的女孩。我和条款三邀请过齐奥，可他大手一挥把我们赶走了，自个儿瘫坐在扶手椅中，郁郁寡欢地留在作坊。打老远我都能感觉出他心情愉快。他向侯爵走去，一路点头哈腰，惹恼了斯特凡诺。后者抓起他的衣领，把他拖到父亲面前。齐奥把手中的东西献给侯爵，还在比比画画。之后，两人把手搭在眼睛上方，审视起湖

---

1 唐璜的仆人。

面。而我，蠢钝如我，挥起了手。

斯特凡诺立马冲下土坡，来到湖边，挥手指向我。

“你，过来！”

我出了水。众目睽睽之下，臆想的躯体又恢复成我那具寄居的实际肉体。斯特凡诺粗鲁地揪住我的耳朵，把我拎到小土丘上他父亲面前，后者端坐在柳条椅中。我立马认出了他膝头的东西。薇奥拉最近带给我的那本书，《根类植物史评述》，16 世纪巴伐利亚植物学家莱昂哈特·福克斯的著作，虽然是个新版本，却十分精美。其中的插图看得我心醉神迷，所以我才没有及时把书还给薇奥拉，尽管我压根看不懂拉丁语。

“我在他的衣物当中发现了这个。”齐奥解释说，“我想，他应该是在我们修补贵宅屋顶的雕像时偷窃了大人您家的东西，我家从没有过书，我认识的人也都不识字。”

“是这样的吗，小子？你从我家顺走了书？”

徘徊在森林边缘的薇奥拉吓得面如土色。

“是的，先生。”

“应该说‘大人’。”斯特凡诺·奥尔西尼踹了我一脚，纠正道。

“是的，大人。我没有坏心思。我不是要偷书，只是想读一读。”

整村的人都聚集到湖边上来凑热闹。兴致勃勃，浑身湿漉漉的，空气中弥漫着淤泥的气息。甘巴莱家的人也靠拢过来，一副无所谓的表情，却在密切关注事态发展。侯爵搓搓下巴。侯爵夫人在丈夫耳边嘀嘀咕咕，后者不耐烦地打断了她的话。

“想要通过知识改变命运，并不该受到指责，”侯爵指出，

“然而，占用他人财物，即便是一时的，也罪不可恕。犯了错，就该受罚。”

最后几个字说得掷地有声，显然是为了说给甘巴莱家听的。奥尔西尼夫妇低声商量刑罚，侯爵夫人和斯特凡诺认为该打四十棍，侯爵提出十棍。我想，是我对侯爵的藏书表现出的兴趣让他大发慈悲吧，他从各地的书商那里购得书籍，耐心地、定期地充实他的书房。根据薇奥拉的说法，他鲜少进书房。但是，热那亚的大家族、有钱人都对奥尔西尼家族的藏书羡慕不已。

既然要在甘巴莱家面前以儆效尤，最后他们一致决定打上二十棍。我只穿了一条粗布长裤，浸湿的布料紧贴在腿上，斯特凡诺猛地拉下我的裤子。薇奥拉双目含泪，冲我微微一笑之后别过头去。斯特凡诺折下一根嫩枝，剥干净树叶，往手里啐了唾沫，动手抽打我的屁股和背部下方。幸好湖边只有松树，它的枝条算不得上好的鞭子。我一动不动地忍受着，对抗着内心深处的伤痛。我痛苦地知道，我的肉体正在遭受乡野酷刑，就好像它还没有付出过高于常人千倍的代价。斯特凡诺抽了我二十五下，借口数忘了。我死死盯着齐奥。他笑得得意扬扬，至少一开始是这样的。之后，他的下巴开始神经质地抽搐。打到最后几下时，我感觉那枝条是抽在他身上的。

一时鸦雀无声，类似做爱后的倦怠。做都做了，人们这么想着，期盼快点从头来过吧。没有人动弹。必须靠我来跨出第一步，走下舞台，幕布落下，众人如释重负，开始咳嗽、挠痒、调整坐姿，等着下一幕上演。

我提起裤子，咬紧牙关。我承认好想大哭一场，这念头一闪而过。欢笑，丑角，所有人为你欢呼鼓掌。我对上斯特凡诺讥讽的目光，发誓要报仇雪恨。我可以加入甘巴莱家族，一刀子捅进某个奥尔西尼家的人，或者趁着夜色砍倒金贵的柑橘树，往他们的水源投毒。但薇奥拉是对的：那个世界死气沉沉。我的复仇应该是20世纪的，我的复仇应该是现代的。我要和他们同坐一桌，就算他们曾当着我的面掀翻了桌子。我要和他们平起平坐。如果可以，我还要超越他们。我的报复不是要了他们的性命，而是笑对众人，就像今时今日他们对我露出纡尊降贵的笑容一样。

我的职业生涯，归根到底，应该感谢那一天彼得拉－达尔巴所有的人都看到了我的屁股。

它是历史上最美的雕塑——没有之一，有人会质疑——它笑盈盈地面对所有访客，一视同仁。1972 年 5 月 21 日，它冲着拉斯洛·托特微笑，这位来到梵蒂冈的匈牙利地质学家伫立在它跟前。四目交汇之际，刹那间，某些异样发生了。它仿佛一清二楚。它的笑容，在圣灵降临节这天，愈发地蛊惑人心。

难以想象它曾经是座山。山又演变为博尔瓦乔的采石场。人们从那里取出一块大理石，交到一个面容狰狞的男人手上，脸上的疤痕是和妒忌的同僚干架时留下的。他自有一套哲学，只需要砸开石头，释放出早已蕴藏在石头中的形态：女人显出了真容，她美得惊心动魄，俯身凑向长眠在膝头的儿子。一个人，一把雕刻刀，一个锤子，飞溅的碎石。仅此而已，却创造出意大利文艺复兴时期最伟大的作品。这尊全世界最美的雕塑就藏在石头深处。米开朗琪罗·博纳罗蒂徒劳地寻找、嘶吼，他在其他大理石中再也找不到如出一辙的。之后创作的《圣母怜子像》只是第一件毛坯。

拉斯洛久久凝望《圣母怜子像》，沉浸在大教堂半明半暗的光线中。今天的他衣冠楚楚，因为这是重要时刻。他捋平了半长的头发，用梳子梳理山羊胡子。当他戴上领结的那一刻，不得不承认他有点儿光照派[1]的调调。他不是光照派。他几天

---

1 光照派，又称光明会、光照帮，意为“启蒙的人”“受光照的人”，是巴伐利亚的一个秘密社团。

前来到罗马，三番五次尝试获得教皇接见，保禄六世却给他吃了闭门羹，他的沉默难以理解。拉斯洛只想见见教皇，和他分享一个重要消息：他是复活的基督。有哪个教皇不想听到这个消息？

他有了行动，目击者事后有说他冷不丁地（也有说他毅然决然地）从口袋里掏出地质学家的锤子，接着高喊“我是基督！”，跳上四百七十三年来冲游客微笑的雕塑——一件美得超凡脱俗的作品，连砸十五下。十五下，漫长的时刻，目瞪口呆的路人终于反应过来制止他的行径，至少有七个人齐上阵。米开朗琪罗的《圣母怜子像》少了一条胳膊、鼻子、一个眼睑，还被砸出了深浅不一的凹坑。现场众人不知所措，有些人捡起大理石碎渣带回家中，还有些人出于愧疚又物归原主——但这不是大多数。

拉斯洛·托特被认定没有刑事责任能力，不会被判刑，在意大利一家医院待了两年之后被引渡回国。对于公众来说，案件就这样尘埃落定了。专家却疑窦丛生：把自己当成基督和攻击《圣母怜子像》之间到底有什么关联？教皇不认识拉斯洛此人，后者却对他心生怨恨。可是，这尊大理石贵妇和她死去的儿子的雕像并没有招他惹他呀。除非，身在现场的人感受到那绝世才华更接近神，而拉斯洛·托特觉得望尘莫及。除非，他感受到了这云泥之别，印证了他乃冒牌货——因为谁能比神的子嗣更接近神呢？——于是，他要毁了它。

我们接着要讲述的便是不为大众所知的部分。人们的好奇心被打消了，毕竟受害者是块石头，我们不可能把一辈子耗在研究调查报告上。再说了，梵蒂冈某几位位高权重者叫来了警界某几位位高权重者，指示说，报告有几页没多大意思。根据那几页报告，拉斯洛·托特并非最近才来到意大利，他在这个国家已逗留了十个月。他先是在北部久久徘徊，参观了都灵周边不计其数的教堂。在分析了他的行动轨迹之后，发现他似乎在围着圣弥额尔修道院转悠，他在找寻某个东西，但他并不知道确切位置。他可能也耳闻了她，这件作品蛊惑了每个目睹者。

梵蒂冈的《圣母怜子像》得到修复，焕然一新——而今，你要凑近了才能看见上面的拼缝。我们只能隔着防弹玻璃一睹其风采，而这一切的罪魁祸首便是这个匈牙利地质学家。悲剧是历史的一部分。但消息灵通人士怀疑，梵蒂冈的《圣母怜子像》并非拉斯洛·托特最初起意的攻击对象。他自认超凡入圣，妄图消灭所有竞争者，所以他要毁了维塔利亚尼的《圣母怜子像》。但遍寻不得，只能把矛头转向米开朗琪罗的作品。退而求其次的选择。

假如情况确实如此，假如真的有件作品的神性超过米开朗琪罗的，那它就是武器。梵蒂冈或许认为：把它藏起来是明智之举。

我和薇奥拉十五岁了。条款三和埃马努埃莱十八岁了。当然，还有埃克托尔。那是属于我们的年代。洋溢着青春和轻盈的美梦。那是振翅高飞的年代。

进入 10 月，暑意未消。空气中嗅出了丝丝咸味。海上吹来的利贝乔风攀上悬崖，直取彼得拉 – 达尔巴的护墙，吹拂过巡查路，我们站在那儿，距离虚空只有几厘米。经过了一夜的密谋，连续数个月夜晚加班、研究，还有无限的耐心，我们迎来了第一次试飞。我不让薇奥拉亲自上阵，太危险了，我俩当着条款三的面争执起来。后者显得惴惴不安，或许生怕她大变活熊吧。薇奥拉没有变成熊，她同意让一步。因为我们有埃克托尔。一个勇敢的家伙，脾气好，还乐于助人。埃克托尔毫无畏惧，即便要跳下五十米高的虚空。他的无畏精神堪比半个世纪之后的飞行员，他们驾驶了一个既像飞机又像火箭、六倍音速的装置。在邓南遮的双翼飞机和北美 X–15 机之间只隔了五十年。风驰电掣的世纪——未来主义者早已洞悉了一切。

我们最后交流了一个眼神，祝埃克托尔好运。

埃克托尔起飞了。

我被公开处刑之后那几天，树桩里面空空如也，之后又出现了书。在薇奥拉看来，她的父亲绝不会留意到藏书三千册的书房里面少了几本书。当务之急是不能把书留在齐奥的作坊。她大晚上带我去了一座废弃的谷仓，位于森林深处，靠近高原西边的峭壁。她在林间穿行，身形诡异，宛如一道波穿梭于林间小道，她不言不语，植物纷纷让行，却时不时地刺我一下，拽我一把，似是在刺探我，嗅闻我，是谁啊，这人？薇奥拉耐着性子一次次折返，帮我解开困住我手脚的荆棘、犬蔷薇、野生芦笋。"放了他吧，他和我一伙儿的。"渐渐地，我也可以在密林中自由穿行了。我甚至开始怀念墓地的肃穆。

谷仓背靠岩壁，另外三边砌起了粗糙的石墙。瓦顶状况良好，除了坠落的岩石砸出一个大洞。薇奥拉铺上油布，架起树枝，堵上了漏洞。我们不在墓地碰头的时日，这个地方就成了我们的基地，我会把书留在这儿。更重要的是，我们会在这里商量并制定大计：飞行计划。

没有条款三的参与，一切都不可能成真。我这位朋友在齐奥的谷仓开了木工作坊，生意步入正轨。齐奥不置可否，他之所以不计较，是因为条款三同意他从收入里面抽成。现在，大部分雕刻活儿都由我来完成，尽管我们接到的订单寥寥可数。齐奥憎恨我，讨厌我，但我们又必须相互扶持才不至于跌倒。没有我的话，作坊早就关门大吉了。没有他的话，我不得不离开彼得拉-达尔巴，而彼得拉-达尔巴，意味着薇奥拉。因此，刁难、侮辱统统没有关系，什么"臭狗屎"，还有"你妈这个坏心眼，竟然叫你来开朗琪罗"，就算从未拿到过不值一提的薪水也没关系。我俩这种相处模式，和村里或许还有其他地方的一大半夫妻一样，算得上幸福美满。

当我把薇奥拉的计划告诉条款三时，我的朋友对此嗤之以鼻，他的反应完全在我意料之中。

"你疯了？我可不会为女巫效劳。"

“她说了，你肯帮忙的话，她对你感激不尽。对于你而言，这算不得大活儿，你可是天才木匠。”

“让她另请高明吧。还有，飞翔，搞什么鬼？如果我们可以飞，上帝会赐予我们翅膀，你说呢？”

“我会把你的口信带给薇奥拉。可我对她有些了解。她会大发雷霆。而她上次冲着某个人大发雷霆，是你告诉我的，人们只找到了一只鞋……”

条款三神经质地冷笑起来，但注意到我面色不善又止住了笑声。

“你打心眼里认为她有能力加害我？”

“不是的，”我急忙宽慰他，“当然不是。只是……”

“只是什么？”

“好吧，我是你的话，从今往后，我会避开森林。谨慎为妙。我知道，你和安娜会去林子……我也会避免夜晚外出，或者独自外出。万一真的要独自外出，你得告诉别人你要去哪里。不怕一万只怕万一嘛。你也没什么损失，说到底，以防万一嘛。我这就去见薇奥拉。我会尽力跟她解释的，真的不是你的问题，你实在不愿意和巫婆一起干活。”

“等等！好吧，好吧，别这样。我会帮你们的。如果你们肯付木头钱。还要算上埃马努埃莱，这就由不得你们乐意不乐意了。”

我们决定每周在谷仓碰一次头。条款三起初顾虑重重，但很快喜欢上了薇奥拉，过了一个月，他向我坦白，他开始怀疑狗熊那个故事的真实性。“她这么弱小，体内怎么容得下一头熊呢？”我熟悉薇奥拉，知道她容得下好几头熊、一整个动物园、一个马戏团，火药和飞机，还有高山和大海。薇奥拉是我们人生的造物主，她随心所欲地规划我们的人生，只要打个响指或者灿烂一笑。

薇奥拉负责理论，我负责画图，条款三和埃马努埃莱负责制作。我们首个飞行器经历了数个阶段的调试，脱胎于数个缩小的模型。薇奥拉将近十五年的知识储备令我们目瞪口呆。除了意大利语，她还会说德语和英语。薇奥拉如实相告，她已经榨干了好几个家庭教师，她请求父母给她安排更博学的老师，父母反倒吓坏了。既然彼得拉－达尔巴没有博学的老师，那就该把她送去读大学，我们的密谋大计才会应运而生。薇奥拉如饥似渴地读完了能找到的所有科学书籍，缩小的模型试飞失败后，她有时会一边绕圈子一边自言自语。她读了一遍又一遍奥托·李林塔尔的《鸟类飞行：航空的基础》，本书论述了鸟类飞行对飞行器制造所产生的影响。李林塔尔在 19 世纪 90 年代曾经多次成功飞行数百米。我们也受到了鼓舞，直到薇奥拉又告诉我们，他最后也死于飞行。她安慰我们，她不会步李林塔尔的后尘，因为她已经找到了李林塔尔飞行器的弱点：它中间开了一个洞，用于安置飞行员，但此举会削弱升力。我们的飞行器融合了达·芬奇和李林塔尔两者设计方案的长处：采用一体式结构，确保获得最大值的升力，飞行器的操控仰赖飞行员的躯体动作，无须借助外力。机翼应该轻盈、牢固，这得靠条款三解决难题了。每次谷仓碰完头，薇奥拉回到她的世界，我们回到我们的。

我们还要再干上一年，才能在一个月圆之夜，欣赏到我们的劳动成果。

战争结束了！

秋天的某个夜晚，埃马努埃莱手舞足蹈地来到作坊。他带来了消息，挨家挨户，还有奥尔西尼别墅，我们是他路线上的最后一站。条款三这次不用做翻译。

战争结束了！

消息似乎提不起齐奥·阿尔贝托的兴致。我和他讲道理，事情可能会重新步入正轨，他反唇相讥：

“等所有的人从前线回来，那就要给他们安排工作，对于那些还有工作能力的人来说，你会发现，并没有多少人会在意我们有没有活干。糊口都难了，谁需要砸石头？”

那天，齐奥·阿尔贝托难得一见地犀利透彻。但我们不在乎，我们顶着 11 月的严寒跑进村子，跳舞、欢呼、歌唱，歌唱“战争结束了”，所有人都坚信不疑。

在我们完成首飞前的数个月，1919 年夏，叫喊声惊醒了睡梦中的众人。奥尔西尼别墅边上火光冲天。我和条款三匆忙穿上衣服，赶往现场。柑橘树在田野中熊熊燃烧，一群人堵在别墅大门前。墙上和门上被扔了厩肥。我们花了一点时间才搞明白，几个劳动者、几个日工把这乡野之地的农民纠集到一起，煽风点火，怂恿他们对抗雇主。我们确实听闻各地爆发了零星骚乱，但残疾军人的怒火终于肆虐到我们乡间。工人要求瓜分田地，还要求更高的薪水。侯爵和他的儿子斯特凡诺守在别墅门口，眼神阴狠，双手提着步枪，面对狂热的社会主义分子寸步不让。仅仅靠他俩便控制住了骚乱的众人，后者本可以不费吹灰之力成席卷之势，可有股力量令他们动弹不得，那是代代相传的对权势的臣服。侯爵夫人站在丈夫和儿子身后，气派十足但面无血色。薇奥拉站在一边，双手背在身后，好奇地审视眼前的场景，燃烧的柑橘树映红了她的脸庞。焦煳味和奇特的橘皮味混合在一起，让人心醉神迷。

有人想找镇长搬救兵——可他早已溜之大吉，他可不愿蹚这趟浑水。凌晨两点，一个人骑马从别墅后门离开，快马加鞭去往热那亚。与此同时，骚乱分子在和侯爵及斯特凡诺商讨诉求。前者让了一步，只要水涨一点薪就行，后者大叫大嚷，奥尔西尼家族一个子儿也不会多给，谁胆敢和他们作对，他们就要让那人万劫不复。一边是远离战争的资本家，另一边是布尔什维克歹徒。群情激愤的怒火在黎明到来之前稍稍平息下来，革命进入了倦怠期，大家需要好好睡上一觉。清晨，谈判重启。五十多株果树付之一炬，惊讶的村民看见了只在报纸上谈论过的天色，烟灰色。甘巴莱家族也赶来了，阿尔图罗老爹和两个儿子自告奋勇担当说和人。斯特凡诺·奥尔西尼回答说，他宁愿一死了之，也绝不会和甘巴莱家的人坐下来与他们讨价还价。甘巴莱家的大儿子奥拉齐奥得寸进尺地表示，他很高兴能助他一臂之力踏上黄泉路。滚滚烟尘出现在地平线上，打断了双方的交流。

我此时恰在现场，之前我跑回家眯了会儿。自从来到彼得拉-达尔巴，我以为这里就是脆弱的天堂，诚然我遭到过公开处罚，但它还算远离了尘世纷争。今天早上，我意识到我错了。归根结底，我和母亲并非如我以为的那样天各一方。透过窗户，我们面对的是同样的烽火硝烟。

扬起的尘土渐渐散去，浩浩荡荡的十几辆机动车现出了身影。甘巴莱家一见这情形，立马开溜。车队开上通向奥尔西尼别墅的公路，冲进人群。打头阵的汽车撞翻了试图拦截的闹事者。他滚到路边，再也没有爬起来过。

车子里跳下的人，有些身着深色衬衫：他们是最早一批的*行动队*[1]，由法西斯党徒、暴徒和退伍老兵组成，这些人认为原本属于他们的胜利果实被攫取了，必须用恐怖主义来统治意大利。斯特凡诺这两年经营有方。不得不承认他有一种天赋：擅长经营人脉。

行动队冲进聚集的抗议人群中，用刺刀劈开一条路。叫喊声四起，枪声噼啪作响。我没有待在原地追踪事态发展。第二天，村子里便流言四起，死了八个人，都是日工。尸体找不到了。有人说，是被拖进了森林，当作饲料喂给了一头狗熊。有那么几天，条款三看薇奥拉的眼神怪怪的，接着又恢复了正常。镇长在广场上发表了一番公开讲话，对发生了不能容忍的事件表示哀悼，整个世界百废待兴。战争，镇长义正词严地表示，至少理应让我们成为更加高尚、更加正直的人。调查会展开，正义会得到伸张。

战争结束了！战争结束了！

从未开展过调查。

我和薇奥拉十五岁了。条款三和埃马努埃莱十八岁。当然，还有埃克托尔。埃克托尔刚刚纵身一跃，勇敢的、勇敢的埃克托尔无所畏惧，咧着灿烂的、有点愚蠢的笑脸。埃克托尔

1 原文为意大利语。

要飞起来了，在我们欢呼声的鼓励下，他加快了速度。然后，飞行器抖动起来，一头栽下去，翻了个个儿。埃克托尔坠机了，飞行器摔得七零八落，而他还被死死地固定在系带中。我们徒劳地大喊："振作起来！振作起来！"有什么用呢？埃克托尔是聋子，薇奥拉身为优秀的工程师已然明白她的飞行器飞不起来。

我们要到第二天才找到遗体。幸好那天是周日，一周当中只有这一天薇奥拉可以在白天和我们碰头，没人会在意她。她的父亲在巡视领地，母亲在写信。斯特凡诺在这座城市或另一座城市策划阴谋，身边都是和他一样愤怒的人。没人胆敢反对发怒的人。斯特凡诺天生暴躁。

飞行器坠落在村子下方的森林中，断成了三截，皮革全都扯裂了。埃克托尔张开双臂躺在地上，形成了十字，周围弥漫着腐殖土和菌菇的味道。眼前的场景惨不忍睹。他的头颅撞上石头，砸开了花。远处传来铜管乐声。某个地方，有个乐队正在为第一个停战纪念日进行排练——为逝者演奏安眠曲。埃克托尔，我们团队的第五位成员。看到他这副惨状，还是悲从中来，尽管他的特质，除了勇往直前之外，就是不死之身。我们在制造埃克托尔的时候，特意参考了人体的重量和平衡点。他的南瓜脑袋憨态可掬，是薇奥拉从别墅食品储藏室里偷出来的，过去几个星期，他就待在谷仓的角落里监督我们工作。我们用粗加工的模板制成他的躯体，再给他穿上旧衣服。

一年的努力，竹篮打水一场空，条款三宣布。薇奥拉的高兴劲儿出乎我的意料，她振振有词道，伟大的实验总是以失败开头。我们应该从埃克托尔那里得到启发，她宣布。换个南瓜脑袋，从头再来。

齐奥说得对，1920 年最初几个月我们几乎无事可做。战胜国在闹哄哄地瓜分战败国的“尸体”。过去一年积蓄的高压如同鼠疫释放到整个国家，我恰恰是遵循的路径的见证者：人们要求主持公道，却遭到惨无人道的镇压，罪魁祸首便是法西斯战斗团，由一名老牌社会主义党人在米兰建立。我和薇奥拉几乎每晚见面，就在她家人眼皮子底下。她有次正准备前往墓地，在花园小径上撞见了母亲，于是谎称自己在梦游。

起初，奥尔西尼家族在我眼中有点天真，属于另一个时代的遗老，薇奥拉纠正了我的看法。他们是危险人物。我从未搞明白她是憎恶家人，还是觉得自己与他们格格不入。就像这世上其他的豪门世家，关于奥尔西尼家族的荒诞故事（尽管并非出于他们的意愿）掩盖了涌动的暗流。薇奥拉和我说过一件在仆人当中流传的逸事，她说的时候情绪没有一丝波澜。她的父亲有一天闯进一间空置的房间，发现园丁在和侯爵夫人调情。她绘声绘色地向我描述那个场面，她的母亲趴在摆着国际象棋的小桌上，裙子提到腰间，园丁站在她身后，裤腿褪到脚跟。俩人看见侯爵，吓傻了。侯爵露出和蔼的笑容，只是说道：

“啊，达米亚诺，您在这儿啊。等你们完事儿了，请到橘园来找我，我担心有几株橘树得了煤污病。”

侯爵那满不在乎的态度很快传遍了他的庄园。当天晚上，小客栈便上演了那幕喜剧。酒过三巡，园丁自告奋勇，亲自上阵扮演男主角，把一张桌子当作女主人发泄情绪，所有人其乐融融，觉得这件事好笑极了。

一周后，有人打马路上便看见达米亚诺被吊死在庄园门口的橘树上，身上结了一层雾凇。口袋里的一封信解释说他自杀是因为钱财问题，至于他目不识丁这件事，早已无关紧要。信只是为了传递个信息。

“永远不要相信奥尔西尼家的人。”薇奥拉警告我。

“甚至是你吗？”

“不包括我，你可以完完全全信赖我。你信我吗？”

“当然啦。”

“你还是不明白我刚才告诉你的事。”

这一整年拉得很长很长，作坊偶尔能接到零活儿，夜晚的墓地死者仍执拗地拒绝和我们沟通，我们还在努力地制造飞行器。薇奥拉现在只躺在小托马索·巴尔迪的墓穴上，她坚信后者总有一天会告诉她地下王国的入口，而他曾带着笛子迷失在那里。她有时说服我和她躺在一起。那一刻，我俩紧紧贴在一起，乘坐在我俩的石筏上随波逐流。她甚至能在墓穴上睡着。感受到她靠着我酣睡，我差点忘了自己害怕逝者的怒火这件事。

森林里的谷仓是我们的作坊。薇奥拉发明了一款替代的飞行器，条款三有了新的办法来整弯木材。埃克托尔又进行了两次试飞，摔得稀巴烂，再满血复活。埃马努埃莱偶尔找个角落睡上一觉，嘴角挂着笑容，他跟着邮递员跑了一整天累坏了，安杰洛老爹交托给他的信越来越多。

薇奥拉那一年一下子蹿高了，要比我高两个头。条款三早已把可怕的狗熊忘得一干二净，他特意指出，她没有大胸脯，尤其是和安娜·焦尔达诺比的话。薇奥拉回答——她说的一字一句我记忆犹新——大胸脯只能招惹来烦恼，而随着时间流逝，它还会不可避免地干瘪下垂。条款三问道，她为什么不能像其他人那样说话。

薇奥拉没有隆起的胸部，千真万确，但她告别了青春期，告别了棱角。那是打磨阶段，雕刻过程中最关键的步骤。当她在谷仓里面席地而坐沉思时，她的胳膊肘、她的膝盖不再骨节突出。举手投足间仿佛画出了一道道诗意的弧线。她的脾性却背道而驰，如高山一般粗粝。她吹毛求疵、心急火燎、连哄带骗、暴跳如雷、死告活央。她是个磨人精。

1920 年的夏天，薇奥拉变得郁郁寡欢。我们和双胞胎组成了密不可分的小团体。薇奥拉竟然能听懂埃马努埃莱的话，这让我大为恼火。我们尽其所能地给她逗乐儿，却无济于事。一天晚上，她鼓起勇气向我们解释说：

"我马上要十六岁了。我永远飞不起来了。永远不会成为居里夫人。"

"这有什么关系？你是你，薇奥拉，你更好。"

薇奥拉抬眼望天，走出谷仓，都没心思带上门，徒留我们在原地冥思苦想那个神秘的居里夫人到底具备哪些谜一样的优秀品质。

作坊的财政状况愈发严峻。齐奥给母亲写去求助信，从她那里得到了三笔钱，然后现金流又枯竭了。在那些时日，我们必须再次仰赖村民的慷慨，从这处或那处菜园小偷小摸点东西，或者靠一件急活儿带来点意外之财，齐奥曾决绝地拿起工具，并且宣布他会东山再起。他是动真格的。他伫立在那块卡拉拉大理石面前，这是他留给自己的，尽管有好几位热那亚的雕塑家提出了报价，他都拒绝卖掉。他指天发誓，在他的血管中，流淌着战斗因子。他在打转，下定了决心，他转了一圈又一圈，转了整整一天。每转一圈，肩头便耷拉下来一点，他开了一瓶酒，一边就着瓶口灌酒一边转圈，口中念念有词，不断吐出污言秽语，我甚至有一天听到他说“这个老婊子”，当时我正好踏进作坊，想收拾酒瓶残骸。

“你为什么这么瞅着我！”他看见我便吼起来，“你以为自己高人一等吗？是吗？就因为你叫米开朗琪罗，就因为你可以雕出一些还凑合的玩意儿？”

我堪堪躲过了他冲我扔来的酒瓶。那里面还有剩酒，这说明他真的在生气。酒瓶砸在海豚身上，碎了一地，齐奥一个月前开始动手雕琢这只海豚又撒手不管，这是安塞尔莫神甫给的订单，他打算毁约了。他这人骨子里是反对教权的，因为热那亚圣卢卡教区的一个神甫曾在他年轻时代反反复复告诫他，他的母亲是恶魔，失足的灵魂，必将堕入地狱。齐奥这辈子一事无成或许正是因为这个心结。他一直试图调和他母亲在他脑海里的两种想象，他敬她爱她，可是那些顽童还有宗教人士又揭露出她的另一面。妈咪抑或肮脏的婊子，肮脏的婊子抑或妈咪。而在这两者之间，在那些精疲力竭或者睿智清醒的时刻，齐奥会想，管他呢，谁在乎妈妈是不是恶魔，于是，他动手雕刻或者就近找个妓女，他把那些女孩当作女王。

他突然冷静下来，走向存放纸张的家具，并把墨水瓶递给我。

“拿着，给我写。妈咪：冬天要来了，我们要饿肚子了，我还养了两个饿死鬼，你是不知道那个萝卜头有多能吃，你都不知道他吃下去的东西去了哪里。因此，我请求你给予我一点帮助，最后一次，言出必行，因为1921年会是个好年头，我预感到了，我会重整旗鼓，我有块漂亮的卡拉拉大理石，我预感到那或许会是罗慕路斯和雷穆斯，我要好好思考一下。但思考时还是要填饱肚子的，所以求你了，不要变成可恶的老女人，松一松你那老巫婆的手指缝，你有足够的钱过完余生，你那些钱是怎么来的，我可知道得一清二楚，因为我就在隔壁的房间里，还有，是我，你还记得吗，是我在你两次服务之间打扫卫生。爱你的儿子。”

两周之后，我们收到了信，但寄件地址是陌生的。

亲爱的苏索先生：

我遗憾地通知您母亲的死讯，安农齐亚塔·苏索夫人于1920年9月21日意外离世，享年63岁。我诚邀您尽快和我们事务所取得联系，以便尽快安排逝者遗产的继承问题，作为美丽世界公馆的业主，她指定您为唯一继承人。

妈咪是大清早从公馆回家的路上被有轨电车撞死的。人差不多断成了两截，鲜血洒满了她曾经慷慨付出的街巷。齐奥瞪大了眼睛，用颤抖的声音对我说：

“希望她去世前没有读到我那封信。我不想这么刻薄的。她是好人，妈咪……”

这个问题占据了齐奥的后半生，他再也无心雕刻了。

齐奥第二天动身前往热那亚。同一天晚上，薇奥拉风风火火地闯进森林里的谷仓。我们误入歧途了，她宣布道。重量是我们的宿敌，要知道，我们设计的飞行器完全取决于气流和飞行员的力气。她的新偶像名叫福斯托·韦兰齐奥[1]，她打心眼里佩服这人，因为他无所不知。他在1616年提出了“飞人”的概念，类似降落伞，她向我们展示了插图。我根据自己掌握的新知识，提醒薇奥拉，达·芬奇也发明过类似机器。她冷笑一声，反驳道，达·芬奇的机器同样有重量问题，假设它真的能飞起来，那在降落时这八十公斤的重量会压在飞行员的身上，把他给压得稀巴烂。薇奥拉，就我所知，只有她胆敢评判文艺复兴时期的伟大天才却并没有显得骄傲自负。此外，就我所知，她也是唯一一个，评判过文艺复兴时期的伟大天才的人。

薇奥拉希望把“飞人”的概念和李林塔尔的飞行器结合在一起，并且说干就干。奥尔西尼别墅的地下室里有的是一卷卷的布匹，用来装饰沙发、裁剪衣服，但随着潮流时尚变化，又被人遗忘了。双胞胎的母亲只要儿子远离客栈，什么都乐意做，于是把一台老旧的缝纫机借给我们。关于风帆的形状，薇奥拉在圆形和方形之间犹豫不决，还需要一套滑轮系统来进行控制。这款发明是可折叠的，重量不能超过十公斤。我的朋友薇奥拉，早了四十年，发明了降落伞的雏形。

我们用了一周时间趁着夜色把布匹运到谷仓。作坊里面无事可做，我们可以在大白天裁剪和缝制布匹。薇奥拉心急火燎，仿佛时间不够了。然后，条款三在10月中旬突然不来了。

---

1 福斯托·韦兰齐奥（1551—1617），来自希贝尼克的克罗地亚博学家和主教，希贝尼克当时是威尼斯共和国的一部分。

他找了各种借口，推三阻四，我照单全收，可薇奥拉有天晚上拽住他的衣领，那天他竟然露脸了，她把已经高过她一个头的条款三顶在墙上。

“我们浪费了一个星期！你最好编个好点的理由。”

条款三和盘托出：安娜·焦尔达诺妒忌了。薇奥拉表示接受，命令他第二天带着安娜一起来谷仓，他照做了。安娜上下打量薇奥拉，后者如法炮制。薇奥拉明白，安娜不是个坏女孩，她那红得像苹果一样的两颊，她那股用力生活的快活劲儿，薇奥拉是望尘莫及的。至于安娜，她暴露的穿着令埃马努埃莱、条款三和我垂涎三尺，在她看来，薇奥拉并不会构成威胁，除了那头秀发和大眼睛，薇奥拉更像个男孩子。她主动提出帮忙缝制风帆，因为我们的手工简直是粗制滥造，于是她成了小团体的一员。

11 月初，齐奥仍旧没有出现在作坊。我收到母亲来信，告诉我她再婚了。他比我年龄大一点，但他人不错，对我很好。她不久前搬到了布列塔尼。她的来信总能对我产生同样的效果，混合着快乐和忧伤，日积月累，怨恨加深。我恨她的法语拼写错误，恨她不值一提的梦想，恨她把我生在这个阶级，而真正的米莫正在脱离，因为薇奥拉坚持不懈地把我拉向她的世界、她炽热的人生，繁星仿佛触手可及。

一天晚上，我从墓园回来，薇奥拉这次躺在了家族墓穴上，希望通过此举提高和逝者沟通的概率，我看到她的卧室窗外亮起红光。我俩才刚刚分手。我立马出门，在树桩里面找到系了绿丝带的信封。那纸质量上乘，隐约可见精美的纹路，我的名字是用绿色墨水写就的。信封里，只有简单的口信。明天中午，吊死鬼橡树下见。

我只能在周日大白天见到薇奥拉，而明天是周四。我一夜未眠，早早出门。运气真不错，我在路上碰到了安塞尔莫神甫，他刚为奥尔西尼家族新种下的橘树祝圣。

“啊，米开朗琪罗，我正想找你聊聊呢。你的叔叔似乎还没从热那亚回来。”

“没有，神甫。”

“你有天赋，你知道的。”

非同凡响的天赋。我咬起嘴唇，我不想迟到。

“谢谢。”

“你打算怎么办？你在阿尔贝托身边是浪费时间。”

“我不知道。我在这里很好。”

安塞尔莫神甫笑了，然后看了下四周。

“是的，我想，大家都适得其所。既然老天给每个人安排了各自的位置，不是吗？如果你都满意，我又是谁，可以说出相反的话？”

幸好，安塞尔莫神甫连同他那些形而上的想法选择了村子的方向，我走上去往森林的岔道儿。不是西边的墓地，我今天要去东边。我沿着奥尔西尼家族最后的田地行走，那一片最贫瘠、最靠近村子，然后一路向上进入森林。吊死鬼橡树位于两条大路的交叉口，通常作为驱赶猎物的地标。橡树树枝又长又直，挑个适合的高度便是上吊自杀的理想地点，但根据村民的记忆，从来没有人尝试过。我提前一小时到达，背靠树干坐下，一个小时后我重新睁开眼睛，薇奥拉拍拍我的肩头。她嘲弄地看着我，指了指我嘴角流出的口水。

“好恶心。”她指出。

“别装模作样的。我敢肯定，你晚上睡觉也打呼。你这辈子都找不到老公，没人愿意和你一起睡觉。”

“太棒了，反正我也不想找。你的火气消了吗？我有件礼物要送给你。”

“礼物？送我的？”

她一头扎进森林，每次都一样，她无视脚下的路。树木之间应该传递过消息了，纷纷为我们让出一条路。夏季还在此处徘徊，残留在树丫间，滞留在树脂里，树干上涌出的树脂凝结成晶莹剔透的大颗琥珀。十分钟后，天空重新显现出来。我们来到了林中空地。

“在这儿等着我，”薇奥拉说，“关于礼物，我们是宇宙双胞胎，所以我们的生日就快到了。十六岁，很重要的。”

她一边说一边退到林中空地边缘。

“记住：千万不要动。”

她消失了，树木将她吞噬了。时间过了一分钟，又过了五分钟。我开始思考，她把我留在原地，是她的一个小把戏，要看看我能否原路返回，恰在此时，我听到了咔嚓声。接着，她探出了身子。

我这辈子只晕倒过两次，两次都和薇奥拉有关。

第一次，我看见她从家族墓地里面走出来，以为她是死人。

第二次，她为了给我过生日变成了一头熊。

那头熊是庞然大物。即便对于那些比我更加高大的人而言，那头熊仍旧蔚为可观。它四肢着地，太可怕了。它看见我便停止了前进的步伐，嗅嗅空气，直立起上半身。足足有三米高，棕色的皮毛，一身的肌肉，肩头还能看到薇奥拉的裙子，应该是变身的过程中撕碎的。我们四目相对，漫长的几秒钟，薇奥拉似乎没有敌意。它打了个哈欠，露出蜡黄的巨齿，就在这时我失去了意识。

等我苏醒过来，恢复人形的薇奥拉侧身看着我。

"我从没见过像你这样动不动就晕倒的人。还有，遇见你之前，我都没见过晕倒的人。"

她扶我站起来。我四肢都在打战。

"我看，你现在是走不动路了。"她开口说道。

我惊恐地看着她。她一巴掌打在我脸上。

"呃，哦！你的眼珠子还能转一转吗？你不会以为我大变活熊了吧？"

她的连衣裙完好无损。我的理智重新占了上风。我开始明白过来这是个玩笑，尽管我还不知道其他细节。

"来啊。慢慢走。"

这次，她拉着我的手，把我带进森林。我的眼睛在适应了环境之后，辨认出了躺倒的灌木丛、折断的树枝。路在脚下延伸，陡然攀升至一个洞穴边缘，松树把四周围了个密不透风。有些树倒下了，构建起一堵木墙。一股浓烈的麝香味扑面而来。洞口，身穿碎片连衣裙的狗熊在挠痒痒。它看见我们靠近，又一次靠后腿站立直起身子。薇奥拉松开我的手，奔向它，把脸埋进它的肚子里。狗熊抬起嘴巴，低声嗥叫。大地在它脚下颤抖。

八十二年。众人一致认为我度过了漫长的一生。来往于各国首都，穿插了艺术、音乐、稍纵即逝的美。但全都无法媲美眼前的景象，赤子之心的女孩被一头熊搂抱在怀里。完完整整的薇奥拉停留在了那一刻。

“我来向你介绍比安卡。比安卡，和米莫问个好。”

狗熊前肢落到地上。薇奥拉用肩头碰了碰狗熊的臀部，驱使它向我走来，然后她走到前面，在我俩身边停下。狗熊的鼻子凑向我的脸，嗅一嗅，舔舐起我的脸颊。然后，它回到洞口，在地上打起滚，露出肚皮晒太阳。

“坐下吧，你脸色煞白。”

最终，薇奥拉把一切全都告诉了我。她八岁的时候在森林散步，听见了凄惨的叫声。就是在这个洞穴里，她发现了一头孤零零的小熊。一个星期前，有个猎人打死了一头狗熊，可能就是小熊的母亲。在比安卡身边，它的双胞胎兄弟已经饿死了。

“狗熊通常是双胞胎。”薇奥拉解释说，“要是把这事告诉埃马努埃莱和维托里奥，没准他俩会觉得很有意思。但我们不能这么做。永远不会有人知道。”

薇奥拉把她能在父亲书房找到的关于跖行动物的书都读了一遍。她肩负起了抚养比安卡的重任，有天晚上她甚至溜出门两次，就是为了确认小熊一切都好。她曾和小熊一起流泪，她笑话过它笨手笨脚的，她给它服下药片，帮它战胜了奇怪的高热，药是从妈妈那里偷来的，而她也不知道是否有用。比安卡奇迹般地康复了。

“它还是头小熊时，我喜欢给它穿上我的旧裙子。它是我唯一的朋友。”

可年岁渐长，薇奥拉要尽量和比安卡保持距离。动物长时间和人类在一起，会置其于危险境地。狗熊无法学会警惕人类，也学不会捕猎。比安卡现在八岁了，薇奥拉坚持每年来看它两三次。三年前，也就是薇奥拉来探望比安卡时，传说诞生了。薇奥拉整个下午都在和比安卡嬉戏，她在洞穴深处找到了那些撕坏的旧裙子，于是给比安卡套上，想看看熊崽到底长得有多大了。那样子逗得她哈哈大笑，她接着想去找些圆石头，给比安卡做条项链。然后，她遇上了猎人，其中一个试图捉住她。她逃啊，逃啊，不假思索地逃向比安卡。

“所以，你的熊把……把那人……”

“那不是我的熊。确实，比安卡杀了他。你知道吗？我一点也不难过。这是自然法则。猎物进入了它的地盘，他不该这么做的。”

狗熊身上的裙子和薇奥拉身上的并不一样，但猎人全都无视了。我也产生了同样的错觉。就像在大型魔术中，我们的注意力总是停留在错误的地方。

接着，薇奥拉把手指放在嘴唇上，我俩就这样静静地看着狗熊。比安卡双目微闭，打起呼噜。当天际泛红，它伸了个懒腰，漆黑的吻部凑近风口。薇奥拉来到它身边，环抱住它的脖子——她没法完全抱住了——凑在它耳边嘀嘀咕咕说了些悄悄话。比安卡嘟嘟囔囔，摇摇晃晃地钻入树林。

“它应该有追求者了，”薇奥拉叹了口气，“它越来越不听我的话了。但我想，我还算是个好母亲吧。”

“薇奥拉……”

“是的。”

“我从没遇见过跟你一样的人。”

“谢谢，米莫。我也从没遇见过像你一样的人。”

我清了清喉咙。

“我很喜欢你。”

“我也是，我很喜欢你。”

“不是的，我想对你说的是……”

“我知道你要对我说的话。”

她牵起我的手，放在她的心头。那里并没有高低起伏，却总是动人心魄，如同托斯卡纳的丘陵。

“我俩是宇宙双胞胎。我俩拥有的东西独一无二，为什么要复杂化呢？在交谈中趋于平庸的事物，我没有一丁点儿的兴趣。你注意到安娜进屋时维托里奥的那一脸蠢样吗？安娜松开低领裙子的系带时，你看到他瞪大的双眼吗？能傻到这个地步，当然也算美事一桩。但我偏偏不想变得蠢头蠢脑。我还有事情要做。你也是。璀璨的前景等待着我俩。你知道我为什么把比安卡介绍给你？”

“为我祝寿。”

她哈哈大笑起来，那是她独一无二的笑法，但她极少这么做，她脑袋后仰，双臂微微离开身体，仿佛准备好唱出一个高音。

“不是的，米莫。我是为了告诉你这世上没有界限。没有高低贵贱之分。没有伟大渺小之别。所有的边界都是人为规定的。谁明白了这点，谁就能让制定者，即制定了边界的人，措手不及，还有那些笃信边界的人，也就是说，几乎世界上所有的人。我知道村里人是怎么议论我的。我也知道家里人觉得我古里古怪的。我不在乎。当所有人和你背道而驰，米莫，那你就会知道你走在正确的道路上。”

“我更想要讨好全世界。”

“当然了。所以现在的你一无是处。生日快乐。”

条款三那晚在作坊里见到我时，我站在齐奥的宝贝石头面前，双眼闪着光。

“看什么东西让你看成这样？”

“薇奥拉的生日礼物。”

他皱起眉头。看看大理石又看看我，再看向大理石，然后瞪圆了双眼。

“哦不，不，不，米莫。齐奥会杀了你。这块大理石中孕育着一件杰作。”

“我知道。我看见了。”

我的表情吓坏了条款三，后者张大了嘴巴直勾勾地看着我。随后，他耸耸肩，往后退去，但目光从没离开过大理石。这是一块平行六面体的石头，边长一米，高两米。用来实现我脑海中的构思，简直是完美无缺。但我只有十天的时间了，薇奥拉的生日是 11 月 22 日。我操起齐奥的工具，他最好的工具，从来都不让我碰的工具，他丢给我的尽是磨损的刀刃，开裂的把手，会在手掌心扎进木刺。然后，我敲下了第一锤，毅然决然，精准地落在该落的位置上。条款三长长叹了口气。

那十天我几乎不眠不休，每晚顶多睡上三个小时。我托人给薇奥拉传口信，推说身体不舒服，要缺席谷仓聚会，新的飞行器就快完工了。为了不引起她的疑心，我同意晚上去墓园找她，我躺在笛子手小托马索·巴尔迪的墓穴上立马进入了梦乡。薇奥拉笑呵呵地叫醒了我——我的呼噜声快把死人吵醒了。我大半夜回到作坊，继续投入工作。

薇奥拉生日的前一天，天刚破晓，埃马努埃莱身着他最爱的轻骑兵外套，踏进作坊，手里拿着一封信。他把信递给条款三，又走到雕像面前，我正用浮石卖力打磨，这件事我做了足足两天。额头滴落的汗水，血泡流出的鲜血，全都汇聚在大理石表面。埃马努埃莱抓住我的手腕，喃喃低语，直勾勾地看着我的双眼。这是他说过的最短的一句话。

“他说你完工了。”条款三解释道。

我往后退了一步，踩到木楔上，整个人倒在地上。我并没有立马站起来，就这样欣赏着直立的狗熊。它脱胎于半人高的大理石，一只爪子抵住石头，仿佛要挣脱开，另一只爪子探向天空。它的吻部同样向上，似要张嘴低吼，脑袋却略微歪向一边，显得不那么有攻击性。我只雕刻了上半部分的大理石，从腰部开始，细节越来越具体。观众的眼睛如果自下而上，从基座看到吻部，那便如同完成了一段旅途，从野蛮到细腻，从静止到动态。人们会从我的作品中解读出各自想要的内容，而我想，其中蕴含着某种神圣，在这块大理石诞生之初，最初它什么都不是，只是一块凝结了虚无和棱角的石头，然后它崩裂开来，白色的石屑飞溅而出，它为这个暴力、温柔、饱受摧残的世界创造出一头遭到遗弃的熊崽，它正在召唤另一个弃儿，比安卡用深情的嗥叫呼唤薇奥拉。在欣赏完精雕细琢的部分之后，有人甚至会认为，在那未经雕琢的另一半中，在半透明的石头深处，可以依稀辨别出某个形状。

齐奥说得对，这块大理石无与伦比。他会杀了我，等他看到我的所作所为之后。那就这样吧，我要睡觉，睡过去，再也不醒过来。

一桶冷水把我浇成了落汤鸡，再加上两记耳光，终结了我的睡觉大计。条款三和埃马努埃莱把我拖到饮水槽边上。

“你以为现在是睡觉的时候？他回来了！”

条款三在我鼻子底下挥动信件。我想闭上眼睛，另外半桶水激得我打起了嗝，我重新站起来。

“齐奥！他回来了，该死的！”

“什么？什么时候？”

“不知道。信里说，他过几天就回来，这信是本周初从热那亚寄出的。或许今晚，或许明天，或许后天。”

薇奥拉的生日就在明天。1920 年 11 月 22 日，她的十六岁生日。我所有的努力，我凿掉的石头，我打磨所花的时间，全是为了这一天。我本来打算在村民的帮助下，把我第一件真正的作品在那一天送给她。事不宜迟。就算我去除了一部分的石头，雕像少说还是有两吨重。我拉住条款三的衣袖。

“跑去奥尔西尼别墅。以齐奥的名义，要求和侯爵当面说话。告诉他，有件礼物要送给他的女儿薇奥拉，就在作坊里敬候大驾。”

条款三接下任务，拔腿就跑。埃马努埃莱经过一秒的犹豫，也应承下来，跟在兄弟后面跑开了。我拖着步子回到作坊，整理好工具，尽可能地把雕塑擦拭干净。然后，我站在马路上眺望地平线。双胞胎一个小时后现身了。

“侯爵要明天早上才回来。”

“明天早上？太晚了！齐奥有可能在这之前回来！”

“米莫，为了和侯爵说上话，我都求了一半的仆人。我去敲门的时候，他们以为又要革命了，侯爵的儿子甚至提着步枪出来的。我告诉他们了，作坊里面有一份价值连城的礼物，可是侯爵有宾客。他明早回来。”

我彻夜未眠，尽管我累得精疲力竭。拂晓时分，我爬起床，眺望地平线。空气清澈、冷冽。太阳升起来了，从大地上拉起一层薄雾，而一阵密史脱拉风[1]又立刻把雾吹得烟消云散。那是起风的一天。

一个渺小的侧影在地平线上闪烁不停，又随着高低起伏的路面消失不见了，它越来越近，散发出金色的光晕。十分钟之后，埃马努埃莱站在我面前，上气不接下气。激动地指了指村子的方向，做了个鬼脸，比画起方向盘，然后一边扭动肩膀一边原地打转，继而又做了个鬼脸，比画下方向盘。我跑过去弄醒条款三，他和兄弟嘀嘀咕咕。

“埃马努埃莱说齐奥有辆小汽车。他把车停在了村里的广场上，他要向所有人显摆下。”

1 法国南部及地中海上干寒而强烈的西北风或北风。

我们仨密切注视着尘土，这是独属于彼得拉－达尔巴的乡野电报。漫漫长路由北向南穿越高原，继而和另一条马路形成直角，这另一条路一头通往奥尔西尼别墅，一头通往墓园，善于解读路况的人可以从中获取很多信息。清晨的尘土属于下地的长工。飞扬的尘土显出是移动者的速度，以及他的社会地位。将近十点，不安的信号出现了。棕色的灰尘从村里滚滚而来，拖出了长长的尾巴，经久不散。那是汽车。

齐奥把车停在农庄前。他下了车，车身通体鲜红，不是已故妈咪的那辆。他砰的一声关掉车门，拍了拍车头。

“安萨尔多公司的蒂波 4，直列四缸引擎，顶置凸轮轴。生产它的厂家两年前还在生产飞机引擎呢。它就差一对翅膀！”

说罢又拍了下车头，接着面色一沉。

“你们的脏爪子别碰我的车，明白吗？但你们求我的话，我也可以带你们兜一圈。”

他身上那套衣服，看得出，裁缝费了好大的劲儿也没能让他变成有钱人。他大拇指插在马甲兜里，吹着口哨走进厨房，取出老旧的咖啡壶，开始煮咖啡。条款三人不见了。我试着和齐奥闲聊，要把他稳住——我意识到没什么话可以和他说的，我都救不了自己的小命。

“这啥呀，这猪圈？”他环顾四周嚷嚷道，“我们要做出改变。和我在热那亚的公寓简直是两码事。我租了套房子，他们开心坏了，称我为苏索先生，房子重新刷了一遍漆。这里也要这么干。好吧，我不在的这段日子你们没有生火，很好。”

他端着咖啡杯走进作坊。我用旧篷布盖住了狗熊，看似是漫不经心地盖在大理石上。齐奥一下子僵住了。

“拿开篷布。”

“灰可大了，还有……”

“拿开篷布。”

我无可奈何，拉掉了篷布。齐奥倒吸一口凉气。他绕着狗熊转了一圈，里里外外看了个遍，摇摇头。

“一坨狗屎[1]……我掏心掏肺地对你，收留你，给你吃给你喝，可在我转过身的时候……”

他狂吼起来。

“你当你是谁，嗯？你以为比我厉害，是吗？我要给你看看，谁更厉害。”

他抓起锤子，奔向雕塑。惭愧地说，我并没有挡在路上去捍卫我的作品。他被怒气冲昏了头，一锤子下去，没有砸中狗熊，只是敲掉了基座一角。他再次举起锤子。

“苏索师傅？”

齐奥愣住了，侯爵出现在了门口。薇奥拉陪在边上，还有一位身穿长袍的年轻男子，我认出来了，那是弗朗切斯科，薇奥拉的三哥。一位长者落后他们一点，黑色的长袍，腰间系上了紫色腰带。齐奥恢复了神志，松开锤子，弯腰行礼。

“老爷，神甫……”

“主教大人，”侯爵和气地纠正道，转向系腰带的男子，“帕切利主教，弗朗切斯科的一位导师，赏光随弗朗切斯科回乡度周末。这是奥尔西尼家族的荣幸。”

“是我的荣幸，能够教导这样一位前途无量的学生。”主

1 原文为意大利语。

教回答，亲昵地拍了拍弗朗切斯科的肩头。

我向着来宾跨出一步，抢在齐奥之前开口。

“我的师父，就是在场这位，嘱咐我雕刻一尊雕塑，值您的女儿生日之际，向奥尔西尼家族献上我们的敬意。我的师父慷慨地把一块卡拉拉大理石交托给我，那可是他的心头肉。我选择了奥尔西尼家族纹章上的狗熊作为我的创作题材。”

齐奥窘迫地张张嘴，一行人往雕塑走去。侯爵转向我，面露讶异。

“是你雕了这件作品，我的孩子？”

“是的，老爷。”

“多大了？”

“十六岁，老爷。”

“和薇奥拉同岁。看哪，亲爱的，这个年轻人为你雕了一头熊。”

薇奥拉偏过头。我立马觉察出她心情不佳。

“很漂亮，谢谢。”

主教戴上眼镜，凑近了欣赏。

“才华横溢。作为一名初出茅庐的雕塑家，然而，文艺复兴时期的大师都是年少成名。这完美的线条，这动感，叹为观止。还有，那种现代感……换作任何人，都会把大理石下半部分也雕了，雕出一整头熊。但那样就不会有动人心魄的效果了。干得漂亮，年轻人。您前途无量。我们会助您一臂之力的，或许吧，谁知道呢。”

薇奥拉慢慢点下头，哀伤的眼神像是在说“我告诉过你”。弗朗切斯科看着我俩，双手背在身后，看起来和蔼可亲。

“下午一过，我便派人来搬运雕像。生日庆祝从午宴开始，延续至晚上。薇奥拉可以选定摆放雕塑的位置，好好欣赏她的生日礼物。当然了，苏索先生，您的慷慨之举会得到报酬的。”

“这位年轻的雕塑家或许能来参加我的生日宴？”薇奥拉提议，“他太有才华了。”

侯爵挑起一边的眉毛，审视了我一会儿，又迅速向儿子递去询问的眼神。弗朗切斯科不动声色地示意“同意”。

“当然了，为什么不呢。毕竟，这是你的大日子。你的宾客就是我们的宾客。”

1920年11月22日，我终于堂而皇之地踏入奥尔西尼别墅，当然走的还是边门，但天堂的入口在我眼中也不会美过此刻的景致。我们下午把雕像送了过来，安放在靠近别墅的水池边，正对着客厅。宾客云集，但没有和薇奥拉年龄相仿的人。那时的我还不懂，对于那个阶层的女性而言，十六岁的生日不是和朋友一同欢庆的日子。那是一场政治交易。

狼狈不堪的我只敢躲在厨房。侯爵把我撵了出去。

“好啦好啦，别杵在这儿，我的孩子。你是薇奥拉的客人，可以到处逛逛。”

逛逛。我走路从来都是点到点，为了拿取或放下某个东西。我的步子是功利性的。闲逛属于阶层特权，是我无从知晓的一门艺术。我从未有过这等闲情逸致，像这些先生，嘴里叼着雪茄，在草坪上踱步聊天，而女士们在稍远的地方，撑着白色遮阳伞巧笑倩兮。邀请来的宾客中有主教和神甫。他们垂首迈步，听着某位伯爵或者男爵夫人在他们耳边低语的悄悄话。

在奥尔西尼别墅高挑的天花板下面，我生平第一次感受到自己的渺小。宾客向我投来好奇的目光，有时充满趣味，兴许把我当作了给生日宴会增添氛围的小丑，就像我们在委罗内塞[1]油画中看到的宴会场面。

我双手插兜，从一间房间逛到另一间，试图让自己显得高大些。别墅主色调是绿色，墙纸、窗帘、窗帘的束带、枝形吊灯的锁链套、扶手椅的流苏呈现为浅绿、暗绿和灰绿。我们的飞行器，前两天刚完工我们便心急火燎地拿去试飞了，自然也采用了类似配色。我看见薇奥拉在人群中周旋，同来宾问候致意，但那是装出来的亲热，游移的眼神把她出卖了，她目光乱瞟，似乎周遭一切都无法引起她一点兴致。她厌烦透了，宾客都是大活人，什么都不会向她倾诉。

仆人一刻不停地穿梭其间，端着托盘送上香槟——没人为我递上一杯。在客厅转角处，我撞见了斯特凡诺。他身边站了一个光头男子，外套有点过时，可能是个山里人。

“啊，格列佛[2]！”他嚷嚷道，“起先你偷了我家的书，接着你为我妹妹弄了个雕塑，成了我们家的座上宾。你有两把刷子啊，必须承认这点。我喜欢有两把刷子的人。”

我一言不发地直视他，害怕和憎恨撕扯着我。斯特凡诺凑向我，用他那只肥厚的手托起我的下巴。

“别忘了，我们所有人都见过你的屁股，好吗？”

薇奥拉突然出现在我身边，粗鲁地推开哥哥。

---

1 委罗内塞（1528—1588），意大利文艺复兴时期的画家，代表作有《迦拿的婚宴》《利未家的宴会》。

2 斯特凡诺给男主人公起的绰号，源自《格列佛游记》。

“别惹他！”

她攥住我的衬衣衣袖，带我穿过人群。我们路过一间又一间房间，人越来越少，有个小客厅的百叶窗被死死关住，散发出霉味。然后，我们潜入书房，我一下子愣住了，那一层层书架令我如痴如醉。知识的气味或许就是皮革和橡木的味道吧。书房中央，有一个古董地球仪镶嵌在八角桌子里，上面的地名都是用拉丁语写的。我想上前研究，薇奥拉再次拉住我的手，走向墙壁。护壁板转动，我们进入了仆人的走道，这个世界远离了另一个世界，他们在那个世界只能低头哈腰，因为他们生来就是伺候人的，或者他们是这么以为的。当主人们进入梦乡时，仆人们又在某处楼梯平台上上演缠绵悱恻的戏码。薇奥拉把我抵在墙上，目光灼灼地看着我，继而蜷缩在我胸口。这里没有窗户，没有开口。一道灰色的光线不知从哪里射下，把她的脸从贪婪的阴影中解救出来。

“谢谢你的熊，米莫。这是我收到过的最美丽的礼物。”

有一座钟在别墅某处发出鸣响。薇奥拉打了个哆嗦。

“我们时间不多了，听着。事态发展得比我预料的快。这是我的错，我本该注意到蛛丝马迹。那些旁敲侧击的话语，还有宾客人数……我不会丢下你不管的，你在听吗？我俩发过誓的。我只是想告诉你……你待会儿听到的……不要当回事儿，好吗？永永远远是你和我，米莫和薇奥拉。雕刻的米莫，和飞翔的薇奥拉。”

我从未见过这样子的薇奥拉。她打开门，一溜烟跑开了。我想跟上她，可她已经没了影儿，我再次迷失在隐蔽的迷宫中，走过挂满奥尔西尼祖先画像的长廊，承受着他们开裂的眼珠投下的目光。我终于打开一扇百叶窗，从房子后侧跑出来，绕了一大圈，轻轻松松地回到了主客厅，幸好落地窗朝向花园。宾客正从第二间客厅涌向第一间，空气中弥漫着躁动的兴奋。夜幕降临，仆人依次点亮巨大的火把，驱赶走黑夜。来自黑暗，走向光明。奥尔西尼家族恪守祖训。

此刻，舞厅里人头攒动。舞台上，侯爵、侯爵夫人和一个光头小个子走到一起，就是我之前见到的给斯特凡诺作陪的那位。小个子的妻子身材纤细，高出丈夫一个头，站在其他三人边上。两对夫妇之间是一个和我同龄的男孩，脸庞棱角分明，两颊饱受青春痘的摧残。他和父亲一样穿了厚粗花呢的衣服。仆人敲钟，众人安静下来。

“亲爱的朋友们，”侯爵宣布道，“我们万分高兴地看到大家相聚在奥尔西尼别墅，一同庆祝我家女儿薇奥拉的生日。”

掌声响起。薇奥拉登上舞台，面无血色。她换上了一条奶油色的晚礼服。

“漂亮的裙子，是吧？”弗朗切斯科低语。

他出现在我身边，双手背在身后，那是他喜欢的姿势。这个二十岁的年轻人，容貌没有惊艳之处也没有瑕疵，乍看之下平平无奇，但第二眼就会注意到他那灼灼目光，那种蓝世上少见。他的目光温柔慈祥，我从未搞明白他是刻意培养的，还是出于真诚，抑或只是长睫毛——他的妹妹也有——投下的阴影。

“不是。”我回答，“裙子不好看。”

我至今不明白我为什么表现得如此坦白。可能是因为我开始有了审美。薇奥拉是秋水仙，是个野姑娘，不是那个刚刚走上舞台的维也纳甜点。她或许也会同意我的看法，她给我看过一堆关于缝纫和时尚的论文，跟我解释说没有高低贵贱之分，万事万物都能上升到艺术层面。弗朗切斯科非但没有生气，反而哈哈大笑，他看向舞台，皱起一边的眉头，再次审视我。

“我猜，你说得有道理。她不喜欢这条裙子。”

于是，此后的岁月中我俩缔结起了古怪的纽带。

“我的小女儿不再是小女孩了，”侯爵继续说下去，“今晚，我们很高兴宣布两大家族实现联姻。我们将在半年后举办薇奥拉和恩斯特·冯·埃尔岑伯格的订婚仪式！”

“不要……”我喃喃低语。

众目睽睽之下，粗花呢青年笨拙地向前迈出一步，向薇奥拉递出一只手。薇奥拉目不转睛地看着他，重重叹了口气，失魂落魄的目光在人群中逡巡。我宁愿相信，此刻的她是在找我。父亲露出慈爱的笑容，把女儿推向恩斯特，后者一直伸着手，并没有显得多高兴。薇奥拉牵住了他的手，目光看向别处。

“这次联姻难能可贵，我们的后代，我们的子子孙孙会缔造出最有权势的家族，而它依存的国度却时常落入无能之辈的手中。”

我转向弗朗切斯科。

“您不会让她嫁给那个家伙吧？”

“为什么不呢？”

“她只有十六岁！有别的事要做！”

“不好意思，你好像今天上午才认识她的，我没搞错吧？”

“没有。我不认识她。这只是……只是一种感觉。”

“我明白。薇奥拉总会让人印象深刻。”

“这是两大家族的强强联合，”侯爵铿锵有力的声音在回荡，“它象征着我们的共同愿景，我怀着无比欢喜的心情宣布，最晚两年内，彼得拉－达尔巴就能通上电！”

换作其他场合，我或许会饶有兴致地观察众人各有千秋的表情，仆人们惊讶得张大了嘴巴，宾客大多来自大城市，只是礼节性地鼓了鼓掌。对于后者而言，开关不再是奇迹。他们并不能正确评估要把电力源源不断地输送到这穷乡僻壤所面临的困难，或许是因为他们压根不懂电力是怎么回事。

“蒙主庇佑，我们的家族才能兴旺发达，我们应当投桃报李。”侯爵的发言进入尾声，“为了照亮我们，我指的并不仅仅是隐喻，我们的灵魂……”

“又来了，父亲又要把自己当成老天爷了。”弗朗切斯科眨了下眼睛，悠悠地对我说。

“两年之后，我们将在花园中点亮第一盏路灯。而此时此刻，以我女儿薇奥拉和年轻的恩斯特之名，请诸位开怀畅饮，纵情起舞，玩得尽兴！今晚的烟火表演由声名显赫的鲁杰里家族提供。”

我走到室外，在花园坐下。悠扬的管弦乐声从客厅传出，那是华尔兹的曲调。野蛮、恶心的曲子，原是为了多瑙河畔的游乐会，今天为了致敬粗花呢家族。我不理解这次联姻的意义。我只知道，薇奥拉嫁为人妻的话，她就没法上大学，没法飞翔，没法倾听逝者。再也没有人把我的脑袋拎出水面，鼓励我游泳，游得更远一些，而她就在不远处的岸边等着我，我俩会像国王一样欢庆。我已然沉沦。

夜幕低垂在高原上，步步逼近别墅外墙。我从未距离薇奥拉的闺房如此之近，除了我意外闯入的那次。闺房的窗户就在我头上，在三楼，黑漆漆的，空无一人。

“对不起，神甫，”弗朗切斯科从我面前经过时，我问，“您见到薇奥拉了吗？”

“我还不是神甫，只是神学院的学生。没见到，我有一会儿没见到她了。”

他示意管家。

“西尔维奥，您有见到奥尔西尼小姐吗？”

“没有，先生。我想，小姐和侯爵夫妇在一起。”

我一间间客厅搜寻，铁了心要和她说说话，恰在此时，一声爆炸撼动了窗户。众人诚惶诚恐、默不作声，继而迸发出欢快的喧嚣，一朵烟花在夜空中绽放。烟火表演开始了。所有人涌向花园，我被裹挟着到了室外。鲁杰里家族，闻名遐迩的烟火世家，在夜幕上铺陈开绚烂夺目的梦境，光亮幻化而成的花儿有紫色的花粉，花蕊是蓝色的、绿色的、红色的，周边的繁星全都黯然失色，而就在一年前，同样的黑色火药被制成炮弹。突然之间，一道声音伴随着耀眼的光束平地一声雷：

“有人在屋顶上！”

随之炸开的烟花照亮了那个身形。我的挚爱。薇奥拉站在屋脊稍低处，身上的晚礼服怪诞至极，它集合了不同色调的绿，巨大拖尾的某些地方在烟火映照下闪闪发光：那是她的飞行器，我不知道她什么时候去谷仓取回了它，可能是昨晚吧。这是她唯一的机会，最后的机会，她要告诉所有人，她，薇奥拉的命运不同凡响。

宾客面面相觑，目瞪口呆。火药的余味掺杂着不安弥漫开来。侯爵发声了，但金色的烟火切断了他的话。

“薇奥拉，下来，立……”

薇奥拉的喊话听不真切，她沿屋顶跑动着。飞行器的绳子绷紧了，风帆在瓦片上一路滑落。飞行器预设的飞行高度不该这么低，屋顶最多只有十五米高，或许有二十米，如果算上建筑物前面的土地一般倾斜向下，但是今早悄然刮起的密史脱拉风骤然狂风大作，像是为了致敬这位勇敢的先驱。风帆鼓了起来。薇奥拉一脚踩上锌质檐沟，奋不顾身地扎入虚空。

刹那间，风帆在她头顶展开，宾客纷纷发出“哦”“啊”的感叹声，以为她也是演出的一个环节。薇奥拉背着绿色飞行器在燃烧的旋涡中，和彗星、烟火并肩飞翔，因为放烟花的人并没有看见她。她在夜空中滑过，她高高在上，飞越了沉默的人群。她的未婚夫，那个满脸长痘的家伙目瞪口呆，目光紧紧尾随这只用亚麻、天鹅绒和绸缎拼凑缝补起来的奇怪蝴蝶。两滴喜悦的泪珠从我面颊上滚落，而一阵更为猛烈的密史脱拉风立马吹干了我的泪水。也是这阵风把薇奥拉从房子一头吹到了另一头，又让她自个儿打起转。尽管她身处空中，我们还是听到了喊叫。那不是恐惧，而是愤怒。布匹迎风招展的声音，就像清晨拍打床单驱散黑夜。飞行器的绳子纠缠到了一起，风帆随之拧成了麻花。

薇奥拉直坠而下，愤怒的伊卡洛斯[1]在打转，从三十米的高空落入一片绿色，奥尔西尼的绿色，森林的绿色，消失在莽

---

1 伊卡洛斯，希腊神话中代达罗斯的儿子，与代达罗斯在使用由蜡和羽毛造的翼逃离克里特岛时，他因飞得太高，双翼上的蜡遭太阳融化，跌落水中丧生。

莽丛林之中。

标有“维塔利亚尼《圣母怜子像》”的文件夹存放在温琴佐神甫的保险箱中，它分成几个文档：

——“拉斯洛·托特事件”，一个文件夹。

——“目击者证词”，两个文件夹。

——“维塔利亚尼〈圣母怜子像〉，专著论文，作者：莱奥纳德·B. 威廉姆斯，斯坦福大学出版社”，一个文件夹。

最后一个文件夹里面还塞了一份名为“C.A. 报告”的文件。神甫常常在想，到底是抱着怎样的玩笑心态才把它们放在一起的，威廉姆斯教授任教于大学，和神秘主义几乎不搭边，而 C.A. 是坎迪多·阿芒蒂尼的缩写，他可是梵蒂冈令人闻风丧胆的驱魔师。

威廉姆斯教授好不容易拼凑出来的生平只有寥寥数行字。米开朗琪罗·维塔利亚尼 1904 年 11 月 7 日生于法国，父亲是位石匠。可能是由于父亲过世，维塔利亚尼于 1916 年来到都灵。父母的一位友人，也可能是叔叔或表亲收留了他，把他带到彼得拉－达尔巴。维塔利亚尼将在那里度过他大部分的职业生涯，只有两段外出经历：一段是在佛罗伦萨，但人们对此所知甚少，除了他拜访过菲利波·梅蒂的作坊；他还在罗马居住过，关于这段，资料翔实。有传言说他去过美国，但没有任何证据加以佐证。维塔利亚尼患有软骨发育不全。根据某些不太可靠的信息源，他生性魅力不凡。有些人形容他非常温柔，近乎天真，还有些人认为他个性十足，有时脾气暴躁。众说纷纭，难以当真。维塔利亚尼，相较于他的前辈和同辈，作品数量少得可怜。经过盘点，不会多于二十四件，而罗丹、摩尔或者贾科梅蒂都有上千件。维塔利亚尼大多数作品没有存于世，很可能和创作期间的政治气候有关。摧毁行径是故意为之，这个观点并非无稽之谈，或出自艺术家本人之手，或是当局的手笔，目的是抹除他的名字，至少要让世人将其遗忘。其作品的稀有性为维塔利亚尼平添了神秘光环，更别提还有围绕在雕塑家身边的传奇故事。维塔利亚尼没有参与过艺术运动，也不属于任何流派。他身处雕刻圈，就像马龙·白兰度在演艺界，帕瓦罗蒂[1]在歌唱界，萨比卡斯[2]在吉他领域。他是天生的艺术家，拥有难以置信也无从解释的才华——连他自己都解释不清。维塔利亚尼的艺术从未理论化，这点与贾科梅蒂截然相反，而维塔利亚尼还和后者吵过著名的一架。

1948年之后，米开朗琪罗·维塔利亚尼彻底消失了——彻底断了众人的念头，当他最后一件作品《圣母怜子像》引起轩然大波时，他不可能亲自出来给出最终回答。当威廉姆斯教授的专著论文发表时（初次发表于1972年，1981年经修订后重版，教授没过多久便去世了），没人知道维塔利亚尼是否还在人间。如果活着，那他到底归隐何处？

温琴佐神甫知道这两个谜题的答案。维塔利亚尼还活着，但将不久于人世，他就住在附属建筑物二楼靠楼梯右边的小单间里。他思忖了片刻自己手握的独家消息，或许能换点钱呢，

1 鲁契亚诺·帕瓦罗蒂（1935—2007），意大利男高音歌唱家，世界三大男高音歌唱家之一。

2 萨比卡斯（1912—1990），西班牙吉他演奏家，当代最伟大的弗拉门戈吉他大师之一。

但他立马驱散了邪恶的念头——魔鬼从不休息。他会三缄其口。就让风烛残年的维塔利亚尼在晚风中轻轻摇曳，安安静静地离开吧，带着他的秘密。世间最美的莫过于谜团，温琴佐神甫深谙此理，毕竟他奉献了一辈子来守护那个天大的秘密。

他们是从边门把薇奥拉运回家的，与此同时，宾客被礼貌地引导至他们的轿车边，或者他们的马鞍边。埃尔岑伯格一家在意外发生后立马起身走人，没多说一句话。传递出的信息很明确：他们的儿子恩斯特，他们那个长了青春痘的心尖子，绝不会娶一个女疯子，假设这个女疯子还能活下来。

据说，人们发现薇奥拉时，她还有口气，可等她回到别墅后，那些女士全都晕厥了过去。传闻场面惨不忍睹。村里不缺车子，有人去邻村找来了喝醉酒的医生，聊胜于无嘛。我回到作坊，因为焦虑不安而无精打采。条款三毕竟十九岁了，忍住了泪水。第二天，安娜告诉我俩——奥尔西尼家族招待宾客时，她会充作临时女佣——薇奥拉还没有恢复意识。她刚刚被送往热那亚的医院。

齐奥，自烟花表演开始后，就在暗处观察我。整整三天，没人知道新的消息。奥尔西尼家族的人再也没有露脸，所有命令都通过管家西尔维奥传达。别墅工作人员一声不吭——他们就算想透露点，也奈何没有一丁点儿的消息。只知道侯爵和侯爵夫人在大费周章地处理社交关系，他们要保住家族声誉，这些事只能依靠书信往来，因为彼得拉－达尔巴还没通电话。信件去而往返，在这乡野之地从未出现过如此的骚动不安。

一天早上，齐奥指了指汽车，命令我整理好行李和他一起走。

“去哪里？”

“路上和你解释。替我跑趟买卖。”

不知所措的我把几件衣物塞进从法国带来的行李箱，随即钻进安萨尔多后排座椅。他风驰电掣地驶过彼得拉－达尔巴，一边摁喇叭一边穿过整个村子，开上了去往萨沃纳的马路。

“你要去佛罗伦萨！”他扯着嗓子，想盖过引擎的声音。

“我不要去佛罗伦萨！我要留在薇奥拉身边！”

“嗯？你想要什么？”

“我不要去佛罗伦萨！”

“你要去菲利波·梅蒂那里替我挑两块卡拉拉大理石！算上我那块石料的钱还有你的劳动，侯爵付了我三倍的钱。这买卖不赖，但你不可以故技重施。花点时间好好挑选一番，别上当受骗了。”

他把我送到萨沃纳的莱廷布罗车站，交给我署名为“梅蒂”的信封，然后扬长而去。

“这是用于付款的邮政汇票。但石料必须值这个价。里面还有张回程的火车票，可以乘坐任意一班火车。不用精打细算，如果需要多留一天，该花的就花。务必确保大理石没有裂缝。别被人忽悠着说法语。”

那个时期的火车站全都美轮美奂。萨沃纳的莱廷布罗车站更是如此，几条街开外便是茫茫大海。四年前，地中海于我而言就是一望无垠的蓝色水域。幸而有了薇奥拉，她让我知道了地中海上航道密布，地中海孵化生活又夺走生命，地中海孕育出龙卷风和地震，关于地震，薇奥拉能背诵麦加利地震烈度的十二个等级。她知道黑海胆和白海胆的差别。“一个是黑的，一个是白的，蠢货。”没有她的世界会更简单，显而易见。想到这点，我的眼睛有点刺痛。

我可以轻而易举地猜到在华盖下，在凹室中，贵妇拿起折扇作掩饰，撇着嘴巴说长道短。奥尔西尼家的女儿宁愿去死也不想嫁给那个奥匈帝国的脓包。首先，脓包并不是奥匈帝国人，他是意大利人，一年前特伦蒂诺–上阿迪杰并入了意大利版图。其次，我了解奥尔西尼家的女儿。我俩是宇宙双胞胎。我知道薇奥拉跳下的那刻，她确信可以飞翔。

经过了八小时的旅程，我在佛罗伦萨下车。看来没人在等我。我在火车站门口一边耐心等待一边跺脚取暖。混杂了烟炱的雾凇蒙上了屋顶。整个城市喧嚣嘈杂，和彼得拉–达尔巴形成了有趣对比，后者在这个时间点已经关死了百叶窗，蜷缩在微弱的炉火边上。在我面前，汽车和马车一辆接一辆地驶过巴利奥尼大酒店。

某处的动静吸引了我的注意力。在那边，在咖啡馆的露天座上，这家咖啡馆自然没有巴利奥尼大酒店的恢宏壮丽，它处在有轨电车轨道的另一边，一个穿大衣、瑟瑟缩缩的男孩冲着我的方向招手。我看向四周，然后狐疑地指了指自己。那人激动地点头。我穿过马路，心存疑虑。男孩并非独自一人。还有个五十来岁的男人，浅灰色的胡子稀稀拉拉，并不能完全遮住粉刺留下的疤痕。更重要的是，他和我一样。调皮的神明在他出生之际用手指按了他一下，他从此不再长个儿。

“梅蒂师傅？”

“嗯？”

“您是菲利波·梅蒂吗？”

“从没听过这名字。坐下，孩子。”

“不行，我要在火车站前等人。”

“我们就在火车站前。坐着也能等。你喝什么？热红酒？”

“不用，先生。”

“你同意我再喝一杯吗？”说罢，他把三个空杯子推到桌边，冲着侍应生打了个手势，“坐下吧。”

我挨着椅子边沿坐下，目不转睛地看向火车站入口。侍应生端来一杯热气腾腾的饮料，气味有点刺鼻，他放下杯子，看都不看我们一眼。

“你在找工作，孩子？”

“不是的，先生。我明天就要走。”

“嗨，可惜了。我叫阿方索·比扎罗。是的，这是我的真名。阿方索·比扎罗，一个杂种，父亲是西班牙人，母亲是意大利人，比扎罗马戏团团长、艺术总监兼首席翻译，你绕过火车站，就会看见空地上的马戏团帐篷，经历了昨晚的狂风，它仍旧屹立不倒。你呢？”

“米莫·维塔利亚尼。”

“你来佛罗伦萨干吗，米莫·维塔利亚尼？”

“我是来出差的。要是还有时间，我打算去看看安吉利科修士的壁画。我要一五一十地讲给我的朋友听，她还没亲眼见过呢。”

“安吉利科修士，那是谁？”

“一个修道士，意大利文艺复兴时期一位伟大的画家。出生时间不明，死于1455年。”

“可惜了，你明天就要走。我需要人手，像你这样的。”

“要干吗？”

“为了我的演出，老天。人类恐龙大乱斗，供人娱乐消遣的表演。恐龙由穿戏服的演员扮演，像你和我这样的人扮演命悬一线的人类。那种身高差，演出效果棒极了。每天晚上都满座。”

过去四年里，薇奥拉把我从里到外改造了个遍。我，这个法国佬，爸妈都是文盲，我之前从未意识到这种改变有多么深刻，只有在我作出回复时：

“恐龙和人类生活在不同时代。”

比扎罗古怪地看着我，接着吹了声口哨。

“好吧，你是个受过教育的侏儒。”

我挺直身体，怒气冲冲。

“我不是侏儒。”

“啊，不是吗？那你是什么？”

“雕塑家。伟大的雕塑家。总有一天我会做到的。”

“记下了。那在等你成为大人物之前，万一改变了主意，你知道去哪里找我。你来结账吧？”

他一口闷下酒，双手插兜走远了，留下一脸错愕的我。侍应生立马现身，伸出手。

“一个里拉。”

我没钱，我这辈子都没有过钱，也不需要钱。他明白了，揪住我的衣领。

“米莫·维塔利亚尼？”

一个男人穿过有轨电车的轨道，走过来。他还年轻，不到四十，可双眼流露出沧桑。右袖管垂着，曾经占据它的血肉没了。他从前线回来，这点印刻在了他的肉体上，这个年纪竟然有了皱纹，还镌刻进了噩梦，甚至在梦醒时分，它们都乌泱泱地席卷而来，于是，他的脑袋不自觉地缩进了肩头。

“我是菲利波·梅蒂。你应该在火车站门口等我。”

“对不起，师父。我……”

“一个里拉。”侍应生重复了一遍。

梅蒂审视了桌上的四个空杯，讥讽地挑起一边眉毛。

“你倒是没浪费时间，我明白了。”

“不是的，我……”

“好吧。毕竟是我迟到了。但我丑话说在前面，作坊严禁饮酒。”他一边付钱一边强调。

我压根不在乎他的作坊。首先，我要离开这座城市。回家，打听薇奥拉的消息，尽管这次旅行能让我暂时不想她，说起来，没人在经历了这样一跳之后能完全康复。我想要和佛罗伦萨一刀两断，就好像这是可能的。佛罗伦萨是薇奥拉，我很快便明白了这点：满目疮痍、如痴如狂、温柔多情。是她在拿主意，当一切尘埃落定之时。

我们顶着寒风步行穿过城市，如梦游者穿行在有轨电车和马车之间，拉马车的马儿眼露哀伤。每座大楼都在向我问好，每条马路、每排房子、每个新景致都令我心驰神往，我踟蹰前行，跌跌撞撞，梅蒂向我投来责备的眼神。每迈出一步，就必须在十种形式的美、十个故事之间做出选择。每个十字路口都是一次放弃。城市在我身上倏忽而过，但再也不会离开我。罗马固然宏伟，威尼斯固然魔幻，那不勒斯固然疯狂，但我此生对佛罗伦萨念念不忘。它不是意大利最美的城市，但它是最美的。薇奥拉亦如此。

“你确定你还行吗？”梅蒂问。

“是的，师父。”

“你面色怪怪的。好像……要哭鼻子了。”

“我想到了一位朋友。她住院了。”

他打了个哆嗦，喃喃低语“住院”，然后抖了抖。

“我很难过。好吧，我们加快速度，天色暗了。”

“大理石石料在哪里？”

“大理石？”他吃惊地重复了一遍，“好吧……在作坊。”

他疑惑地瞥了我一眼，重新上路。我们经由恩宠桥穿过阿诺河——德军后来在1944年摧毁了它，老桥于是一跃成为佛罗伦萨最古老的桥。过河之后，我们沿着河岸一路往东走了两公里，城市的景致转眼成了结霜的、发白的农田。在一条土路尽头，一栋楼房四周竖起了光秃秃的围墙，睥睨地俯瞰了无生气的乡野。有一个气派的拱门作为入口，通向被改造成仓库的内院，旁边的楼房开了数不清的窗户。秩序和对称是此处的基调，散发出既甜蜜又苦涩的荒凉气息。雕刻刀和凿子的敲击声汇聚成乐曲，从二楼窗户飘荡而出，夹杂着吆喝、提问和命令，经由看不见的走廊进一步扩大。

梅蒂进入北楼，拖着沉重的步伐上到三楼，推开一间陋室的房门，里面有张床，黄铜水盆里盛满了水。

“好吧，你住这儿。”

“我什么时候能看石料？我想尽快回去。”

“你提到的石料，到底怎么回事？”

“叔叔找你买石料啊。”

梅蒂看着我，就好像我是个疯子，我也同样。

“我完全不明白你说的石料，孩子。我和你叔叔谈妥了。我租用你的劳动力，因为我需要人手，我在圣母百花圣殿有处工地。他照常付你工资，和先前一样。”

我明白了。并非完完全全明白，我不知道所有细节，但抓住了本质：齐奥把我给打发走了。

“我不能留在这里。”

“随你的便。你可以在这里过夜。如果打算留下来，那就早上七点去石料切割室，就在主楼后面。”

他走开了，身体略微前倾，前胸保持着古怪的不平衡，他每走一步都先探出右肩，似乎是为了平衡失去的右臂。我倒在草垫上，一头雾水。接着，我想起了齐奥要我带给梅蒂的口信。我激动地打开信封。里面还有个信封，写着WIWO[1]。他试图写下我的名字。里面只有一张纸，他画了画——画得真好，这个老混蛋，那优雅的线条堪比文艺复兴时期的作品——竖起的中指[2]。一根绷直的中指，用炭笔绘就，画得活灵活现，看得我一声怒吼。纷繁的思绪同时向我袭来。齐奥或许可以成为出色的画家，他为什么选择了石雕？他把我骗得团团转，更糟的是，他不可能是在回来一周内搞定所有事的。他要摆脱我不是出于报复，不是因为我雕刻了那头熊。他很早就开始酝酿这个计划，因为他一点儿也不喜欢我。这世上并没有几个人喜欢我，其中一个还躺在医院里，而在我想她的当口，她或许已停止了对我的爱。

我不能留在这里。薇奥拉需要我。齐奥所有的天赋都用在

1 米莫的名字应该是MIMO。

2 原文为意大利语。

这事上。留是不想留，走也走不掉。我没钱。梅蒂是向齐奥支付我的劳动力，他永远不会给我钱。我成了囚徒。其实，我自始至终都是，只是薇奥拉在每个晚上打碎了我的镣铐。我躺在铁床上暗暗许诺，赌咒发誓。

阿尔贝托·苏索，婊子的儿子。总有一天，我要杀了你。

我的诺言落空了，就像其他许许多多的诺言一样。

佛罗伦萨，黑暗年代。对于我的传记作家来说，那会是吸引人的章节，尽管我想象不出来谁会对我的生平感兴趣。我也从不怀疑，即便有人对我的生平感兴趣，我也会尽其所能制造困难。

我的弟兄们，当我吐出生前的最后一口气，请把我抬到花园里。把我埋葬在美丽的白色石头之下，我挚爱的卡拉拉大理石。不要刻上我的名字，千万，千万不要。就让它躺在地上，温润、光滑。但愿世人将我遗忘。米开朗琪罗·维塔利亚尼，1904—1986，他知无不言，言无不尽。

石料切割室是个库房，波浪形的钢板充作顶篷，背靠主楼后部而建。我早上七点出现在门口时，锯子早就开动了。没人在意我。我这边搭把手那边帮个忙，没过多久，我便和其他六名雇工一样成了满身大理石粉末的幽灵。在如此嘈杂的环境中是没法说话的，除非工人停下手上的活计，坐在石料上抽上一根烟，手肘抵住膝头，两眼放空。一个憔悴的家伙似乎是这里的主管，告诉我他叫毛里齐奥，并递给我一根托斯卡纳。我稔熟地点烟——我从未抽过——屏住咳嗽，忍住泪水。毛里齐奥揶揄地瞥了我一眼，眼神中并没有恶意。他不再满足于抽烟，而是吸入棕色的烟雾，刚从嘴巴吐出便立马吸进去，抽上一根烟能获得两三倍效果。烟草和大理石粉末在他的舌头、牙齿、胡子，或许还有身体内部，覆盖上一层黄色污渍。我郑重其事地抽完了第一根托斯卡纳，没多久跑到室外吐了个干净。

我一整天，甚至一个礼拜都见不到梅蒂的人影。我们在原来的食堂一起吃饭——主建筑曾是王宫，后改建为修道院，之后被废弃，又充作谷仓，而今成了菲利波·梅蒂的作坊。北翼二楼由正儿八经的雕刻作坊占据，佛罗伦萨的雕刻高手都在那里干活。梅蒂曾是全城数一数二的雕塑家，直到他在卡波雷托的爆炸中弄丢了一条手臂。事情真的是这样。一枚炮弹挡住了他发起的进攻，迫使他领导的小分队冒着泥雨边战边退。看到掩体时，他宣布："我们逃出生天了，结局本来会更糟。"就在这时，一名士兵问，他的胳膊哪去了。

石料切割室，是地狱，是船舱底部，干着最龌龊最艰苦的活儿。我们负责重新切割并且调整用作外立面装饰的大理石。有时，我们也为雕塑家进行石料粗加工，如果采石场没有完成这部分工作的话。梅蒂最近拿到了一份大订单，圣母百花圣殿的部分翻修。工程量极大，梅蒂不得不跑到别国招募人手。食堂里面，两队人泾渭分明，高高在上的雕塑家兴高采烈，随时愿意投入一场食物争夺战，而“石料切割室那些打杂的”从头到脚一身白，一声不吭地低头就着餐盘吃饭。成为雕塑家便能趾高气扬，他们确实如此，根本不屑于来找我们的碴儿。石料切割室就是鱼龙混杂之地，那些油盐不进的刺头、斑斑劣迹的惯犯、开小差的逃兵、在后方工作的军人，反正就是渺小卑微的社会渣滓，为了苟活下去，需要付出极大的勇气。

第一周，我搞到一枚邮票，给条款三写了信（寄到条款三母亲家，因为我完全可以预料到齐奥会拦截我的信），同时附上一封给薇奥拉的信。每天早上，我睁开双眼，憋着满肚子的焦虑，看向一个我都不知道我最好的朋友是否还活着的世界。我成了巫师，在一天天的连轴转中找寻到不计其数的征兆，由着心意进行解读。*三只乌鸦停在烟囱上，她情况不妙。如果我能一口气爬上平台，她便可以大难不死。*夜幕低垂，吃过晚饭，我沿着阿诺河泥泞的河岸溜达，淤泥的气息和冷冽的空气令我心醉神迷，月亮的清晖洒在对岸的乔托钟楼上，我看入了迷。我从不敢穿过桥踏足河对岸，自觉配不上那边的风雅，还有，我不希望一不小心看见安吉利科修士的画作，而我身边没有薇奥拉。我还听说那里有些马路不太安全，可能因为一点鸡毛蒜皮的事儿就被人割破喉咙。

在我到来一周之后，梅蒂现身了。我隔着整个内院一下子认出了他走路的姿势。

“你还是留了下来。”他看见我急匆匆奔向他，说道。

“是的，师父。我是想问您……为什么我要待在石料切割室？”

“因为石料切割室需要人手，而你的叔叔告诉我你是干这类活的一把好手。”

“可是，我能雕刻。”

他的拳头支在左胯上。

“我同意。不过，你看，我手上的都是大工程，我可不是给乡下的房子做装修。如果你工作出色，我答应你，你可以和我的学徒一起上课，要是干得还不赖，那我就提拔你。好啦，回去干活吧。”

梅蒂随后绕着庭院中央的人群打转，他们聚集在一起，是为了研究一尊目光温柔的圣方济各雕像。我垂头丧气地回到石料切割室，我的人生如行尸走肉。同伴们没过多久便对我肃然起敬。他们都打心眼里佩服我，我是这么认为的，尽管我身量不足，可我的活儿干得很漂亮。我开始有幸参与最麻烦的活计。作为交换，我得到了啤酒、香烟，总之是我以前从未接触过的、明令禁止的好东西。至于邮票，是我那段时间最在乎的酬劳。

在我安顿下来的十二天之后，我收到了条款三的来信。它热乎乎地躺在我内侧口袋里，直到十点第一次休息，我终于可以打开它了，我站在作坊门口，佛罗伦萨难得一见的太阳洒下暖洋洋的阳光。

亲爱的米莫：

我这里没什么新鲜事。阿尔贝托还是那么蠢，安娜还是那么美。我们想念你。没有薇奥拉的消息，什人也不知道。有人说她死了，有人说没有。一旦有新消息，我便写信给你。你的朋友，维托里奥。

还有：埃马努埃莱希望你早日归来，没了你，这日子都不一样了。

我决定给奥尔西尼家族写信，写了整整一晚上，字斟句酌地来礼貌地表达我的诉求，和他们解释说，我正在佛罗伦萨久负盛名的作坊求学，他们，能否行行好，告诉我一点关于薇奥拉的消息。我撕掉了信纸，从头开始，用“奥尔西尼小姐”替代了薇奥拉。

第二天，电锯，石料切割室里面最引以为傲的工具，出了故障。等待维修的间隙，大家搬出了老式的锯子，那就要手动切割石料了。我的身高成了问题，有些石料比我的个子都高。我尽力帮忙，搬运、打扫，但有时还是无所事事，于是我跑到内院溜达一圈，那里堆放着即将运走以及送来维修的雕刻作品。我再次遇到了梅蒂，他站在那尊圣方济各雕像前面，一个年轻人穿着蓝色罩衫，脖子上围着红色围巾，正往雕像的脚边放上两只石刻小鸟。梅蒂冲我打了个手势。

“看看内里雕的鸟。内里很快出师了，将由他领导作坊里面的学徒。你觉得怎么样？”

“很美，师父。”

内里挑起一边眉毛，仿佛在思考是否应该接受一名石料工的看法，无论他说了什么都像是侮辱。他耸耸肩，决定接受我的赞美，尽管它一文不值。梅蒂拍拍内里的胳膊，后者走开了。

“这是亚西西的圣方济各圣殿的订单，”梅蒂喃喃低语，“我本该亲自操刀……”

“您干的话，会更好。”

“什么？”

“我撒谎了。那些鸟……”

我摇摇头。梅蒂的嘴巴喜感地扭曲起来，却表明他火冒三丈了。

“你不喜欢？”

“不喜欢。”

“我需要听取石料工的真知灼见吗？”

我打量起梅蒂，尽管我不得不昂起头。十六年的怒火此时此刻喷涌而出，还有强忍下的、腐败变质的焦虑不安，混杂上亲眼看见挚友从天坠落的惊慌失措。我同样有权利宣泄愤怒。

“您可以听取一个见过很多鸟的家伙的真知灼见。这两只，”我指向雕塑，“永远都飞不起来。”

“怎么会？”

“构造不对。那是麻雀身形的火鸡。至于火鸡，当然了，永远都飞不远。还有，它们把圣人的目光拉向地面，但您是想表达相反的意思吧？不是吗？”

“你能做得更好？”

“我这么认为。”

他转向正好路过的学徒，怒气冲冲地呼喝：

“喂，给我拿套工具来。”

然后转向我：

“看到那些小的石料了吗？我刚从波尔瓦乔回来，这是两块样本。挑上一块，给我雕个鸟出来。让我看看能不能飞。”

我全心全意感谢我的父亲，感谢我俩在这个岩浆遍布的星球上聚散匆匆。世人有时以为我对父亲不置可否，因为我极少提及他。他们指责我将他遗忘了。遗忘？父亲活在我的一举一动之中，直到我的最后一件作品，直到我的最后一记锤。我要感谢他教导我下手要大胆。他告诉我要考虑作品最后摆放的位置，因为作品的比例取决于人们落在它身上的目光，直视还是抬眼望，到达怎样的高度。以及光线。米开朗琪罗·博纳罗蒂一遍又一遍地打磨他的《圣母怜子像》，他要抓住一丝一毫的光线，因为他知道这尊雕像会被放置在幽暗之处。最后，我要感谢父亲的金玉良言，我把它牢牢记在心里：

“想象一下你的成品拥有了生命。它会怎么做？你必须想象得出来在你固定下来的那一刹那的下一秒会发生什么，你要让大家浮想联翩。一件雕刻品就是一次天神报喜。”

我在石料切割室一角安顿下来，着手处理梅蒂交给我的石料。同事好奇地打量我，这只有点罗圈腿的丑小鸭兴许是只天鹅吧，他们来了兴致，但也没有时间偷懒和磨叽。石料质地细腻，典型的卡拉拉大理石。恰如其分的柔顺和柔韧，没有一丁点的粗糙和生涩。我要释放出隐藏在石头里的小鸟。一边的翅膀微微离开身体，因为下一秒它就要振翅高飞，停在圣人的胳膊或肩头上。大理石攫取了肌肉的力量、肌肉的质感，还有麻雀的脆弱。对于圣人而言，区区一只麻雀微不足道，我又雕刻了第二只，它依偎在第一只身边，一半藏在前者羽翼下，就好像刚刚出于玩闹或无聊在互相打滚，抑或在争夺圣人的垂青。最后一个晚上我用来抛光作品，我往后退去，想最终欣赏一下自己的劳动成果，撞上了聚拢在我周围的工人。梅蒂尾随在毛里齐奥身后出现了，是他去把梅蒂找来的。

“您瞧，老板，来看看我们石料切割室的能耐。给我们涨点薪水吧，别犹犹豫豫的。”

众人哄堂大笑，又转瞬即逝，菲利波·梅蒂严肃地看向众人。他一步步走向我的小鸟，流露出古怪的反应，终其一生，人们看到我的作品时都会有类似的反应：一刹那的犹豫不决，目光在作品和我之间来来回回，或许说出口的话不是这样的，但潜台词都是“这个矮冬瓜到底是如何做到的”。他审视我的作品，伸出手指来触摸它，指尖滑动，感受它的棱角。他的面色越涨越红，最后破口大骂：

“你以为你是谁？以为我会在作坊里给你留个雕塑家的位置？我们有等级尊卑，我们有祖法规矩，在这里就要遵守这些。你是有天赋，当然了，天赋异禀，或许是我见过的最有天赋的，但这不会改变任何事。我不明白为什么你的叔叔对我说你资质平庸，我不想掺和你的家事。你继续留在石料切割室。”

他走出门，鸦雀无声。片刻之后，他去而复返，一根手指戳向我的胸口。

“你今天下午去作坊开工。我丑话说在前头，我不会付你钱的，我没这个预算。好吧，除了每个月付给你叔叔的钱，我可能再多掏五十里拉。直接给你。”

我看着他走了出去，目瞪口呆。五十里拉，那是一个工人可以挣到的六分之一工资。于我而言，那就是巨款。我可以买上一堆邮票寄信到彼得拉－达尔巴，写给维托里奥、奥尔西尼家族，写给任何一个可能会告诉我薇奥拉近况的人。总有一天，我可以攒够钱离开这座太过美丽、太过残酷的城市，然后我和薇奥拉可以在某地安顿下来，从头开始。

在此之前，必须苟且偷生。

我踏入作坊，顶着十几位石匠投来的阴恻恻的目光，一身雪白的我活像石膏做的淘气小精灵。领头的内里还不到二十岁。他看过我的小鸟，立马恨上了我。我如法炮制，以牙还牙，我已经过了相信童话故事的年纪，不再认为大家会从敌人变成挚友。此后的日子，我成了被隐性霸凌的对象，始作俑者便是内里和他的跟班，他们的行为多多少少透着恶意。我继续和石料切割的同事坐在一起用餐，这并不会改善我在雕刻作坊的人缘，那里的常住民津津乐道于自己呼吸着独一无二的稀有空气，洋溢着才华的空气，尽管他们全都没有。全都没有，除了内里。我对他鸟儿的评价有点苛刻了，它们算得上成功。虽然，我雕得更好。

我干活的工具时不时会没影儿。矮凳散了架——一条腿被锯断了。我并不会威胁到大家，因为我只能在微不足道的活计里兜兜转转。交给我的都是贝壳、植物、动物、喷泉装饰，从没有过圣人、使徒，所有和上帝沾得上边的题材都与我无关。至于圣家族，或者圣父本人，想都不要想。那是内里和另外两个蠢货的特权，我管那两人叫“阿大”和“阿二”（我记不住他们的真名），头头说啥，两人都说对。

内里无足轻重。我的愤怒并非针对他，而是冲着奥尔西尼家族。有可能我是在生薇奥拉的气，既然她肯定还活在世上。像她这样的姑娘是不死之身。可为什么音信全无？条款三定期给我写信，每封信都和第一封如出一辙，阿尔贝托真蠢，我坠入爱河了，没人知道薇奥拉的近况。

1921 年 2 月初，事故发生三个月后，随着气温回升，经历了寒冬的佛罗伦萨人涌向街头。清风裹挟着亚平宁山脉的气息，吹皱了阿诺河，人们集体出动。内里禁止我出门，必须有人在作坊值班，事情就在那时发生了。一小时之后，我收到了一封笺头为奥尔西尼家族的信。寄信人是弗朗切斯科，那位在神学院就读的哥哥。他回老家暂住的时候，在写字台上发现了我的信。他和我提起了他的妹妹，终于。我展开信，凝神屏气。

薇奥拉摔折了颅骨、一段脊椎、三根肋骨、锁骨、两条腿，肺部也被戳了个洞。她足足昏迷了三周。欧洲各地的专家在她的床头给出了各自的诊断，尽管众说纷纭，但大多数都认为不容乐观，而薇奥拉一一挫败了他们的预言。她在一个早晨醒了过来，唯一的神经方面后遗症是，她完全不记得那场事故了，还有轻微的发音问题，不过在弗朗切斯科看来，情况会好转的。她再过几周便会回到彼得拉－达尔巴，继续她的康复治疗。“她斗志昂扬，但她不愿见任何人。”弗朗切斯科专门强调了“任何人”。随后又提到我那头熊，它仍旧摆放在水池边。

“帕切利主教又和我提起那位‘身材小小但才华横溢的年轻石匠’。”弗朗切斯科接着说，就好像他遗忘了一件小事，“鉴于薇奥拉多处骨折，现在要判定薇奥拉能否重新站起来走路还为时过早。”

薇奥拉活着，这就够了，我终于可以哭一场了。栖息在对面烟囱上的三只乌鸦倨傲地审视着我，然后斜插入风中，飞向阿诺河。

我每周都给薇奥拉写信，写了一整个春天。我可怜的薇奥拉摔得支离破碎，千疮百孔，我每一小时每一分钟都在思念她。整个作坊都在忙圣母百花圣殿的修复工程，当风吹向作坊的方向时，佛罗伦萨都能听见我们铿锵有力的敲击声。我很少离开古老的修道院，我宁愿想象着和我的挚友在沿河的下等酒馆里面谈天说地。梅蒂经不起我一次又一次的请求，最终交给我一些更重要的建筑部件，偶尔还会有先贤祠里面的次要人物。衣着光鲜的生意人和主教数次造访我们的工作场所。梅蒂和内里陪伴在侧，事无巨细地将一块石头从毛坯到艺术作品的过程娓娓道来。

刁难仍在继续，全都是小儿科，却又因为缺乏雄心壮志而愈发过激。我被排挤，被无视，被拖入假想的竞赛。有天晚上，我在床上发现了一只死猫。我向梅蒂和盘托出一切，后者大手一挥，驱散了这些“恶作剧”，并叫来内里整肃纪律。内里对我的恨意又加倍了。

那年我十七岁，我想，正是从那时开始别人把我视作危险因素，抑或无法预测的因素。我终其一生都摆脱不了这种名声，兴许是因为我本人也有点执着于此。6月，在给薇奥拉写了十几封信之后，我终于明白过来：她压根没有收到我的信。这总好过另一种情况：她收到了但不回。我思考了片刻是否该拿出微薄的全部积蓄回彼得拉－达尔巴一趟，但我又算什么身份，能得到奥尔西尼家族的接待？弗朗切斯科说得明明白白。她不想见任何人。

一天早上，我踏入作坊，发现我雕刻了一个星期的雕像没了脑袋。

“谁干的？”

每个人都在干活，仿佛什么事都没发生。阿大和阿二吹起了口哨，内里对我视而不见。我走到他们身边。

“谁干的？”

“什么？”

“你一清二楚。”

“我什么都不知道。你们知道吗，伙计？”

“不知道。”阿大说。

“啥都不知道。”阿二附和。

我一腿扫向阿大（或阿二）胯下。他扑通倒地，连带着打翻了工作台。众人将我们分开，我们用脏话招呼对方，接着一下子安静了下来，梅蒂走进了作坊。半个小时之后，我和内里被叫去他的办公室，或者说充作办公室的地方：那是修道院的厨房，一块桌面架在支架上，横摆在巨大的壁炉前面。他漫不经心地对我俩说教，说起匠人作坊里面存在竞争是司空见惯的事，他希望我俩能很快把这事抛到脑后，并建议我俩握手言和。我和内里照做了，并挤出假惺惺的笑容。

“你等着瞧。”我俩走出去的时候，内里在我耳边低语。

“你再玩次阴的，哪怕就一次，我就杀了你。”

惊恐在他的眼中闪过。我不再是那个十二岁的男孩了，那时的我刚刚来到这个神奇又陌生的国度。我是意大利人，如假包换的，我铁石心肠、一无所有，这就是我的武器。然而，令他害怕的，就像后来的其他人一样，是可以想见我这样的人没有什么可失去的。

几天之后，梅蒂提议我陪他进城。我来了之后还没有好好逛过市区，除了去买过一两次东西。他带我参观了圣母百花圣殿，我们登上隐藏在穹顶里面的阶梯，站在楼顶，狂风呼啸。在珐琅釉蓝的天空下，佛罗伦萨纤尘不染，在我们脚下熠熠生辉。

“你怎么想？”

“你给内里什么活儿，就该给我同样的活儿。”

梅蒂叹了口气，又好气又好笑。我们下楼，沿阿诺河行走，全身都冻僵了，走到温泉街尽头，也就是天主圣三广场前方，某个类似车库的地方支起了几张桌子。我的师父应该是那里的常客，因为立马有人给我们送来了两杯咖啡和一小瓶白酒。

“你的朋友怎么样了，米莫？”

“我的朋友？”

“你到的那天说起的朋友，住院那个。”

“哦，她在康复。我想是吧。”

他三口喝完了咖啡，然后直愣愣地看着空杯底部。

“内里是作坊的头儿。就是这样。”

“我并不打算取代他。我的技艺水平很高，我只想参与和我能力匹配的活儿。”

听到“高”字，梅蒂笑了。他不由自主地看向我的两条腿，都碰不到地面。

“内里不喜欢你。”他指出。

“内里就是坨屎。”

“他还是兰弗雷迪尼家族的人。本地最有权势的家族之一，而他父亲是圣母百花圣殿修复工程的主要出资人。我并不天真。我之所以能拿下这份订单，全得感谢他。因为，是他的儿子在领导作坊。而这是他应得的。”在我想开口说话前，梅蒂补充道，“内里是一位优秀的雕塑家。不要逼我在你和他之间做选择。”

“我有天赋。”

梅蒂立马黑了脸。他往空杯里倒了点白酒，送到嘴边，复又放下，并没有喝上一口。

“我也有，我一度认为自己有天赋。我明白过来这点，是在我们不能拥有天赋之后。天赋是无法自行持有的。那是一朵水蒸气的云，你终其一生都在试图留下它。而想留住某样东西，那必须要有两条手臂。”

他双眼低垂，看向地面，似乎把我给遗忘了。我把它落在了卡波雷托的迷雾中。突然，他打了个激灵，投向我的目光焦灼不安。

“你知道为什么内里是个好主管吗？因为他稳定。他就站在那儿，他知道自己在做什么。”

“但他走不远。”

“走不远。他会碰壁。可墙壁有墙壁的好处，我们可以倚靠。你呢，正好相反，你就像是跑下坡路的家伙，跑得都快断了气，然后你又要继续跑上坡路。你身上是有天赋的。我看得出来，因为我想我也是有过的，不是自谦。那是……从前。”

他往桌上扔了几枚硬币，一声不吭地走开了，迈着他那奇特的步子。我奔跑着赶上他，用我那别扭的姿势，我们摇摇晃晃地走到老桥，一路无言。那天的河水泛出清新的、蓝色的气息，那是地中海的气息，阿诺河日夜奔流的最终归宿。

“我在作坊永远不会取得进步，如果只能雕刻这些小玩意儿。”当我们抵达河对岸时，我说。

“重点不是你雕了什么，是你为什么要这么做。你问过自己这个问题吗？雕刻，是什么？别回答我‘砸开石头，赋予它某个造型’。你十分清楚我想要说什么。”

我无法回答一个我从未想过的问题，我也装不出来。梅蒂表示同意。

“我百分百确信，等你哪天明白了什么是雕刻，你就算雕个简简单单的喷泉也会让人痛哭流涕。在此之前，米莫，一个建议。耐下性子。就像这条河，永恒不变、波澜不惊。你认为它会发怒吗？我是说阿诺河。”

1966 年 11 月 4 日，阿诺河冲垮了堤岸，在两岸泛滥，肆虐了整座城市。

夏天到来了，几乎和1919年的彼得拉－达尔巴一样闷热，阿诺河的作用微乎其微，无法缓解高温。脆弱的停战协议维系着作坊的日常运转。我仍旧只能做些小修小补，或者不值一提的创作，而内里可以得到最漂亮的石头，最优质的订单。我晚上愈发频繁地外出，出入石料切割工爱去的鱼龙混杂之地。和他们厮混在一起，我感觉好极了，他们从不循规蹈矩，并且哄笑着说我也不是讲究规则的人。打架斗殴，我也有份，还有和谈、背叛，全都在两杯有时略显可疑的酒精之间解决，但是这些社会弃儿不会叫我“矮冬瓜”。酒过三巡之际，总有人站起来，神情肃穆。一时鸦雀无声，歌剧的曲调悠扬而起，我们听得热泪盈眶。那些家伙开怀唱歌，因为他们想要诉说，又不知道第二天能否继续做同样的事。那些夜晚，在地板黏糊糊的大厅里，醉心于走私犯“卡鲁索”的歌声，成了世间最美好的场景。在歌声中，小丑真的疯了，更别提唐·乔万尼[1]，因为唱歌者在大白天要么坑蒙拐骗要么杀人越货。那个卡鲁索，死于那一年的夏天；那个德·史帝法诺[2]，刚在西西里岛降生，初试啼声，有多少失败的命运在这下等酒馆沉寂了？行差踏错的一步，不怀好意的一瞥，他们唱起了《今夜无人入睡》，不是在斯卡拉大剧院，而是面对醉醺醺的酒鬼、截肢者、饥肠辘辘的

1 《浪子终受罚》中的主角名字，该歌剧以唐璜为主要人物，这个版本被认为是众多版本中最为出类拔萃的。

2 朱塞佩·德·史帝法诺（1921—2008），意大利著名男高音歌唱家。

疲惫者。但我并不认为我们这些人不识货。我进而得出结论，斯卡拉大剧院的那些刁民，他们号称拥有良好品位，随时准备着为了一个走音而喝倒彩，但他们没有听过真正的歌剧。杰苏阿尔多[1]是杀人犯。卡拉瓦乔[2]也是。艺术的诞生，有时需要双手沾血。

我夜生活的目的：阻止自己思念薇奥拉，我还是没有关于她的任何消息。许是出于本能，我要学会适应没有她的生活。条款三确认了她已经回到彼得拉－达尔巴。救护车径直开到火车边上，大晚上穿过村庄，所有人都注意到了。然而，此后没人见过她。就连安娜·焦耳达诺也没有，她目前在奥尔西尼别墅打全工，奥尔西尼家族又开始接待上流人士。薇奥拉闭门不出，不在公开场合露面。负责照顾她的两位女佣全都为家族服务了几十年。

薇奥拉那边音信全无，我猜测是她的父母过滤了信件。我通过条款三，拜托安娜直接把信送到薇奥拉手上。尽量直接吧。安娜每周参与薇奥拉的卧室大扫除，在此期间，薇奥拉消失在了别墅深处。安娜铺完床之后，把我的信塞在枕头下面。她骄傲地完成了使命，我在等待。一个星期。两个。三个。秋天夹带着迷雾和细雨回来了，行人缩起了脖子，不胜其烦，阿诺河泛起了浑浊的河水。薇奥拉没有回信。她不能，或者不愿，在我看来近乎一码事。

我憋着一肚子火，用大口大口的啤酒按下内心酸楚。我

---

1 卡洛·杰苏阿尔多（1561—1613），意大利文艺复兴晚期杰出的作曲家、鲁特琴演奏家。他以为妻子和别人有私情，于是杀死了这两个人和孩子。

2 卡拉瓦乔（1571—1610），意大利巴洛克画家，曾在争斗中杀死一个年轻人。

现在一踏进某家常去的酒吧，便有人和我打招呼，毛里齐奥或者其他的石料切割工。不用我下单便有人递上啤酒。酒过三巡，我那慷慨的天性来了劲，请了一轮又一轮的客。最近两个月出现了一名新常客，那家伙又高又瘦，黝黑的两颊长满了麻子，大家叫他科努托——戴绿帽的意思——我不知道背后的原因。我当然明白绰号的含义，只是难以想象谁会给这样一个家伙戴绿帽。我熟悉无业游民，可是他，真真切切地令人不安。科努托拥有我听过的最美妙的嗓音。他擅长演绎与移民有关的歌曲，拿手好戏是唱《回来》，众人嚷嚷着要他唱一唱这首卡拉布里亚歌曲，用空掉的啤酒杯敲击吧台，为他打节拍。这首歌唱的是背井离乡、颠沛流离——我们在曲调中认出了彼此。听他唱歌，会轻而易举地相信他工作过的矿井垮塌了，他乘坐的轮船遇上海难了，他死过好几回，死于饥饿、干渴、贫困——他的外表历经沧桑，九死一生。那些夜晚，我的脑袋晕晕乎乎，说起话来含含糊糊，走起路比以往更加踉踉跄跄，我想到了母亲，想到了薇奥拉，还有内心的痛苦。拂晓时分，我们分手告别，赌咒发誓友谊会地久天长。我七点出现在作坊，攥住我的刻刀，仿佛爬上了救生筏。

1921年秋天，两件事机缘巧合之下接连发生，再次点爆了我的生活。11月7日，在我十七岁生日那天，墨索里尼成立了国家法西斯党，他要让那些“拉斯”[1]组成联邦政府，这些小头目用恐怖统治全国。内里兴许从中读出了信号，我的工具又开始消失，食堂吃饭时有人从我身后路过便给我来上一肘子，

---

1 原文为ras，是埃塞俄比亚的姆哈拉语，意为“省总督”。一些法西斯黑衫党领袖控制了意大利农村地区，比如伊塔洛·巴尔博，他们被称为“拉斯”。

还有人在我床上撒尿。毛里齐奥有天撞见阿大跟在我身后学我摇摇晃晃地走路，所有人都在忍笑。他揪住阿大的头发，拖进石料切割室，把他揍得半死，然后放在开动的电锯前面，威胁说，再有下次，锯子就开过去了。梅蒂接待了我们，怒气冲冲，唾沫星子溅了我们一身。要是下次再犯，他必定严惩。我不名一文——我几乎把所有的钱花在了酒吧的夜生活上——我无处可去。我闭上了嘴巴，内里还在夸夸其谈，没人动得了他。只有阿大径直走开了，再也不和人说话。我感激毛里齐奥，但也有点怨他。他的介入会让人以为我无力自保。

接着，信来了。一天早晨，没有大呼小叫，它乘着冬风，散发出煤炭的芳香。绿色墨水写出了我的名字和地址，一种胡椒薄荷绿，全世界只有一个人会使用——薇奥拉自己调配的墨水，她在“化学家”阶段保留下来的爱好。整个早上，我把薇奥拉的信压在外套下面，终于趁着休息的空当儿，奔上楼，躲进房里，锁死房门，读信。

亲爱的米莫：

我收到你陆续寄来的信件。对不起没有早点给你回信。我希望你读了这封信不会生气，但我更希望你以后不要给我写了，至少现在别写了。住院的时候我有很多时间反思，我明白过来我太自私了。我把你拖进我的儿戏，我伤害了很多人，包括我自己。我该成熟起来了，把过往的一切抛诸脑后吧。总有一天我会很高兴再见到你，或许我们可以在别墅喝上一杯咖啡，等我身体康复了。我们说不定还会一同嘲笑我们以前的梦想。在此期间，在我没有发出邀请的情况下，你给我写信有失妥当，我想你明白我的意思。我们必须长大成人。

祝好。薇奥拉·奥尔西尼。

我下午回到作坊。我在房里多待了一个小时，目瞪口呆、口干舌燥。有人模仿了薇奥拉的笔迹。有人强迫她写下这封信。但这些假设全都站不住脚。我对薇奥拉知根知底，知道她能写下这样的信，而且对此深信不疑。最扎心的，反倒是她在名字后面加上了姓氏，那么冷冰冰，拒人于千里之外，我们一同睡过的坟墓、一同分享的飞翔梦想全都遥不可及了。

我刚在矮凳上坐定，内里从天而降。

“你去哪里了？付你工资不是让你偷懒的。”

“我病了。”

“是啊，大家都知道你有病。”他应和道，脸上浮现出讽刺的笑容。

我本该像往常一样，闭上嘴巴，但我的情感已然决堤。

“好啦，内里，其实，我知道你喜欢我。”

“一点也不。”

“你肯定？”

我起身，走向他完工的使徒雕像，这个复刻品会替换掉圣母百花圣殿损坏的原件。

“雕像会摆放在外立面的壁龛里？”

“所以呢？”

“所以，你从没听说过透视法？”

“什么？”

“这尊雕像会被安置在二十米高的地方。站在地面往上看，想让它合乎比例，那你就必须人为地延伸它的维度，或者说，拉长它，如果你乐意的话。这尊雕像，”我拍了拍内里的劳动成果，“如果我们直视它的话，比例是正确的。但在二十米的高度，它就会显得有点扁。就像我。鉴于这不是你第一次这么干，我们可以说，你在整座教堂摆满了侏儒。我有理由认为，你打心眼里喜欢我。”

我听到了扑哧笑声。内里阴鸷地看向四周，大家重又寂静无声。他迈出一步，紧贴在我身上。

“回到你的岗位上。或者回去给你的女朋友写信。”

我总是躲起来写信。信上确实有折角，我注意到了这个细节，但以为是自己粗枝大叶。他的话指向一个真相。

“你读过我的信？”

“就算这样，你要拿我怎么样？”

我不能对他挥拳相向，否则我会立马被扫地出门。我什么都不能做，他知道，我也知道，他冲我露出得意的笑容。

我一脑袋砸在他脸上。

菲利波·梅蒂面不改色地看着我提着小小的行李箱走进他的办公室。我没给他添麻烦，这点他要谢谢我。他没有要求我做出解释，我也不会主动说，类似的对话很早之前就发生过了。

“你有什么打算？”他言简意赅地问我。

我收拾行李的时候想过，除了回到彼得拉－达尔巴，也没有其他办法。没人等着我回去，我可以在森林的小谷仓找到落脚点，就是我们当年密谋飞行计划的巢穴。然后筹谋一下自己的未来，而此刻的我毫无头绪。我回去只是为了再次出发。我都不会试图去见上薇奥拉一面，因为公主长大了而我没有。

“我很难过，”面对我的沉默不语，梅蒂再次开口，“现在是 11 月中旬，我没法付你一整个月的薪水。”

“当然了。”

我拖着行李箱向门口走去。两个轮子嘎吱作响——我曾打算给它们上油的，但从未做成。刚过四点，但夜色已然嵌入先前厨房的窗户。菲利波·梅蒂单手支住下巴，工业灯泡在他头上摇摇晃晃，营造出一个光晕的孤岛，他看上去愁云惨淡。我走到门口时，他起身。

“等一下。”

他打开办公桌抽屉，取出几张纸币，犹豫了下，又数了几张，把钞票塞进信封。他走到我身边，把信封放进我的口袋。

“拿着用。”

我点头表示谢意。我和他都不是情感外露之人。我们这种人出生时便节衣缩食，勒紧裤腰带过日子，即便感情也是斤斤计较。我站在门口最后一次转身，我想到了内里吓傻的表情，想到了他鼻子里冒出的大血泡。我笑了。

“管他呢……值了。”

“我不觉得，米莫。”

再见了，美丽的佛罗伦萨，哦，甜蜜虔诚之地，无罪的无政府主义者遭到驱逐，他们唱着歌儿离开，心中充满希望。[1]

---

1 原文为意大利语。

科努托从未唱得如此之好，实话实说。在他那浑厚的男高音的感召下，我们一同加入了大合唱。我走进石料切割室和伙伴们道别，他们坚持要郑重其事地为我欢送。最后一次酩酊大醉[1]，稍稍放纵一下，仅此而已。我明早乘火车离开，为什么不呢。一家酒吧，继而第二家，科努托在第三家现身了。他高歌一曲，专门献给我的，为此改了城市的名字，《再见了，卢加诺》这首歌歌颂了流亡的无政府主义者，背井离乡、彬彬有礼的杀人犯。

再见了，美丽的佛罗伦萨，哦，甜蜜虔诚之地，无罪的无政府主义者遭到驱逐，他们唱着歌儿离开，心中充满希望。

我们最后一次道别，互相许下惯常的承诺，接着我漫步在寒冷的夜色中，我踉踉跄跄，在两堵墙之间来回碰壁，等待火车站开门。明天不会更惨淡了。酒精作用下的我秉持着乐观主义精神，驱散了拂晓在惶恐者耳边低语的诅咒。我停下脚步，对墙撒尿。

他们从天而降，全都用围巾蒙住脸，一共五个人。他们不是碰巧出现在这里，他们在找我。我奋力抵抗，我的顽强超出了他们的想象。酒精麻痹了痛感，怒火令我气力大增，我打趴了两个，但另外三个人制住了我。我躺在地上，他们对我拳打脚踢，然后带走了受伤的同伴。我再次见到内里还要等很多年。

我本该冻死。我差点就听天由命，任由自己沉沦在 11 月的晚上，把这条命交托给冰冷的河水。我觉察到了熟悉的芳

1 原文为意大利语。

香，是面团混合着玫瑰和汗水的味道。妈妈。她把我扶起来，轻声低语道，会有转机的，即便我见不到她，她仍旧关注着我。还有其他香味，丁香、天竺葵、檀香、千日红、茴香，烦恼和忧愁，成千上万名愤怒的母亲散发出的味道，成千上万名幽灵般的母亲散发出的味道，因为有人在虐待她们的孩子，她们来到我的床头。片刻之后我恢复神志，像溺水者一样大口吸入空气。我靠墙坐下。行李箱敞开着，衣物散了一地。我用了一分钟才想起要找到装了全部身家的信封，一百多里拉呢，它存放在我的内侧口袋里。信封不翼而飞了。我没法回到彼得拉－达尔巴了。

于是，我做了父母在我初降人世之后教会我的最宝贵的事。我站起来，迈开步子。

马戏团的帐篷就在那里，如他所说，在火车站后面的空地上。寸草不生，一边是马路，另一边是收废品的院子。从巴利奥尼大酒店往前走上几分钟，就会一股脑儿跌入这个由砖块、干土和扭曲的钢筋搭建而成的巢穴。马戏团有过好光景——或许是在 19 世纪吧。破破烂烂的旌旗飘扬在入口处的旗杆上，赫然有马戏团团主的名字，比扎罗马戏团，那是我在佛罗伦萨唯一认识的人，如果说，被他招摇撞骗过就等同于认识他的话。

马戏团帐篷的墙体很大一部分由灰色木质阶梯构成，留出一条通道，内圈直径有十几米。两辆早就不能活动的大篷车停在稍远处，车轮下垫的木块千疮百孔，大篷车也跟着摇摇晃晃、颤颤巍巍。勉强可以遮风避雨的围场里有一匹马、一头绵羊、一头羊驼——我先是看到了羊驼——还有一个由原木搭建的马厩。晨光熹微，眼前的一草一木并不真切，犹如大萧条时代的凄凉景致。好巧不巧，大篷车里的阿方索·比扎罗此时现身了，他仿佛神思恍惚的先知，身处支离破碎的世界，步履蹒跚地走到临时水槽前，那是一个铁桶，供水的水管消失在脏兮兮的草丛中。他没有看见我。他洗了把脸，哼哼唧唧，打着呵欠伸了个懒腰，然后望向地平线。

“你还是来了。”他终于开口，转过身。他是侏儒，但不是庸人。

“您记得我？隔了一年？”

“一年？我们后来见过面。就在一个月前，你拉着我说了一整晚，在阿诺河边上的那个洞里，那个大高个还唱了歌。你不记得了？”

“不记得。”

“不奇怪。你当时的样子……”

我把行李箱和自尊扔到一边，轮到我一头扎进水槽，我龇牙咧嘴的，一切都糟透了。

“话说，你被人狠狠揍了一顿啊。是雕刻让你落到这般田地，还是女人？”

“两样都有。”我思忖片刻后回答。

“既然你出现在这里，那说明你在找活儿干？”

“如果有活儿干的话。但我不想加入您那些堕落的节目。”

“瞅瞅您自个儿。你是自甘堕落吗，我的王子？”

“这是在自嘲……”我做了个手势，指了指我俩。

“啊，抢先一步自嘲，被人当作大傻子，就能避免其他人嘲笑你了。”

“酒鬼的哲学之道。”

他哈哈大笑。那是一张饱经百年风霜的脸，尽管他只有五十岁，烈日、严寒还有磨难辛劳全都镌刻在了脸上。然而，他的笑容清新纯真，仿佛汲取自取之不尽的、隐秘的快乐源泉。

“就你还好意思提酒鬼？你浑身上下散发着酒味。我还想抽根烟呢，但我怕会把你给点着。”

“好吧，您有工作还是没有？您让我干什么，我就干什么。”

“英雄何竟扑倒……[1] 你要加入《创世记》的演出，人类大战恐龙，白天，你负责清扫，哪里需要你就去哪里搭把手。作为交换，你可以睡在马厩，可以得到食物，每个月挣八十里拉，还有小费，如果观众心情好愿意打赏的话。一言为定？”

我和他握了握手。他用两根手指抬起我的下巴，转向太阳，日头终于照上了隔壁收废品的墙头。我的右眼珠开始生疼，牙床弥漫开铁锈的味道。

“莎拉会把你安顿好的。”比扎罗指向第二辆大篷车，“你要等她睡醒。否则，她心情会很差。”

就这样，我加入了比扎罗马戏团。幸运的是，此后对我生平感兴趣的人，或者想加害我的人，都没发现这段历史。在世界各地流浪了数年之后，比扎罗马戏团在佛罗伦萨驻扎下来，至少他是这么说的。他声称参加过水牛比尔“狂野西部秀”好

---

1 原文为英语。引用自《旧约·撒母耳记（下）》。

几次在欧洲的巡演，还和威廉·科迪是老熟人。他走过欧洲大陆的每一个角落，战争期间偷偷演出，为王公贵族和下里巴人提供乐子。我永远不知道他哪些话是瞎编的哪些话是真的。不过，我可以确认他能流利地说六七种语言，是一位才华横溢的卖艺人。他的拿手好戏要刀子吸引了大量观众，这刀子说是淬了毒液，其实是在茶叶里面加了碾碎的炭粉，但这也无损要刀子的壮举。大多数晚上，被社会遗弃的人，还有巴利奥尼大酒店的座上宾，寻找栖身之所的流浪汉，还有上流社会的贵人，所有人挤挤挨挨地坐在同一条长凳上，肩膀靠着肩膀。

比扎罗马戏团的经营模式说不清道不明。并不存在真正意义上的马戏团成员，人马都是比扎罗在火车站门口随机招募来的。他们套上恐龙戏服，演上一晚或者连演一百场整个意大利争相观看的《创世记》（我们在门口分发的小广告就是这么说的）。上帝创造出了恐龙，又创造出人类，然后看着人龙大战。薇奥拉准会被吓坏的，为了惹她生气，我鼓起勇气接下角色，就算她一无所知，我作为最初的人类被一头笨手笨脚的梁龙追得四处逃窜。有些晚上，大家看到可怕的蜥脚类恐龙的尾巴冷不丁翻倒了，因为扮演尾巴的演员喝醉了。这些意外事故为演出平添了不少乐趣，人们就是冲着这点来的。有些时候，大家也搞不明白这演出怎么就成了一场大乱斗。

演出收入或许并不能保证日常开支，但我们有莎拉。莎拉正大步迈向六十花甲。可她看上去要小上十岁，尽管马戏团的生活异常艰苦。皱纹被丰腴的体态抚平了，只有在她大笑时才会显现出来，她常常大笑。莎拉，还有个名字叫西尼奥拉·卡巴拉，用红色颜料写在了大篷车正面，她白天是指点迷津的神婆，晚上或者两场演出之间，便操持起流传千年、齐奥的母亲也干过的那份职业。两种职业相辅相成。这样的情况绝非个例，她向孤独彷徨的客人宣布："我在你的前程中看到了漂亮屁股。"旋即，她把他拖进大篷车后半截，有偿地给了他想要的。客人心满意足地离开，就算需要支付双倍的钱，第一份是算命，第二份是屁股，他把自己的故事讲给愿意听的人，西尼奥拉·卡巴拉真的可以看到未来。

莎拉那天上午约莫十一点接待了我，她终于顶着大太阳现身了。当然，不是为了提供那种服务。她处理了我的伤口，动作有些粗暴，但我沉浸在某种喜悦中，自从离开法国之后我就未曾体验过。那是被人照料的感觉。

"你想要我给你算命吗，孩子？"

"不必了，我能时间旅行。"

"嗯？"

"当然了，我来自过去。就在一秒钟之前，我不在这儿，此刻我在了。"

"嗯？"

"没什么。"

我听到她低声说"比阿方索还疯癫"，然后离开了大篷车。

我成了小丑，悲惨的小丑，一点也不好笑。我，米莫·维塔利亚尼，曾被某些人，比如母亲和薇奥拉，寄予厚望。而今，母亲和薇奥拉全都抛弃了我。她们搞错了。像我这样的人在她们所说的世界上没有一席之地。打从我出生后就看低我的人没说错：我的归属在马戏团。

我成了马戏团的常驻演员，除了比扎罗和莎拉之外又一位常驻。其他人去而复返，天知道他们在哪里过夜，第二天再次出现或者消失。莎拉有时在《创世记》里扮演夏娃，一个胖乎乎、衣衫不整的夏娃，最后被一头长了大翅膀、浑身通红、种类不明的动物吞下肚子。观众可爱看了。我那段时期接触的人当中有一半和我体型类似。我并没有感到如释重负，他们的出现反倒令我难堪不安，或许是因为他们只出现在马戏团帐篷里。我们只会显得更加突兀，而不会成为常态。人们是来看我们在逃脱恐龙猎杀的过程中栽跟头、争相踩踏，如果我们相信比扎罗的福音故事，那么恐龙曾经和人类争夺大陆的统治权。每个晚上，我都要冲比扎罗发脾气，要求他写一个不那么堕落的剧本。他掀开隔断后台的布帘一角，木质台阶上高朋满座，然后揶揄地瞥上我一眼。每个晚上，我都会堕落一点点，我在污泥中沉沦打滚，我在酒精中沉溺。

起初，我和莎拉就像两头野兽，互相打量，保持警惕。她经常直勾勾地看着我，犀利的目光看得我人心惶惶，她仿佛要看清这个年轻人的真面目，他每晚混迹在三教九流之地，回来时面色苍白得跟死人一样，一身酒气。我欣赏她的沉着冷静，欣赏她有时粗鲁生硬地指挥我和比扎罗，而我呢，开诚布公地嘲笑她的塔罗牌把戏，她那些未卜先知的故事，反正都是胡说八道，薇奥拉曾教会我对它们嗤之以鼻。我们花了些时日寻找彼此，避开彼此。

一天晚上，我帮莎拉把柴火搬进她的大篷车，完事后她把我留住。她打开箱子，取出一个蓝色纸盒，小心翼翼地解开丝带。两颗奇异的果实躺在盒子里，下面还垫了一层塔夫绸，根据印记，可以看出盒子里本来有十几颗。

“你吃过椰枣吗？有个客人每年送我一盒。它来自遥远的地方，我要尽量延长它的保质期。椰枣里面有杏仁酱。过来，尝尝，就剩两颗了。”

“可是，既然只剩两颗……”

“尝尝，我说了。”

我拿起椰枣，用牙齿咬开它黏糊糊的表皮，几乎是囫囵吞下了这珍贵的异域美食。莎拉摇头晃脑，啃下一半，含在嘴里任其慢慢融化，露出心满意足、纵情享乐的表情，看得我双颊火烧火燎。我望向别处。在我面前，一副纸牌摊在四四方方的小桌子上，还点着一炷香。

当我收回目光，椰枣消失了。莎拉又一次直勾勾地看着我，看得我很不自在。

“你对塔罗牌感兴趣？问我一个问题。”

“好吧。你真的相信这些废话吗？”

她面露讶异，然后点点头。

“从我们出生那刻起，我们只做一件事：死亡。我们试图推迟，尽量吧，这命中注定的时刻。所有客人来我这里，都为了同一个理由，米莫。因为他们害怕，尽管他们表达害怕的方式各有千秋。我让他们抽出塔罗牌，我编造出一些话来宽慰他们。他们离开时稍稍抬起了头颅，内心少了一点恐惧，可以撑上些许时日吧。他们相信，这才是关键。”

“既然如此，理所当然了……”

“是的。既然如此。”

“那你呢，你如何缓解对死亡的恐惧，因为你没法自欺欺人？”

“吃椰枣。”

她近乎忧伤地看向空空如也的盒子，一只手抚摸我的脸颊。

“你不害怕死亡，你，米莫？”

“不怕。怎么说呢，我不害怕自己死。”

“所以，你和其他人不一样。”

“尽瞎扯，从没有人这么说过我。”

莎拉哈哈大笑起来，我的坏脾气把她逗乐了，我要把她加入我的朋友清单。我打算回我的马厩，刚迈出几步，她出现在大篷车门口。

“喂，米莫！”

“什么？”

“当你的运势到来时，我会在远方祝福你，相信我：你会恐惧的。恐惧，和所有人一样。”

1922 年是随着阿诺河的节奏度过的，马戏团驻扎地犹如单色画，几乎一成不变，唯一的变化就是砖块颜色。我学会了通过辨别远处塔楼和建筑外立面的大理石来解读即将发生的未来。闪闪发光，预示着雨天。暗淡无光，闷热的一天。白天我很少离开马戏团，生怕被人认出来。我的噩梦中常常出现内里的脸，或者梅蒂的。我不知道更害怕哪一个，是让前者幸灾乐祸，还是让后者大失所望。

晚上，我和比扎罗在城里四处游荡。我的雇主靠着小偷小摸或者窝藏赃物来勉强度过月底的日子。我们继续出入之前常去的酒馆，似乎所有人都认识比扎罗。他有时找上我从没见过的怪人，用掌握的某种语言和他们交谈，肯定有英语、德语、西班牙语，还有三四种我并不熟悉的语言。那段时日，我很难对人产生信任，只有和那些说黑话的流浪汉相处时才会觉得如鱼得水。没人在乎你是法西斯还是布尔什维克，是天主教教徒还是无神论者。我们都是酒鬼，我们的肝因为酒硬化了，我们的鼻子成了酒糟鼻，我们喝得双眼通红，我们是一类人，紧紧依偎在一起，直到天明，夜色在眼前天旋地转，躲过了时间的风暴。

最初晴朗的日子里，我想念彼得拉–达尔巴的森林芳香，这种想念近乎演变成生理性的疼痛，疼得我有天早上爬不起床。我写了一封长信给薇奥拉，充斥着辱骂，我把她比作背叛者犹大，全盘否认了我俩曾一起度过的时光。第二天，我冒险进了一次城，找到邮局，请求他们找出那封信，特别关照不要寄出去。他们当着我的面哈哈大笑，意大利邮政可是王国的骄傲，送信拖拉那是要败坏声誉的。我回去后又写了一封，祈求薇奥拉无视前一封信。我并没有写上回信的地址——我不想让她知道我的处境。

那一年的事情，我只依稀记得些许。一天又一天，如出一辙，晚上就别提了，日子过得浑浑噩噩。比扎罗这号人古怪得很，他亦师亦友，但你在他身边永远不会放下警惕。在我们奉献了一场精彩纷呈的表演之后，他冷不丁地说出“我的侏儒”，我总是反驳说自己不是侏儒也不是他的孩子，我俩似乎分分钟要闹掰，这样的情况并不少见。某个酒肉朋友将我俩劝开，又迫使我俩握手言和，我和比扎罗照做了，气急败坏的，我俩都想拗断对方的手指，脸上却还挂着笑容。

7月的一天早上，我醒来时感觉很不舒服。我梦到了演出，我扮作史前人类，注意到薇奥拉出现在第一排座椅上。我试图躲在其他人后面，然后周围一片漆黑，探照灯打在我身上，我的一举一动无所遁形。令我感到忧伤的并非噩梦本身，而是在梦里，薇奥拉的脸庞愈发朦胧不清。我近乎两年没见过她了。她的形象在慢慢模糊，经受不住时间的侵袭，时间之风从我俩之间吹过，带走了每一秒、每一分。

没过多久，莎拉走进马厩，手里拿着铁盒。

“你起床了，很好。你愿意为阿方索出点钱吗？”

她晃了晃盒子，递给我。比扎罗的生日快到了，马戏团的成员打算集资为他买枚纹章戒指。比扎罗热爱珠宝。他总是戴着戒指或项链，巧夺天工的冒牌货，有时还会有大得惊人的宝石，来路不明，可疑得像是真货。我往盒子里扔了几张纸币，可关于礼物，我自有主意。石料切割室的伙伴，就那群人我还常常见，给我带了一小块大理石（边长三十厘米的立方体）以及老旧的工具。过去一周，我重新开始雕刻，这是半年来的头一次。

几天后，马戏团成员在演出结束后并没有像往常那样一哄而散，而是留在原地。莎拉爬上桌子，敲击平底锅锅底。她让人联想起倒置的梨子。上半身丰腴，两条腿出人意料地纤细，此时此刻我们可以一览无余一片春光。她发表了简短的演说，感谢比扎罗多年来的支持。比扎罗理应获得这枚戒指，所有人都想凑上去欣赏一下。大家开了几瓶酒，互相传递起酒瓶，甚至还有酒杯，但大家无视了，都想直接对着酒瓶吹。我等到比扎罗落单时拉了拉他的衣袖。

“我有个礼物要送你。”

“还有？”

我把他带向他的大篷车，车门从不会落锁。内部干净整洁，和车主人的外貌形成了鲜明对比——莎拉悉心照料他的生活，尽管两人之间并没有显露出情感羁绊。我把雕塑放在了桌上。如同送给薇奥拉的熊，我把时间浓缩，注入了我的作品，我只雕刻了大理石上半部分。那是我们马戏团驻地的远景，有点俯瞰的角度，对此我十分得意。可以辨认出马戏团帐篷的顶部、大篷车、从石头中挣脱而出的动物。我选择了浅浮雕，而非圆雕。目光掠过冬日清晨的驻地，难以穿透的、静止的迷雾抹去了一切，只能看清离地一米的事物。我只需要雕凿显露出的一切。

我注意到了比扎罗的眼神，起初觉得受到了冒犯，还有随之出口的话语。

“这是你弄的？”

“不是，是教皇。他不能亲自到访，并为此感到抱歉，他祝你生日快乐。”

比扎罗目不转睛地欣赏大理石马戏团，仿佛没有听见我的话。他两眼闪光。我尴尬地咳嗽起来。

“那你多少岁了？”

“两千岁，米莫。两千岁，差不多吧。但不要再提这事了。”

他用指尖抚摸他的马戏团帐篷。咽了好几次口水，最终转向我。

“确实千真万确。”

“什么？”

“你是雕塑家。”

“我早说过了，第一天，在火车站。”

“如果你知道别人对我说的话，第一天，在火车站……现在的问题是，要搞明白你在这里干吗。”

我发现他变得消沉，不可自拔地陷入痛苦之中。这世上从来都不会有什么正当理由。我不再是男孩，我要十八岁了，我身强体健，可以控制好酒量。我很早之前就不会任人欺凌了。

“你要我离开？说出来就行。”

“不是的，我并不希望你走。”

“谢天谢地。那我们现在回去喝一杯？”

他眯缝起眼睛，打量覆盖住我脸颊的细软胡子，以及许久未剪的头发。他似乎想问另一个问题，但最后只是拍了拍我的肩膀。

“好主意，回去喝酒。”

宪兵时不时会来马戏团。他们把我睡觉用的干草翻了个底朝天，又去比扎罗的大篷车翻箱倒柜。一无所获。面对莎拉则礼貌得多，只是要求拜访一下。这份殷勤体贴许是因为莎拉提议他们“目睹创世记”，宪兵搜查时，莎拉坐在一边，裙子拉到膝盖处，两腿张开。宪兵离开了，满怀对宇宙奥妙的敬畏，他们从未想过那是肉乎乎、毛茸茸的。宪兵队长有时会耽搁下来，他需要进行“补充搜查”，热火朝天的干劲震得大篷车摇摇晃晃。他走了，一文不出，莎拉并没有意见。男人对她感恩戴德。

比扎罗马戏团等同于自由城市，一个国中国，拥有自己的伦理道德和法律条例。其实，意大利的每个省份、每个村庄都是同样的情况，意大利统一的伟大誓言因此才迟迟无法兑现。那不是统一的王国，我们仍旧是乌合之众，由小领主、流氓、强盗和法官拼凑而成。那年的10月28日，这些人中最强悍的那一批，也就是法西斯党徒、黑衫党、先前的游击队员打算试下运气。纠集起来的人马向罗马进军，志在威慑这届政府。尽管他们曾成功地镇压社会党人的起义，我是目击者，其实他们缺少装备，还瞻前顾后，并不确信自己的行动能获得成功。他们勇气可嘉的首领墨索里尼同样没有把握，这位原先的社会主义党人、未来的独裁者穿着肥大的裤子双腿打战，他宁愿留在米兰。墨索里尼认为谨慎起见还是不要和大部队同行，万一事态恶化便可以逃往瑞士。那是卑鄙无耻的时代。既然时代卑鄙无耻，政府以及国王都决定任其进军，而不是调遣军队，尽管军队做好了准备。一夕之间，躲在米兰的贪生怕死之徒摇身一变为政府首脑，他自个儿先吃了一惊。整个国家，所有的暴君，操场上的、商店后间的、舱底的，发现自己竟然是占理的。我当时还不知道那天的事变将会对我的命运产生持久影响，但立刻波及了比扎罗：他脾气更糟了，比以往还差。

莎拉三番四次向我倾诉她的忧虑，信誓旦旦地表示，她从未见过他这样。不过，马戏团运转良好，进账颇丰。莎拉确实粗俗不堪，她声色犬马、耽于肉欲，宛如希腊神话。但她同样敏感细腻，是人类灵魂的解读者，能看见未来。她的忧虑自有其道理，尽管退一步讲，我还是无法理解事情是如何接踵而至，一发不可收拾的。

11 月月底的晚上下起了雪。我和薇奥拉刚度过十八岁生日，我努力克制了，还是忍不住想用“我和薇奥拉”。我和比扎罗离开最爱的酒吧，情绪有点低落，因为科努托已经失踪了一个月。没了他的歌声，酒精变得苦涩，但我们照旧一杯杯灌下肚子。我正要再喝一杯，同伴声称“够了”，把我带到室外。

我们没有回到马戏团，他迈着轻快的步伐朝北边走去。

“你要去哪儿？”

我跌跌撞撞地跟在他身后，提防自己在湿软的雪地上滑倒。我们身处市中心，但这一带的路我全都不认识。呼啸的风雪抹去了路名：吉诺里街，圭尔法街。我们来到一个广场上，暴风雪越刮越猛，眼前的建筑外立面似曾相识，而我从未踏足过这个街区。比扎罗从建筑物左边绕过去，敲响了位于卡武尔街上的门。没有动静，他再次敲门，使出了更大的力气。

“好啦，好啦。”响起一个沉闷的声音，“我来了。”

门终于开了。那人和我们一样身材矮小，只是穿了修士的袍子。在酒精和寒风的作用下，我感觉掉进了一部三流的哥特小说，那是薇奥拉的最爱。我发誓，这是我最后一次想到她。

“我们在这里干吗？”我气呼呼地问，“人都要冻僵了。”

“闭嘴，跟着。谢谢你，沃尔特。”

修士提着一盏灯，让我们跨上一段台阶。到了二楼，他在走廊停下，把灯交给比扎罗。我们头顶上方的天花板隐没在黑暗中。

“一个小时，不能再多了。顶顶要紧的，不要弄出声响。”

他消失了。比扎罗转向我，他那白花花的牙齿在光线作用下成了庞然大物。

“生日快乐。”他说。

“都过了一个月了，就在你生日后面。”

“我知道。”

他还在笑。我看向四周：一条普普通通的走廊，每边墙上有虚掩的房门。他把灯递给我，重复一遍：

“生日快乐。”

我走向其中一扇门。他拉住我的胳膊，指向左边一扇。

“那里。”

我走进房间。立马被击中了，绚烂的色彩扑面袭来，还有圣母的脸庞，那种温柔我闻所未闻。这话也不对，因为我曾在薇奥拉借给我的第一本书上见过同一位圣母。《第十七位伟大画家，安吉利科修士》。呈现在我眼前的，是彩色翅膀的天使在向一个女孩宣告，她将要改变人类的命运。

我转向比扎罗，话都说不出来了。他微笑着点头示意，拉起我的胳膊，带我走过一间又一间房。每间房里都容纳着六百多年前迸发的烟火，那是一场经久未息的色彩盛宴。

“你怎么知道……”我最后问道。

“你告诉过我，我们第一次见面时，你说想去看看壁画。我不知道你是否来看过。不过，看你的表情，我猜是没有。”

“谢谢。”

“要谢的是沃尔特。他十年前为我工作，然后听到了神的感召。有趣的家伙，这么说吧。博物馆白天对外开放，但我估摸着像现在这样欣赏，独自一人……”

一小时后，我们回到街上。雪停了。月光照耀下的佛罗伦萨如同白昼般熠熠生辉。无名的忧伤啃噬我的内心，我们那无忧无虑的幽灵正嘲弄地摇动它的锁链。

“你脸色不好。”

“没事。我只是冻着了。”

比扎罗思索良久，脸的下半部分缩进了衣领。

“你来到马戏团的时候鼻青脸肿的，你说是因为一个女人。是她让你落入这般田地？”

“薇奥拉？不是的。我不知道。她是我的朋友。”

“这个朋友，你……”

他用食指和大拇指比画出一个圈，另一根手指在圈里进进出出了几次。我脸色一沉。

“只是朋友关系，我和你说了。”

“为什么‘只是朋友关系’？她长得不好看？她是同性恋[1]？”

我立马站住了。

“她不难看，我不知道她算什么，请你不要这样谈论她。”

“哦，好吧好吧，你不要变成斤斤计较的侏儒。”

“最后说一次，我不是侏儒。”

“你是，你就是侏儒。证据嘛，”他指了指自己又指了指我，“侏儒总会碰见侏儒[2]，同类相吸。”

“我们刚刚度过了美好时刻。你真的想把它给糟蹋了？你想干吗，想吵架吗？”

“我？我什么都不想，只是告诉你真相。你知道为什么

1 原文为意大利语。

2 原文为拉丁语。

吗？因为在你自高自大的样子背后，在你那些‘我和其他人没什么两样’的说辞背后，就连你自己都不信。如果我把你当作来自其他星球的大章鱼，你会付之一笑，或者你压根无所谓。然而，我说你是侏儒的时候，你生气了，因为刺激到了你。”

“好吧，是刺激到了我，你可以闭嘴了吧？”

“要不然呢？你要冲我的脸揍上一拳吗？你要打我，打你的好朋友比扎罗？来啊，别扭扭捏捏的。”

他都开了口，我俩又喝了酒，于是我照做了。他的鼻子里溅出一股鲜血。比扎罗可不是第一次碰上街头斗殴，他回敬了我一记左勾拳，颇有职业拳手的风范。我们叫嚣着在雪地里打滚，而就在半小时前，我俩还在安吉利科修士的壁画前哭泣。

“瞧那儿，那两个孩子在干吗呀？”

一伙人刚踏进我们打架的巷子。四个人全都身着黑色制服，在黑压压的人群中也可以辨别出来。民兵。

“不是孩子，”其中一人说，“是侏儒。”

比扎罗正对上那人，他的脸惨不忍睹，嘴唇外翻。

“谁说我是侏儒？”

他狠狠踩上第一个人的脚，当那人大吼大叫着弯下腰时，他右手一拳把对方打倒在地。剩下三人中的一个从口袋里掏出指虎并戴上。电光石火间，比扎罗的手里多了一把匕首。

“想要玩玩吗，懒骨头[1]？”他揶揄道。

匕首挥动得太快，我什么都看不清。一道蓝光划过，套指虎的家伙，那个混蛋捂住腹部瘫倒在地。另外两人扑到我们

1 原文为德语。

身上，我拼尽全力拳打脚踢，之后就只能忍受拳脚的伺候。哨子声响起，还有其他的喊叫声，我们随即被一队宪兵分开。一个小时后，我们来到警局，三个民兵——第四个去了医院或者进了太平间——我和比扎罗。比扎罗认了罪，几个民兵跳出来指控，他们在黎明时分把我扔到街上，我的鼻子里结了血块，一个脚踝扭了，还有一只眼睛睁不开。我一瘸一拐地回到马戏团。营地在白雪覆盖下酣然沉睡，置身于温柔乡。我犹豫着要不要叫醒莎拉，最终还是敲响了她的房门。她几乎是第一时间开了门，身上披了件丝绸的长睡衣，肩膀上搭了条披肩。

“我的天哪[1]，怎么回事？”

我把所有的事一股脑儿说给她听，为了庆祝我的生日拜访圣马可博物馆，在那之后比扎罗突然性情大变。她为我处理伤口，就像一年前我初来乍到时，然后递给我一杯酒，我喝完后咳嗽了好半天。

“好点了吗？我不明白你们这种打架的需求。应该说，我不理解阿方索。你嘛，我知道你的问题。”

她又倒上一杯酒，一口饮尽，在我鼻子底下晃动起空杯子。

“荷尔蒙。你充满了荷尔蒙，荷尔蒙爆棚，你需要发泄。你确定你用过那玩意儿？”

我脸涨得通红。她打量起我，然后走开了，发出不可置信的大笑。

“别告诉我你从没有过……”

她摇摇头，把我推到床上。

1 原文为西班牙语。

“就当这是份礼物吧，反正你刚过了生日。别以为这好事会发生第二次。”

她撩起裙子。我看见了，目瞪口呆，创世记，庄严崇高、红紫色的。她动手拉我的裤子，我出于本能慌乱地捂住。

“让我来，笨蛋。”

她跨坐在我身上，我忘记了周身的疼痛。我生平第一次想放把烟花，堪比鲁杰里家族的，献给亲爱的莎拉。但发生了技术故障，点火出了问题。放烟花的我立马射出了最后的花束。我流下了泪水。

莎拉挨着我躺下，让我的头靠着她的胸脯，轻抚我的头发。莎拉，妈咪，还有先于她的许许多多的妈咪。在那个灰色的温柔的早晨，我明白了，一个女人睡在一个男人身下，在热那亚港口、在卡车后部或者营地上，那是为了延缓男人堕落的速度。

莎拉和宪兵队队长有不错的交情，她第二天傍晚带回了消息。被比扎罗捅伤的家伙幸好没死。但他意图谋杀，有四个证人可以证明。宪兵队队长讨厌法西斯，顺水推舟篡改了口供。匕首而今成了民兵的凶器，是他们先掏出了匕首，比扎罗在争吵中出于自卫才夺过来。他或许只要蹲几个月的牢。

直接后果是马戏团闭门歇业。两名官员为了以儆效尤，象征性地往马戏团帐篷上贴了封条，顶着一众失落的目光，包括一名会占卜的妓女、一个不再雕刻的雕塑家、一匹马、一头绵羊和一头羊驼。

我连着几日四处晃悠、无所事事，想要避免我知道避无可避的事。对于莎拉而言，我是沉重的负担，她忍住没对我说出这话，那是因为她是大好人。失去了马戏团的常规客人，卡巴拉夫人赚不了大钱。她另一门生意能确保她勉强糊口，可她没法顾及一个十八岁的青年，他一个人的胃口就能抵上四个人的，到了晚上，还要喝掉四人份的酒。我如果是个体面人，就该行动起来，理好箱子，打包走人。可我的灵魂缺了体面，我也无处可去，于是等着莎拉忍无可忍，把我扫地出门。

1923 年 1 月 1 日，她顶着刺骨的寒风踏进马厩。比扎罗被捕是一个月前的事了。我双臂展开躺着，前一晚我喝得酩酊大醉，此时的我动弹不得。科努托踩着午夜的点重新出现，就在我们即将埋葬 1922 年的当口。他瘦骨嶙峋，如果不是我亲眼所见，绝不会相信。他避而不谈去了哪里。时隔六十载，他的脸历历在目。我依稀辨别出了命不久矣的迹象，那是跨越的焦虑，今天的我处于同一个十字路口。但那天晚上，没人在意。大家起哄让他唱歌，他照做了，中气没有以往足，也不够完美，破音了好几次。没人想要嘲笑他。我们泪流满面，滑向了黎明，因为我们的长夜犹如斜坡。

莎拉双手叉腰，面色不善地打量我。我想开口说话，可奔涌而来的苦涩堵住了我的嗓子眼。我伸出一根指头，示意她耐点性子，然后滚到一边，吐在了稻草里面。我终于支起了身子，脸色蜡黄，胡子拉碴。嘶吼了一夜之后，声音都哑了。

“我知道你要说什么。”

“有人想见你。在我的大篷车。”

十分钟后，我出现在莎拉的大篷车里。我打消了梳洗的念头，水管里的水冷得刺骨。通往大篷车的四级台阶下面，有个和我年龄相仿的年轻人在跺脚。他点头向我致意，先我一步替我开门，仿佛我是王公贵族。

尽管他穿着教士长袍，我第一时间并没有认出坐在莎拉对面的客人。浑浑噩噩的我一时记忆混乱了，自从我们最后一次见面之后他的头发变少了，还戴上了玳瑁框架的小圆眼镜：弗朗切斯科，薇奥拉的哥哥。他把我从头到脚打量了个遍，笑个不停。他的视线停留在了我半长的头发上，还有昨晚长出来的胡子。他显得悠闲自得，反观莎拉倒在天鹅绒的长凳上左右摇晃。

“您确定不需要喝点什么，神甫？”

“不必了，我不会久留。你大变样了，米莫。离开时还是男孩，现在的你成了男子汉。”

“您怎么找到我的？”

“我去了你之前干活的作坊。似乎没人知道你的下落。我正准备离开，有个满身灰尘的家伙叫住我，在确保我不会加害于你之后，告诉了我可以在哪里找到你。”

“您想做什么？”

“我回头会在旅馆解释给你听。我再耽误下去，我的秘书，你刚在外面见过他了，都要生冻疮了。我下榻在巴利奥尼大酒店。带上你的东西。”

他起身，朝莎拉微微鞠躬。

“祝您一天顺利，夫人。”

莎拉睁大了眼睛直视弗朗切斯科，在他即将走远时，飞奔追了出去。

“神甫，神甫！”

她在营地中央追上了他。

“我并不是您信仰的主的信徒，但请您为我祝福，神甫。”

她跪在雪地中，我听见弗朗切斯科喃喃低语，戴着手套的手在她额头上画了一个十字。我回到马厩，泛着恶心，晕晕乎乎。弗朗切斯科的面容酷似薇奥拉。这简简单单的回音，来自远方的幽灵，足以令我撕心裂肺。我趴在地上，连胆汁都吐了出来。我把寥寥几件衣物塞进行李箱，数了数身上的钱。全部身家有十五里拉，够我拾掇一番维持外表的体面。正午之前，我离开马厩。莎拉不在我目力所及的范围内，她的大篷车窗帘也拉上了。我往巴利奥尼大酒店相反的方向走去，经由圣三一天主桥穿过阿诺河，取道马焦街后没了方向，歪打正着来到了圣阿戈斯蒂诺街，找到了 8 号，也就是我的目的地，我那些夜猫子伙伴常去的地方：佛罗伦萨公共澡堂。我像苦行僧一样浸泡在冰水里，想要洗净污垢，我拼了命地揉搓皮肤，除去嵌在皮肤褶皱里的罪恶。离开时，我浑身红得像龙虾，瑟瑟发抖，但我高昂着头。我原路返回，走进见到的第一家理发店，理了头发，剃了胡子。然后，我凝视着那张脸，软膏的香味和檀香香粉令我迷醉，过去两年间我都没有好好看过这张脸。它更加刚毅了，并没有变得多么睿智，因为全新的疯狂在眼中熠熠生辉。但我生平第一次觉察出自己的英俊。我走在大街上，向着瑟缩的太阳抬起光洁的脸颊。我没钱买新衣服，在公共澡堂换上了唯一还算干净的衣服。

我拖着行李箱，最终跨过了巴利奥尼大酒店的门槛，门卫向我投来鄙视的目光，过去两年中他看着我在大酒店门口来来去去。他想伸手阻拦我，可我用一个眼神遏阻了他的行为。他一下子愣住了，接着往后退去。弗朗切斯科说得对，我成了男子汉，动武和杀人的念头被压抑在内心，仅靠一缕丝线牵制住。

弗朗切斯科在私人客厅接待了我。他的秘书坐在角落里用手提打字机打字。天花板没入幽暗。临街的窗户安装了彩绘玻璃，射进琥珀色的光线。巴利奥尼大酒店保持了昔日王宫那种昏暗、压抑的富丽堂皇。皮兰德娄[1]、普契尼、邓南遮或瓦伦蒂诺[2]曾是酒店常客。我本该不知所措，但我没有，这要归功于酒精的作用，它仍在我的血液中循环，驯化了我的情绪。

弗朗切斯科示意我坐下。

“你气色很好，米莫。很高兴见到你。来杯咖啡？”

我仍旧站着。

“不了，谢谢。您想要干什么？”

我一直敬佩他的温驯，他挂在嘴角的笑容，尽管我已产生了怀疑，他和他妹妹一样具备迷惑人的天赋，可以高明地把别人的注意力引向他们算计好的地方。我永远都不会知道弗朗切斯科是怀着野心勃勃还是单纯戏弄的心态。

“我不想要什么，米莫，说到底，人世间的一切于我无意义。我是来建议你回去的。”

“回去？回哪儿？”

1 指路易吉·皮兰德娄（1867—1936），意大利剧作家、小说家，1934年诺贝尔文学奖获得者。

2 指鲁道夫·瓦伦蒂诺（1895—1926），默片时代最知名的演员之一。

“好吧，回彼得拉－达尔巴。”

“我无处可去。”

“你的叔叔阿尔贝托把作坊留给你了。”

消息一出，我这次扑通倒在长沙发上。

“他死了？”

“哦，没有。他离开了，去了南部，要在阳光灿烂的地方过日子。我想，在继承了母亲留下的一大笔钱之后，他心生厌倦了。我们和他进行接触，想买下他的产业，但他不愿出售，坚持留给你。你的朋友维托里奥在里面开了个木工作坊，但我确信你们可以安排妥当。”

“等等。齐奥把作坊留给了我？”

“千真万确。”

这个老混蛋。他为什么有这番举动，我无从得知。仅存的人性回光返照，或许吧，就像两顿大餐之间泛起的饱嗝。我有什么资格来评判他呢？我和他何其相似。

“对于一名石匠而言，那里接不到很多的活儿。”我指出。

“这正是我出面的原因。本来可以找个公证人，向你宣布作坊归你了。我亲自跑一趟，是因为我们想雇佣你。”

“我们，谁？”

“我们，奥尔西尼家族。还有，我们，”他大手一挥说下去，“侍奉上帝的人。正如你所知，你的雕刻给帕切利主教留下了深刻印象。帕切利主教位高权重，幸而有他，有他对我的信任，我才能成为教廷的文书起草员，就在数天前我刚刚得到任命。我和帕切利主教共事，负责处理梵蒂冈的对外事宜。简而言之，梵蒂冈庭院内的庇护四世别墅要在近十年内进行一次大规模翻修，我们希望找到一位可以信赖的艺术家负责雕塑部分。需要创作一些作品，再修复一些，那是个大工程。你可以在彼得拉－达尔巴工作，或者在梵蒂冈，有个作坊供你使用，随你的便。当然会有年轻的学徒在罗马给你做助手。一开始，我们会为你提供一份为期一年的合同，可续约两次，每个月支付给你两千里拉。”

“每个月两千里拉。”我镇定自若地重复道。

工人月薪的六倍，大学教授的两倍。我这辈子还没见过这么多钱。

“你还可以接一些私人订单，我敢打包票。奥尔西尼别墅的很多宾客都喜欢你的狗熊。”

“那么……谁来支付这一切？”

“罗马教廷的某个机构。不消说，此举于奥尔西尼家族而言也是荣光。我们会成为你的资助人，尽管你年纪尚轻，我们会支持你、帮助你得到或许令人妒忌的地位。”

“别人的妒忌，我早就习惯了。”

“鉴于你的名字和我们的家族姓氏实现了捆绑，你必须摈弃一些……在佛罗伦萨期间养成的恶习，清楚了吗？”

“一清二楚。”

“那是否可以认为你接受了？”

我装出思考的样子，他包容了我的行为，毕竟他这种思考永恒的人有这份耐心。

“我接受。”

“太好了。我明天回彼得拉－达尔巴，我们一起走。你会接管你的新作坊，我们要商量出最佳的分工方案。你今晚在这里过夜，给你订了一间房。”

他起身，抚平长袍，问我：

“还有问题吗？”

“没有。有的。是薇……您的妹妹让您雇佣我的吗？”

“薇奥拉？不是，为什么这么问？”

“她还好吗？”

“她真是走运。这么一场事故当然会留下痕迹，但她基本康复了。你会亲眼见到的。后天我的父母会和我们共进晚餐。”

我睡不踏实，一有风吹草动便惊醒，仿佛看见房门洞开，冲进来怒气冲冲的众人，他们指责我胆敢出现在此地，声称要立即对我处以私刑，或者更糟，把我扔到大街上，扔回我昨天还辗转沉沦的阴沟里，那群人叫嚣着说我是大骗子，巴利奥尼大酒店没有骗子的一席之地。

我们第二天一早启程。走了大约五十公里之后，我才意识到没有同莎拉道别，还有其他朋友，他们是我在那些暗淡无光的长夜中跃动的暗影，抑或是生死之交。

莱奥纳德·B.威廉姆斯在他的专题论文中，断定维塔利亚尼的《圣母怜子像》等同于所罗门印章、约柜或者贤者之石，是尔等凡人不得所见、奥妙无穷的传说之物，因为它名声在外，却没有人得见真容。他指出其中的讽刺意味，梵蒂冈千方百计想把雕像封印在大山之中，却适得其反。梵蒂冈只是想避免丑闻，想搞明白这座雕像为何会引起怪异的反应。如果教廷本来就是要制造神话来蛊惑人心，那也别无他法。把《圣母怜子像》交托给圣弥额尔修道院及其修士守护，在威廉姆斯看来就是错误。毕竟，黑暗才会滋生狂热。

在讲述《圣母怜子像》初次显圣引发癔症之前，威廉姆斯先用简短的篇幅对其进行了一番描述。他回忆道，为了致敬出资者，雕像起初叫作奥尔西尼《圣母怜子像》，在创作者交付之后的那些年，奥尔西尼家族应该是想方设法切断了两者之间的联系。他们的努力卓有成效，因为所有相关的机密文件在提及雕像时只会说起创作者的名讳，米开朗琪罗·维塔利亚尼。

这尊《圣母怜子像》和另一尊杰出的前人之作有诸多相似之处，也就是安放在圣彼得大教堂、出自米开朗琪罗·博纳罗蒂之手的那尊，采用了圆雕，高一米七六，宽九十五厘米，深度为八十厘米。不同于米开朗琪罗·博纳罗蒂的作品，维塔利亚尼的《圣母怜子像》并不打算放置在高处。它的基座只有十厘米高。

《圣母怜子像》遵照传统，展现了圣母怀抱着下十字架之后的儿子，并没有脱离古罗马雕塑的传统，耶稣躺在母亲的膝头。米开朗琪罗·博纳罗蒂在人体结构精确度上更胜一筹。或者更准确地说，两者不相上下，但维塔利亚尼走了和前辈相反的路，他并没有力图表现耶稣的俊美。在那僵硬的躯体上，钉刑的痕迹触目惊心，那是用乳酸侵蚀的效果。可悖论是，用大理石这类坚硬的材质来表现僵硬并非易事。需要能工巧匠的手，因为只有通过对比才能凸显出僵硬。逝者的脸庞安详平静，嘴角挂着若有若无的笑。维塔利亚尼无意塑造耶稣的俊美，但他仍旧美丽，临终之际凹陷的光滑脸颊，还有合上的双眼，仿佛是母亲平静的手刚刚将其合上。雕塑具有摄人心魄的动感，不同于博纳罗蒂的庄严肃穆。此处提到的“动感”并非隐喻，因为很多观众在长时间凝望雕像之后都赌咒发誓说见到它动了。

维塔利亚尼营造的反差，在圣母玛利亚身上达到了顶峰。母亲凝视儿子，脸上挂着温柔的笑容，恐惧和不安奇异地不见踪影，很多人据此来解释雕像为什么会产生神秘的效果或者引起歇斯底里的反应。圣母仅仅是温柔仁慈的存在。一缕秀发露出头巾，垂在左边脸颊上。她的脸庞从容泰然，鲜活生动，而那种生命力刚刚远离了她的孩子。威廉姆斯又改口写道，比从容泰然更胜一筹，在她脸上几乎读出了希望，那是人们最始料不及的情感。

但凡见过《圣母怜子像》的人都明白那是杰作，威廉姆斯承认，他在专题论文中罕见地直抒胸臆。初次造访后，他犹豫过是否要以《圣母怜子像》为论文题目。出于职业需要，他曾经近距离地端详过艺术史上绝大多数的杰作。但没有任何一件能产生这种效果，直抵他的内心，而他无从分析。导师在授予威廉姆斯优等博士生的同时给出了出人意料的一段评语：您研究了很多年，却一无所获，威廉姆斯。造就艺术、造就真实的，难以言说，因为艺术家本人都不知道自己在做什么。

威廉姆斯十分明白导师试图告诉他的道理。艺术不是理性。但威廉姆斯不同于其他的大学研究人员。威廉姆斯，他同样拥有直觉。直觉告诉他，米莫·维塔利亚尼在创作《圣母怜子像》时清清楚楚地知道自己在做什么。

好好记住我要和你说的话，妈妈低吼道。我从学校回来时身上青一块紫一块，我动手打架了，为的是向几个坏脾气的家伙证明我不是矮子，我健健康康，我嘟嘟囔囔抱怨运气不佳，我是与众不同的。妈妈接着说，当然啦。仁慈的上帝没有让我变得高大、英俊和强壮，他让我矮小、英俊和强壮。我的运气同样与众不同。它绝非那种一次性的、小恩小惠的运气，或者在游乐场走好运，人人都有机会赢一把，那就等于没人赢。仁慈的上帝为我预留的好运能让我前途一片光明，你会是那种有第二次机会的人。

我几乎要相信这番胡话了，当我时隔两年再次回到彼得拉－达尔巴。喑哑的风贴着地面掠过高原，撕扯出笛声，类似猫头鹰的诡异叫声，经过起伏的地势，有时变得婉转悠扬，如同迎接主人的狗儿发出的呻吟。弗朗切斯科应我的请求，在村口把我放下，他在秘书的陪伴下继续赶路，径直开往奥尔西尼别墅。我走过墓园十字路口，心一下子揪紧了，我本能地去翻找树桩。四周景色契合了我的心情。薄雾迷蒙、湿湿答答。透过白色的迷雾轻纱，我依稀辨别出了森林战栗的绿色，它正等着第一道日光喷薄而出。

作坊近在咫尺，一模一样又全然不同了。石头经过了洗刷，大门铰链修过了，老旧的瓦片全都替换了一遍。谷仓木墙刷上了沥青，空气中弥漫着新鲜沥青的气味。建筑物之间的空地布局得当，从附近农田捡来的石头垒出了一排花圃。里面还空空如也，但一个月前就翻过土、堆过肥，很快就会开出波斯菊以及春天的花朵。泥地上铺了一层白色砺石，这泥地我可太熟悉了，夏天晒得龟裂，到了冬天又泥泞不堪。

我走进厨房，安娜吓得发出尖叫，但在认出我之后又开怀大笑。她的肚子隆了起来，我还来不及把安娜拥入怀中，条款三冲了下来，手里拿着锤子。他看到了我，也跟着大笑。他们把我当作家庭成员来欢迎，我们坐在门槛上一起喝了一杯浓厚、苦涩的咖啡，鼻头热乎起来，寒意被驱散了。条款三快要二十二了，他和安娜三个月前成了婚。我无法根据安娜的腹部来推断他俩是奉子成婚还是婚后搞大了肚子，我也不在乎。两人洋溢着幸福，还向我道歉，齐奥两个月前离开后，他们占用了主屋。我拒绝行使主权。我很难想象自己成了业主，毕竟就在几天前，我还在佛罗伦萨的臭水沟里蹉跎呢。我暂时睡谷仓。根据契约，我和条款三应该成为合伙人，但目前最好“维持现状”。他在谷仓继续他的木匠营生，我接管齐奥的作坊。在这个地方，契约抵不上两人握手约定。

我立马给妈妈写信。佛罗伦萨的两年里，我写过四封，只寄出三封，还有一封因为喝得酩酊大醉弄丢了。我在信里描述了我顺风顺水的日常，以及得到的表扬和鼓励。我希望妈妈写给我的信能少一些谎言，她描述了在布列塔尼的宁静生活，那是在世界尽头，在一个名叫普洛莫迪耶恩的村子。这次我终于可以坦诚相告：我成功了。有了房子，有了工作。我向她提议，如果愿意可以来和我团聚。

傍晚来临，埃马努埃莱出现了，穿了波兰枪骑兵的蓝底红条纹裤子，那可是货真价实的古董货，上半身是卡其色短上装。他见到我就号啕大哭起来。接着，他跪倒在地，耳朵贴上安娜的肚皮，叽叽歪歪对着婴儿说了好半天，条款三眼珠子翻到天上，回答道：

“他不会错过这事了！”

我们四人在厨房共进晚餐，有新鲜的面包、西红柿罐头，以及有点儿酸、从萨沃纳运来的刚腌制完的鳀鱼。我补上了过去两年彼得拉－达尔巴的八卦，严格说来，也没发生什么大事。奥尔西尼家族和甘巴莱家族仍旧势同水火。薇奥拉自从那一摔之后再也没有在公众前露过面。谣言四起，有人说她残疾了，有人说她毁容了，真有其事的话，弗朗切斯科应该会告诉我的，毕竟我明天就要见到她了。奥尔西尼家族还没通上电。某种病害杀死了三分之一的酸橙树，南风刮起时，橙花的香气也不如之前浓郁。没人亡故，包括邮递员安杰洛老爹，他会对着每个愿意听他说话的人宣称他就快嗝屁了。

关于我在佛罗伦萨的经历，我告诉朋友的版本和告诉母亲的一样，都经过了润色，这么说吧，我不假思索地撒了谎。比扎罗、莎拉，还有其他一些人，我要把他们统统从过去两年的回忆里抹去。我带着点怨恨，并不明白阉割了关于他们的记忆最终伤到的是我自己。我才十八岁，十八岁的年纪，没人愿意做真实的自己。

条款三抽上了烟斗，细细长长的那种，他怂恿我来上几口，我站在银河下，这烟草够呛的。安娜上楼睡觉去了。我羡慕他俩，羡慕交汇的眼神充满默契，羡慕在寻找彼此的手，没有倦怠没有习以为常。我回到谷仓，精疲力竭，我在时间之河中畅游，一觉睡到天明。

这是我最近几个月睡得最安稳的一晚，床上铺了新鲜稻草，金黄的干草散发出愉悦的气味，同时还残存着青草的灵魂。我梦见成千上万条鳀鱼在佛罗伦萨的大街小巷鱼贯而过，汇成了水银般的河流。发财的征兆，第二天一早安娜告诉我，说得斩钉截铁，就像那种一无所知的人。我拿她打趣，装作并不相信这类征兆。但我内心在期许维塔利亚尼家族的大运——那迟迟未来的大运——终于来临了。

早晨行将结束时，弗朗切斯科的秘书出现在作坊，递给我两封信。第一封信中有两千里拉的预付金。我分了一半给条款三和安娜，两人瞪大眼睛看着纸币，不愿接受。直到我说这是给孩子的，他们才收下了钱，他们可以安装一个新炉子，把整个房子烘得暖暖的。第二个信封里面是手写的邀请函，写在了硬挺的信纸上，带有奥尔西尼家族纹章。奥尔西尼侯爵和侯爵夫人，携儿子斯特凡诺和弗朗切斯科及女儿薇奥拉，很荣幸邀请您于1923年1月3日晚上八点半莅临奥尔西尼别墅共进晚餐。

秘书随后和我讲起了今年有待完成的项目：修复庇护四世别墅外立面的两座雕像，检查所有浮雕，如果需要便进行修复，最后，以狩猎女神狄安娜为主题创作一组群像，它会是某个扩建计划的一部分，用来装点喷泉。秘书给了我罗马作坊的地址，离梵蒂冈不远，作坊上面有一套房间供我使用。我告诉秘书我倾向于在彼得拉－达尔巴工作，我的朋友全都在这里。

离开之前，他从汽车后座取出一个袋子，里面是一件为我量身定做的外套。显而易见，弗朗切斯科预判了我的答复。我穿上那件衣服，条款三和安娜笑破了肚子，他俩叫了我一天

“王子”和“殿下”。精益求精的安娜又钉上了几针，衣服显得更合身了。我这辈子都没穿过定做的衣服。我的穿着就是大杂烩，要么是童装，要么是改过的成人装，加长、截短、缝缝补补。我的全部身家都在行李箱中。

秘书晚上八点来接我。朋友目送我离开，面色揶揄，挥手道别。我利用前往别墅这段短短的路程预演了和薇奥拉久别重逢时会发生的所有场景。她会不会冷若冰霜，就像一年多之前写给我的最后那封信那样？她这样做是不是为了掩饰和我重逢的激动和开心？至于我，她的音信全无已经伤到了我。我要表现得礼貌、疏远，反正要符合梵蒂冈御用雕塑家的身份。但也不能装得太过，万一激怒了薇奥拉呢，或许她已经后悔，后悔我俩不该渐行渐远，她正希望赔礼道歉呢。

在抵达之前，我预想了所有可能性，唯独忘了薇奥拉琢磨不透，她有任何可能性，她可以逃脱猎人的魔爪，可以摆脱重力定律，还有，跳出常规。

“侯爵先生和侯爵夫人到。”

别墅主人在众目睽睽之下走进了我们耐心等待的大厅。侯爵夫人身穿敞领覆盆子红长裙，侯爵制服上的肩章会把埃马努埃莱馋哭的。我曾出没于巴利奥尼大酒店一带，上流人士也屈尊来马戏团看演出，我因而具备了对华服的审美品位。我知道男性不再穿制服了，唯恐显得老派过时，或者更糟糕，乡下土气。女装潮流更难界定，它瞬息万变——折边忽而卷起忽而放下，那变化速度之快就像我儿时翻动的动画卡片书。可是，詹多梅尼科·奥尔西尼和马西米利亚尼·奥尔西尼，彼得拉-

达尔巴的侯爵夫妇，一袭华服尽显往昔的一丝不苟，却不乏优雅。即便哪天衣衫褴褛，他们仍保有尊严。

我有点失望，我不是今天晚宴唯一的宾客——我们一共有十几个人。斯特凡诺冲我眨眨眼，附送上讪笑，接着弗朗切斯科把我引荐给公爵和公爵夫人、两位政府部门雇员、一位胸口挂满勋章的将军、一位米兰律师和一个女演员，我清楚记得她的名字，卡门·波妮，首先是因为她长得国色天香，后来我偶然在1963年某天的报纸上读到一则新闻，她在巴黎街头被车撞死了。可能还有一两个客人，但我没有丝毫印象了。

我生平第一次喝到了香槟酒。我学着其他人那样慵懒地啜饮，仿佛这世上再没有可以大惊小怪的事。气泡直冲鼻子，呛得我差点咳出了声。我要缓口气，于是装模作样地欣赏起画作，胆大的水泽仙女在窥视河边的一列士兵。和我上次来的时候相比，别墅并没有太多变化，仍旧浸泡在各种绿色之中。但我第一次注意到了线脚的裂缝，沙发布面的磨损，要摆上靠垫加以掩饰，天花板角上出现了蓝洇洇的霉渍，毛边玻璃周围的油灰在慢慢粉化。寒风无孔不入，不请自来。嘎吱声和咔嚓声时不时响起，融入了屋角留声机播放的音乐。严寒张开了血盆大口，别墅的每堵墙、每根梁都在全力抗争。它已然失去了往日那种柔韧、灵活和欢愉的傲慢。

我们全都在等薇奥拉。我喝下三杯香槟，但我之前是佛罗伦萨酒馆的常客，那些蒸馏酒可以治愈所有苦痛，所以我根本不会醉。最后，大厅的门再次打开。我一开始没见到任何人。接着一名仆人走进来，对着侯爵耳语几句。

“看来薇奥拉今晚不会和我们共进晚餐了，”他向众人宣布，“她身体抱恙。我们不必再等了，请移步餐厅。”

我捕捉到了弗朗切斯科的眼神——他皱起了眉头，旋即冲我微笑，耸了耸肩，我俩一同穿过餐厅的双开门。我记不真切那次晚宴了，依稀记得米兰律师坐在我对面。英俊帅气、目光锐利，可说来也是个古怪可笑之人，大家渐渐意识到所有八卦都和他有关。他说起“巴尔托洛梅奥有一天告诉我……”除了我之外，在场所有人都知道他说的是巴尔托洛梅奥·帕加诺，他扮演过奴隶马奇斯特，昔日热那亚港口的装卸工，而今成了意大利最火的演员。律师名叫里纳尔多·坎帕纳，除了有继承来的律师事务所，他还投资电影业。电影给了他丰厚的回报，体现为他剪裁得当的西装、他的腕表，以及某些富人脸上流露出的难以言说的愚笨光环。

吃完饭时我酩酊大醉了。那是昏昏沉沉、闷头一棍的醉酒，仿佛在重力作用下坠落下去。弗朗切斯科在上甜点前，举起酒杯向我祝贺，我从今天起将和他们一道肩负起奥尔西尼家族的荣光，并且邀请两名政府雇员随时去参观我的作坊，当然“要征得维塔利亚尼先生的同意”。维塔利亚尼先生同意了，他晕晕乎乎的，别人称他为先生这事，他再也不会大惊小怪了。

回程的路上，我让秘书在主路上把我放下，借口想自己走一段。我坚持己见，尽管天开始下雨。只有那一次，我跑回了奥尔西尼别墅，我穿过农田，攀上围墙裂口，溜到薇奥拉窗下。三楼的百叶窗开着，但窗帘后面没有透露出一丝亮光。我小心翼翼地朝窗户扔出一块石子，没击中目标。第二块石子，我使了更大力气，又偏了。第三块石子砸到了外立面，然后掉在我头上。石子并不大，可被砸一下还是挺疼的。恼羞成怒的我冲着月季就是一脚，枯叶如雨滴般纷纷落在我身上。月亮在两次暴雨之间露了下脸，底楼的玻璃窗映照出我的脸。一缕鲜血顺着太阳穴流下，棕色的乱发贴上额头，脸颊上还沾了片枯叶。我不喜欢镜子——因为我的外形——我尽量避免面对镜子，就连剃胡子也不用。可是，妈妈说得对。我是个俊小伙，脸部线条出人意料地左右对称，蓝色的眼珠几乎发紫，那是妈妈遗传给我的。这是一个孔武有力的男人的脸庞。这张脸的拥有者的父亲没有教会他屈从。屈从可以推动世界，屈从可以忍受死亡，死亡又扼杀了我们的梦想，同样地，这张脸的拥有者滑稽可笑。他浑身湿透，桀骜不驯，拒绝接受很久之前已然宣告的战败，徒留他一人拒不签字认可。我并非天真之人。薇奥拉恰恰在今晚我们要重逢时身体抱恙，这绝非巧合。传递的信息很明确：我们的故事终结了。

泥瓦匠用了几天时间恢复了齐奥作坊的生机，齐奥走后条款三便没有打开过。墙体修补后刷上了石灰浆，仅有的窗户——全都碎了——进行了替换。条款三坚持要修好老的橡木桌，它靠南墙摆放，足足有五米长。接着，他失踪了两天，回来时驾驶着一辆从战场上淘汰下来的卡车，他拿着我给的钱以实惠的价格买到了它。从今往后他可以送货到本地的角角落落，世界在慢慢变小。一位商人自热那亚而来，带着工具商品目录，选择多得眼花缭乱，让我大开眼界。两块顶级大理石送到了，连同我第一份官方订单，由一名默默无闻的梵蒂冈秘书签发。这份低调的订单来自帕切利主教，据弗朗切斯科所说，主教大人希望将其作为礼物敬献给教皇居住的甘多尔福堡。主题是：圣彼得接过天堂钥匙。这第一尊雕像势必要打响我的名声。

当晚，吃过晚饭后，我外出呼吸夜间空气。我们所处的高原如同蒸馏器，方圆百里内的各种气味在此交汇融合，创造出全世界最细腻、最神秘的芳香。冬日的彼得拉－达尔巴。只要转下头，芳香随即改变，它变化无常，不断重组，随风吹过北部皮埃蒙特连绵的山脉，抑或顺着高原周围的山坡一路往下。香根草和蕉木构成了基调，橙花和柏树，偶尔还有金合欢花，在其上跳跃舞动。我点燃了条款三借我的烟斗，又加了点自己的配方，混合了干草、乳香和马鞍的气味。焦臭味，薇奥拉兴许会这么说，她曾在某本书上读到过这个名词，便记了下来。

我这两年没有读过一本书。可世间一切也不全在书里。我学会了醉酒，我翻过一页页夜色的篇章，快乐又厌恶。但我想念纸张的气味，想念奥尔西尼书房干木和灰尘混合的气味。《匹诺曹历险记》，这是薇奥拉出事前借给我的最后一本书。我不假思索地做了几天来一直克制自己不去做的事，我望向奥尔西尼别墅。

薇奥拉的窗户，蒙了丝巾的灯笼在夜色中散发出柔和的红光。

树桩里有封信。我都不记得自己是怎么离开作坊的。只是看到了亮光，我俩的信号，我就到了这里，上气不接下气，肺部因为寒气火烧火燎。信封里只有一页纸，薇奥拉的笔迹，比以往更紧凑，似是为了省力，但笔画仍旧恣意飞扬，具有辨识度。明晚周四，墓地。

今天周三，那她就是今晚把信放进去的。这是传唤，是独属于薇奥拉的高傲，意味着我当然会看见她的信号。就好像我只有这件事可做，窥伺着她的一举一动。

我回到作坊，叫醒了条款三，告诉他我要去萨沃纳火车站，明天一早乘第一班火车离开。

“第一班火车？第一班火车去哪里？”

“罗马。”

既然薇奥拉以为可以忽视我两年，等我终于回来了又托病不见，接着对我招之则来挥之则去，那她搞错了。我不再是那个不知所措的法国佬，没有祖国没有父亲，在1917年某个天寒地冻的晚上来到这里。她塑造了我，雕琢了我，这我承认。但我不是她的匹诺曹。我不是她的造物。这次，是她等我。我离开。就像匹诺曹那样，我直到今天才幡然醒悟。

我没有确切的计划。可能过一个月便回来，兴许两个月，这样我俩就能扯平了，可以重新出发，因为我们都伤害过了对方，都破坏过了友谊。

我离开了，并不知道要再过五年才会回来，或者更确切地说，是一千九百九十一天十一个小时，我的回归并非偶然。

无论我生活在何处——除了我走向生命终点的修道院，当然了，还有彼得拉-达尔巴——我本能地抗拒黎明。我要逃避这白日，它提醒我薇奥拉不在此处，她栖身在惯常之地。我从不会因为高兴喝酒，但喝酒时也不会郁郁寡欢，就像我偶遇的水手，他们在夜色中登陆，从一座桥辗转到另一座，他们纯粹是光的造物，熠熠生辉，直到不可避免地搁浅在清晨的暗礁上。运气好的话，不会死掉，或者不会马上死，第二天夜里他们继续航行。佛罗伦萨的夜和罗马的夜在我的记忆中交织在一起。漫无目的的夜，点缀着没有薇奥拉的白日。罗马的排水沟和佛罗伦萨的一样臭。可现在，我闻到了芳香。

我恨薇奥拉，恨她在我俩的故事中留下了破洞。恨她把我推开，疏远我，而我俩曾密不可分，连一个原子都无法从中穿过。我恨她，而我找不出更好的办法让她明白这点，唯有一走了之。但我渐渐有了负罪感。我配不上她的友谊，她也可以对我如法炮制。薇奥拉成了我的镜像。我侮辱她，我破口大骂，我想象她也在做同样的事，在那里，在高原之上，在这个季节，橘子结起了白霜。如出一辙的愤怒举动，如出一辙的鸡毛蒜皮的责难。我俩各有各的理由，已经分不清谁是谁的镜像。我越是恨自己，就越恨薇奥拉把我逼得恨自己。我赌咒发誓在她道歉之前绝不会见她。作为镜像，她应该做了同样的事，我俩在不知不觉中走出了对方的人生。无间地狱的螺旋体，悲喜交加的衔尾蛇，是往后那些年岁的唯一注脚。

我抵达罗马那天，太阳是白色的，炫目但没有暖意。我的作坊位于新银行街 28 号，步行一刻钟便能到达梵蒂冈，而我可能需要更长的时间，因为步子更小。那条街和奥尔西尼街相交。我这辈子都不知道这条路是否是以我的恩人命名的，每次提起这个问题，他们便耸耸肩，故作神秘又心满意足。作坊面朝大楼后院，四个徒弟毕恭毕敬地等着我。弗朗切斯科在我抵达两天后现身，他显然对我在最后关头做出的决定感到意外，但从未过问原因。大理石已运到，随时可以开工，我立刻着手完成第一份订单，《圣彼得接过天堂钥匙》。我让学徒打个粗坯，再由雅各布进行粗加工。雅各布十四岁，是他们当中最有天赋的。我叫他小鬼，其实我也只比他大四岁。

我的套房位于作坊楼上，房间面积自然比不上奥尔西尼别墅或者巴利奥尼大酒店。住上几天后，我意识到宽敞的环境让人不踏实，于是弄来一张有顶帐的床，没人要的老古董，我要安睡在一个相对符合我身量的容器中。这张床，宛若木筏漂荡在空旷的卧室内，无疑博得了我的欢心，而头顶的天花板上灰浆和烟炱在寸土必争。一位德国客人看了我的房间后，评价它是“邪恶的包豪斯，但还是包豪斯”。

我一边完成大订单，一边监督庇护四世别墅的整修工程，这座文艺复兴风格的别墅荫蔽在圣彼得大教堂的穹顶阴影之下。昔日的教皇避暑官邸曾遭到冷落，又挪作他用，正静待崭新的命运。帕切利主教打算将其改造成科学研究的场所，教廷中的某些对手冷眼旁观，宣称人类所需的科学知识都始于“起初，神创造天地”，结束于“神看着一切所造的都甚好”。

第一年，我几乎闭门不出，除了巡视工地、见供应商、和弗朗切斯科吃饭，每月一次。我俩算是成了朋友，以米莫和弗朗切斯科互称。彼得拉－达尔巴是我俩的共有之地，背井离乡之下我俩的关系愈发亲密。弗朗切斯科和他的妹妹有微妙的相似，会不经意流露出奇怪的举止，和你说话时，头侧向一边，眼神飘向远方。二十三岁的年龄正爱做梦，你或许这么以为，只是弗朗切斯科并非空想者。他是栖息在松树顶端的雄鹰，在同时跟踪十只惊慌逃窜的老鼠，同时推算出它们的路径，精挑细选出自己的猎物，决胜于千里之外。他的嗓音中有一丝锋利，可以毫无痛苦地结果性命。他不用拔高嗓门便能解除危机。我看见五大三粗的壮汉在他面前卑躬屈膝。但他对我是平等相待。我今天这么说，绝非自吹自擂，我俩是平等的。这世界上只有一人高我们一等，在智力上，在野心上，但我们永远不会说出那个名字。

抵达罗马一年后，我终于把《圣彼得接过天堂钥匙》交给订单主人。

作坊里，帕切利主教围着作品足足转了十分钟。我惴惴不安地等在一边，四个徒弟在我身后排成一行。在梵蒂冈地界上，见个主教没什么大惊小怪的，可是停在外面的汽车，那散热器护栅像是一张大嘴，还有我不知道帕切利做了什么，竟然引起小规模聚众，尽管1924年的2月冷冽的寒风还在横扫罗马。

帕切利几次三番想要开口，却欲言又止。我知道他的感受。我的圣彼得不同于既定印象。符合旁人的期待有什么意思？在佛罗伦萨度过的那些夜晚，在我流连的地上满是黏糊糊的啤酒的中二楼，我穿行而过，此后要么重生要么死去，我保持着些许自毁的脾性——我说的是职业层面——整个职业生涯都将受用。那些晚上，什么都不重要，除了尽情燃烧。我们毫不畏惧，第二天会抹去一切。我的圣彼得不是司空见惯的娃娃脸胡子男。他的脸部线条借鉴了科努托。因为彼得在世时，也曾有过生而为人的痛苦，他三次不认挚友，他背叛的故事被世人铭记，漫漫岁月中世界各地的教堂都会提及此事。他接过天堂钥匙的样子不该是洋洋自得的。

“这钥匙，”帕切利最终喃喃低语，“我搞错了吧，他……”

“您没搞错。”

钥匙，圣彼得没有接住。收缩的肌肉表明他试图抓住，但它从两手之间滑过，径直朝地面落去。我从袍子一角雕出钥匙，仿佛是擦着衣袍滑落，再加上一根金属作连接，从外面几乎看不出。令人叹为观止。上帝同意彼得三次不认可主的感召，还让他建立教会。一个罪人。我的想象中，如果科努托拿到天堂的钥匙，他会大惊失色地失手。圣彼得不该是欣喜若狂的样子，也不该是一个有血有肉、为烦恼所折磨、有信仰的退休老人，圣彼得在他的使命面前诚惶诚恐，对于他这双老朽的手而言，这把钥匙太过沉甸甸了，而那双手暴露了他的内心活动。他惊慌失措地看着钥匙坠落，寻思它或许会被砸碎，而他要遭到天谴。我不费吹灰之力抓住了他紧张的神情。曾几何时，我也曾目睹珍物在我面前坠落。

“我不能把它交给甘多尔福堡。”帕切利说。

弗朗切斯科脸色一白。接着主教转向我——他热泪盈眶。

“我要把它留给自己。我自掏腰包。这件作品太……太大胆了，对于我们有些人而言。我，我理解，我理解您，维塔利亚尼先生。”

他转身离开，没有更多的话。弗朗切斯科冲我微微点头，似笑非笑，跟上了主教的脚步。

我的订单爆了。帕切利主教不遗余力地向每位友人和访客展示我的作品，我想他这么做的时候并不会表现得洋洋自得。订单激增，我的人手也跟着翻倍，只有这样才能确保庇护四世别墅顺利完工，半年之后我拒接任何新订单。我接下了十六件大型作品，足足需要六年时间才能完成。大多数是宗教雕塑，或者是基于纹章或家族故事进行创作的作品。学徒负责粗坯，雅各布随后在我的指导下进行加工，最后由我来一件一件收尾。传言我不再接受新的订单，我的行情水涨船高。最后，我变得很受追捧。曾经的我遭人唾弃、白眼，要低三下四地祈求才能换来工作。可是一夕之间，我成了人物，人人都想拥有一件我的作品。这一切的变化只因我学会了一个新词。不行。这两个字的力量难以想象。我越是拒绝，拒绝得越干脆，他们就越想找我，奥尔西尼家族的雕塑家，大家开始这么称呼我了。

一天早晨我出门，一个身穿司机制服的人走上前来。他指了指停在稍远马路上的簇新汽车，阿尔法·罗密欧 RL。后座上的弗朗切斯科冲我致意。

“我们要去哪儿？”我走到他身边问道。

“老天，我不知道。”

“怎么可能，你不知道？”

“我确实不知道，因为这是你的车，李维奥是你的司机。

奥尔西尼家族的礼物。”

我目瞪口呆的模样逗得他哈哈大笑，他拍拍我的肩膀，下车了。当晚，我写了一封短信给母亲。亲爱的妈妈，今年我满二十了，我有了一辆车一个司机，我遗憾的是，不能带上你们，你和爸爸，在罗马绕上一圈兜风。

作坊的活儿占据了我大部分时间，但我重新开始阅读。家附近有个图书馆，我委托图书管理员帮我选书，随便什么都行。这事儿最终不了了之，她没有薇奥拉的才情和热情，但她尽了全力。我很少看报纸，现实生活中很难逃离时事新闻，我的顾客、我的学徒从早到晚都要指点江山，但弗朗切斯科从不参与。1924 年 4 月，法西斯党通过选举在议会赢得了多数席位，这个结果完全在意料之中，黑衫军采取恐怖手段来压制所有反对派。没人胆敢揭露。没人，除了一位名叫马泰奥蒂的年轻议员，他宣称选举无效。6 月，他失踪了。8 月中旬，人们在罗马近郊的森林找到了他腐烂的尸体。我记得那张照片，宪兵在搬运遗体，近景左侧的警察理应看见了其他人，却还是用手帕捂住了鼻子。六十年后，我仍然能够闻到照片散发的气味。法西斯党党徒抱怨说，人们尽可以怀疑他们，到了 1925 年 1 月，墨索里尼开口了：“如果法西斯主义者是犯罪团伙，那我就是犯罪头子。”自此以后，大家缄口不言，编造出各种借口，很多人说马泰奥蒂是求仁得仁，必须理解法西斯党，毕竟马泰奥蒂败坏了人家的名声。

我亲历了这些大事件，不甚在意。我是艺术家，身高就一米四，不该由我来改变历史走向。我交付了一尊雕塑，然后两尊，三尊。我的徒弟而今可以在我的监督下胜任最精细的修复工作，我又新增了两份新订单，委托弗朗切斯科分配，他可以据此敛财，他的财不是金钱，而是影响力。二十来名潜在客户为了登上我的订单簿打破了脑袋。

当然，我生活中不乏女人。先是安娜贝尔，为我选书的图书管理员。长得平平无奇，骨瘦如柴，脸部有些尖刻，最终在我的追求攻势下缴械投降。我认为安娜贝尔真心实意地爱着我。自从在莎拉丰腴的两腿间接受了初次启蒙，我再也没有碰过女人，我的第二次也没有做得更好。安娜贝尔自有其过人之处，平时生活中的她腼腆得病态，而在我的床上野性奔放。我在她的玉臂之间学会了一切。我俩的故事维持了两年。她越来越频繁地出现在作坊，作为唯一的女性，给那些背井离乡的年轻学徒带来了些许慰藉。之后，有一天她敲响了我办公室的门，敲得小心谨慎，生怕被人听见似的。我们本来要去餐馆的。

“我晚了。”她走进办公室说道，双眼看向地面。

“不晚啊，还不到七点。”

“不是这个意思，我晚了。”她重复了一遍，双手抚了抚肚子。

我面色煞白，于是她立即补充说：

“我认识个人，他能搞定。”

我关上门，不记得当晚对她说了什么，但肯定没说我不希望有人来搞定。我确实不想要孩子，担心会把我的基因传下去。我们做了决定，那就是不做决定。我犹记得我那懦弱的如释重负，一周后安娜贝尔告诉我问题“自然而然地解决了”。从那天起，我不再踏足图书馆，借口工作太忙没时间见她。安娜贝尔退出了我的生活，悄无声息地，正如她当年进入我的生活。

在那之后是卡罗丽娜、安娜－玛丽亚、露西娅，或许还有一两个，但我不记得姓甚名谁了，因为我不得不回忆起是我揉碎了这些女孩的心，除了露西娅，她带走了我的钱包。

1925年8月的一天，弗朗切斯科带我去法拉利亚餐馆吃饭。我惊讶地发现，在大厅的藻井平顶之下，可供十多人进餐的餐桌已经布置停当，而其他餐桌全都撤走了。几分钟后，斯特凡诺·奥尔西尼领着一众朋友登堂入室，他们全都西装革履，除了两个黑衫军装扮的家伙。他们弄出一番声响，终于坐定。斯特凡诺和弟弟握了握手，又嚷嚷着"格列佛"亲昵地拍了我一下，就好像我俩是老朋友。当一名黑衫军在我身边落座时，我身体僵了一下，可事后证明他是一个风趣愉快的用餐伙伴。没过多久，他抱怨报刊对其同伙的态度，他解释说他们不会使下三烂的手段，布尔什维克才会这么做，他们不是施暴者，是别人。他们，他们只是在自卫。马泰奥蒂事件？和他们压根没任何关系。或许是某些异见分子。马泰奥蒂确实有点活该，不是吗？

我们喝到凌晨，全都醉醺醺了。侍者的两条腿踩过来踩过去，按捺不住回家的心，但有一桌像我们这样的客人，他们是没法随意赶客的。餐馆的人明白，斯特凡诺和他的朋友也明白，他们又点了一轮酒。

"好吧，还没完呢，"斯特凡诺大声说道，"让我们为新娘干上一杯！"

“什么新娘？”我问。

“呃，好嘛，薇奥拉呀！你没告诉他，弗朗切斯科？”

“没有。我承认我压根没想到这点。我们的妹妹薇奥拉的的确确要嫁人了。还有，新郎你也认识。里纳尔多·坎帕纳。”

我花了几秒钟才把脸和名字对上。那个米兰律师、电影爱好者，我曾在两年前的奥尔西尼家族晚宴上见过他。最近这段时间，我不会天天想到薇奥拉了。当我看见墓地，当我闻到春天的气息，不会立马梦回彼得拉－达尔巴。这条消息撕裂了遗忘的薄纱。突然之间，一切一如往昔。我俩的誓言，我俩手挽手，寒夜的空气舔舐我俩，犹如烧酒，一小口一小口，炽热滚烫。

又上了几瓶香槟酒。瓶塞迸弹而出，斯特凡诺晃动酒瓶，冲着黑衫军当头淋下。其中一人张开嘴巴接住酒水。另一位，我的邻座，似乎动怒了却什么都不敢说。由此说明斯特凡诺正平步青云，他的身材日渐发福，鼻子出现了酒糟。他目前就职于公共安全部门。确切地说，是为切萨雷·莫里效力，墨索里尼责成前者取缔黑手党，斯特凡诺整个晚上都在吹嘘这事。他的头发剃得很短，完全看不出原先的鬈发，让他看上去像一个发育得太快的大娃娃。

弗朗切斯科是现场唯一滴酒不沾的，他起身告辞——明天一早还要主持弥撒。

“你要留下吗，米莫？”

“不行，把他留下！”斯特凡诺嚷嚷起来，“才刚开始好玩起来。不是吗，格列佛？他是家族荣誉，要让他见见世面！”

“我留下。”

弗朗切斯科皱了皱眉头，随即耸耸肩离开了。

“现在，好好神甫回家睡觉觉啦……”斯特凡诺兴高采烈地说。

他从兜里掏出一个小巧的糖果盒，倒出白色粉末。糖果盒在桌上兜了一圈。我从没见过可卡因，它算是当时的夜间新宠。每个人用指甲盖取了一点，一吸而尽。我如法炮制，只是想做个正常人，想和别人一样，人高马大，身材协调。然后，我们在罗马城放火，那一夜我什么都不记得了。我生命中缺失的一夜，早晨醒来时我靠着垃圾桶，面对眼前的罗马斗兽场，感受到从未有过的渺小。

接线员立马接通了。

“奥尔西尼别墅，我听着。”

我没有过多犹豫。当天晚上，我顶着宿醉未醒的脑瓜子，前往梵蒂冈电报邮局。弗朗切斯科在最近一次共进晚餐时告诉过我，别墅通了电话。一根铜线跨越千山万水，要穿过可以将其“碎尸万段”的枝杈，要经受住松鼠欢快的啃啮，给那个滞缓的世界，我长大成人的世界，带去一点震撼。在并不遥远的过去，奥尔西尼家族要时隔一周才获悉长子死在了圣米歇尔－德莫里耶讷。死讯堪堪比硬邦邦、支离破碎的尸体先一步到达。而今，在我得知薇奥拉婚事几个小时之后，我便可以一个电话打过去。太棒了。我即将年满二十一，这个年纪的我不会缅怀旧日时光。我正在经历此后我将惦念的美好日子。

“你好，我想和奥尔西尼小姐通话。”

“我该如何通报？”

“米莫·维塔利亚尼先生。”

自称先生，我觉得怪怪的，但我必须让管家留下印象。

“请您别挂断，我这就去看看小姐是否方便。”

我等着，竖起耳朵，希冀能捕捉到关于彼得拉－达尔巴的只言片语，比如风穿过树枝，如果窗户开着的话，现在是8月啊。可是，外面的世界熙熙攘攘，教堂的钟声，汽车按响喇叭呼啸穿过邮局街，把我牢牢地禁锢在罗马。我关在电话亭里热得透不过气，贴住听筒的耳朵冒出了汗，我看着来来往往的人流，平民和高级教士在大厅光滑的大理石地面上优雅地滑动。

传来了沙沙声，克制的咳嗽声，随即响起仆人的声音。

“维塔利亚尼先生？对不起，奥尔西尼小姐不想和您通话。”

我满脑子都是这个回复，仿佛已经真的听到了，尽管他根本没说出口。我差点挂了电话。

“维塔利亚尼先生？”他重复了一遍。

“是的，对不起，我在。”

“请您别离开，我为您转接至奥尔西尼小姐。”

一连串杂音，以及幽灵般的变形声音沿着电话线传来。之后是薇奥拉的声音。

“你好？”

有点沙哑，还有点低沉，但那是薇奥拉，完完全全浓缩到一个声音中，连带着彼得拉－达尔巴闯入了电话亭，那骄阳似火的夏天，还有烈日下噼啪作响的农田的气息。我顺着电话亭壁板滑坐到地上。

“薇奥拉，是我。”

“我知道。”

长时间的沉默，滞重、沉闷，散发出松脂香、深沉的欢乐和惊惧。

“我很高兴和你说话，米莫，可我没时间了。我忙着准备婚礼。”

“就是这事。我打电话给你，就是为了这事。”

“什么？”

“我问你……”

“什么？”薇奥拉重复了一遍。

“你知道自己在做什么吗？真的知道吗？”

再次沉默，但这次很短。

“你可以相信我，米莫。”

然后她挂断了电话。

罗马，我的初体验之城。第一次上影院，那一年我看了《马奇斯特在地狱中》，吓得我魂飞魄散，赌咒发誓以后绝不会躺在棺材上。第一次上剧院，威尔第的《奥赛罗》听得我百无聊赖。第一次吸可卡因，当然了，还有第一份世俗权力机构的订单。罗马市政府冷不丁地找上我，和我说想要一座罗慕路斯和雷穆斯的雕像。我那时认为不会回彼得拉 - 达尔巴了，于是接下了那单生意。

我和弗朗切斯科会定期碰个头。薇奥拉结婚了，这消息是他告诉我的，在 1926 年年初，但没有蜜月旅行，薇奥拉的丈夫因业务缠身立马动身去了美国。彼得拉 - 达尔巴的通电大计再次提上日程——律师的金钱也并非一无是处。我一边吃饭一边漫不经心地表示同意，弗朗切斯科兴许以为我对这些事情不感兴趣，因此极少提起他妹妹的消息。

还有更始料不及的，我常常见到斯特凡诺。我不喜欢他，但他这人擅长吃喝玩乐。1926 年至 1928 年间，他在政府节节高升，至少连跳三级，职位越来越核心。他得意扬扬地自吹自擂，而我终于明白了其中缘由。有天晚上他喝得有点醉了，向我袒露了心事：

“你真走运，没有兄弟，格列佛。维尔吉利奥，维尔吉利

奥，维尔吉利奥，我小时候一直听他们这么念叨。维尔吉利奥说了这，维尔吉利奥说了那，他多聪明啊，所有的东西都归他。可要我说，他真这么聪明的话，维尔吉利奥，他为什么要参军，像个傻瓜蛋似的死翘翘，甚至还没上战场，是死在了那该死的火车里？现在，是谁在给家里搞钱？到底是谁的努力让大家听到奥尔西尼时肃然起敬？是我、弗朗切斯科，还有坎帕纳，他现在也是我们家族的一员。我们不再是种橘子的乡巴佬，那些橘树在渐渐枯死。很快，听我说，橘树也会有救。甘巴莱家族最好悠着点。”

我起早贪黑，清晨的时候出门溜达。1927 年年初，我交付了《罗慕路斯和雷穆斯》，下单的市政府公务员旋即遭到辞退。在我这件作品中，既没有罗慕路斯也没有雷穆斯。更没有母狼。只有水。我雕刻了波浪，在台伯河的惊涛骇浪中依稀辨别得出一个篮子的把手，篮子里面装的就是双胞胎。我雕刻了一个奇迹，被抛入无情江水的两个婴儿竟然活了下来，就像在彼得拉－达尔巴，水是一切的源头。没有台伯河，就没有罗马。没有阿诺河，就不会有佛罗伦萨。我有点自责，害得这个可怜的家伙丢了饭碗，但墨索里尼的情妇兼谋士玛格丽塔·萨尔法季可能在两个月后见到了我的作品，一锤定音：“全新的人类，法西斯的艺术家，全都蕴含在这里了。”公务员不仅官复原职，还得到嘉奖，获得了提拔。

罗马的奇特之处在于它不会真的提供聚会场地，或许除了魔鬼夜总会，它的地下三层代表了地狱、炼狱和天堂。我第一次造访就因为“喝得烂醉如泥”被轰了出来。“魔鬼”这两字纯属多余，他们既没见识过醉酒也没见识过地狱。开到深更半夜的酒吧寥寥无几，俱乐部寥寥无几，罗马就是老妪。我们经常在城里的好饭店吃饭，法加诺、法拉利亚餐馆——我们的最爱，因为墙上装饰了自由主题的壁画——或者齐纳勒酒店、埃克塞尔西奥酒店。正儿八经的聚会要等到私人沙龙出现后才有。乌烟瘴气、放浪形骸。和许多人不一样，我在沙龙里面不求名不求财。我已然得到了，小名小利，但我心满意足。正是在那里我觉察到，富人就是爱听一声“不”。我不用寻求新订单，或者新客户。他们都有求于我，只是为了登上我的排队清单。我只想喝一杯，我回答道，我的行情于是水涨船高。在某次晚宴上我认识了塞尔维亚公主亚历山德拉·卡拉－彼德洛维奇。她立刻折服在我的魅力之下，更确切地说，我的声望、我的豪车以及我的银行户头之下，其实我并没有大家以为的那样富有。我生活优渥，但比不上我遇见的继承人、投机者和骗子。亚历山德拉是公主，那我也可以是王子，直到最后一天，她还是信誓旦旦地告诉我她就是公主，每当被问及她的家族历史和谱系，她也能对答如流。她美得不可方物，落落大方、窈窕婀娜。每次我俩一同现身晚会，我玩味地欣赏着那些不认识我们的人瞪大了眼睛，脑海中闪过三个字，明显得就像他们已脱口而出。他和她？

亚历山德拉完全是安娜贝尔的反面。社交圈的猛虎，到了床上则成了一根木头。她只是不喜欢这事，或者说，不喜欢和我做。我对她没什么欲望，即便她是我见过的最美的女人。在经历了三四次大费周章的尝试之后，我俩决定还是分房睡更好，反正我俩可以自得其乐：于我是震撼上流社会，于她是大把花我的钱，主要是在索蒂里欧·宝格丽[1]的店里，她钟爱的希腊珠宝商。我俩是一类人，肆无忌惮、无所顾忌。

我好几次打算去探望母亲，又无限推迟，理由层出不穷，工作、路程，还有，或许我可以让她来和我团聚，费用我全包？理由层出不穷，独独缺了真正的原因：我认为理应由她迈出第一步来跨过我俩之间的深渊，这是她造成的，1916 年之后，深渊的两岸分崩离析，越扩越大。

我可以宣称我怀念佛罗伦萨的岁月，更怀念罗马的日子。我可以装模作样，以此卸下灵魂的负担，这样我可以舒舒坦坦地搭上亲爱的老卡戎[2]的渡船，他在冥河岸边等着我呢——我曾为他创作过一尊雕像。可我不能舍弃我的过去，就像树木无法摆脱年轮。佛罗伦萨和罗马就在那儿，驻扎在这风雨飘摇的孱弱躯体内，暮色四合，四名修士守护着我。佛罗伦萨和罗马就在那儿，无法摆脱，就像我的心肝脾肺肾，兴许都不太好使了。

我的放浪形骸在 1928 年到了无以复加的地步。一天晚上，斯特凡诺和黑衫军党徒说起我在岸边被打屁股的丑事，然后带头唱起了小调，那伙人也跟着唱：格列佛，格列佛，给我们看看你的屁股！我本该一走了之，这事关尊严，可我露出了屁股。为了证明我和他们是一伙的。我和他们平起平坐。我给他们看了屁股，斯特凡诺嚷嚷道：

“它长毛了，但我认得！”

睁眼醒来时，我常常身处罗马的不同地方，有时是在陌

1 索蒂里欧·宝格丽（1857—1932），于1884年在罗马创立了宝格丽珠宝店。

2 卡戎，古希腊神话中的冥界船夫。

生人的床上，边上的贵妇一身酒气，惊恐地打量着我，我也惊恐地打量着她。一天早晨，天刚破晓，我沿着阿庇亚道踉跄前行，我瞥见一个小型马戏团驻扎在废弃的空地上，蜷缩在两个砖墙倾颓的花园之间。一个秃头，年龄不详，在临时围场里面给小马梳毛。我叫住他。

“您好，我只是想问问您知道比扎罗马戏团吗？”

“从没听说过。”

“在佛罗伦萨，火车站后面……”

“从没听说过，我和你说了。你怎么回事，我们就该互相认识？你，你认识所有侏儒吗？”

他把水壶的皮带挂在木桩上。我抡起水壶，冲他砸去。纯粹为了泄愤，只是阴差阳错，好巧不巧砸中了他的面门。我撒腿就跑，可阿庇亚道好长啊。那人伙同三个朋友开了卡车用了半小时追上我，追着我穿过田野，围着我一顿胖揍。我回到作坊的时候，所有人一声不吭，我捂着肋骨，下唇肿胀，眼睛顶着青皮蛋。亚历山德拉公主宛如一枝清新脱俗的玫瑰，为我端来咖啡，重新安排我俩的社交活动。那次事件过后没多久，弗朗切斯科在办公室接待我，把我训了一顿。他让我记住自己的承诺，这可是赌上了奥尔西尼家族的荣誉。我承诺绝不再犯。回到家，我辞退了司机李维奥，肯定是他在通风报信。我转头雇了另一个司机，米卡埃尔，当地的埃塞俄比亚人，车技好，也不会问东问西。我的身高加上他的肤色，我俩很快成了罗马最受瞩目的组合。倒霉催的，没法低调行动了。

另一个晚宴上，一个油光满面的男爵宣称他对威尔第的爱海枯石烂。我指出威尔第创作的就是马戏团音乐，他反问我怎么知道的，除非我在马戏团待过。我言辞激烈地捍卫自己的名誉，就像那些不值一提的人，我要求男爵赔礼道歉。那天的晚宴是在某位高官的情妇家里，她也是一位富商的遗孀。有人别出心裁，提到客厅里面正好有两把古董手枪，可以用来决斗。没人知道怎么给这两把 18 世纪的枪装子弹，于是众人七嘴八舌，围着两把武器出谋划策，纠纷早抛到了九霄云外，直到意外射出的子弹擦破了遗孀的胳膊，幸好她生得丰腴。遗孀见血便晕了过去。众人作鸟兽散，不到一分钟便消失在茫茫黑夜中。

又到了交付作品的最后关头。订单属于意大利南部最大的领主之一。这人未雨绸缪，订制了陵墓。四个天使分别矗立在墓穴四角上，守护着墓板，他们赶来似乎就是为了合上它。那是我最美的作品之一，我正处于创作巅峰。但我频繁外出，所以把打磨最后一张天使脸孔的工作交托给了雅各布。我已经拖了一年。不可能再拖下去，客户来自巴勒莫，那里的人阴晴不定。交付前两天，雅各布给我看了他的成果。我不可置信地上下打量他刻的天使，他面色紧绷，高度紧张。解剖比例全都对，如果雅各布是想表现天使在盖上三百公斤重的墓板时压到了手指，那他做得无懈可击。

我大发雷霆，把他所有的亲戚问候了一遍。他让我的作坊名誉扫地。他背叛了我的信任，背叛了同伴，背叛了雕塑家，背叛了艺术本身。我大呼小叫，满脸通红，就这样持续了好几分钟，庭院周围的楼房里的一些好事者探出了脑袋。

最后我冷静了下来，整个作坊看我的神情，我是如此熟悉。那是当年我看齐奥的表情。

关于米开朗琪罗·博纳罗蒂《圣母怜子像》的美，很多人乐此不疲地强调衣袍褶皱的完美、人体结构比例的精确、人物动作的优雅，这些我心知肚明。无意冒犯专家，但我认为米开朗琪罗的天才体现在雕像脸部。顶着这样一张脸，他完全有可能把圣母塑造成含胸驼背的样子。这张脸属于一个几乎被击垮的女人，一刹那间，她疲惫不堪、孤立无援，整个灵魂都要交托出去。惊诧，关键之所在。米开朗琪罗抓住了这个瞬间，用了三年时间让这张脸栩栩如生。延续了三年的斗争，纠缠在雕刻刀和大理石之间。这张脸并非我们肉眼所见那般。它包含了已然发生的和即将发生的。把她带到此地的那一刻，还有预示未来的那一刻，死亡仿佛由成千上万秒组成，而期许同样由另外的成千上万秒组成。十九岁的大男孩对人生一无所知，而我却把雕刻天使的脸这样一项不可能完成的任务交给了他……雅各布有天赋，但没高到那个程度。比不上博纳罗蒂。比不上维塔利亚尼。

我在办公室接待了雅各布，向他赔礼道歉。然后我打开订单簿。没办法重新雕刻一张脸，要么重造一个头，要么整座雕像推倒重来。只雕刻头，我无法接受这种得过且过的解决办法，那就像是玛丽·雪莱笔下的怪物，根本配不上我。我或许可以交付只有三个天使的陵墓，谎称就是这么构思的。可我不是这样构思的。每一个天使之所以存在，之所以灵动，完全取决于另外三个天使。我尽可以先交付三个天使，保证第四个随后就到。那是什么时候呢？那就要推迟一个米兰实业家的订单，他这人同样阴晴不定……

最好的办法，在我所处的时代，那就是什么都不干。那天结束前我找到斯特凡诺，决心一醉方休。可坐在法拉利亚餐馆，我平生第一次没喝下送到我面前的第一杯酒。面前的墙上挂着日历。我目不转睛地看着日期，浑身僵硬。1928 年 6 月 21 日。

“呃，伙计们，格列佛脸色怪怪的。老伙计，怎么了？”

1928 年 6 月 21 日。一切都是冥冥之中注定的。我终究会被带到这堵墙前面，带到配了淫秽漫画的廉价日历前面。

“你是见鬼了还是怎么的？”

“是的。”

鲜活的记忆如潮水袭来，带来了被遗忘的岁月。我自甘堕落，我不在意成功与否，我沉迷酒精和毒品，还有塞尔维亚的公主们，汇聚成汹涌澎湃的河流在我眼前倏忽而过。现在，应该上演续集了。如果我能及时赶到。

我腾地站起来，飞奔离开。一小时后，我离开罗马，甚至没有回头看一眼。

米卡埃尔，我的司机，一路向北，疾驰在崎岖不平、尘土飞扬的白色公路上。意大利的交通网并没有经过系统规划，有些羊肠小道走着走着便走不通了，这些不规整的遗迹属于那个热衷迷失的年代。高速公路大动脉崇尚笔直的线条，孕育出喧嚣和肮脏，刚刚在米兰近郊开通。这种魔力是要付出代价的：我们的汽车坏了三次，两次爆胎一次爆缸。幸好米卡埃尔精通机械，我们才能继续赶路。旅行途中我得知米卡埃尔曾在埃塞俄比亚皇帝孟尼利克二世的政府中担任要职，他之所以离开故土，是因为卷入了通奸丑闻，某个世家要他的项上人头抵命。他于 1913 年抵达罗马，此后过着颠沛流离的生活。他学识渊博。当我们的车子行驶至卢卡和马萨之间的某地时，我意识到在聪明才智和学识修养方面远不如自己的司机。

1928 年 6 月 24 日，我们离开萨沃纳，继续向北。夜幕降临之际，我们看到了“彼得拉 – 达尔巴，十公里”的界碑，第二个轮胎爆了。我本以为需要赌上十条性命，时间流逝，我们再次上路。我们风驰电掣地穿过彼得拉 – 达尔巴。过了村子后一路往下，米卡埃尔应我的命令停在十字路口。将近二十三点。我开始狂奔。

二十三点零五分，我瘫倒在墓园前，累得精疲力竭，跑得上气不接下气。我背靠矮墙，仰头靠在石头上，呼吸着清新熟悉的空气。我这才意识到自己的举动多么疯狂，可我这辈子都靠本能在行动。理智并非绝佳的计算工具。我身处自己理应身处之地，这就对了。

这是她第一次迟到。十分钟之后，她轻车熟路地穿过小径走出树林，看到我的刹那呆住了。她来的地方比我近得多，至少表面看来如此，她的旅程没有那么惊心动魄，那么艰难困顿。在森林环绕的墓地前自然形成的小空地上，我俩慢慢靠近。

漫长的八年，再次相逢。薇奥拉不再是少女，脱胎换骨成了少妇。她的脸部线条更加明晰。我曾经以为薇奥拉十六岁的脸臻于完美，未曾料想造物主愈加鬼斧神工。薇奥拉堪比一堂雕塑课，我万分懊恼这八年没在她身边。我本可以见证她的蜕变，一年又一年，梳理分析，待有朝一日将其复原。

薇奥拉的秀发比我记忆中的长，还是那样乌黑，不过经过了悉心打理，肌肤同样是深色的。一道惨白的疤痕爬过额头，消失在一缕头发之后。她挺拔修长，可太瘦了。美丽，是的，不是塞尔维亚公主那种美。不是凹凸有致的那种，斯特凡诺和他的朋友在罗马妓院——我也干过一两次，我必须承认——中意的类型。必须不眨眼地看着薇奥拉，真真切切地看着她，才能理解。她的双眸是通往其他世界的大门，她的认知近乎疯狂。

“我不知道你是否会来。”她终于开口了。

“我没忘。你定下了约会，1918 年 6 月 24 日。我承认你说得对。你可以时间旅行。”

“是的。但我想我用了十年。”

她端详我，摸向我三天没刮的胡子，继续说：

“十分钟。在这十分钟里，你成了男人。”

“薇奥拉……”

一根手指抵上我的唇，她打断了我的话。

“你会留下来吗？”

我点点头，都没有经过认真思考，指尖的芬芳留在我的嘴上，柑橘的香气驻留在鼻孔。

“那我们有的是时间。”

我俩默默地走回十字路口。我指了指停在黑暗中的阿尔法，米卡埃尔睡在后排座位上，两脚伸出了车窗。

“我开车送你回去？”

“谢谢，我更喜欢走路。”

“我也是。”

她走右边，我走左边。几步之后，我回头。马路稍远处，薇奥拉在冲我微笑。

“爸爸，爸爸，谷仓里面睡了一个侏儒！”

我就这样认识了佐佐，条款三和安娜的儿子，片刻之后又见到了玛丽亚，她一溜烟地跑来想看看侏儒到底长什么样。

“不是侏儒，孩子们。事实上，他是一位巨人。一个小巨人。”

我们紧紧拥抱在一起。安娜和我同岁，今年二十四，条款三二十八。两人有点发福了，他们的孩子可爱极了，但也磨人，像两个螃蟹似的挂在我身上。

“让你们的米莫叔叔清静会儿。没瞧见他快要受不了了？”

“螃蟹是什么，米莫叔叔？”

“某种甲壳类动物。”

“甲壳类动物是什么，米莫叔叔？”

我担心自己的突然回归打了条款三一个措手不及，毕竟这些年我都没有住在这里。不过，安娜和他在主楼后面建了一栋房子，就是为了以防万一。条款三生意还行，雇佣了两名学徒。安娜全身心地扑在木工作坊的经营管理上。齐奥的老作坊仍维持着我当年离开时的原貌，但有人定期来打扫整理。我只需安置下私人物品。

“这里有电话吗？”

“你当我是谁，洛克菲勒？”

我叫醒米卡埃尔，准备带孩子们兜个风，这样我就可以摆脱他俩了。我只要让司机把我放在奥尔西尼别墅前面。车子启动的瞬间，条款三拉住我。

“其实，我不清楚你是否知道薇奥拉父亲的近况……”

两周前，侯爵被人发现赤身裸体地出现在村子的广场上。他在等人，他亲口说的，等他的儿子维尔吉利奥，后者曾在夜里告诉他即将归来。有人开车把侯爵送回家，试图和他讲道理，他的儿子已经死了，可他坚持己见，不，不，不，就是他，我认得自己的儿子，他骑着一匹骷髅马，他来了，他来了。然后，他失去了意识。来了个医生，正儿八经的医生，不是邻村的村医。根据他的诊断，脑中风。侯爵夫人拒绝把丈夫送去医院，他在家里接受治疗。

西尔维奥来开门，他认出了我，冲我微笑。这档子事以前压根不会发生。我习惯性地按响了边门门铃，他带我穿过花园，从正门进屋。我为薇奥拉雕凿的狗熊仍旧矗立在池塘附近。打从前面经过时，我不由自主地挑剔起十六岁的米莫做出的某些选择。动感确实有，但夸张过头了。而今的我可以用更少来表达更多。

“我这就去通知侯爵夫人。”

侯爵夫人现身了，只是平添了几道皱纹而已，头发依旧漆黑。奥尔西尼家族都是讨喜的人，他们深谙自己的魅力对我施加的影响。

“我把薇奥拉叫来。您还记得我的女儿吧，维塔利亚尼先生？您为她创作的熊还放在花园里。”

就在此时此刻，我深刻体认到了自己已功成名就，电光石火间，在一位侯爵夫人的眼里，我从图谋玷污她宝贝女儿的“可怕小东西”摇身一变为出入上流沙龙的艺术家。

“记得。很高兴能再见到她。在此期间，我能否使用一下您家的电话？我要给您的儿子弗朗切斯科打个电话。”

侯爵夫人将我引到“电话间”，徒留我一人。房间的天花板装饰了线脚。等待接线的当口，我注意到墙壁经过整修，裂缝和水渍全都消失不见了。窗户的黏合剂洁白、柔软。阳光穿过新换的玻璃照射进来，插在花瓶中的一大捧鲜切芍药已然颓靡。

弗朗切斯科开口便噼里啪啦一顿输出，他告诉我，我就这么一声不吭地失踪了，没人知道我在哪里，他派人在整个罗马城找我。我告知他，打算在彼得拉－达尔巴工作，他立马安静下来。他和我都清楚，我远离罗马的花花世界于他而言大有裨益。我眼见时机成熟，于是要求他为我拉一条电话线，同时承诺我会提高产量，还要求给我送来大理石——卡拉拉离这儿不远。最后，我需要一名学徒，以及雅各布。我会在两个作坊之间工作，但只在有需要时才回罗马。弗朗切斯科出面安抚西西里的客户，我需要几个月的时间来交付第四个天使。假如客户不痛快，我可以连本带利退钱给他，再转头用双倍的价钱把陵墓卖给另一个人。

“米莫？”在我要挂断电话时他叫住我。

“什么？”

“你知道我父亲状况不太好。”

“听说了。很遗憾。”

“他会好起来的。只是，他大不如前……实际上，斯特凡诺会成为一家之主。你要明白，他会得到头衔。但你万一碰到了问题，哪怕是再小的问题……麻烦，来找我，好吗？”

“一言为定。”

“我们很快会在别墅见面。在此期间，你要相信，我和帕切利主教都在为你效劳。”

“我也在为奥尔西尼家族效劳。”

“不，米莫，你的工作是为了彰显至高者的荣耀，我们全是他卑微的仆人。”

“不过，他的些许荣耀也照拂到你家族了吧？”我揶揄道，弗朗切斯科一本正经的语气刺激到了我。

弗朗切斯科叹气。

“果真如此的话，我又有何德何能能违背他的意志？”

薇奥拉在大厅等我，很多年之前，就是在这里宣布了她的婚讯。

“薇奥拉，这位是维塔利亚尼先生。你还记得吧，那位年轻的雕塑家，在你十六岁时为你雕刻了一头熊？”

“记得，确实。”侯爵女儿露出礼貌的笑容。

“当然啦，我多蠢，他那么……”

她差点脱口而出“好认”。但她可以从乡绅的女儿飞上枝头成了侯爵夫人，自然有高超的手腕，最后一气呵成地说道：

“……才华横溢。”

“我想要呼吸新鲜空气，妈妈。我去花园散会儿步。您要是愿意的话，陪我一会儿，维塔利亚尼先生。”

在邂逅薇奥拉十一年之后，我终于可以正大光明和她待在一起了。十一年的偷偷摸摸。阳光第一次照耀在我俩满目疮痍、跌跌撞撞的友谊之上，一份见不得光的友谊终于得到了白天的承认。薇奥拉再次出现时，披了轻便斗篷，拄着拐杖，那是一根木头拐杖，顶部装饰了银球。我装作毫不在意。

“你看到我的拐杖了，不是吗？”等我俩到了花园，薇奥拉问道，“我讨厌它，只有需要时才使用它。天气转凉或者空气湿度变大，就像今天，双腿会疼……”

她摇了摇头。

“我从高处跌下。”

她先我一步走向我第一次来别墅时走的边门，我们那时是来维修别墅屋顶的。刺眼的阳光和薄雾纠缠在一起，牵扯出丝丝缕缕的粉色，悬挂在光秃秃的橘树枝干上，曾几何时是何等枝繁叶茂。一片沉寂中，空气就像战场上的小狗胡乱地打转，穿过黑黢黢、光秃秃的树干。有些果树还在结果，可每走一步，满眼都是荒废的迹象：沟渠不再得到悉心规划和清理，地上杂草丛生。将近三分之一的果树死掉了。剩下的枝叶疯长，很长时间没得到过修剪。我把看到的一切告诉薇奥拉。

“哦，柑橘不再是我们收入的主要来源。”

“可你们产的橘子是最好的，我尝过……”

薇奥拉看向四周，耸耸肩。

“或许吧，可是很难请到工人。不管怎么说，城市太有诱惑力了。我们和甘巴莱家之间的愚蠢纷争阻碍了所有长远规划和投资的可能性。每隔一年夏天，我们便会面临干旱。其实，只要动动理智，就能找到和解的途径，可是……”

她再次耸耸肩。这个动作我不熟悉，传达出“我无能为力”的意味，而我认识的薇奥拉无所不能。

“那钱从哪儿来？我注意到别墅整修过了。”

“我丈夫。他接济我们。他领导着一家大律所，不过，他主要是在电影方面有大投资。他说那是未来。可能是对的吧，毕竟真的赚到了钱。他就差和贵族联姻，那是全世界的金钱都没法买到的体面。现在，我俩喜结连理，圆满解决。总之，每个人都高兴。”

“那你呢，你高兴吗？”

耸肩。

“当然啦。里纳尔多是个好人。”

薇奥拉走上两片农田之间的小径，崎岖不平的路面通往森林。

“你丈夫在哪儿，此时此刻？”

“美国，处理他的生意。其余时间，他住米兰。”

“你俩不住一起？”

“会的，不过他出差太频繁，我还是住在这里比较好。他经常周末来和我团聚。然后，我们试图拥有一个孩子，但这事不太容易。比起城里的空气，医生认为乡间空气对我更有益。”

我俩沉默地走了一会儿。薇奥拉用余光瞥了我一眼——我还不适应抬头和她说话。

“怎么了？”

“没什么。”我撒谎了。

“我对你知根知底，米莫。你终究会对我说出你的想法，既然你设法对我三缄其口，那还是现在就说吧。”

“不知道。你不像你了，就是这样。”

“就是这样？”

“你结婚了，还想要孩子……”

“啊，可是墨索里尼不是说了，妇女的职责就是结婚生子，照看家庭？”

“我可不知道墨索里尼说了什么，我不在乎。我不搞政治。可我不是你以前认识的呆头鹅了。起初，你的家族试图让你嫁给一个满脸都是青春痘的男孩，就好像他碰巧是个豪门子嗣。你挫败了他们的计划，几年后，你又嫁给了另一个阔佬，别墅里面没了裂缝，没了水渍……”

“我不再是你认识的我。你知道我的梦想把我带去了哪里？在医院里一躺就是好几个月，缝了几十针，还有几十处骨折。我们要长大成人。我和你说了，里纳尔多是个好人，他对我很好，还答应有一天会带我去美国。”

“可是……”

薇奥拉突然站住，我们已走到了森林边缘。

“我不需要你来评判我的选择，米莫。我需要你支持我，至少，装装样子。”

她像以往一样闲庭信步地走进森林，但没有深入，而是走上了一条小径。几分钟后，她在一小片松树林前站定，转身看向我。

“就是这里。”

“什么？”

“我摔得‘粉身碎骨’的地方。”

在我们头顶上方，松树直刺白云。那是三十米高的褐色树皮和郁郁葱葱的绿。

“能捡回这条命多亏了这棵树，”她摩挲着树干低语道，“我撞击到的每根枝杈减缓了我坠落的速度，但在我身上留下了痕迹。最好笑的是，我什么都不记得了。我站在屋顶上，等我睁开眼睛，已经躺在医院……”

说话的过程中，她摸了摸自己的几处部位，我想那是无意识的举动：她的手臂、双腿、额头。我想起来那晚的场景，历历在目，恍如昨日。愤怒、挑衅的嘶吼，绚烂的烟花。坠落，天旋地转。随后几个月的惶惑不安，还有她来信让我不要再写信给她。她在我的脸上读出了所有。

“我昏迷了好几天，醒来后，我要求见你。你是我第一个说出来的名字。幸好那天只有弗朗切斯科守在床头。没有人知道你和条款三帮助我制造飞行器，我们是好朋友。”

“弗朗切斯科全都知道了？我还一直装作不认识你呢，他那样子像是相信了。”

“没人知道弗朗切斯科在玩什么把戏，”薇奥拉回答道，露出浅浅的笑容，“我猜他心知肚明。你只要不告诉他，你知道他知道，那你就占有主动权。”

“你应该搞政治……为什么把我带到这儿来？”

“因为我做了错误的选择。首先，把你卷入那个疯狂的飞行计划。”

“一点也不疯！邓南遮他就……”

“我知道，我知道，”她愤怒地打断了我的话，“可我不是邓南遮，我是薇奥拉·奥尔西尼。其实，我在医院里反思过了。我使用了吗啡，可能神志并不清晰，但我确信，我让你失望了。我告诉过你，我可以飞，可我失败了。我曾是你的英雄，我害怕……我不知道，你对我的爱会不会变少，或者不一样了。为此，我让你不要再给我写信。我不需要你的怜悯。我不希望你看见支离破碎的我，双腿固定在钢架中，下巴被潦草地修补起来。出于同样的原因，当你两年后回来，我决定不和你们一起吃晚饭。我六神无主。接着我恢复了理智，在窗口挂起了红灯笼，而那次，你离开了。”

我看向周围，喉咙发紧，又望向天空，装作调整帽子，偷偷用袖管擦拭眼睛。从校园学来的技巧派上了用处。

“你还会见到你的母熊吗？”

“比安卡？有五年没见到了。我时不时回它的巢穴看看，那里荒废了。它有它的人生，这样很好。”

我同意，清了清喉咙。

“那你到底想要什么？”

“那你呢，十年后你抱着怎样的想法回到墓园？总不能就是为了看一看我能不能时间旅行吧。”

“我希望一切回到从前。”

“我们回不到从前了。你成了受人尊敬的艺术家，我嫁作人妇。但我们可以肩并肩旅行。这一次，没有女主角了。”

“没有女主角的人生，谁想拥有？”

“那每个人都是主角。”

她向我伸出手。

“成交？”

“我还不清楚交易条件呢……”

“我们路上现编。”

我握住她的手，开怀大笑，她的手比以往更纤细了，我要留心不能握得太紧。而我的手长大了一倍。

“我想你，薇奥拉。”

“我也是。”

我俩默默走回别墅。缕缕薄雾挂在褐色、绿色和橘色的景致上，又将彼得拉-达尔巴特有的粉色编织进去。走到别墅门口，薇奥拉转身。

“其实，我给你送信，让你不要给我写信……”

“嗯？”

“但也没有人逼着你照做。”

她轻轻合上门。起风了，带走了最后的片片薄雾。这是什么风？西洛可风？泽菲罗斯风[1]，密史脱拉风，格雷嘉风[2]？又或许是另一种我不知道的风，因为她没有告诉过我。和薇奥拉重逢，我本以为一切会变得更加简单。可这世界上哪有简单的事，连风都有上千种命名。

---

1 地中海上的西风。

2 地中海上猛烈的东北风。

我二十四岁了。我并不富有，这么说只是为了反衬今后的我有多么大富大贵，不过和十二年前刚来到意大利的男孩相比，现在的我宛如印度王公贵族。我有了一辆车，有了雇员，就算不干活也能靠积蓄活上四五年。我可以从大门进入奥尔西尼别墅。1929 年即将来临，之后的十年，在我看来，将是我此生最为平静的岁月。欣欣向荣的黄金十年，国与国和平共处的十年，更重要的是，我和薇奥拉相安无事的十年。

让我放声大笑吧。

“神甫！神甫！他在大笑。”

一名初学修士闯入办公室，温琴佐神甫抬起头，手上的文件他已经研究了一早上。每次都一样，每次打开保险柜，他都会陷入同样的谜团，他干劲十足地分析研究文件，如同久远年代的神学家，或者叶史瓦[1]的犹太教教士，认为每个单词都包含了一层意思以及相反的意思，然而真相只有一个，需要找到正确的组合方法，然后，醍醐灌顶，豁然开朗。

初学修士站在办公桌前，气喘吁吁。修道院这些楼梯对于所有人而言终究是难关啊，神甫思忖道。

“谁在大笑？”

“维塔利亚尼修士。”

尽管维塔利亚尼没有发愿，所有人都称呼他为“修士”，温琴佐便听之任之。

“他笑了？”

“是的，就好像有人说了什么好笑的事。”

“他恢复意识了？”

“没有。按照医生的说法，他的生命体征在恶化。”

温琴佐神甫挥挥手，屏退了初学修士，关上窗户，他竟然贸贸然地开着窗户，任由寒风灌入。他从箱子——每位修士都有个一模一样的，用来放置私人物品——里取出大方格羊

1 犹太人的宗教教育机构，主要负责对犹太教传统宗教典籍进行研究和教授。

毛毯，裹在身上。然后，他打开文件，那是保险柜中最让人浮想联翩的文件。

“目击者证词”。

他的热忱之火不似以往热烈了，当他登上布道台时浑身上下的骨头都在咔啦作响。最后那点头发也快掉光了，仅剩一圈马蹄铁形状的粗糙的灰白头发令他免于完全秃头。年届五十的他凭借博学的口吻仍可以使信众诚惶诚恐，而那奇特的幽默感常常出人意表，很多年前，这个幽默的人曾对一个身型异样的叫花子青眼有加。安塞尔莫神甫看见我穿过圣彼得之泪教堂的中殿，他那发自肺腑的欢乐温暖了我的心。他一把搂住我，高兴得频频点头，然后一言不发地端详我。

我俩站在教堂内院，头顶彼得拉－达尔巴的蓝天——那种蓝，特艺彩色或者颜料商都没有注册过专利，它已不复存在——聊了很久很久。安塞尔莫神甫抱怨教区资金短缺。经历了十年和平期，基督徒不太关心死亡了，奉献与日递减。梵蒂冈山高水远。他让我给弗朗切斯科递个话，后者现在回来探亲都没空来看看他。有些建筑装饰和部件亟须替换。我打包票这事包在我身上，不用他出一分钱，就等徒弟来和我会合。

回家的路上，我百感交集。十二年前，我抵达这里时也是类似的天气。清风拂过休耕的农地。如出一辙的粉色地平线在村口迎接我。但我已然活过了十回。

背后传来惊呼，紧接着是轮胎侧滑的声音。我还来不及转身，一辆自行车从我身边滑过，上面没有人，即将倒向路边的斜坡。然后，有人抱住了我，把我从地上举起来好几次。埃马努埃莱开心得大呼小叫。他捧住我的脸颊，冲着我的额头就是一吻。他穿上了宪兵阅兵时的制服，头戴意大利邮政大盖帽。说的话还是让人一头雾水，不过铿锵有力的动作说明了一切：他现在是彼得拉－达尔巴的邮递员啦。

一个月之后，村子通上电。准确来说，是奥尔西尼别墅通电了，但又有什么关系呢，只要相信电子会飞溅而出，播撒至彼得拉－达尔巴的每个角落，那每个人便会自觉与有荣焉。那时候，电力就是矗立在花园中央的那盏孤零零的路灯，1929 年 1 月 20 日十六点二十二分，太阳完全消失在地平线后的那刻，人们郑重其事地举行了点灯仪式。全村的人都受邀莅临见证这桩盛事。最初的兴奋过后便是困惑茫然，既然煤油灯也能发挥同样的作用，那电到底有什么用呢？侯爵自中风后第一次在公众面前现身，一名仆人负责推柳条编织的轮椅。他右半张脸和右半边身体全瘫痪了。发表演讲时口齿不清，埃马努埃莱听完后转向我们，发表了一锤定音的看法，条款三翻译给我们听：

“完全听不懂他说了什么。”

同一天晚上，别墅设宴款待。身为奥尔西尼家族赞助的艺术家，家族荣耀、虔诚和慷慨的象征，我自然在受邀之列。我的业务最近这些日子在罗马和彼得拉－达尔巴两个作坊之间开始全速运转，雅各布和另一名年轻学徒来和我会合。他俩住村里，有栋房子在业主搬去大城市之后一直空着。我又见了薇奥拉几次，通常是在田里长时间散步。我们的交流比以往少了。寒冬的苍白浸染了她，就像周围的果园，唯有她身上、秀发上的橙花芳香令我回忆起那个儿时的野姑娘。她还在大量阅读，但闭口不谈。我有时存心漏出一句错漏百出的话，“住在南半球的人大概脑袋朝下吧”，就此点燃了她眼中纯粹的亮光和愤怒。她给我上起一堂历史课、物理课，从哥白尼到爱因斯坦还有牛顿。然后，她突然住嘴，向我投来感激的目光，宣泄过后她如释重负，满腹经纶的知识要把她腐蚀殆尽了。

我借着晚宴的机会再次见到了她的丈夫，大律师里纳尔多·坎帕纳。他刚从美国回来，向我们娓娓而谈自己的所见所闻，魅力十足又得意扬扬，而我记忆犹新的是，他这人恰恰少了点魅力。一谈到钱，他就支棱活泛起来。他漫不经心地吐出那些人名，“查理说了这，查理说了那”，别人问他查理是谁，他故作惊讶地回答：“当然是卓别林啊。”还有另外两位男宾客，身着黑衫，斯特凡诺和弗朗切斯科专门从罗马赶回来。桌首的侯爵用餐时竭尽全力维持体面，而我们竭尽全力不去注意到他的食物掉在了身上，弄脏了衣服，曾几何时，这个男人能把劲敌吊死在橘树上。

所有宾客成双成对，除了弗朗切斯科。女宾优雅又造作，我看向她们的时候撞见过几次薇奥拉躲闪的眼神，然后她调整了下坐姿。其中一名黑衫党——名叫路易吉·弗雷迪——对坎帕纳的电影计划表现出了巨大热情。他认为，意大利应该从美国电影业汲取灵感，采用商业化的手段来歌颂新人类、法西斯主义，苏联的宣传手段太过激。他这人疯疯癫癫的，但似乎真的热爱电影，提了几个我从未看过的电影场景。坎帕纳漫不经心地听着，表示欢迎任何项目，只要能赚钱。“因为又不是法西斯主义者来支付电费。”他阴阳怪气地来了一句，这话招来斯特凡诺和弗雷迪愤怒的目光。很快，弗雷迪又沉浸在他的意大利电影城白日梦中。

我倾听着，并不参与，或许是和弗朗切斯科长久交往的后遗症，他坐在桌子另一头，同样缄默不语，偶尔冲我会心一笑，抿上一口红酒，用餐巾一角轻轻擦拭双唇。斯特凡诺常常暴饮暴食，还为我斟满酒杯。薇奥拉看见我喝酒，惊讶地审视我，随后不动声色地朝我耸耸肩。路易吉·弗雷迪说起话来，把艺术和政治混为一谈，简直闻所未闻，薇奥拉浑身发抖，仿佛随时要开口说话。弗雷迪许是注意到了，因为在享用完甜点后，他转向她，问道：

“您呢，夫人，您有什么高见？”

坎帕纳把手搁在薇奥拉的手上。

“您的礼貌丢哪儿了，亲爱的路易吉？我们的妻子对政治不感兴趣。为什么要拿我们的讨论来让她们厌烦？”

“确实，”斯特凡诺插嘴，“我们移步去客厅，最后喝一杯或者几杯，来点雪茄，有人送了我一盒，据说是送给领袖的！女士们尽可以聊些她们感兴趣的话题。”

男士朝通往隔壁客厅的房门走去。弗朗切斯科宣布他要上床睡觉。

“你来吗，格列佛？”斯特凡诺发话。

在加入大队伍前，我最后看了一眼薇奥拉，她冲我和气地笑了笑。仆人在我们身后关上了房门，弗雷迪的妻子，一位消瘦的红头发女人凑向薇奥拉，问道：

“您裙子的塔夫绸太精美了。您是在哪儿找到的？”

客厅里，斯特凡诺解开了衬衫领口，然后是裤子，舒心地长叹一口气，瘫坐在椅子上，弗雷迪如法炮制，他并没有喝很多酒。另一名黑衫党，但凡开口便是应和刚说完话的人。坎帕纳倚靠在细木镶嵌的家具上，各种各样的利口酒陈列其中，他若有所思地抽着仆人为他点燃的雪茄。

斯特凡诺一口灌下半杯威士忌，狡黠的目光扫过小团体。

“好吧，实话实说，电影那档子事，就是为了搞钱，不是吗？”

路易吉·弗雷迪耸起一边的眉毛表示异议，坎帕纳嘴角含笑。

“我不这么认为。鲁道夫生前我和他很熟……”

“鲁道夫？”斯特凡诺插嘴。

“啊，是的，对不起。鲁道夫，他让别人这么叫他。就是鲁道夫·瓦伦蒂诺，听着比鲁道夫·迪·瓦伦蒂纳更加充满阳刚之气。这么说吧，鲁道夫第一次结婚时，他年轻的妻子在新婚之夜把他关在了宾馆房间门外。显而易见，她只喜欢女人。”

“我嘛，我会让她爱上男人的。”

“我可不信。”坎帕纳反唇相讥。

斯特凡诺闻言皱眉，他挺直身子喝光了杯中酒。

“你到底什么意思？”

“没什么意思。只是如果瓦伦蒂诺都做不到……”

“你还有脸说？你都没法搞大我妹妹的肚子！”

“先生们……”弗雷迪打岔，同时惴惴不安地看向我。

我见过斯特凡诺几十次为了鸡毛蒜皮的事大发雷霆。但我听之任之，原因很简单，我讨厌坎帕纳，我也喝多了酒。律师寸步不让。

“我会搞大你妹妹肚子的，就像你说的，假如她稍微卖力点。”

“你们谈论薇奥拉的时候，嘴巴放干净点。你俩都是。”

斯特凡诺和坎帕纳全都看向我，没料到我会说话。

“哦，”律师表示，“她有位愿意为她肝脑涂地的骑士。”

他上下打量我的眼神，我再熟悉不过，把我从头到脚来回看一遍并不需要花多少时间。

“你对她青眼有加，小个子？”他步步紧逼。

“再叫我一次小个子，有你好看的。”

斯特凡诺冷不丁地放声大笑，他晃了晃空酒杯。

“啊，女人！好烦啊！我们不要为了一对奶子吵架，还是我妹妹的！”

“确实，没什么好吵的。”坎帕纳讪笑道。

弗雷迪眼见我攥紧了酒杯，他是个聪明人，猜出了我可能要做的举动，把杯子扔到坎帕纳身上，或者其他可能性，无穷无尽，我把杯子砸向他的脸，没有砸中，于是干脆扑倒在他身上，接着……他的手搭上我的胳膊，在他的目光注视下，我坐着没有动弹。仆人又端来一轮酒，斯特凡诺拨了拨壁炉里的火。弗雷迪肉眼可见地松了口气，冲我笑了笑。

“大家都说您是才华横溢的雕塑家，维塔利亚尼先生。”

“大家是这么说的。”我嘟嘟囔囔。

“我们的政权需要您这样的人。人民没有想象力。必须要让他们看见。让他们可以端详，可以触摸新人类。我们和大科学家马可尼有个计划，就是那位发明了无线电报的天才发明家，但计划细节我无可奉告，我认为您也应该贡献一份力量来彰显国家的荣耀。您感兴趣吗，为我们工作？领袖对待科学家和艺术家一向慷慨。”

许是我喝醉了，又或者我贪财，也可能是因为弗雷迪这人在某种程度上来说不切实际，又或许他看上去不喜欢坎帕纳而我也不喜欢他，但可能和所有理由都无关，我回答道：

“为什么不呢？”

第二天，薇奥拉午饭后突然到访。她冲进作坊，我和条款三正在喝开工前的咖啡。

“我要见米莫。单独。”

条款三镇定地放下杯子，离开。他冲着薇奥拉的后背，不怀好意地瞥了我一眼，做了一个刀拉脖子的动作，然后消失不见了。

“那现在，我做了什么？”

“你还知道你做了什么？”她讥讽道。

“如果你说的是我昨晚和你丈夫吵架，那是因为他粗鲁无礼。不只是粗鲁无礼，庸俗至极。”

“我理解你昨天喝多了，你也一样，你不是楷模。我只是没想过你也会酗酒。和你的叔叔……”

“你来这里是为了说教？”

薇奥拉张嘴又闭上，叹气，双肩微微下沉。

“看看我俩。你回来才一个月，我俩已经吵架了。”

“你的丈夫不尊重我。对你也是。”

“米莫，我需要你。但不是要你挡在我前面，明白吗？”

薇奥拉眼见我执拗地赌气，脸上闪过一丝慌乱。十二岁的薇奥拉，十六岁的薇奥拉，忽然之间全都站在了我面前，那个让我刻骨铭心、魂不守舍、如痴如狂的人。

“不要逼我在我丈夫和你之间做选择。”

“好的，别担心。”

“那你会向他道歉？”

“我去道歉？那我情愿去死。”

傍晚，我登门造访奥尔西尼别墅，向里纳尔多·坎帕纳赔礼道歉，但心不甘情不愿。他接受了我的歉意，虚情假意得“叹为观止”，我俩握了握手就此告别，对彼此的憎恶又添一层。

路易吉·弗雷迪言而有信。1929年5月，他趁着我回罗马过夜，在斯特凡诺的陪同下登门造访。政权要在巴勒莫建一栋恢宏的大楼，用以彰显其勃勃的野心，以及所有人从早到晚都在和我喋喋不休的新人类。我从没搞明白过到底哪里新了，他要喝水，要撒尿，要杀人，要撒谎，和旧人类如出一辙。邮政大楼是一幢西西里风格的大理石混凝土建筑，装饰有三十米高的立柱，交由建筑师马佐尼完成，内饰壁画交给了贝内黛塔·卡帕，未来主义发明者马里内蒂的妻子。未来主义，那是薇奥拉。弗雷迪提议我雕刻一个五米高的束棒[1]，放在建筑物边上，并给出了五万里拉的报价，这笔钱可以让我舒舒服服地过上一年。我在罗马浸淫的六年可不是虚度的，我回答：

"我没兴趣。"

弗雷迪身后的斯特凡诺吓坏了。

"可是……可是其他雕塑家为了这份殊荣都要挤破头了！"

"那好，我本来还担心让您尴尬。您找他们去吧。这个国家有的是杰出雕塑家。或者，怎么说呢，能力出众的雕塑家。"

"我不明白。那天吃饭时，您说过感兴趣……"

"我以为你们的政权是有野心的。为什么只有一个束棒？必须三个，就像三位一体，在我看来，你们的政权是想要在权威方面做到极致。每个束棒高达二十米，不是五米，建筑物边

---

1 音译"法西斯"，是一根被许多木棍围绕绑在一起的斧头，是意大利的象征。

上放个五米高的象征物，多可笑。至于酬劳，我不知道您能否做主。一百五十万里拉，大理石和开支另算。”

弗雷迪看着我，目瞪口呆，但我从他亮闪闪的目光中读出了钦佩。他没法自行决定，需要打个电话。他上楼去我的办公室，斯特凡诺在我鼻子底下挥舞拳头。

“你疯了吗？万一搞砸了，格列佛，我要杀了你。”

他巴不得这么做，不带半点儿的犹豫，这就是我俩友谊的本质。它凭空而起，一点风浪便分崩离析，但在昙花一现间迸发出亮光，还有轻盈。斯特凡诺是头猪。他把我当作一个基因退化的人，一个异类。我俩的互相尊重是基于我俩都是社会渣滓。

弗雷迪终于现身了，郑重地看向我，接着哈哈大笑起来，高兴得像个孩子似的和我握手。

弗朗切斯科得知这份订单时并没有如我预想的那样欣喜若狂。还有什么更好的方法，我问他，来提升奥尔西尼家族的名望？弗朗切斯科双手交叉，抵在下巴下面，神情肃穆，灰发布满了尚显年轻的太阳穴，他那样子才不致显得太过喜感，他向我解释道，教廷和政权之间的关系很微妙。彼此需要对方，但需求不代表爱。帕切利主教刚提名为红衣主教，关键性的一步，在旁人看来已经高高在上了。我的选择会被解读为奥尔西尼家族向谁效忠。而奥尔西尼家族，我提醒你，只能效忠上帝。

我回到彼得拉－达尔巴，定下了往后数年采用的工作模式：每年去罗马出差三四次，视察工地也要这个次数。核心工作在彼得拉–达尔巴的作坊完成，身边有条款三、安娜，当然了，还有薇奥拉。米卡埃尔成了我的左膀右臂，低调地替我管理两个作坊，是低调，不是秘密。那个年代，身高一米四的人还是比黑皮肤的人更容易在这世上立足的。

我弄来三块比利米大理石，那是开采自巴勒莫附近的灰色大理石，用了四个月时间来精雕细琢，但那是个微缩版，每个束棒一米高。随后把样品送往罗马，附上粗加工二十米束棒的指示图，这个工作由学徒完成。雅各布在此期间负责所有来自弗朗切斯科的订单。曾几何时，它们在我眼中是源源不断的金钱，而我的束棒，毛坯已经让路易吉·弗雷迪跃跃欲试，预示了前所未有的创作繁荣期。繁荣，这个字眼听来颇为刺耳，报刊打从 10 月起便在连篇累牍地谈论毁灭性的金融危机，但它似乎并未波及奥尔西尼家族，以及我那些世俗的或者教廷的客户。生活阅历让我明白，危机只会让穷人更穷。

我时常见到薇奥拉，她在果园长时间地散步。1930 年，她失踪了几个月，为了怀上孩子在米兰接受漫长的治疗。她回来时两眼顶着黑眼圈，重了十公斤，赘肉并不均匀地分布在她修长的躯体上。1930 年末，她比以往更消瘦了，倦怠的紫色浸润了双眸，衬得那双眼睛更大了，她和我的母亲愈发相似。

薇奥拉并没有像弗朗切斯科那样对我的束棒，或者说我和路易吉·弗雷迪的合作，表现出激动的情绪。她谴责政权的统治，她对这个体制了如指掌。自从侯爵中风，不再有阅读能力之后，彼得拉–达尔巴便没有了《晚邮报》，我订阅了报纸，悄悄拿给薇奥拉。我谎称这么做，是每天给她一个发火的新理由，但我不得不承认我喜欢看她双眼放光，嘴唇抿紧，因为愤怒或者不耐烦而浑身发抖，过去的她又回来了，骚动不安曾是她的常态。我对她鄙夷的目光照单全收，每当我提起巴勒莫的项目。我们时不时会爆发冲突。

“只要你干完巴勒莫那票后不要再为那些混蛋工作……”

“他们不全是混蛋，不是这样的。政府做了些好事。”

“是的，比如杀掉反对它的人。”

“如果你说的是马泰奥蒂，那是老皇历了，也没有任何证据证明就是他们做的。1919 年叛乱时，是他们给你们解了围，我没搞错的话，你那时很高兴呀？”

我俩此后好几个星期没见面。接着，要么她来作坊，要么我去别墅，找个没啥可信度的借口，两人重归于好。每隔两个月，奥尔西尼家族会举办一次晚宴，看得出家族社会地位在逐步提高。露面的政府官员越来越位高权重。弗朗切斯科会出席，但极少开口说话。有些晚宴，餐桌布置成了红色，尽其所能地颂扬上帝，但也不会忘了谈论那些凡尘俗事，它们也是至关重要的。里纳尔多·坎帕纳偶尔露面，坐在尽量远离我的地方。薇奥拉很少见到丈夫，他常常要到美国出差，脱不开身，尽管有过承诺，但他去美国的时候从没带上薇奥拉。喝完咖啡，两人起身离席，在斯特凡诺嘲弄的目光注视下，我感受到我挚友的生育能力在经受考验，我恶心得快要吐了。

1929 年年末，政权成立了意大利皇家学院，于 1930 年交由古列尔莫·马可尼领导。马可尼宣布：“我，第一个发现了电子束的作用，很荣幸成为无线电报领域的第一个法西斯主义者，就像墨索里尼是第一个在政治领域认识到有必要把神圣的力量凝聚在一起，促成意大利的光荣伟大的人。”我之所以记得这么清楚，是因为有次和薇奥拉吵架时，我存心一字一句地背下来讲给她听。她热爱科学、进步、速度，总不能否认马可尼吧，既然法西斯主义对于马可尼来说还不错，于我同样如此。还有路易吉·弗雷迪悄悄告诉我，我的名字已经进入皇家学院待提名名单，二十六岁的我还太过年轻，但总有一天，只要我表现出色，就会受邀加入皇家学院。我，那个曾经渺小的我。

薇奥拉，说起话来一贯雄辩滔滔，她解释说，我是个傻蛋，马可尼也是个傻蛋，我俩降低了这个国家的集体智商。墨索里尼创办皇家学院，是为了和意大利猞猁之眼国家科学院较劲，他不敢解散这个早三百年成立的机构，它会聚了全世界最聪明的精英，包括爱因斯坦。成员都是聪明人，没有一个是法西斯主义者。我气得面色通红，整整三个月避而不见薇奥拉。然后在 1931 年 2 月 21 日，巴勒莫突发洪水，大水漫灌进邮政大楼工地，差点冲毁了第一个束棒，我们正打算在现场把它竖起来。没过多久，一个大风天，一辆起重机倒了，砸到了隔壁大楼，刺激到了我迷信的神经。我眼见薇奥拉被撕扯成两半，她尽可以使用这件趁手的武器——诅咒，但她又鄙视任何形式的非理性的信仰。她的大脑徘徊在两个极端之间，卡住了，再也没提起巴勒莫的工地，直到 1934 年竣工。

当然了，还有其他女人，人们常常提起这个问题，仿佛事关重大。我利用出差的机会会会女人，在罗马，在巴勒莫，我曾身处她们慵懒的怀抱，但全都不值一提。工作占用了我大部分时间，剩余的属于薇奥拉。

如果没有争吵，我或许都不会觉察到她的蜕变。我可以接受蹉跎，隐而不见的，总以为她还是老样子，就像安塞尔莫神甫是秃头，安娜身材丰腴。分离让我注意到，当我再次见到她时，她似乎越来越魂不守舍。她时常让我重复一遍问题，哆哆嗦嗦的，仿佛刚从长眠中醒来。到米兰治疗后接着其他治疗，反映在体重变化上，还有黑眼圈上，但她总会恢复体形，脆弱得宛如一根幼枝，但又折损得更厉害了。坎帕纳愈发频繁地带上他姐姐一起度周末，一个胯骨硕大的米兰女人，身边围绕着三个男孩，其中两个六岁。他的目的昭然若揭——我们离席一起抽雪茄时他开诚布公地说了——他要刺激妻子，把完美幸福的典范带到她眼皮子底下，尝试让她那"可怜的肚子"鼓起来，他有天晚上就是这么一字一句地说出来的，幸好弗朗切斯科在场，避免了新一轮的纷争。薇奥拉的肚子没有起色，平整得令人绝望，尽管她的丈夫每月还在发动进攻，不过越来越敷衍了事。那是在 1935 年之前的某天，天气晴朗，她向我宣布，他们放弃造人了。根据某些医生的诊断，那次坠落或许对她造成了不可逆的损伤。从那天起，坎帕纳更加惹人讨厌了，或者在我看来是这样的。他的姐姐照旧在奥尔西尼别墅住上一段日子，每年三四次。那是为了提醒薇奥拉她错过了什么。不过，这个策略效果存疑，三个男孩骄纵惯了，蠢头蠢脑，没人受得了。

在我交付束棒之后，政府订单滚滚而来。那就是古罗马时代的束棒，由侍从手持，用以保护执法官，荆条围成一圈裹住一把斧头，象征了持有者的权威以及持有者可以施加的两种惩罚形式，一种皮肉痛，一种掉脑袋。我的束棒只保留了外形，需要逆光或者端详雕塑的阴影才能辨别出来。荆条和斧头融为一体，蔚为壮观，它象征了权力的强大和冷静，它的怒火无法预料。这是我唯一一件完全现代化的作品，如果说现代化代表的是这个意思。束棒矗立在建筑物右侧。人们赞美它，称颂它，向我道喜祝贺，在我离开人世之际，它已不复存在，那完完全全是我的过失。我创造了它，而在数年之后，我一不留神，又让它消失了。

我从巴勒莫回来，奥尔西尼家族以我的名义举行晚宴。十五年前，那个男孩光着屁股挨了一顿揍，他终于完成了复仇。弗朗切斯科而今会出席所有重要饭局，包括政权的达官显贵受邀参加的那些。庇护十一世和领袖达成了和解，后者承认教皇拥有梵蒂冈的主权，天主教为国教。作为礼物，马可尼为庇护十一世实现了第一次无线电转播，他的声音传遍了世界的每个角落。为了赴宴，我穿上了最好的衣服，手腕戴了卡地亚手表。我盛装出席，那些东西无一例外来自法国，这让我大失所望，说起来这些年头意大利唯一在做的，便是引领时尚。卡地亚还让我和条款三难得一见地吵了一架，我送了块高价表给他，反倒令他尴尬。他把礼物退还给我，表示他不知道该拿这块表怎么办，因为他最为痴迷的是木头的年份，但没法用手表来测量。我说他是乡巴佬。

坎帕纳出席了晚宴，他和桌子之间隔着挤出皮带鼓出来的肚子。他满脸横肉，虚弱不堪，形成鲜明对比的是精光外露的两眼，如穷途末路的狼，身披华服。他一整个晚上都在喋喋不休地吹嘘最近取得的成功，广而告之他慧眼识珠发掘出一个姑娘，名叫米兰达·博南塞亚，意大利的电影圈还没见识过呢，她很快会成为意大利的秀兰·邓波儿。他几乎不打刑法官司了，除非是充满争议的重大案件，他才会登场，起到一点杠杆作用，确保顺利赢下官司。但如果案件不一定拿得下来，人们还是会求他出马，他补充了一句，一边哈哈大笑一边用大拇指摩擦食指。薇奥拉礼貌地报以微笑，但心不在焉。我恨不得上前摇醒她。坎帕纳夸下海口他在斯卡拉大剧院有专属包厢，就在上个星期他还带着他的朋友道格拉斯（来自美国的费尔班克斯）去过，我纯粹是为了给他添堵，说道：

“我想去看歌剧。”

“我也想。”薇奥拉立马接嘴。

坎帕纳局促地笑了笑，不情不愿地邀请我俩下周和他一同看戏，他的朋友阿尔图罗（托斯卡尼尼）指导《图兰朵》。侯爵坐在主位上，发出难以理解的咕哝声，没人知道他想要说什么。他在妻子的协助下主持晚宴，还有一位护理人员帮他擦拭嘴巴，捡拾时不时从嘴边掉落的食物。侯爵去年又突发一次中风，身体愈发虚弱。只有一个眼珠能够转动，常常直勾勾地盯住护理袒露的酥胸，僵死的躯壳中仍有顽强的生命力。

六天之后，我们去了米兰。坎帕纳广发邀请帖，包厢挤得满满当当。他坐在薇奥拉和一个金发小个子女人之间，那是他的秘书，我看着两人几乎明目张胆地眉目传情，很快明白她不仅仅是秘书。薇奥拉目不斜视，用微笑屏蔽周遭一切。歌剧开始了，不夸张地说，剧情太可笑了。一个残忍的中国公主，几个谜题，一个可怜的家伙，他竟然没有觉察到侍女对他的爱。我坐在薇奥拉后面，俯身凑上去在她耳边低语：

“我坚持不了十分钟。”

过了十分钟，柳儿向那个蠢货卡拉富示爱，我热泪盈眶。我太了解薇奥拉了，即便只能看到她的后脑勺，我也知道她在为意大利的瑰宝哭泣。坎帕纳摸黑偷偷摸上邻座的大腿，就在我眼皮子底下。舞台上，卡拉富在吟唱《今夜无人入睡》。我佯装调整坐姿，一膝盖抵上他的后背，随即奉上天使般的笑容聊表歉意。

我们走出剧院时，细雨斜织，1935 年最初的日子和米兰的街巷平添了萧瑟之感。坎帕纳提示妻子，她看上去累了，还是尽早回去，他本人还要再喝一杯，有公事要谈。我毛遂自荐送薇奥拉回去，大律师似乎毫不介意。我在他眼里没有一点威胁——我不清楚我到底是该感到如释重负还是受到了冒犯。

路程行至一半，我命令司机停车，打开车门。

“你怎么回事？”薇奥拉问，“我们在哪儿？”

“我也不太清楚，但是在某个很棒的街区。”

“干吗？”

“一醉方休。”

薇奥拉从未一醉方休。但她跟上了我的脚步。我凭借在佛罗伦萨修炼出的、在罗马得以精进的本能，很快找到了那块礁石，它用方砖和锌板组成，整座城市的海难者都死死抓住这救命稻草。小咖啡馆的卷帘门拉下来一半，瑟缩地挤在汽修厂和早就歇业的洗衣店之间。薇奥拉矜持地喝下第一杯，在我的软磨硬泡下喝了第二第三杯，自己点了第四杯，剩下的就交给这个夜晚吧。有那么一刹那，一切恍如昨日，雕刻石头的米莫和振翅飞翔的薇奥拉，凌晨三点，烂醉如泥的她滑下吧台，跌进一众海员温柔的怀抱，那些海员从未见过大海。

翌日，坎帕纳一个电话打到奥尔西尼家，满腹牢骚。薇奥拉病了两天，都是我的错。他把我叫作“基因退化的侏儒”，斯特凡诺立马把这话学给我听，一脸幸灾乐祸。基因退化的侏儒嗤之以鼻，他已经上路了。1935年年初，我接到一系列订单，占满了今后五年的工作量。帕切利红衣主教打算送一座圣人雕像给他的朋友，也是一位红衣主教。面对帕切利，我不能拒绝，是我欠他的。他允许由我来挑选可以表现的圣人，弗朗切斯科传话给我，提请我“考虑到公众”，“不要表现得太过实验性”。还有一些私人订单，后来，某位负责营建意大利文明宫的建筑师找我订十座雕像，整个底层估计需要三十多座。单看建筑模型——同样为了彰显政权的雄心壮志——便让我跃跃欲试。六面立方体蛮石建筑，每一面有九个拱门（六因为贝尼托是由六个字母组成，九因为墨索里尼[1]是九个字母，后来是这么疯传的）。我立刻同意了。大楼一直没有竣工，但我同样无能为力。最后，我还接了弗利航空学校的单子，采用马赛克来装饰墙壁，堪称“航空绘画”的杰出典范，它总是让我想起薇奥拉。

春天快要结束时我回到了彼得拉－达尔巴，终于摆脱了财务困扰。我实现了奇特的资本平衡，我接下屈指可数的订单，然后用天价把它们卖出去。总是有人乐意买单的。创作得越少，我反而越富有。薇奥拉指出，照这个节奏，我很快都能不劳而获了。这想法令她乐不可支，因为我榨干了法西斯党徒的

1 贝尼托·墨索里尼的名字是Benito Mussolini。

钱包，却并没有给他们相应的东西。我提请她注意，我并不是只为法西斯干活，还有，法西斯也没拿我怎么样。她和我说起德国的犹太人，对城市名和人名如数家珍，提起那些地方、那些谋杀，那些发生在我眼皮子底下但我选择视而不见的事，我们又爆发了一连串的争吵，它们标记出了那些年岁的节点。我俩是宇宙双胞胎，因此我俩的不满相辅相成。她指责我参与营建了这个冉冉上升的世界，成了推动者之一。我反过来指责她走向另一个极端。她离开了舞台，找了个借口说自己曾经当着大家的面跌了一跤。

1935年7月，20世纪30年代行进到中点，彼得拉－达尔巴在某个炎炎夏日的清晨苏醒，似乎一如往常：烤焦的休耕地、奄奄一息的橘树、不复往昔浓烈的橙花香味，但石头经过千万遍揉搓之后香气已浸润至内里。还有咄咄逼人的粉色，当然了，没有了它，彼得拉－达尔巴就不会是粉色的彼得拉－达尔巴。滞重的空气在波动，昭示着炙烤大地的酷热来临了，这是一年当中最难挨的日子，一切都懒得动弹，就连我们雕刻的大理石都不再冷冰冰。

突然一阵喧哗，那阵仗是我们村子闻所未闻的，以后也不会再有同样的经历。在奥尔西尼家族湖泊和甘巴莱家族农田之间两公里长的地界上，尘土飞扬，人头攒动。五辆卡车风驰电掣般驶过主路，每个轮轴都在嘎吱作响，前三辆装了管道、线圈、铁桶，另外两辆上是工人和黑衫党。指令接连下达，他们气势汹汹地占据了道路和农田。但凡有个军人路过，看见这闹哄哄的样子，都以为是要打仗了。

经过多年蛰伏，斯特凡诺·奥尔西尼终于出手了。

短短三个星期，引水渠穿过甘巴莱的农田，一头扎进湖里，另一头则一路向上，及至奥尔西尼别墅后面的森林，灌进专门挖掘出来的池塘，池水随后在重力作用下流向农田。黑衫党严阵以待，确保工程顺利进行，并且在夜间巡逻警戒，其实也就是做个样子。斯特凡诺为人鲁莽，但并不像我以为的那样是个笨蛋。黑衫党只是为了提醒众人他的身份，还有他背后的靠山。这个信息已然被明确接收到。甘巴莱家族没有一个人胆敢出来抗议，尽管他们憋了一肚子的火。没有人希望落得同议员马泰奥蒂一样的下场——发烂发臭，成了晚报上的一张照片。最后一周在湖边安装上水泵，长长的电线从奥尔西尼别墅拉出，为水泵供电。斯特凡诺取得的可不是小小的胜利。他甚至在田间建起喷泉，就因为他乐意。那个喷泉是我的学徒们在雅各布的指挥下完成的。一个小规模庆功会把奥尔西尼家族聚到了一起，以及几位正好途经此地的朋友，除了弗朗切斯科，他在罗马脱不开身。斯特凡诺大手一挥，把照看他父亲的年轻姑娘西蒙娜赶到一边，抓过轮椅。侯爵才六十五岁，并不算垂垂老矣，只是经历了两次中风，已渐渐淡出了众人的视野。斯特凡诺推着父亲走向别墅，上到最高的露台，把轮椅转向果园。喷泉在果树之间喷涌而出，以前那里只有岩石和尘土，而此时此刻，柚子和桃子在夕阳余晖中跃动，迸发出光泽。

“维尔吉利奥可做不到这些吧，嗯？”

两行泪水流过侯爵面颊。无从得知他是喜极而泣，抑或是为了那个被碾成肉饼的儿子，或者仅仅是因为他没法眨巴眼睛。西蒙娜为他拭去泪水，终结了尴尬无比的一幕，这片土地上曾经最有权势的人就这样身不由己地滑向脆弱不堪。

9月，幸存下来的橘树和柠檬树焕发出全新的生机。从热那亚的苗圃运来一批果树，用以替换数百株死去、损伤或得病的那些。无声的欢愉荡漾在田头、沟渠、地垄和街巷，盘桓在村子的小广场上，受到感染的村民眉开眼笑。到处洋溢着欢庆的氛围。我们打了场胜仗，战胜了劲敌太阳，兵不血刃地解决了甘巴莱那群烂人。但喜悦在踏进作坊前就烟消云散了。我考察了一圈采石场，回来时刚过秋分，我发现屋里没点灯，炉膛也没生火。没有一点生气，条款三也没回应我的呼唤。

我发现他了，坐在作坊中央，裹着一床被单，胡子拉碴，应该好几天没刮了。他身上散发出烟酒混合的气味，手里的烟斗早灭了。他双目灼灼，但额头冰冷。我在慌乱中想到两个小的，他们才十二岁和十岁。

“发生了什么？安娜去哪儿了？”

“走了。”

“走了？去哪里？”

“热那亚那边的表亲家。”

“她就这么走了，也不吱个声？”

她并非一声不吭地走掉的。他俩已经讨论了很长时间，隔阂越拉越大，大家都以为这两人会相伴到老。时光流逝，有些刺扎进肉里，你浑不在意——谁会在乎一根刺呢？可终有一天发炎感染了。安娜看见世界在改变，她也想要改变。她抱怨条款三没有事业心。三天前，他从邻村送货回来，发现家里空空如也。安娜当天晚上给他打了电话，解释了她在哪里，两人进行了心平气和的交谈，只剩下精疲力竭，就像被打趴在地上的斗士。她需要距离，需要城市的喧嚣。她打算在萨沃纳附近找个住处，距离彼得拉-达尔巴也就一个小时的路程。条款三可以随时去探望佐佐和玛丽亚，也可以把他们带回来小住几天，如果他愿意的话。

“你认为我缺乏事业心吗，米莫？可我在努力赚钱。确实，如果拿我和你比……”

那一刻，我憎恨我的运动裤，我的亚麻外套，我手腕上贵得离谱的手表。我恨我自己，于是我跑去热那亚想和安娜谈谈心。她接待了我，两颊不似往日红润，倒是佐佐和玛丽亚看见我高兴坏了。她打发走孩子，给我端来咖啡，我俩在厨房坐定，这个狭小的空间面朝一条车水马龙的马路。她没有很多时间，表亲就快回来了，这不是在她自己家。我使出浑身解数，力图让她回心转意，我回忆起我们的冒险，我们的秘密约会，那是十五年前的事了，她和条款三的邂逅，两具年轻的肉体依偎在一起，每个晚上都仿佛是初夜。我越说越起劲，安娜反倒一声不吭。最后，她叹了口气。

"米莫，你和你那些上流社会的朋友辗转在不同的城市，接着你回来，发表高谈阔论，你以为我们需要你。我知道你是为我们好。但让我告诉你一件事：你对我们一无所知。你也不知道彼得拉－达尔巴的冬天多难熬。你离开太久了。我有了孩子，我想给他们不一样的东西，而不是乡下的闭塞生活。世界在改变，我不能让孩子们再错过。"

就像每次有人对我的成功说三道四，我都感到怒气在飙升。我有钱了，又如何？就好像这不是我挣来的！就好像我不配得到！变的不是我，是旁人的眼光。

"我还是对你们有点了解的。"我据理力争，不苟言笑。

"啊，是吗？你知道维托里奥讨厌你叫他条款三，而他从来都不敢和你说吗？"

我回去了，一败涂地，下定决心以后绝不掺和别人的家务事。可第二天我又犯了老毛病，我去找薇奥拉一同去田间散步，她回复我说身体抱恙。又过了一天，回答如出一辙，我写了一张便条让女仆递给薇奥拉。*别逼我闯进你的房间。*我知道薇奥拉在撒谎。几分钟后，女仆现身了。她递给我一张字迹娟秀的便条。*我回头去作坊找你。*

她下午过来了，当时我正在给圣方济各做最后的打磨，就是我要献给帕切利主教的那座雕像。她的身影出现在门框那里，然后，拄着拐杖一步步向前。她越来越少使用拐杖了，但冬天还是离不开它。再过一星期就是她的生日，她有很长时间没庆祝过了。薇奥拉三十了，再过几天。

她头上包了丝巾，还化了妆。我转向圣方济各，一言不发地开始打磨雕像的面颊。

"米莫？"

见我不吭声，她走上前来，处于阴影的边缘。我去年在房子北面开了一扇天窗，这样就可以在天光形成的光圈里工作。

"谁干的？"我问。

她吓了一跳，抚上脸颊。

"你怎么知道的？"

"我和你说过上千遍了，薇奥拉，我不是十二岁了。我见过畜生，有些还是我的朋友。"

她慢慢解开丝巾。尽管肤色较深，可脸颊上的淤青仍旧触目惊心。

"是坎帕纳，对吗？"

"不是他的错。"

她走向面朝田头的大门，在劈开的树干上坐定，这是属于条款三作坊的，正对着我。我穿上羊毛外套，走到她身边。

“我先动的手，如果你想知道全部细节的话。我俩吵架了。我无法忍受他带着情妇招摇过市。我不介意他有情妇，我非常清楚有些他想要的我给不了。但我有权得到尊重。”

“他在哪儿？”

“今早去了米兰。他也难过。”

我一下子跳了起来。

“我要杀了这混蛋。”

薇奥拉紧紧攥住我的胳膊，力气大得难以置信。

“我是成年人，可以保护自己。”

她把我拉向她，强迫我坐下。

“相信我，万一哪天我起了杀念，我会亲自动手的。”

“我不明白你怎么走到了这一步，嫁了这么个蠢货。”

“我怎么走到了这一步？”

她的目光能把我焚烧殆尽，一如十八年前我胆敢头也不回地离开她时一样。我俩争吵不休的症结或许就在此，我们在内心深处眷恋着怒火，眷恋着往昔，那时候骑士是好人，龙是邪恶的，爱情、骑士以及他挥出的每一剑都有崇高的理由。

“我走到这个地步，米莫，就像你在为一群混蛋工作。因为我们需要竖起路灯，需要种起橘树。”

“你可以离开他。”

“行不通。”

条款三，我现在会提醒自己叫他维托里奥，走出谷仓。他看见我俩，身子一抖，面露迟疑，最终走到我们旁边的木桩坐下，眺望农田。安娜走后他体重掉了不少。浓密的胡子过早地变成了灰白色，而前额的发际线早已后退。

“今年的收成很好，”他说，“幸亏有了湖水。”

薇奥拉面色凝重地端详果园。

“斯特凡诺是个蠢货。确实，今天有了水，可一年后呢？十年后呢？”

“没法和甘巴莱讲理。”我说，我打小在村里长大，一心向着村子，“要么逼他们就范，要么继续损失果树。”

“总可以协商的。人的暴力缘何而来？”

“你是指大写的人？”

“人配不上大写。你们都是小男人。那么，请告诉我，因为我感兴趣：你们的暴力缘何而来，嗯？”

薇奥拉目不转睛地看着我俩，好像真的在等一个答案。

“遭人遗弃，或许吧？可是，谁遗弃了你们？你们的母亲？果真如此的话，那你们为什么要这样对待她们，她们以及这世界上未来的母亲？”

“你以为女人就不暴力吗？”维托里奥低语道。

“我们当然也会施加暴力。但落在了我们自己身上，我们绝不会想到要让某个人吃点苦头。我们承受了暴力又遭受其毒害，总要有个宣泄的出口。”

作坊门口传来轮胎的摩擦声，接着是两声喇叭声。维托里奥噌地跳起来。

“我去看看！”

和从前一样，一旦讨论的走向变得过于严肃，他便走开了。当他转过谷仓的角落，薇奥拉开口了，她并没有看向我，而是失神地眺望地平线。

“你知道毛里求斯岛上的愚鸠吗？”

“不知道。”

“更广为人知的名字是渡渡鸟。”

“哦。一种鸟啊？”

“已经消失的鸟。它的特点是不会飞。我就是渡渡鸟，米莫。我知道你怨我，怨我不是从前的我了，不是墓地里那个薇奥拉，不是从空中一跃而下的薇奥拉。渡渡鸟灭绝了，因为它无所畏惧，就是这样。它很容易成为猎物。我要加倍小心，如果我不希望自己消失的话。”

“我不会让你消失的。”

车门用力关上，汽车开走了。维托里奥同一时间再次现身，两眼圆睁。

“米莫！米莫！”

维托里奥一手指向房子。脸上闪过怪异的神色，仿佛始料未及的某件事阻止了他一蹶不振，而他本打算沉沦下去。

“有人找你！”

她站在厨房前等我，脚边放了行李箱。那个箱子我太熟悉了，只是磨损得更厉害些，我在认出箱子的主人前先认出了它。应该说，过去二十年间我在坚持给一个四十岁的女人写信，一个身形被劳作定型，拥有浓密黑发的女人，只是信写得越来越不勤快。而站在我面前的女人已然六十，身材微微发胖。鬈发是烫出来的，还刻意染了色，现在的我能看出蹩脚理发师的水平。

我慢慢地、慢慢地走向那个女人，在某个寒冬腊月的晚上，她把我生下来，生在粗糙的石子地上，我，那个小问题，那个微不足道的家伙，而今成了众人争相巴结的艺术家。愧疚突然涌上心头，别人塞给我的那些钱本该是给我父亲的，我发自内心地认为他比我更有才华。

“你好，米开朗琪罗。”她喃喃低语，眼眸低垂，“你说过，我想来的话就可以来，我想了想，既然我现在是寡妇了……”

说话的不是我的母亲，她和任何人说话都不会低下头。站在我面前的女人生下了一个天才，那是安吉利科修士创作的壁画《圣母领报》。一个女人为自己的儿子深受感动，几乎是诚惶诚恐。

可能是薇奥拉的缘故，我脱口而出的第一句话并不是我想要说的。

“你为什么遗弃了我？”

她吃了一惊。她跋山涉水，她疲惫不堪，她或许期待的是另一番光景的对待。她双眼缓缓抬起，用那紫色的烈焰吞噬下我的双眼，那紫色从未变淡。

“人生是一连串的选择，如果我们可以从头再来，或许会做出不同的选择，米莫。如果从第一步开始就能做出正确选择，从不犯错，那你就是神。尽管我爱你，尽管你是我儿子，我还是认为我生不出一个神。”

母亲起初拒绝和我们同住。她“不愿打扰我们”。可没过多久大家都发现，维托里奥需要一名女性。在我母亲掌管他的作坊之后，他似乎恢复了生机，于是她同意暂住在那里直到找到一处住所。她的第二任丈夫去世了，和很多人一样，在农活的搓磨之下，她积攒起一笔可观的财富，却从不愿意花一个子儿。安东内拉·维塔利亚尼——或者安托瓦内特·勒高夫，她现在这么称呼自己——有钱可以驱使，自给自足。

我们用了几个星期来重新认识对方，滋生出古怪的情绪，我对她知根知底，可还是不可避免地会出现尴尬的沉默、过分的小心、双向的愤怒。最后，一切都过去了，维托里奥用他那杰佩托[1]的智慧，和我解释说：

“虽然你财大气粗，虽然你功成名就，虽然你拥有很多女人有过无数春宵，虽然你灌下大量酒精又吐出来，虽然你还会做出各种可怕的事，但你的母亲总是把你当作六岁的孩子。儿子想要和母亲保持良好关系，那就不要违背她的想法。”

我把薇奥拉介绍给母亲，我们有天正好在村里相遇，母亲事后立马问我：“那个小姑娘怎么回事？听说她生吞过魔鬼，连带着魔鬼的木鞋。”接着，我必须动身去罗马了，1936年年初，我带着圣方济各雕像上路，坚持亲自护送。

红衣主教的鲜红长袍没有改变帕切利。他终其一生都佩戴

1 《匹诺曹历险记》中的虚构人物，一位年老、贫穷的木雕师，也是匹诺曹的创造者。

着圆形眼镜，不苟言笑的嘴唇和性感的下巴形成古怪的反差，那是某个拳击手或演员的下巴，不由得使人想挥一记拳头或者寻欢作乐。他在我的作坊里验收圣方济各雕像，我和弗朗切斯科像之前一样静候他的定论。我出色地完成了工作。我对帕切利的命令言听计从，或者说大差不差吧，一切尽在这*大差不差*中。帕切利叮嘱我要压抑自己的本能。一言以蔽之，不要做自己。但如果我都不是我了，为什么还要雇佣我呢？我创作的圣方济各雕像是一只手抬起靠近脸颊，一只鸟儿停在食指上。到此为止，一切都正常。但熟悉我性格的人，知道我胆大包天，便会猜出来鸟儿的翅膀在上一秒拂过了圣方济各的脖子，惹得他痒痒的，他才会露出笑容。我们从未见过怕痒的圣人，更没见过圣人笑。无论如何，作为一尊雕像，所有圣人都摆出天堂公务员的表情，被祈祷者的请求搞得烦不胜烦。

帕切利看向我们，嘴角生出一条细纹，那意味着他被逗乐了，圣方济各的快乐感染到了他。

“您今年多少岁了，维塔利亚尼先生？”

“三十二，主教。”

“好吧，我在这尊雕像上看到了同样的特质，一如当年那头熊，那时的你十六岁。那种动感，那种放肆，现在还多了些别的，是只有经验才能带来的某些东西。”

通常，我们会把艺术家的一生划分为不同时期、阶段，这都是为了宽慰惶恐不安的老主顾，以防他们被抛入一个没有贴上标签的人生阶段。几年前，马格里特[1]用他的烟斗嘲讽了这

1　此处是指比利时超现实主义画家勒内·马格里特。

种现象，烟斗不是烟斗，没人能够理解，可公众越是无法理解，越是对他趋之若鹜。不过，我又是谁呢，又有何德何能质疑世界的进程？那就认了吧，确实存在不同时期、阶段。

这样的话，帕切利的点评标志着我的艺术生涯第一阶段就此终结。

那天晚上，我喝了酒。很多，一个人。我不需要斯特凡诺这样的酒肉朋友，以及他的那些朋友，他们都是好人，没有伤害过我，但因为薇奥拉，我怀疑他们双手不干净。弗朗切斯科向我道贺，告诉我圣方济各雕像已经上路了，正被送往帕切利的红衣主教朋友的宅邸，当那一天来到时，朋友会投出正确的一票。

弗朗切斯科必然觉察出我状态不对头。“长途旅行。”和他分手前我是这么说的。帕切利的话在我脑海中挥之不去，我逃进一家寒酸的酒吧，距离台伯河不远，没人会去那里找我，黑衫党也不会去这种下等场所。帕切利是想恭维我。我听进耳里的却是我和十六岁时一样，稍微好点。人在哪里？那个触碰了神明指尖，攫取了神明奥秘的人？就是这样吗，所谓的长大成人？赚钱养家，取得些许进步，如果做得到的话？我指责过薇奥拉，可是归根到底，我也没有比她飞得更远。

我喝得酩酊大醉，但那晚没有神谕。天使没有降临，没有在我耳边低语要耐心等待，循循善诱说我会触摸到神明的奥秘，但还需要十年时间。十年，太长了。我承受不起。又或许那晚有过神谕，只是我不记得了，我醒来时脑袋扎在河边的灌木丛中，旁边是一摊呕吐物，我看了眼吐出来的东西，那不是我的。我好久没有喝得这么凶了。

我在罗马一直待到春天。处于奇怪的节点上：腰缠万贯的人觉得自己一贫如洗，只有经历过的人才懂得。我赚的钱是大学教授薪资的十倍，相当于公司总裁的收入。不过，我有雇员要养，我需要司机，我必须穿着得体，出于个人品位以及顾及顾客的颜面。我赚了钱，又散尽千金。我必须赚得更多，这又导致我花得更狠，我要维持住那一路下行的平衡。平衡在本质上不会改变，除非你变成真的富人，到那时候要把赚来的钱花掉都会变成一件难事，在罗马的那些年，我确实见过有些人物擅长此道。

我不搞政治，也不沾染宗教。摆脱后者是有可能的，但前者就像麻烦的情人，她的欲望终究会缠上我。

在我计划回彼得拉－达尔巴的前几天，也就是 4 月底，有人敲响了我的房门。那是凌晨四点。十五年来，我住同一套公寓，新银行街 28 号。还是那张床，在天花板的烟炱污渍下，随波逐流——我本可以在提埃坡罗[1]的杰作下安然入睡，权当听不见敲门声。我哼哼唧唧，不想回应，直到学徒把我摇醒。

“师父，师父！电话响了，在你办公室。”

“我睡觉呢，混蛋。”

“是奥尔西尼神甫。”

1 提埃坡罗（1696—1770），意大利著名画家，他的作品有水彩画的效果。书中的“我”觉得天花板的污渍像幅画。

弗朗切斯科从没在这个点儿给我打过电话。我立马穿上裤子，奔下楼梯。

“喂？”

“米莫，你能来一下斯特凡诺家吗？”

“现在？”

“现在。”

我不掺和政治也是枉然，我知道在电话里谈事不够谨慎。我的第一反应是叫上米卡埃尔替我开车，但他三个月前离开了。意大利进攻埃塞俄比亚，他要回国和国人并肩作战。“现在，我们是敌人了。”他用力抱紧我，说道。他的突然告别打了我一个措手不及，直到第二天清晨，警察上门来询问他的情况。米卡埃尔似乎在某个街区酒吧和人起了冲突，某个和他外貌相符的人挑衅了一群意大利好公民，后者为了庆祝今年取得的胜利，高唱《黑色的脸庞》，这首歌是为了赞颂我们的士兵、我们的农学家、我们的工程师，他们跋山涉水是为了去解放阿比巴尼亚人。某人拔出了刀子，既然他长相可疑，那只能是他了。

小小的黑色脸庞，小小的阿比巴尼亚人 / 我们把你带到罗马，你是自由身 / 我们的太阳把你照耀 / 你也会穿上黑衬衫 / 小小的黑色脸庞，你将成为罗马人……

我步行前往，试图从脑海中驱散那首歌的旋律，不得不承认，这首歌太成功了，铜管乐器嘹亮欢快的音色刺激得人们迫不及待地想入侵埃塞俄比亚。斯特凡诺的住处距离我家半小时，就在俄罗斯酒店边上。旭日东升之际，我一头钻进公寓大楼，迎面碰上正往外走的斯特凡诺和里纳尔多·坎帕纳，薇奥拉的丈夫。坎帕纳一反常态，看见我时低着头。斯特凡诺点头致意。

“格列佛。弗朗切斯科在我家等你。”

弗朗切斯科在客厅啜饮咖啡，他的长袍一丝不苟，眼镜和帕切利的几乎一模一样，架在鼻尖上。他没有征询我的意见便为我倒上咖啡，示意我坐下。

“感谢你能来。我们碰上了一点小……情况。”

我等着，这杯突如其来的咖啡烫到了我的嘴。

“我们那位无关紧要的坎帕纳路过罗马处理一些业务，晚上和斯特凡诺及其朋友在一起寻欢作乐。我批评过斯特凡诺好多次，他那档子花天酒地的事，但一点用也没有。晚上十一点，他们一行人分手告别。坎帕纳似乎没有回到旅馆，而是，怎么说呢，要去满足一些本能的欲望，他找了一名在酒吧偶遇的年轻女性。一名以此为生的女性。我不清楚到底发生了什么事，也不想知道，但似乎那个……游戏玩砸了，女孩受了伤。伤势严重。坎帕纳逃走了。回到旅馆后，这个蠢货才反应过来把钱包落在了原地。他立刻给斯特凡诺打了电话。”

“他杀了女孩？”

“杀死，我不这么想。重伤，这是他的原话。可能有后遗症。”

“接着呢？把这蠢货移交给警方吧。”

“蠢货，我并不反对这个称呼，可他毕竟是我的妹夫。奥尔西尼家族这些年与日俱增的财富，还有你的职业生涯通过迁回方式享受到的财富，其中一部分来自他的钱包。我们不允许发生丑闻。也绝不会有丑闻。”

“不会有？”

“不会有，因为坎帕纳昨晚和你在一起。”

我慢慢放下杯子。弗朗切斯科看向我，双手交叠在肚子上。

“滚你的蛋，弗朗切斯科。”

“他昨晚和你在一起。有人偷了他的钱包，那家伙要对一切负责。一个妓女的话一文不值。”

“他为什么和我一起过夜？为什么不是斯特凡诺？”

“斯特凡诺是当前政权的高官，如果一切进展顺利，我明年会被提拔为主教。此外，我俩和坎帕纳关系太近，他是我们的妹夫，这会让我们的证词显得不太可信。而你，你是完美的不在场证明：你是家族的一员，所以坎帕纳有可能在你家过夜，但这种丑闻牵扯不会影响到你。这件事明天就会搞定。”

“如果我拒绝呢？”

“你不会拒绝的，米莫。这也是为了保护薇奥拉。想象一下此等羞辱，万一风言风语传到她那里。还有……”

“还有？”我追问，他话说到一半。

弗朗切斯科起身从利口酒的架子上拿起一瓶渣酿白兰地，往我的杯子倒了一点，又给自己倒酒。

“我不想说话难听，米莫，但你欠我们的。”

“我欠你们什么？”

“一切。”

“我不想说话难听，”我反唇相讥，“但你们雇佣我是看中我的才华。”

“确实如此，我从未否认，以后也不会否认。但你不会忘了一切的源头吧。是谁到佛罗伦萨来找你的？”

“我欠你的，是你亲自跑来告诉我齐奥把他的作坊留给我来继承？这趟路费不便宜。”

“你真的以为那个老酒鬼会把作坊留给你？这样的话，你可比我以为的天真哪。”

我一口闷下渣酿白兰地，佩服地探究起这位象棋大师。“他会走得很远。”薇奥拉某天晚上这么说过。

“齐奥怎么样了？”

“到阳光灿烂的地方颐养天年，就像我对你说过的。他三年前去世了。”

“那作坊呢？”

弗朗切斯科喝了口酒，用舌尖舔了舔留在唇上的亮晶晶的甜液，放下杯子。

“我们找他买下了作坊。他让我们发誓绝不会转卖给你。我遵守了条款，因为我是把作坊当作礼物送给你的。”

“为什么？”

“首先，我始终认为你有才华，能为我们服务的才华。但更重要的，实不相瞒，薇奥拉在医院里告诉我你俩是朋友。”

“我就知道，原来如此。”

“我知道你知道，”他笑吟吟地回答，“总之，我揣测，或者料想，如果薇奥拉某天需要帮助，那么，对于家族来说，有个称手的朋友可以用……总是件好事。”

“为了监视她，你想说？”

弗朗切斯科悠长地叹了口气。

“我爱我的妹妹，米莫。请别会错意。但人是复杂的。”

“恰恰相反，她极其单纯。”

“你会是单纯的吗，你，如果你能记住自打认字起阅读过的所有内容，如果你三岁时就会读书了？如果把你当作马戏团的动物一样推到宾客面前炫耀，如果凌晨四点把你从床上拉起来对你为所欲为？”

“你们确实凌晨四点把我从床上拉起来对我为所欲为。”

“别耍机灵。问题不在于薇奥拉的记忆力。问题在于，她懂得她读到的每个字，而其他女孩在那个年纪满脑子只有洋娃娃和漂亮衣服。我的妹妹或许是我认识的最聪明的人，除了帕切利主教。帕切利大人很有可能成为教皇，如果他打出一手漂亮的牌。不幸的是，薇奥拉不可能成为教皇、飞行员，或者实现其他疯狂的念头。我不是说再过三四十年，这个世界也没有她的一席之地。可是今时今日，在我们家族，她有角色要扮演。尽管这不是她想要出演的角色。我们每个人各司其职。”

“你有什么可抱怨的？她演得很出色。”

“确实。薇奥拉明白，她要成为大人。只是我们现在需要你，这事也涉及她。坎帕纳会告诉警察他在你家。你按自己的想法做吧。”

第二天上午快结束时，宪兵敲响了我办公室的门。我打开门，面露惊讶。昨晚我做了什么？“等等，让我想想，我工作了一整天，晚上和我的朋友里纳尔多在一起。里纳尔多·坎帕纳，是的，怎么了？”宪兵走了，心满意足，此后我们再也没有提起此事。我恨自己竟然帮了这混蛋，但又立马说服自己这是为了薇奥拉，为了让她免于另一场羞辱。我之所以这么做，是因为担心订单会变少。为了保住我白手起家缔造起的一切，谁也不能阻挡我平步青云，我为此付出了巨大的代价。我做了，就在刚才我实现了最疯狂、最隐秘的梦想。我成了奥尔西尼家族的一员。

好吧，首先，我看到一尊雕像，我觉得它很美，当然了，但说到底，我又懂什么呢？我去看它，是因为城里都在谈论它，我说过了，我对艺术一窍不通，但那是周日，大家要做弥撒，那为什么不去看看呢？它都在那里了。我觉得它很美，可我越是看得仔细，越能感知到某些东西，我开始发热，不得不走到门外呼吸新鲜空气。当时，我并不认为是雕像在作祟。可后来我在报上读到了类似故事，所以我来告诉您，我的神甫，正如主教大人要求的那样。（尼古拉·S. 证词，佛罗伦萨，1948 年 6 月 24 日）

威廉姆斯教授的专题论文写道，在圣职部正式开启调查后，宗教机构一共收到二百一十七份投诉以及数量翻倍的证词。必须指出，大多数从维塔利尼亚《圣母怜子像》前面经过的公众只看到了一尊雕像。不过，即便十万人甚至百万人无动于衷，那也不能无视六百人的证词吧？此外，这六百人几乎有同样的症状。起初是升腾起强烈的情感，然后是某种压迫感。心动过速、头晕目眩，有些证人口口声声地表示“梦到了她”，还有些陷入了深深的忧愁，接近抑郁。证词中最令人困惑的一份——但必须进行仔细分析，就像某些专家曾做过的那样，就像温琴佐神甫正在做的——要读出字里行间的意思，只有这位证人，一位罗马的会计，胆敢开诚布公地说出来。他声称感受到了某种奇特的兴奋。性感，可以这么理解吧，一种难以确认的直觉，更别提那个年代大家对这类事讳莫如深。

维塔利亚尼的《圣母怜子像》起初是放在佛罗伦萨教区展出，所以后者一开始以为那是雕塑家的宿敌炮制出的谣言，米莫·维塔利亚尼曾在菲利波·梅蒂的作坊干过几个月，还闹出过风波。后来，大家以为那是某种集体癔症。展出一个月后收到了四十多份投诉，于是决定搬走雕像。鉴于其出色的艺术造诣，又将它移至梵蒂冈，和其他藏品一起展出，几个星期之后，投诉再次纷涌而来，其中不乏外国游客，他们不懂意大利语，理应不知道佛罗伦萨人民的反应。

我们无法从这大约六百份样本中得出任何统计结论。在对数据进行推论之后，个体是否会受到维塔利亚尼《圣母怜子像》的影响似乎与年龄、性别、国籍无关。

雕像在梵蒂冈展出数月之后，被收入库房，等待更加细致的分析研究。数名艺术史学家、雕塑家、建筑家及其他专家受到委托，威廉姆斯教授曾经誊抄和概述了那些研究结果。既然求人不如求己，教会征召来另一个领域的专家，坎迪多·阿芒蒂尼，梵蒂冈的御用驱魔师。

现在，请施以你的权能……

1938年9月11日。

……你把至高权能赐给了你的爱子耶稣基督……

弗朗切斯科平躺在大理石地板上，双臂打开，呈十字架。帕切利主教一身鲜红。

……他又赐给圣徒们，他们在每个地方建立教会，作为你的圣所……

而我，我长出了白发。我没办法顾及其他的事，尽管这个地方庄严肃穆，尽管在离我几米远的地方便是历史上最美的雕像——米开朗琪罗·博纳罗蒂的《圣母怜子像》。愚蠢的白发。我才三十四岁。你就不能饶过我吗，上帝？

……为了你的荣耀，为了永恒称颂你的名。

帕切利主教往后退去，一袭鲜红的长袍发出窸窣声，那是激情的颜色，是救世主流淌的鲜血的颜色。弗朗切斯科起身，准备接受许多高级教士的坚振礼，主教冠戴在了头上，权杖放进了手里，戒指套在了手指上。他站起来，登上主教座位。

1938年9月11日，弗朗切斯科·奥尔西尼被任命为罗马主教，萨沃纳教区从今往后将由一个乡下孩子领导。

夜幕降临，奥尔西尼家族齐聚晚宴。我也在场，现在的我所思所想、吃饭睡觉都像奥尔西尼家的人。法拉利亚餐馆，我和斯特凡诺在这家饭店度过了无数个荒淫的夜晚，几年前关门歇业了，我们选择在丹吉尔特拉酒店的私人大厅聚会，所有人盛装出席。侯爵也来了，虽然他状态堪忧，大家都不太确定他脑子是否清醒。侯爵夫人、斯特凡诺、弗朗切斯科、坎帕纳和薇奥拉。整整一天，她心醉神迷地欣赏这座城市，我惊讶地得知她从未离开过彼得拉－达尔巴，除了去米兰，在米兰的大部分时间也是在医院里虚度，而不是在百货商店闲逛。

我的文艺复兴女孩只能通过书本知识来见识这个世界。奥尔西尼家族是在圣职授任礼举行前一天抵达罗马的，我在典礼前后带着薇奥拉参观了所有能参观的地方。闲逛一开始，我俩的角色便倒置过来。薇奥拉指着某个建筑物，告诉我一段历史，我很快成了一个跟随导游观光的游客。我还是低估了书本的力量，它曾帮我脱离蒙昧，甚至给予我些许温柔。我这个薄情寡性的人。有多少个夜晚，我烂醉如泥，一遍遍对自己说真正的生活就在这里，在这座永恒之城，它正以时速一百公里绕着我转动。薇奥拉离开家，来给我重新上了一堂课——真正的生活在书里。

当我们在丹吉尔特拉酒店的大厅坐定，薇奥拉又摆出心情不佳时的表情。

“你读报纸了吗？”她问我。

“没有。我从来不看。”

“我忘了：你不搞政治。”

有那么寥寥可数的领域，或许是唯一一个，上天不公，让薇奥拉缺少了点悟性，那就是在她想找碴吵架的时候，总采取正面进攻，就像横冲直撞的公牛。我冲她一笑，今晚我可没兴趣吵架。

“报纸说了什么？”

“没什么。”她回击，“什么都没有。”

她动作生硬地展开餐巾。斯特凡诺来了，身上的黑色制服属于国家安全志愿民兵精锐部队，负责担任墨索里尼的仪仗队，这一幕落到薇奥拉眼里，她脸更黑了。这个职位是义务性质的，斯特凡诺把它视作关键性的一步棋，他志在获得内政部的晋升。晚宴还是顺利开席了。店家把凡是能够烤的、炸的、烘的全都端上来，奉上顶级的蒙特普齐亚诺葡萄酒，阿布鲁佐地区在两次地震之间迎来了酿酒的好时节。

自从发生“那件事”之后，坎帕纳有所收敛，没以前那样爱显摆了。他的成就不值一提，这倒也不会让他变得讨人喜欢。他坐在妻子边上静静地咀嚼食物，沾了果汁的嘴唇亮晶晶的，他刻意避开我的目光，一不小心撞上了，便局促地冲我一笑。他时不时看向手表，好像本该另有安排——他或许又重新投入那些夜间冒险。薇奥拉吃得很少，直勾勾地盯着斯特凡诺。我预感到好戏即将上演，惴惴不安起来，薇奥拉善于把她的创造性注入悲剧。

甜品上桌前，她叫住来收餐盘的服务员。

“不好意思，亲爱的朋友。我发现您说话带点口音。您是哪里人？”

“德国人，夫人。”

“德国。明白了。告诉我，您不会凑巧是犹太人吧？”

出乎意料的沉默降临到餐桌上。服务员看着她，一脸窘迫。

“不是的，夫人。”

“啊，幸好，幸好。因为我的哥哥，就坐那儿——她指了指斯特凡诺——是政府里面的大人物。就是这个政府几天前签署了针对犹太人的政令，尤其是外国犹太人，因为他们一身臭毛病。您瞧，这个政府跟我们解释说，犹太这个种族比我们低劣。太好了，您不是犹太人。”

服务员在死一般的沉默中退出。斯特凡诺起身，脸色通红，关上大门，扑向妹妹。

“你怎么回事？”

他刚攥住薇奥拉的胳膊，我已经噌地站起来。弗朗切斯科同一时间在另一边也做出了反应，没人料想到把人生奉献给祈祷的人会有如此矫健的身手。

“坐下，斯特凡诺。没事儿。”

斯特凡诺犹豫不决，下巴因为神经抽动而颤抖，之后走到薇奥拉对面坐下，灌下一大杯红酒。

“没事儿，没事儿。当然了。这个白痴都不知道自己在说什么。”

“是吗？”薇奥拉开口了，“白痴搞错了吗？你们难道没有在本周发布两项政令《在法西斯学校捍卫种族的措施》和《针对外籍犹太人的措施》？你们难道没有禁止异族婚姻？你们难道没有解雇那些‘希伯来血统’的老师？”

“这就是政治！”

“薇奥拉，亲爱的，”坎帕纳心平气和地插嘴，“你不懂政治。”

“那就是为了做个姿态给德国看。”斯特凡诺说下去，转向自己的父亲，仿佛他需要说服的是他，“我们并没有针对犹太人。说说空话而已，就这样。瞧啊，玛格丽塔·萨尔法季，领袖之前的情人，就是犹太人。我也常常找犹太女人，快乐无边。政府压根儿不想伤害犹太人。”

“你撒谎。”薇奥拉反驳，“你在撒谎，或许你并不自知，但你在撒谎。你们都在撒谎。”

她说这话的时候转向了坎帕纳，后者在座位上挺直了身子。

“我撒谎，我？”

薇奥拉哈哈大笑。

“我该从哪里开始呢？你许诺我的美国之行？十五年前？”

“这就是你想要的？美国？很好。”

坎帕纳推开椅子，走去大厅，弄得众人一头雾水。侯爵有点反胃，众人所有的心思都转移到了他的身体健康上，眼里只有他，纷纷表示侯爵想必度过了美好的一天，他肯定为儿子弗朗切斯科感到骄傲吧——“你是为弗朗切斯科骄傲吧？”——人们争先恐后地和他说话，把他当个孩子似的。

坎帕纳回来了，坐定后直勾勾地看着薇奥拉。

“两天内做好准备。我保证这周结束前你会走在一条和美国大道一模一样的马路上。”

薇奥拉没料到事情会有这样的峰回路转。在她眼中，这只是一场儿戏般的没完没了的抗争，能让她尽情发泄，同时挑起坎帕纳的怒意。她几乎是咄咄逼人地问道：

“米莫可以一起去吗？他有钱，可以支付自己的旅行费用。”

“米莫可以去，而且不用出钱。”

当晚，我回到家里，某种奇怪的情绪郁结在心中，和即将到来的旅行没有任何关系。在我离开前，薇奥拉把一份《晚邮报》塞到我手里。

我站在镜子前，那是我卧室里唯一的家具，除了床。今早，我在出席弗朗切斯科的圣职授任礼前整理仪容，镜子映照出我的模样，平添了一丝白发。我脱下衣服，报纸从口袋里滑出，落到地上。我无须看完整篇文章，瞄一眼标题便够了。《内阁批准种族保护法律》[1]。我又开始找白发，找到了两根，体毛也有些发白了。年岁渐长，我在慢慢发福。《内阁批准种族保护法律》。

不，我不喜欢镜中的自己。

两天后，我到丹吉尔特拉酒店和薇奥拉会合。天气凉爽，正当其时。司机把我放在酒店门口，拿出我的行李箱，要比当年我拖着走遍意大利的箱子奢华得多。人行道上的薇奥拉不耐烦地跺脚。情理之中。我曾听闻顾客无数次吹嘘"萨伏伊伯爵号"或者"国王号"的富丽堂皇，后者几年前赢得了蓝丝带奖[2]，现任政权大为得意。意大利成了海上霸主。两艘邮轮都是从热那亚起航。

坎帕纳的汽车来了，一辆簇新的蓝旗亚阿普利亚。薇奥拉迫不及待地自己去放行李箱。

"你丈夫在哪里？"

"他在路上和我们会合。"

我俩一上车，汽车便一阵风似的出发了。我们超过了一

1 原文为意大利语。

2 授予最快横渡大西洋的船舶的奖项。

群孩子，他们约莫十二岁，身穿黑色制服、脖子上戴了蓝色方巾，在小广场上进行声势浩大的体操表演，全都是未来的法西斯主义接班人。城市的高墙演变成红色、红色和白色的带子，迅速向后退去，当车速减下来，可以看清那是一张张宣传海报，号召大家购买意大利国货或者颂扬国家精神。公园里，踢得满脸通红的少年缠斗在一起，力争把一个破破烂烂的皮球踢进两个垃圾桶之间的空隙——意大利几个月前赢得了足球世界杯，这是历史上第二次，多亏了有天才球员吉诺·科劳西和西尔维奥·皮奥拉。我并不在乎窗外的风景，更令我顾虑的是，我们正在往南行驶。

“我不明白我们要去哪里。”我嘀嘀咕咕。

“去美国！”薇奥拉大喊道，一手捂住嘴巴咯咯笑，“你为什么板着脸？从我认识你开始，米莫，你就板着脸。二十多年啦。”她说着做了个鬼脸。

“我只是想知道我们从哪个港口出发，乘哪艘邮轮。难道这档子事，你丈夫什么都没和你说？”

“没有。及时行会儿乐！”

她打开车窗，发出类似猫头鹰的悠长叫声，司机见怪不怪，装作什么都没看见、没听见。我们正行驶在田间，我丈量过罗马每一寸土地——每个酒鬼都是尽职的地图绘制员——我明白过来汽车并没有驶向热那亚或大海。坎帕纳知道一些我并不知道的事。

四十分钟过后，蓝旗亚驶上一条两边是农田的土路。路的尽头，一道高墙挡住地平线。只有一座水塔在更远处露出一截。汽车在空地上停下来，面前的建筑物只有一扇铁门。脚下的地经过翻整，墙根聚积的砂浆说明全都是新建的。司机敲门，门应声而开，出来一个穿着脏兮兮工作服的家伙。他把手指抵在嘴唇上，示意我们跟他走。薇奥拉探寻地望向我，我耸耸肩。一条小道通往前方，足足有百米长，一边是我们刚穿过的高墙，另一边似乎是脚手架。护板挡住了视线，看不出个究竟。向导嘴里叼着烟，一头扎进钢管迷宫，只有他熟门熟路。他一言不发。最后，他在护板之间找到一扇门，审慎地瞟了眼，做了个手势让我们不要乱动，接着错身放我们进去。

我和薇奥拉来到了 1923 年禁酒期的洛杉矶。

一辆福特 T 形车倒开着从我们身边驶过，装备了汤普森冲锋枪的匪徒没精打采地坐在车后面。两名身穿厚呢大衣的警察抽着烟跟在车后。对面人行道上，杂货店的玻璃橱窗被打碎了，尸体躺在血泊中。一个女人向我们走来，肩上挎了好几个包。

“你们演什么角色？还没上妆呢？”

“他们是来找我的，莉齐。”

坎帕纳从橱窗被打碎的杂货店走出来，跨过尸体，一不小心还踢到了其中一人，他表达了歉意。尸体毕恭毕敬地回答：“没关系。”坎帕纳身后跟着路易吉·弗雷迪，我大部分的政府订单都是靠他获得的，自从四年前巴勒莫的邮政大楼竣工后我再没有见过他。弗雷迪热情地和我们寒暄。

“欢迎来到电影城！米莫，好久没见啦！很高兴见到您，坎帕纳夫人。您觉得我们的影视基地怎么样？”

路易吉·弗雷迪做到了。他要和美国人一较高下的梦想化身为这座城外城，孕育幻象艺术的堡垒，台伯河畔的好莱坞，很快大家就会这么称呼它，而它源于这个男人的异想天开，这人衣着得体、和蔼可亲，总是笑个不停。但不要就此疏忽大意。电影城是件武器。按领袖自己的说法，是本国最强大的武器，这项目背后投注了政权所有的资源。

“基地占地六十公顷。我们为自己的团队，比如坎帕纳先生的团队，提供了七十五公里长的道路。一直到这里。”弗雷迪解释说，指了指我们此刻所在的大道，“往右转，你们便到了罗马，二十三个世纪之前的罗马。去年就是在那里拍摄了《征服非洲的西庇阿》。”

“怎么样？”坎帕纳得意扬扬地拔高了嗓门，“我撒谎了吗？你是在美国了吧？你可以对全天下的人说你走在日落大道上。看那里！”

他走向栽种在人行道上的橘树，摘了一枚果子扔给我。

“真的！这里所有的一切都是真的，或者说，差不多吧！”

一个年轻女性走到他身边，手里拿着记事本，在他耳边低语。坎帕纳点头同意。

“好吧，演员出问题了。要是拍电影不需要演员，那简直是天堂了。我要走了。你们玩得开心，就是要听从热拉尔的指示，万一碰到拍电影。”他说完，指了指穿工作服接待我们的男人。

我终于鼓起勇气看向薇奥拉。她双眼放光，那不是赞叹，也不是兴奋，而是怒火中烧。即便是坎帕纳也不可能对其视而不见。

“好啦，很有意思，不是吗？你知道有多少人心心念念想来这里？我们正在拍摄一部关于阿尔·卡彭[1]的电影。”

“你应该带我去美国。”

“你一点也没有幽默感，他妈的。根本没法讨你开心。美国，我常去，我向你保证，这里和美国一模一样。我们的布景师就是美国人。那何必舟车劳顿呢？好吧，既然你坚持，那我带你去。

“什么时候？”

“一有机会就去。一言为定了。纽约、旧金山，全都是真的，全都满足你。康尼岛、大峡谷，华纳兄弟的拍摄基地，我们尽情花钱，我们统统都要。好吗，亲爱的？”

他朝薇奥拉走去，风度翩翩，只是大腹便便了，他拉住妻子的手。

“你原谅我了？告诉我，你原谅我了。”

薇奥拉叹气，奉上一个微笑。

“是的。”

“太棒了。你知道吗？你看见那条小路了吗？会以你的名字命名。”

他打了个响指，唤来拿记事本的年轻女人。

“把管理道具的人找来。告诉他，为这条小路准备一块‘薇奥拉·奥尔西尼街’的路牌。一个字也不要对导演说。他不会注意到的，这个蠢货。”

他在妻子的脸上吻了一下后扬长而去。路易吉·弗雷迪疑惑地目送他远去，然后陪我们走上日落大道。尽头处，我以为

1 阿尔·卡彭（1899—1947），美国的黑帮分子和商人，成名于禁酒时期，是芝加哥黑手党的联合创始人。

的蓝天其实是幕布。我们沿着幕布往前走，看见一道隐蔽的开口，接着，不出意料地来到了公元前三世纪。弗雷迪带我们逛了一会儿古罗马，把我们留在水塘前，一艘腓尼基战船在水面上起起伏伏。

“逛完了就回日落大道。”

那天下午结束时，司机把我俩送回酒店门口。薇奥拉看上去心平气和，甚至有点心不在焉。她和家人一起吃饭——奥尔西尼家族将在两天后返程——我和我的塞尔维亚公主在一起，我和她旧情复燃了。我俩给了彼此一个机会，这一次出乎意料地和谐，尽得其乐。亚历山德拉不再有财务需求——她在 1935 年嫁给了一个富豪老头——可发现在罗马没有朋友，除了我。一夜春风，鱼水之欢，尽管我俩身型有巨大差距——她有一米八三。我抽起托斯卡纳香烟，赤条条地沉醉在 9 月的微风中，当作坊的大门敲响时，已是午夜。我担心坎帕纳又整出幺蛾子，披上被单，下楼开门。是薇奥拉。她默默看着我，我也是，茫然不知所措。亚历山德拉出现在我身后，一丝不挂。

“是谁，亲爱的？”她说“亲爱的”的方式暴露了很多男人对婚姻的期许。

“没什么。一个朋友。回卧室等我。”

亚历山德拉气呼呼地上楼了。薇奥拉嘴角浮现出讥讽的笑容。

“你来者不拒啊。”

“你这么说可不太好，她是个公主。我能为你做什么，薇奥拉？”

“对不起在这个点打扰你。我看出来了，你……你忙着呢，我是来和你道别的。我要走了。”

“我知道。两天后。我们还有时间，还会再见面的。”

“不是的。我明天就走，没人知道。”

我眉头紧皱，拉上身后的大门。

“怎么回事，你明天要走？”

“全都结束了，米莫。这样的人生。我尽力了。坎帕纳永远不会改变。我的家人也是。我要走了。”

“去哪儿？”

“美国。我乘明早的火车去热那亚。每隔三天会有一班邮轮。”

“你疯了？”

“没有，米莫。”我的朋友直勾勾地看着我回答，“我没疯。”

“可是……钱呢？”

“我有点钱。我回头去银行取出来。”

“你有自己的账户？”

“没有。”

我这辈子还从没有这么快地定下计划。

“很好。我和你一起走。”

“你？”

我让薇奥拉进屋，在办公室等我，我先去搞定亚历山德拉，借口说家里有急事要处理，对此她半信半疑。可公主是不会妒忌的，既然她现在是个名副其实的公主了。我煮好咖啡，向薇奥拉和盘托出计划。我有钱，我俩乘最近的一班邮轮离开。等她在纽约安顿下来之后，我便回来，给她的家人带去口信。那时候他们也鞭长莫及，拿薇奥拉没办法了。

“纽约……”她喃喃低语，满眼都是摩天大楼。

她搂住我一言不发，显然动情了。我俩明早六点在她的酒店碰头，直奔火车站。旅行最好一切从简——我们可以在路上采购需要的东西。她转身离开时，我拉住她。

“去热那亚之前，我想去下另一个地方。有些东西想给你看，好吗？”

我见她犹豫不决，又追了一句：

“你可以相信我。”

罗马仍在酣睡，沉醉于伟大之梦，而火车把我们带往了北方。一等车厢里，薇奥拉缠着要我说出神秘的下一站。我守口如瓶，在比萨换乘上另一班车。当火车驶进佛罗伦萨车站，我装作在读《晚邮报》，过了一两分钟，我噌地从位子上跳起来。

“快！我们在这里下车！”

薇奥拉起身，慌里慌张的，行李箱摔到了地上，她不禁大笑起来，我们赶在车门关上前下了火车，汽笛在身后嘶鸣。我俩各自只有一个行李箱，我还是喊来脚夫，把巴利奥尼大酒店地址塞给他。

当年离开佛罗伦萨时，我嘴巴黏糊糊，衣服臭烘烘，身无分文，劣迹斑斑。现在我回来了，以胜利者的姿态。我并不认识巴利奥尼大酒店的门童，但他一见到我俩便忙不迭地开启转门。我要了两间套房，一间给薇奥拉，一间给我自己。

“我们只有一间套房了，维塔利亚尼先生。不过，我们有间非常漂亮的房间，它……”

我一挥手打断了前台。

“不用麻烦了。我们去埃克塞尔西奥酒店。”

前台立马换了张脸。

“让我看看能为您做点什么，维塔利亚尼先生。或许我可以再找到一间套房，由我们这边来协调。”

我用胳膊肘悄悄捅了下薇奥拉，皱起眉头。

“我不明白。到底有还是没有？我是在巴利奥尼大酒店吗？没走错地方吧，我不小心进了一家低档旅馆？就因为你们正好开在巴利奥尼大酒店的旧址上。”

受到冒犯的前台挤出笑容。

“我们很遗憾给您造成了误解，维塔利亚尼先生。我向您确认，有两间套房。请接受我们赠送的香槟酒，十分抱歉给两位造成的不便。”

我和薇奥拉在电梯里开怀大笑。之后踏进没有尽头的走廊，晃晃悠悠地行走在搁浅在市中心的邮轮走廊上。我俩的套房宛如自命不凡的老妇，深色的护墙板，芥末黄的窗帘，居高临下地俯瞰这座城市，无言地见证了时代变迁。即便在 1938 年，它仍旧散发出老派的魅力。巴利奥尼大酒店之所以独一无二，恰恰在于它生来过时，它是时代的回响，而那个时代或许压根没有存在过。

时间紧迫——我们必须明天一早乘上八点二十五分前往热那亚的火车。我打了几通电话，接着去找薇奥拉。她脱掉了旅行时穿的裙子，换上长裤，把半长的头发扎成了马尾。要不是玲珑有致的曲线，错身而过的行人会把她当作带脂粉气的男孩。我们穿过老桥，沿河岸朝东走去，这条路我走过无数遍。薇奥拉并不知晓我的佛罗伦萨岁月，一无所知，除了我在给她的信里吹嘘胡说的那些。

作坊里面没有一张熟脸了。除了梅蒂，他在厨房改造的办公室，俯身研究一座教堂的图纸。我并没有提前告知我要来。我端详了他好一会儿，我的师父，那个把胳膊落在了卡波雷托的男人，然后敲响了房门。他抬起头，因为受到打扰眼看就要发火，瞪大了眼睛认出了我。我觉得他要哭了。

最后，他绕过办公桌，把我紧紧拥进怀里。十五年了，他的背佝偻了，头发全都白了。他也就五十五岁。

“米莫，天大的惊喜。那这位是维塔利亚尼夫人，我猜？”

薇奥拉像个少女似的满脸通红。

“不是的，我是薇奥拉·奥尔西尼。一位友人。”

“啊，那个住院的小姐？”

薇奥拉出于本能地打起哆嗦，然后她打量了梅蒂一眼，明白过来和她说话的是一位兄弟，一个同伴，她仿佛又回到了弥漫着乙醚气味的白色走廊。

我们和梅蒂在城里最好的饭店共进晚餐。他一直通过报纸了解我的职业生涯，在我为政权效劳之后，有几家媒体争先恐后地对我阿谀奉承。他告诉我，内里几年前自立门户，就在圣吉米尼亚诺附近。我笑出了声：这座以塔楼闻名的城市，塔楼的高度曾几何时反映了当地业主的财力，太适合这个自命不凡的傻子了。当交谈即将危险地滑向我那放荡不羁的佛罗伦萨岁月时，我岔开了话题。

乔托钟楼敲响了十一点的钟声。青铜的声波在大理石外立面之间回荡，最后湮没无音。我们临别依依，一遍遍承诺会再相逢。梅蒂往前走了几步，转身。

“你终于明白你为什么雕塑了吗，米莫？”

“没有，师父！所以，我还是叫你一声师父。”

他笑起来，但不是发自肺腑的，之后晃动起仅存的胳膊再次上路。远处雷声隆隆，城市沁出雨气。我拉着薇奥拉行走在卡武尔街上，这条路我只走过一次，但牢记在心，我曾在这里流过血。我们来到圣马可广场，在她面前矗立着圣马可教堂。

“我知道这地方……”

我希望沃尔特还在那里。三声叩门声后，他来开门了，一如往昔，同样的矮小，同样的修士打扮，我报出了弗朗切斯科·奥尔西尼主教的名讳，他为我们敞开大门。我和沃尔特一左一右地晃动短腿，这一段楼梯我们十六年前一起走过，薇奥拉跟在后面。走到尽头，沃尔特把一盏灯递给我，说了一模一样的话。

“一个小时，不能再多了。顶顶要紧的，不要弄出声响。”

我做了个手势，邀请薇奥拉进入第一个房间。她踏过门槛，在安吉利科修士的《圣母领报》面前站定，她哭了，没有抽泣，没有悲伤，那是喜极而泣，眼前的天使拥有孔雀一般的羽翼，而那个童贞女人即将改变世界。

“谢谢你，米莫。”

暴雨突至，雨点重重地击打在我们头顶的屋檐上，绵延不绝。我吹灭了灯，交由闪电引导我们从一间房走到另一间。有那么一瞬间，在青色、金色、橘色、粉色和蓝色汇聚而成的风暴中，我俩的友谊重又焕发了色彩。

我俩在薇奥拉的房间门口道别，她单膝跪地——她和塞尔维亚公主的身高就差几厘米吧。

“谢谢你，米莫。我永远不会忘记今晚。美国没有真正的历史。而我，我将是独一无二的，我拥有今晚。明天见。”

十分钟之后，我再次离开酒店。暴雨如注，可我不在乎。我的双脚找回了以往的印记，找回了每一步磨下的、卡在泥地里的石板碎屑。铁道若隐若现，随着每一道闪电勾勒出一条闪闪发光的道路，指引我来到空地，马戏团的帐篷依旧驻扎在那里，更加破败，更加萧条了。写了“比扎罗马戏团”的旌旗磨损得只剩下丝丝缕缕，飘摇在风雨中。大篷车就停在那里，莎拉的灯熄灭了，可比扎罗的窗口还亮着，一道暗影一度挡住了亮光。我犹豫了很久，最后转过身。我生命中的这一部分到此为止：苦难、贫穷、食不果腹。没有母亲、没有薇奥拉、没有未来，我试图在城市中的每个酒吧填满这些缺憾。再也不会经历了。

前台看见我从狂风暴雨中走出来，浑身都湿透了，他问我是否一切都好。我洗了一通热水澡，把自己包裹在酒店提供的丝绸浴衣里——它让我想起了新娘的拖地婚纱——再压上两层被子。我睡不着，当然了。凌晨三点，有人敲门，我立马起身打开。薇奥拉，穿着同款浴衣，一言不发地走进来，指了指大床。

“可以吗？”

我默默躺下。她先是躺在一侧，然后依偎着我。我知道我会铭记这一时刻，直到我咽下最后一口气。瞧呀，我的弟兄们，我并没有说错。

片刻之后，薇奥拉的声音响起，起初微不可察，后来攒足力气，盖过了从敞开的窗户传进来的隆隆雷声。

“你背叛了我，是吗？”

她是明知故问，我俩心知肚明。我不喜欢“背叛”这个词，显而易见。但关于用词的争执可以稍后再说。

“我们什么时候回彼得拉－达尔巴？”薇奥拉接着问。

“明天。”

一片漆黑中，我感到她同意了。说来奇怪，我想念她的怒气，这样我就不得不据理力争。

“你孤零零一个人在美国能干吗？你以为你的家人会好心好意给你汇钱？过去二十四个小时，我俩都在装模作样。你和我同样清楚这是浮生偷来的一日。”

“我指望着，或许吧……”

“疯了。会有其他解决办法的。我是为了你好。”

“确实，人人都说为了我好，一直都是这样。你通知了谁？斯特凡诺？”

“弗朗切斯科。在我们动身之前。我请求他给我们一天时间前往佛罗伦萨。现在，睡上一会儿。回头再说。”

我俩并排躺在床上，假装睡着了，等待黎明到来。早上六点，鲜红的波浪在阿诺河上翻滚，驱散了夜晚如同柏油的河水。有人在敲门。我开门，两个深色衣服的保镖等在走廊上，护送我俩回彼得拉－达尔巴。此后，我们再也没有提及此事。

坎迪多·阿芒蒂尼并不符合后来的流行文化塑造的驱魔师形象。温琴佐神甫年轻时见过他，他还记得那个戴着一副大眼镜的敦厚男人，那样子可不像会操控闪电和砍杀恶鬼的。根据威廉姆斯的报告，圣职部首先传唤的其实是阿芒蒂尼，而不是那些科学专家。阿芒蒂尼把自己和雕像关在一起一连祈祷了十二个小时，两名瑞士卫兵把守在存放了《圣母怜子像》的库房门前，他只带了“一本 17 世纪的《圣经》，一盒蜡烛以及一些白色粉笔”，报告详细地罗列出驱魔师的道具。报告没有提及卫兵有没有看到什么或听到什么。阿芒蒂尼终于走出房间，一周后提交了他的结论。雕像没有被恶魔附身，他只是更加困惑了，因为在凝望了雕像良久之后，他也感受到了奇怪的存在，有某种东西——绝不是成吨的大理石——衬着蜡烛的微光在他眼前跃动。不过，这种存在，他担保不是魔鬼，因为如果是前者的话，驱魔过程中会散发出烧焦的平原，或者铁锈、鸡蛋的气味，就像雷电在不远处劈下。

阿芒蒂尼斗胆给出的解释，某种程度上澄清了拉斯洛·托特的举动，当他找不到维塔利亚尼的《圣母怜子像》可以摧毁，只能把矛头转向米开朗琪罗：那件接近神圣的作品。它确实被附身了，但那是一种神圣的存在。这样说来，它是危险的。上帝太过伟大，根本无法靠近，因此他嘱托圣彼得——尽管他走过弯路——建立团体作为媒介，也就是教会。如果有人可以直接碰触神圣，就像西斯廷教堂天花板上的亚当所做的那样，那还需要教会吗？在他提交给圣职部的建议中——它在1908年取代了宗教法庭——阿芒蒂尼观点明确。《圣母怜子像》，从艺术角度来看，是件杰作。从神学角度看，它含有某种难以言说的歇斯底里。阿芒蒂尼坦言他无法理解，但他建议这尊雕像永远不要示众。

威廉姆斯教授在底下写了条批注，不乏揶揄讽刺：这个委托了阿芒蒂尼的机构还有另一个名字——宗教裁判所，在1573年传唤过委罗内塞，他胆敢在《利未家的宴会》中画下……侏儒。那些奇形怪状、充满喜感的人物违背了画面理应呈现的神圣气质。四百年后，同一个宗教裁判所指责一个侏儒太过神圣。

之后，专家、科学家和历史学家纷至沓来，对雕像进行了称重、测量，X射线扫描。经检测，雕像没有任何裂纹，这说明大理石质量上乘。有人提出或许雕像有辐射，比如氡气，但测试后否定了。加上基座，人们发现它符合黄金比例，把雕像的某些点连接起来也可以实现完美的构图。但从中不能得出任何结论，毕竟这不是第一座契合协调定律的艺术作品。最奇特的推论——大理石里面有陨石杂质、电离辐射、哈特曼或柯里之流提出的地球能量场放大——一一提出又被一一驳回。所有专家都同意阿芒蒂尼的结论。我们一无所知。

威廉姆斯教授在列举了他人理论之后，进而提出自己的。在他看来，宗教或科学都是死路一条。没有一位专家真的好好地看过雕像。只要长时间地凝望，他接着说，无不会被圣母的脸庞吸引，她的面部起伏，她的女性气质，她的感性由内而外地散发出来，虽然有种种迹象表明这位圣母有一定岁数。不同于米开朗琪罗的《圣母怜子像》中的圣母（太过年轻，不可能是耶稣的母亲），维塔利亚尼的圣母不是妙龄少女。她经历过人世。威廉姆斯教授大胆提出了他的假设，想要解开秘密，就要搞清雕塑家和模特之间的关系。

他认识她，威廉姆斯告诉我们，而秘密就来自这层关系的性质。

莱奥纳德 · B. 威廉姆斯于 1981 年逝世，他生命中最后二十年全都用来研究这尊雕像，他不知道自己点出了关键，却又错得离谱。

奥尔西尼家族的荣耀达到巅峰，而他们还浑然不知。有了湖水滋养，橘树像从前一样硕果累累。还有酸橙树，家族将其中的大部分用于出口。

1939 年 2 月 10 日，庇护十一世在梵蒂冈因心脏病骤然离世。据某些人所传，教皇正准备发表演讲来揭露法西斯的行径，而教皇的医生就这么巧是墨索里尼的现任情人克拉拉·贝塔西的父亲，谣言甚嚣尘上：墨索里尼毒死了过于碍事的教皇。

1939年3月2日，一片混乱：梵蒂冈的屋顶先是飘出黑烟，出了技术故障，最终成了白烟，可大家还是要通过梵蒂冈电台确认消息。

我们有教皇了。[1]

十七点三十分，安日纳·帕切利当选教皇。这个男人，我的职业生涯多亏了他。晚上，他顶着庇护十二世的称号回到卧室，走向女管家，拎起他那洁白的长袍，低声埋怨："瞧瞧他们都对我做了什么。"

人们一旦走出战争阴云，便不想再听见死亡这两个字。20 世纪 20 年代是活色生香的年代，人们活得马不停蹄、轰轰烈

1 原文为拉丁语。

烈，我不止一次想过，那个年代的电影虽然跳帧不连贯，但抓住了时代精髓。30 年代，远去的时光滋生出温情的好奇，死亡再次成为潮流。自以为是的小城，抑或有点想法的乡村，理应拥有一座逝者纪念碑。我理应为彼得拉－达尔巴创作一个，尽管我对此持保留意见，它的特别之处在于：只需要刻上一个人的名字。当年军方都没想过要来这偏僻的山谷征兵，他们唯恐避之不及，不想冒犯奥尔西尼家族，而他们的长子维尔吉利奥却冒出了可怕的念头，要求志愿参军，近视的命运给了他致命一击。纪念碑这事最后演变成了一出悲剧，在灰色的石碑上面，雅各布，他现在是我的官方助手，雕刻了一个法国士兵，冒着枪林弹雨挥动旗帜。空荡荡的石碑上只有一个名字，看着它不由自主地想道："多么愚蠢。"致敬反而成了侮辱。奥尔西尼家族讨厌它，镇长讨厌它，我也讨厌它，可我从未想过毁了它。我又开始马不停蹄地工作，意大利文明宫的雕塑让我一直忙活到 30 年代末。

佛罗伦萨之行后——我的背叛，不管我是否喜欢这个字眼——薇奥拉再也没对我说过一句话。我受邀参加的晚宴她从不出席。万一在村里碰见，做弥撒的日子——我一直在帮忙维护教堂，这是我个人表达敬意的方式——她装作没看见我。这很容易做到，她只要不低下头就行。她径直看向前方，看向空虚，我本该占据那个空虚，如果我身高正常的话。她无视我，因为我并不存在。我本该心生不满，可我会定期收到剪报，它们装在邮资已付的信封里，由埃马努埃莱送来，寄件人的身份他绝口不提（他看着我用力吐出"背叛"这个词）。我第一次收到剪报是在前一年的 11 月，文章提到种族主义科学家发表宣言，墨索里尼在此基础上起草了政令。之后是水晶之夜，第三帝国对犹太人发动了少数族群迫害。再后面的文章提到诺贝尔物理学奖得主恩里科·费米被迫流亡，因为他的妻子是犹太人，被禁止教学。费米后来为另一个国家实现核裂变实验。意思明白无误：斯特凡诺在对我撒谎。薇奥拉总是想要改造我，她是在告诉我，我俩的友谊或许还没有死去。

从佛罗伦萨回来之后，我和奥尔西尼兄弟以及坎帕纳爆发过一次冲突。坎帕纳大发雷霆，他受够了那个疯女人，那个不会生孩子的切面包板。弗朗切斯科朝我看了一眼，示意我不要胡来。他现在是庇护十二世的秘书，他头顶的光环连我都要俯首听命。去年，两名罗马医学教授塞来提和比尼进行了电疗实验，看来大有前途。薇奥拉是理想的实验对象，曾经收治过她的米兰医生因为她逃跑未遂，认定她是个刺头，而电击可以收服刺头。斯特凡诺露出厌恶的表情，坎帕纳解释说这个方法在母猪身上已经取得成功，在一些人身上也成功了。弗朗切斯科挥动手指，否定了这个方案。还有锂盐呢，治疗精神疾病也有疗效。我一言不发地起身。

“没有锂盐也没有电击。什么都不会有。”

我直勾勾地看着坎帕纳。

“你再提疯女人，我们走着瞧。”

坎帕纳摔门离开。这个渺小的胜利让我确信我遭受了薇奥拉并不公正的流放，她欠我一份人情。人啊，总是有办法和自己的良心妥协。

那些年，不用雕塑的时间，我主要用来学会和母亲重新相处。过往的一举一动不再奏效，需要重新发现某个共处的姿势或者方式，把我俩的躯体重新放入共同的空间。我们常常并肩行走，却甚少面对面。她是我的母亲，仅此而已，时间侵蚀了太多东西。谨慎压抑了我的冲动，而她的耐心包容了一切。

1940 年，战火重燃，无休无止。我收到越来越多的剪报，还有用绿色墨水誊抄下来的墨索里尼语录。临近年末，一辆菲亚特 508 CM“殖民者”越野车停在作坊门口，挡泥板上插了两面小国旗。着装一丝不苟的公务员下车，后面跟着斯特凡诺，他强忍住发自内心的笑容。访客递给我一封信，我当即打开。那是一张订单，要求创作名为《新人类》的雕像，将会放置在领袖的故乡普雷达皮奥的中央广场上。这份邀请，访客解释说，明面上是公共文化部发出的，其实来自高层。很高的高层，斯特凡诺追了一句，眨巴眨巴眼睛，惹得公务员大为不满。每年支付十万里拉直到完工，那打底会有四十万里拉。财源滚滚。我擦去了脑海中的绿色墨水，迅速在菲亚特的挡泥板上签下合同。

晚上，我在厨房的餐桌上画草图，桌上还有两个空酒杯、两个空餐盘没有撤走，维托里奥在收拾餐具，母亲在一角织毛衣。《新人类》有三米高，带上基座会是五米。《新人类》是听到发令枪声后从起跑线上一个箭步冲出去的健儿，他只靠一条腿支撑全身。在技术上会是一大挑战，还有人体构造。我把草稿拿给母亲看，她瞥了一眼，继续埋头编织，表示：

“你就是你，很好，米莫。”

“对不起，什么意思？”

“我觉得你的巨人，那个，连带着他的一身肌肉，这个‘新人类’代表了你想成为的样子。我对你说过，你就是你，很好。可我到底知道什么呢，我只是你的母亲。”

我怒气冲冲地跑出去，踏上月光照耀下的白色沙砾路面，没走几步吓了一跳。薇奥拉在等我，她穿了深色大衣，和好多年前在墓地里吓到我那次没什么两样。她确实是个幽灵，伫立在那里。还是儿时的她，瘦削的面庞，太大的眼睛，因见惯了人世而双眼泛红，而我也是其中之一。

“斯特凡诺和我提了你的新订单。你知道订单的主顾是谁。”

两年来她头一次和我说话。突然之间我存在了，而她对我说话是为了指责我。我像个疯子一样工作，我支付十个人的工资，奥尔西尼家族向那些愿意听上一耳朵的人吹嘘说是他们发现了我。我不是杰苏阿尔多，不是卡拉瓦乔。我没杀人，我。我的雕塑连一只苍蝇都伤害不到。

“我对政治不感兴趣。我和你说过成百上千遍了。”

“我不希望你接这张订单。”

“你不希望？”

“不希望。”

“去你妈的，薇奥拉。”

她一言不发地转身，没入夜色之中。

没过多久我出发前往法国，自打1916年那个寒冷的日子我离开之后，还从未踏足这片土地。意大利大使馆在被占领的巴黎举办招待会，以此炫耀我们美丽的国度卧虎藏龙，而我应邀参加。大使为了维持和法国关系良好的假象，至少在这样的场合，没有邀请德国人。正是在这次招待会上，有传言说我和贾科梅蒂起了冲突。我不清楚那位美国教授，就是后来写了专题论文研究我，或者说研究我的《圣母怜子像》的人，是怎么知道这个传闻的，他在论文中提了一笔。这个八卦故事流传甚广，而我和贾科梅蒂从没说过一句话。

那天的晚宴我早早到场。我并不热衷社交和俗务，但知道圈层聚会的价值，弗朗切斯科教会了我混圈子。一个问题在一小群人的嘴边来回传递——艾尔莎·夏帕瑞丽会来吗？全巴黎最棒的服装设计师不来。但其他艺术家，也并非无足轻重之辈，陆续现身。有人把我引荐给布朗库西[1]。我这位同行像是风度翩翩的流浪汉，得益于他的名字听上去像意大利发音，他出现在当天的晚宴上显得顺理成章。我俩互相久仰大名，做了些常规交流。自从我到场后，我眼角的余光总会留意到一个奇怪的家伙，乱蓬蓬的头发，闪烁的眼神，仿佛是在避开我的目光。他也像流浪汉，拄着拐杖走路。每次我俩狭路相逢，按照社交风尚理应打成一片，他却生硬地脚跟一转消失在茫茫人海中。

布朗库西对我颇有好感，不停往我杯里倒酒。我用胳膊肘捅了捅他。

“我说，那家伙是谁？那个走路一瘸一拐的。我感觉他存心避开我。”

“贾科梅蒂？他讨厌你。好啦，我们干了。”

“他讨厌我？为什么？”

布朗库西把空酒杯递给男招待。

“因为他崇拜你，我猜。”

1 康斯坦丁·布朗库西（1876—1957），20世纪最具影响力的雕塑家之一，被誉为现代主义雕塑先驱。

“逻辑在哪里？”

“很有逻辑啊。一个不会给你投下暗影的人，有什么好讨厌的？崇拜一个人，也就是有点讨厌他，反之亦然。贝多芬讨厌海顿，夏帕瑞丽讨厌香奈儿，海明威讨厌福克纳。因此，贾科梅蒂讨厌维塔利亚尼。既然我俩是同行，我也讨厌你。但我们罗马尼亚人，讨厌起来也是温文尔雅的。那么，你喝点什么？”

“我觉得我喝得够多了。”

“开什么玩笑？你看看你耷拉着的这张脸。一个男人摆出这副臭脸，只有两个原因。第一个，女人。”

“那第二个呢？”

“还是女人。”

晚宴结束时我俩喝得酩酊大醉，在瓦雷纳路上对着一辆德国轿车撒尿，这说明我还是搞点政治的。我和布朗库西保持着通信，直到他离开人世，也就是十几年之后。如果有人让他雕刻海洋，他会打磨出一块长方体的大理石，宣称既然无法完全复刻每一道波浪，那就雕刻出共性的部分。他雕刻的作品，只有疯子、动物或者用望远镜能看到。

我在巴黎住了一个月，四处闲逛，及时行乐，并非总是用理智的方式。德国佬统治下的巴黎乌烟瘴气，在一扇扇紧锁的房门后面人们在疯狂地找乐子、寻开心。一天早晨，一个德国士兵在蒙马特拦住我，我惶惶不安，没承想他瞪大了眼睛问我是不是图卢兹-劳特累克[1]。我回答“当然了，是我”，随后给

---

1 图卢兹–劳特累克（1864—1901），后印象派画家，被人称作“蒙马特之魂”。

他签了个名。

1941年年初我回到彼得拉－达尔巴，那是一个天寒地冻的晚上。有些事情不对头，我立马觉察到了。村庄本应在黑暗中沉沉睡去，可有几家的百叶窗没关严实，透射出星星点点的灯光。万籁俱寂的夜晚，每家每户本应闭门不出。然而，百叶窗没有关上。狂风从一条斜坡蹿到另一条，又穿街走巷呼啸而过。聚集在广场上的众人四散开来让我们通行。远处，警报声在回荡。

我下车奔进作坊。厨房只点了一盏灯，母亲在等我，她没有干活，双眼失神地望向黑暗，她裹着羊毛披肩，依偎在锅炉边。

“出了什么事？”

母亲起身，把咖啡放在火上。出事了。

薇奥拉失踪了。

坎帕纳几天前从米兰回到这里，带上了他的姐姐以及三个拖油瓶男孩。他们临时决定去一趟热那亚，薇奥拉拒绝同行。我通过斯特凡诺得知夫妻俩的关系十分紧张，两人已经不和对方说话了。他们把孩子留给薇奥拉照看一晚上，奥尔西尼家族全体出动，包括侯爵，连带着他的轮椅、护理和流出的口水。尽管摔了好几次，得过支气管炎，还中过几次风，侯爵仍顽强地活着。

第二天一大早，全家人回到家里，发现孩子在客厅呼呼大睡，除了最小的那个在哭哭啼啼，周围是打碎的物件，漂亮的绿沙发上留下了食物残迹。连番追问下，仆人只得承认他们昨晚翘班了，以为奥尔西尼小姐会照看孩子。我回到村里时，薇奥拉已经失踪了两天。

主客厅被改造成寻人大本营。一张桌子推到房间中央，上面堆满了地图。我连衣服都没换，直接从作坊跑去别墅。坎帕纳双手一背，嘴里叼着雪茄，在房间里来回踱步。他没看我。成群的猎户凑在地图上，熟门熟路地点评那位年轻女士可能走的小路，他们的思绪越飘越远，双眼迷离，追忆起久远的逸事，多半是在某地偶遇奇兽，然后把它给结果了。

奥尔西尼兄弟没在现场，他们在罗马远程指挥搜查行动。热那亚的港口接到了警报，航海公司也是。薇奥拉不可能登上任何一艘横渡大西洋的客轮。热那亚、萨沃纳和米兰都在找寻她的踪迹。两天来，周围的水井都被翻了个遍，但人们只发现了圣彼得的眼泪——泉水流动得比以往更汹涌。狗儿回来时耷拉着舌头，一无所获。没人会责怪它们。它们又没接受过寻人的训练。

侯爵直接在椅子上睡着了，对周遭骚动不安的气氛浑然不觉。侯爵夫人端坐在长沙发上，只在沙发另一头留下了一大摊番茄汁。自从丈夫第一次中风后，她便穿上了一身黑，消瘦的身型加上修长的四肢——女儿继承了这点，不由得令人想起蜘蛛。她的美貌属于热带美人类型的，我曾在薇奥拉借给我的书中欣赏过。这些年她让位给两个儿子来经营家族荣誉，但她仍旧维持着一张多年来编织起的社交网。有时她会独自前往都灵或米兰，总有人嚼舌根说这个风韵犹存的女人——才六十岁——是去找点慰藉，既然这里没人能满足她。或者说，没人敢满足，万一侯爵并没有他表现的那样糊涂呢。

人们不畏夜色和寒冷组队巡查——埃马努埃莱和维托里奥都参与了。我无事可做，徒步走回去。最后一次争吵沉甸甸地压在我的心头。回到家，我突然想起来有个地方大家都想不到要去看一下。墓地，当然了。我一路飞奔到逝者之地。三十七岁的我不会害怕这地方了。《马奇斯特在地狱中》的那些恶魔不会闯入我的噩梦。墓地让我想起薇奥拉，想起我们支离破碎又经过了无数次修补的友谊。它让我想到了旧时的电影，我并不认为默片的表现力更差。

奥尔西尼家族陵墓的门半开着。我缓步靠近，轻轻推开。墓中散发出岁月流逝的气味，尘土的气味。空空如也。祭坛上的鲜花风化了——好久都没人来扫墓了。我在墓园转了一圈，慢慢悠悠，最终来到笛子手托马索·巴尔迪的墓碑前。面对饱经风霜的石板，一丝疑虑袭过心头，我吓得浑身冰冷。万一薇奥拉也找到了地下通道的入口呢？万一她也在黑暗中彷徨了三天呢？她，她没有笛子。

第二天，我无心工作，母亲努力地活跃气氛。如果薇奥拉不想让人找到的话，那我们永远也找不到她。我和她的兄弟都应该明白在经历了佛罗伦萨逃亡失败之后，她的出走不会是一时兴起。她不会用真名登船。这一次，她罗列了所有挡道的障碍，预见了我们最微小的反应，甚至包括我们还没有作出的反应。我们失了先机。

夜幕降临，奥尔西尼别墅的气氛发生了变化。亢奋过后是疲倦。成为万众瞩目的英雄，而今这希望碎了一地。人们咀嚼着苦果，风尘仆仆的脸庞狼狈不堪。坎帕纳回了米兰，有“急事要处理”。

我一觉醒来，可怕的直觉告诉我薇奥拉死掉了。我十分确定，她的一部分就在刚才，在一分钟之前离开了，我太过确定了，一时之间呼吸困难，甚至爬不起来。最后，我拖着步子来到水槽边，一头扎进奇迹之泉赐予的清水里。传说中，圣人流下了苦涩的泪水。我不知道它是否苦涩，但冰冷刺骨。

新的一天到来，传回来一些荒诞不经的线索，分布在这个国家的不同地方，我们对此不抱希望。母亲把我当成孩子一样强迫我吃饭，每次我放下叉子她就唠叨一句“再吃一口”。那天晚上，我俩又有点变回母子了。

我依偎在火边瑟瑟发抖，脑子里过了一遍又一遍我俩常去的地方。没有，真的，除了墓地。没有。没有。没有。

没有，还有……

“你要去哪里？”母亲见我噌地从座位上跳起来问道。

我早已跑开。都来不及拿上提灯，只是抓起挂在家具上的旧军大衣，兴许是埃马努埃莱留下的。尽管有云层——高积云，月亮洒下的银辉为我引路。我走到吊死鬼橡树下，深入森林，我毫不畏惧黑漆漆、咔嚓作响的小径，它们不断地给我使绊子，刮擦我，试图拦住我的脚步。这一次，我足够强大。我终于找到了林中空地，这或许是奇迹或许是天意，我成功地从另一边穿越了矮树林。

她在那里。在抵达洞穴之前我就看见了她，一动不动地躺在那里。我跌跌撞撞往上攀爬，心里七上八下，因为她没有动静。等我来到洞口，薇奥拉转头看我。一片云掠过她憔悴的脸颊，而我之前以为是某种未知的庞然大物的东西，借着月色我终于看清那是比安卡的庞大躯体，它也躺着。薇奥拉依偎在它身边，身上还穿着晚礼服，只是脏兮兮的。

“它今早死了。”她低声说。

我跪在薇奥拉身边，帮她起身，把她搂进怀里。比安卡的大脑袋朝向我们，两眼睁开，舌头有点耷拉在外面。薇奥拉并不是故意扔下孩子不管的。她和孩子们玩耍的时候听见刺破了森林上空的呼唤。那是声嘶力竭的呻吟，震得四壁发颤，可之后没有人能够印证。比安卡知道自己死期将近，于是呼唤起它的母亲、姐妹和朋友。薇奥拉什么都没有多想，她以为仆人总会照看好孩子的，于是冲入森林。她在狗熊身边待了四天，为它送水，和它说话，紧挨着它睡觉。我相信如果不是我找来了，她兴许就在这次旅途中追随比安卡而去了。

她重新躺平，把我拉到她身边。我把大衣盖在我俩身上，凝望繁星。

“它有二十五岁了，”她讷讷低语，“熊生美满了。”

“你必须回去。全世界都在找你。”

“没人会知道这件事。我会告诉大家，我听到森林中有声音传来，于是走了出去，黑夜中我又惊又怕，迷失了方向，就这样来来回回走了几天。”

我俩谁都没有动。我叹气。

“太荒唐了，你编出来的这些。”

“谁才荒唐，米莫？”

“你，我。我们的友谊。某一天两人相爱了，第二天又互相憎恨……我俩是吸铁石。靠得越近，越是排斥。”

“我们不是吸铁石。我俩是交响乐。即便音乐也需要沉默。”

薇奥拉请求我埋葬比安卡，我立马应承下来，可带着铁锹回来的时候又后悔了。这项任务要赫拉克勒斯这样的大力神才能完成。而赫拉克勒斯人高马大，不像我只有一米四。破晓时分，我踉踉跄跄地回到家里，双手磨出了血泡，一觉睡到傍晚。维托里奥叫醒我，向我宣布了好消息：薇奥拉只是在森林里迷了路，她最后找到了回家的路。我佯装很高兴听到这个消息，又接着睡去。

她在床上躺了三天，恢复了元气。我手酸腿疼，这周剩余的日子也没法开工。下个周六，坎帕纳从米兰回来，奥尔西尼兄弟也从罗马回来。我受邀参加庆功晚宴，我去了，没什么不开心的。我和薇奥拉终于又和对方说上话，这才是最重要的。我要很久之后才回过味来，奥尔西尼家族的晚宴总是不欢而散，这次也不例外。

坎帕纳的眼神别有意味，我本该觉察到。我，深谙动感的老法师，我们那时正喝着酒等待开宴，他像老虎一样从侧面贴过来，头颅低垂。我本该有所察觉的，老虎常常从侧边发动进攻。

薇奥拉脸色依旧苍白，冲我微微一笑。我祝贺弗朗切斯科在庇护十二世——也就是先前的帕切利主教——身边谋得了新职位。斯特凡诺一如往常一杯接一杯地喝酒。薇奥拉的大姑子也在，身边围着吵吵嚷嚷的孩童。儿时的我曾因擅自闯入这座圣殿而手足无措。现在的我已是常客，呼吸着阳光照耀下的纸醉金迷，却从未心醉神迷。钟声敲响，我们依次入席。

晚宴吃得鸦雀无声，除了隔壁嬉闹的孩子打破宁静，变数出现在奶酪环节。奶酪盘刚兜完一圈，回到餐桌中央，坎帕纳用手掌拍响桌子。侯爵都吓了一跳，随后又陷入痴痴呆呆的状态。

"不能再这样下去了。"

"什么不能再这样下去了？"弗朗切斯科彬彬有礼地发问。

"她！"大律师嚷嚷道，指头颤颤巍巍地指向薇奥拉，"如果我买的是一辆破车，别人早给我退款了！"

"我的妹妹不是车。"弗朗切斯科反驳道，态度依旧温文尔雅。

薇奥拉低垂着头，一言不发。

"先是佛罗伦萨，这次又在森林里迷路？她是疯子，我一直这么说。更别提她生不了孩子，可能就是因为她从楼顶跳下来造成的，我承认，这件事早该引起我的注意。”

坎帕纳气得满脸通红，唾沫四溅，尽数喷在他的餐盘中。他指向自己的姐姐。

“还有埃洛伊萨的孩子呢，嗯？什么事情都有可能发生在他们身上！什么样的女人会抛下孩子不管，去他妈的！我都没提这档子事呢！”

他从口袋里扯出一张皱巴巴的纸，在薇奥拉鼻子底下晃了晃，后者立马变了脸色。坎帕纳开腔了，发出挖苦的笑声。

“这是什么东西呢，嗯？你失踪之后，我们翻找了你的卧室，希望找到一封信或只言片语，最后找到了这个。夫人现在都写诗了？”

他展开纸，清了清嗓子。薇奥拉直勾勾地看他。

“别念。”

“我要念，我乐意。最好让你的家人知道你脑袋里面装了什么，不是吗？”

“这是我很早以前写的，我那时在住院。都过去了。这是私人物件。”

“我，一个女人站立……”坎帕纳用戏腔颤音开念。

神经质的抽搐，我从未在薇奥拉身上见过过激的情绪，甚至扭曲了她的表情。

“你再念，”她平静地说，“我就杀了你。”

“啊，你还要当杀人犯啊？”

坎帕纳绕着桌子走开，和薇奥拉保持一段距离，继续念下去：

我，一个女人站立在你们点燃的熊熊烈火之中

我，一个女人站立在，看看我啊，柴堆之上，被处以火刑，被千夫所指

我，一个女人站立着，你们以为，我会号啕大哭，在你们的嘘声中，烟雾弥漫

那是你们的卑劣，你们的柴堆，你们的火刑，你们的千夫所指。

“够了。”弗朗切斯科阴沉着脸低语。

“等等，好大舅！”坎帕纳喊道，“还没完呢！”

自从我啃咬了这个苹果，有些东西在我体内发挥了作用，你们惊讶不已吧

想要翩翩起舞，想要发明火箭，想要照顾你们

而你们还是要烧死我，把我钉在十字架上

黑猫和约束衣，五马分尸，你们说我疯了，说我像个女巫，或者两者兼而有之

我啃咬了苹果，我还在啃咬，你们严阵以待吧

我，一个女人站立着，不会屈膝下跪。

坎帕纳的姐姐把脸转向一边，手捂在嘴上，尽量不笑出声。我纹丝不动，晚宴上的其他人也一样，即便是出于不同的原因。那个我以为早已死去的薇奥拉还活着，活在少女时代的那首诗中。

我，一个女人站立着，身处纷飞的战火，这是你们一手挑起的

我会是你们的救兵，当你们周遭的一切土崩瓦解

可你们还是要烧了我，当一切转危为安，而我知晓并非如此

你们要把我燃烧殆尽，把我挫骨扬灰，把我撒在各地，或者说你们以为自己能办到，因为你们的火没有热量，无法尽情燃烧

我，一个女人站立着，我的价值抵你们千倍。

坎帕纳因为一阵咳嗽而说不出话，他接过姐姐递给他的水，用空着的手向我们示意还有后续。

“啊，来了来了，亲爱的朋友们，结尾才是最精彩的，这一节我没看懂，可能因为我不是诗人！”

薇奥拉缓缓起身，薄雾从墓地升腾而起。她在背诵，声音刚够让人听见：

致那个未出生的你，你还不知道何为伤害

从云端跌落，重新站起来

当他们要求你放弃、睡觉、躺下

当他们迫使你沉默、温驯、缴械

我，一个女人站立着，正如先于我们的许许多多女人

我，一个女人站立着，而你也将站立。

死寂。坎帕纳走向妻子，咄咄逼人。

“这句话什么意思？致那个未出生的你？别告诉我你流过产？或者更糟，你……”

“流产？我写下这些诗句的时候还不认识你呢。这首诗，只是一个十六岁少女的胡言乱语。我想，我是在对自己说话，如果你非要知道一切的话。那个未出生的人，是我。无法飞翔的少女。我是在对自己说话，万一在某个平行宇宙中，那个女孩能听见我的声音。”

“平行宇宙？”

坎帕纳又差点喘不过气，他这次灌下一杯酒来清嗓子。

“你彻底疯了！”

“为了大家……”弗朗切斯科开口了。

薇奥拉一个手势打断了他。她只是优雅地挥了挥手便可以阻止千军万马。这兄妹俩比他们以为的更像。

“你总是缺乏想象力，里纳尔多。你从没想过，所有的一切并非如你所见？是的，或许有平行宇宙呢？或许这个世界并不存在呢？或许我们只是活在一头熊的梦中呢？”

所有人看向薇奥拉，目瞪口呆，除了我，我在笑。坎帕纳脖子肿胀，脸涨成了深红色。薇奥拉伸手，她的丈夫几乎是出于本能地伸手把诗还给了她。她折起纸，塞进裙子，再次面对大律师。

“我警告过你的。”

我没有看清接下来的动作。电光石火间，薇奥拉抽出最近一把放在餐盘边上的奶酪刀，用尽力气捅进丈夫胳膊。

戏剧化的事件会拉长时间，薇奥拉没有胡说。所有宾客都没反应过来，他们的思绪还停留在事发前一秒，因为难以置信而导致思维卡壳，行动变缓。然后，现实继续发展。坎帕纳看到奶酪刀离开了他的胳膊，他的外套翻领沾上了鲜血、罗克福干酪（奥尔西尼家特地从法国买来的），还有一点疑似佩克利诺奶酪的东西。他往后退了一步，接着大喊大叫。他的姐姐如法炮制，随后晕了过去。隔壁房间，孩子的哭声此起彼伏。

奥尔西尼家把别人的反应看在眼里。斯特凡诺皱起鼻子。他知道那不是致命伤，但刀口上的小齿深深地插进肉里，确实会让人疼得龇牙咧嘴。弗朗切斯科镇定起身，叫来管家，嘱咐他去请个医生。薇奥拉全程参与，毫不在意，和她父亲如出一辙。她母亲在事故发生的那刻便用餐巾掩嘴离席了。无从得知薇奥拉是存心捅他的胳膊还是错手没捅到心脏。

两小时后，坎帕纳、斯特凡诺、弗朗切斯科和我坐在客厅里，展开一场女士免入的讨论。医生给薇奥拉服用了一粒镇静药，安排她上床睡觉。我常常自问怎么会掺和到这档子家事中的，就好像我真的是奥尔西尼家的一员，如果说我之前还不能算，那是因为大家把我给忘了，他们的目光或机械式地或漫不经心地从我头顶扫过。坎帕纳还穿着带血渍的衬衫，胳膊已经过包扎。他晃动杯子里的白兰地，怨恨地看向两兄弟。

“这次，我受够了。玩得太过火了。这个不会下蛋的疯女人必须进监狱，或者疯人院。”

斯特凡诺嘴唇外翻，正要起身捍卫妹妹的名誉。或许是出于不可告人的目的，或许是出于傲慢、出于控制欲，但他准备好了出击。和往常一样，他的兄弟用一个简简单单的动作便化解了他来势汹汹的怒火。

“没人会进监狱，”弗朗切斯科低声表示，“诚然，我们从来都不认为你俩是罗密欧和朱丽叶，但现在你俩要分道扬镳了。”

坎帕纳面无人色。其实，不难猜出他的算计，他娶薇奥拉为妻，打了一手如意算盘：弗朗切斯科显然不会有孩子，或者说不会有婚生子。斯特凡诺纵情声色犬马，以前那个身板厚实但魅力不凡的大男孩而今成了大腹便便的公务员，他不可能从头再来组建家庭。那就还剩一种可能性，尽管渺茫却有概率，坎帕纳和薇奥拉的孩子将会继承侯爵头衔。薇奥拉的肚子导致计划流产。但是，和奥尔西尼家族联姻仍是光耀门楣的好事，在这方面，坎帕纳得到了很多好处。他可以吹嘘能直达教皇（确实如此，假设弗朗切斯科愿意大开方便之门）和领袖（并非如此，斯特凡诺在墨索里尼面前直打哆嗦）。奥尔西尼家族虽然经历了荒年，但他们手握的不动产，仍是一笔可观的财富。对于坎帕纳而言，他从未想过离婚这条路。这点我们一清二楚，因为他噌地从椅子上跳起来，愤怒地向我们晃动手指，另一只仍旧握住酒杯。

“不会离婚，听见了吗？我给这个家族投了这么多钱，休想。没有我，哪还有你们的柑橘，你们那该死的农田，那金贵的橘子？”

“不会离婚，”弗朗切斯科确认，“但婚姻无效。薇奥拉接受你的求婚时还因为坠楼存在精神方面的后遗症。因此，她无法作出正确的决定。婚姻无效，这件事会经由上面安排妥当。你什么都不用操心。薇奥拉会去疗养院住上几个月，做做样子。”

我无法像别人生气时那样噌地从座位上弹起来。无足轻重的细节，却终其一生刺痛了我。我扭动身子，双脚沾地，一下子站直。

“不行！”我斩钉截铁地叫道。

“这一次，”坎帕纳开腔了，“矮子说的有道理。不行，没有什么婚姻无效。”

弗朗切斯科也站了起来，抚平束了紫色腰带的黑袍。大律师不由自主地往后退了一步。

“米莫，我刚和我们的妹妹谈过话了。她同意了。是她主动要求的。我知道一处位于托斯卡纳的修道院，风景宜人。你可以自行前往确认，如果你乐意的话。至于你，亲爱的妹夫……”

他重新戴上教士圆帽，双手交叠成古怪的祈祷姿势。

“就照着我们的要求来办。”

“我们走着瞧。”

坎帕纳转身。

弗朗切斯科清了清喉咙：

“别甩下这么一句话就走了。愤怒是个坏顾问。没人强迫你接受。”

“你都是道理，神甫。此外……”

“但婚姻必须无效。”弗朗切斯科打断了他的话。

“对不起？”

“有那么……一件事。挺尴尬棘手的。几年前你强奸过的女孩，据说，坏了一只眼睛。”

大律师僵住了，慢慢转向他。

“我被认定无罪了。”

“那是因为米莫替你作证。同一个米莫可以回去重新录口供，咬定是你强迫他这么做的，而他就范是为了保护家族荣誉。”

“他会因为做伪证坐牢的。”

弗朗切斯科笑了。

“坐个两分钟吧，是的。而你，你就不一样了，恐怕你要在监狱里待上更长时间，你还会失去很多，很多的朋友。你的姐姐埃洛伊萨会怎么想？你的家族？重要的是，你精神不稳定的证据还坐实了婚姻无效。我给出的和解方案在情在理，而薇奥拉也得到了应有的惩罚，可既然你拒绝了……”

我一点也不想蹲监狱，即便就十分钟。可我耸了耸肩。坎帕纳咬紧的下颌都气歪了。瞪出的眼珠子类似玻璃质，直勾勾地盯着年轻的主教，仿佛是第一次见到他。

“婚姻无效是铁板钉钉了，”弗朗切斯科漫不经心地说下去，“剩下的就是我们想知道，你是想抬头挺胸地离开，还是打算一夕之间满盘皆输：赌上你的名誉、你的事业、你的家人。对于我们而言，结果都一样。”

坎帕纳神经质地笑了笑。他迈着沉重的脚步走向门口，在那里最后一次回首。

“你们他妈的统统都是混蛋。”他放话。

此前一言不发的斯特凡诺终于站起来。

“不。我们是奥尔西尼。”

好笑的是，我庆幸他说这话的时候我也在场。

婚姻无效的裁决在很短的时间内下达了，我们此后再也没听人谈起过里纳尔多·坎帕纳。我曾在一些电影片头字幕中见过他的名字，直到50年代，之后我听说他有天晚上回家后不见了踪影。后来有人发现，他经历了几次商业失利，只能从声名狼藉之人那里借了钱，漂洋过海去了美国。他在那里取得了成功，而他的前妻从未踏上那片土地。

薇奥拉真的要求把自己送往疗养院。1941年春天，我亲自护送她，由我的司机开车，前往隐藏在托斯卡纳群山之间的修道院。两条斜坡上的麦子还未成熟，形成一个U形，建筑物坐落在中间的空地上，四周是绿意盎然的花园。建筑物新近被涂刷成了粉色，某些角度让我想起了梅蒂的作坊——尽管佛罗伦萨在六十公里之外。修道院院长是一位五十出头、和蔼可亲的女士，她在光照充足的客厅接待我们，年轻的修女像一只只燕子，为我们端茶倒水。修道院接收处于康复期的姐妹，常常是那些饱受“精神疾病”困扰的。我们随后参观了房间。遵从其兄奥尔西尼主教的吩咐，薇奥拉的房间面朝南方，但有棵柏树遮挡阳光，深绿色的树木散发出吉他的芳香。

“我们会好好照顾奥尔西尼小姐的。”院长露出温柔的笑容向我保证，“她很快便能康复。”

我留下薇奥拉在房里收拾行李，和院长回到客厅，她递给我一些需要签署的文件，我机械地签下名字，直到我一不留神看到那行字，吃了一惊。如接受的治疗产生不良反应，本机构一概免责。我询问院长所谓治疗有哪些，会产生什么不良后果。她二话不说把我领到地下室，一路上始终笑意盈盈。这个开阔的空间原本是带拱顶的地窖，从天花板到地板全都贴上了瓷砖。高压水管在我们脚下蜿蜒，空气中弥漫着浓烈的湿气。

“我们在这里给寄宿者实施冷水浴，她们当中有些人大半夜不安分。在传统方法不奏效的情况下，这种自然理疗法可以有效治愈对肉体的渴望，或者思想上的犹疑。”

“那传统方法是什么？”我亲切地提问。

“会采用某些药物手段，但在此之前，我们会建议寄宿者在祭坛前祷告几个晚上。一位志愿者修女会帮助祷告者，借助一根竹杖防止她睡着。警惕美梦的人是智者，圣约翰－克里马库斯告诉过我们。魔鬼会在夜间现身，趁着我们的理智陷入沉睡向我们灌输悖逆常理的行为。因此，失眠是对抗魔鬼的良方。”

我请求院长在客厅等我。我上楼去找薇奥拉，她正把衣服放进衣橱里，我宣布：

“我们这就走。”

薇奥拉没有发问。她叹了口气，一板一眼地把衣物再放回行李箱。然后，我俩找到院长。

“我该怎么称呼您？”我问，“嬷嬷，我不想干出蠢事。”

“尊敬的院长嬷嬷。”当事人回答，她看见行李箱后皱起了眉头。

“尊敬的院长嬷嬷，您的修道院不是疗养院。”

“确实如此。这是战场，我们要对抗魔鬼灌注到我们内心的犹疑，要对抗肉体的诱惑。然而，胜利会带来平静。”

“绝妙的逻辑，尊敬的院长嬷嬷。就像我们在观察一块精密运转的钟表。一个过于繁复的钟表全然忘了它的职责是显示时间。”

“我不明白……”

“薇奥拉不会待在这里。”

“什么意思？”

“薇奥拉。不会。待在这里。”

“请您听好了……先生，”院长在这个称呼上加了重音，好像我只是勉强配得上，“我不知道您到底是谁，可您不像是奥尔西尼家族的人。”

“因为奥尔西尼都人高马大？”

她无视了我的问题。

“因此，我无须接受您的指令。奥尔西尼主教要求我收容他的妹妹，我只听他的。”

“他不会收回成命。”

“确实，一切都已经说定了。”

“没有这么板上钉钉。请容许我把话说明白，尊敬的院长嬷嬷。我可以不带走薇奥拉。您只要明白，像我这样一个又丑陋又畸形、自打出生那刻起就被上帝抛弃的家伙，我认识很多三教九流的人。我也为此感到抱歉，可怎么办呢，我们也没法从头再来。如果我不带走薇奥拉，好好看着我的眼睛，在我说话的时候，我两天后会回来。我会一把火烧了修道院，将它付之一炬。请您放心，您的信徒，还有您本人全都会安然无恙，我不是野蛮人，尽管我想让您也来一场冷水浴，把疑虑统统冲刷掉。有一点是肯定的：我会确保没有一块石头留在另一块石头上。[1]”

薇奥拉惊讶地审视我，不过那位院长波澜不惊。她很快恢复镇定，一言不发地把我们送到门口。

弗朗切斯科一反往日的审慎，在电话里冲着我大吼大叫，他收到了来自尊敬的院长嬷嬷的正式投诉。我建议他去冲个冷水澡，说罢挂断了电话。

此后的两年间我几乎没怎么见过薇奥拉。我自己碰到了一些麻烦，此外，她从修道院回来后仿佛变了个人似的。一夕之间，那个以前从不在意外貌的薇奥拉穿上了最漂亮的巴黎高定华服。她坚持陪伴母亲四处社交，联络感情，当父母接待客人时她也扮演起女主人的角色。关于年轻侯爵夫人的赞誉很快传到了我耳边，一个尤物，一个懂得待客之道的女人，她继承了母亲所有的美德，会是绝佳的妻子，只是她不可能为人妻了，三十七岁的年纪，太老了。

薇奥拉把自己全副武装起来，为了躲避那个真正的自己，而在我看来，扮演交际花这种行为是最人畜无害的。我自顾不暇，甚至忽略了我的好友那过于夸张的彬彬有礼。1941 年的日子一天天过去，有一点越来越明确，随着战事爆发，罗马世博会办不成了。没关系，政权如此表态，我们的军队兵强马壮，大杀四方。对于他们来说是无所谓，可对于我不是。既然世博会取消了，那为它建造的文明宫也永远不会启用。它那精美绝伦、空空荡荡的躯壳数年之间俯瞰着罗马。法西斯建造的不是

1 此处引用了《圣经》中的典故，罗马人将耶路撒冷夷为平地，“连一块石头也不留在石头上”。

歌功颂德的丰碑，他们在不经意间缔造了自己的陵墓。我手头的十座雕塑没了去处——三年的工作，还有供应商和学徒的付出——看来是竹篮打水一场空。将近二十年里我几乎从未因为金钱产生过焦虑，我都快忘了自己曾一贫如洗，就在一夕之间，我需要裁掉一半人手。我催促手下加倍干活，完成手上的订单，同时游走于各地挖掘潜在客户。我在职业生涯中第一次突然害怕自己过时了。其实，我的作品仍旧广受欢迎。全世界都喜欢，除了我本人，自从我意识到自己还是那个十六岁的雕塑家，尽管已年届三十七。

一天晚上，我在床上辗转反侧，在梦中焦虑不安，卧室的房门吱呀打开了。母亲把手放在我的额头上，低声说“嘘，嘘”，然后哼唱起一首古老的童谣。我记不真切了，但我曾在遥远的过去听过，那还是在萨瓦省的日子，幸福的暖流向我涌来。

“你没必要一刻不停地奔跑。”她在我耳边低语。

第二天，她在厨房等我，仿佛什么事都没发生过。我都不确定那是不是我做梦梦到的。

几个月之后，我重新实现了收支平衡，又雇了两名学徒。战事所迫，我接不到私人订单，除了那座巨型雕塑《新人类》，我为它挑选了一块洁白无瑕的石料。现在，他们会为我保留最好的石材，惹得竞争对手和同行大为不满。我对供应商从不手下留情。雕塑比预想的小了点，可当我看到那块石头，我当即作出决定，就是它。我触碰到大理石，一股战栗传遍全身。它在对我说话，这事好久没发生过了。我敢肯定它的内部不会有一丝裂缝。它全身心地交托给了我，没有一点保留。

我并没有立即开工，我有自己的盘算，现在的我只接受现款。我也算不上罪大恶极吧，比起那些让我给文明宫干活又没给我钱的人。弗朗切斯科原谅了我的傲慢无礼，为我介绍了新客户，在航空业发家致富的前任神甫。那人想要在斯塔列诺公墓为自己营造一座恢宏的陵墓，那是热那亚最大规模的墓地，堪称公墓中的公墓。逝者之城美轮美奂，毫不逊色于生者之城，据说有人甚至不再畏惧死亡，迫不及待地想要在此处安息。客户坚持要求是我本人操刀，我不得不回到罗马暂住一段时日，因为他常常临时造访，以确保我没有骗他。过了几个月，他驾驶着自行设计的样机，葬身地中海，尸骨无存。陵墓交付给了他的家人。我不知道他们是怎么处理的。兴许今天还矗立在斯塔列诺公墓中，空空如也，或者被另一个逝者寄居了。但航空家是个体面人，提前付了钱。

也就是在那个时期，差不多1942年圣诞节前夕，有种奇怪的直觉纠缠着我。某种压迫感，在我的视野范围内有些动静。我向斯特凡诺和盘托出，后者嗤之以鼻，我又对弗朗切斯科说了，他只是低声发出“唔”。我打电话给母亲，絮絮叨叨地说起自己还有那种感觉。她问我是不是工作太多了。

我没疯，也不是工作太多。并非每天都会碰上，我理不出头绪，也给不出解释。但我对此确定无疑。

我在罗马时，有人跟踪我。

快点，快点，永远再快点。

20世纪20年代初，从彼得拉－达尔巴到罗马需要两天时间。十年后，只需一天。再过十年，半天就够了。火箭即将出现。声障五年后会被突破。声障。我知道马儿和马车，突然之间我们若无其事地推倒了声音，连个道歉也没有。

我回到彼得拉－达尔巴过圣诞，被人跟踪的感觉随即消失。母亲卧床不起，她得了肺充血，一开口说话便气喘吁吁。医生检查后，神色忧虑地宣布说："她的肺里有支交响乐队，还不是室内乐。"维托里奥夜以继日地守护在她身边，那是他的第二个母亲，维托里奥则是她的另一个儿子。她在作坊住了六年，再没有提起过离开，他俩变得极为亲密。甚至安娜因为要带孩子回来见父亲，在一次次的接触过程中也喜欢上了我的母亲。安娜和维托里奥一年前正式离婚。有天晚上，喝多了酒的维托里奥唉声叹气："我真想把自己的缺点堆在一起，一把火烧了，成为她喜欢的那种人。"

奥尔西尼别墅组织了小范围的圣诞节年夜饭，除了他们家的人，还有我，以及两名和家族沾亲带故的老太太，耳朵聋得什么都听不见，两个单身表亲，其中一人老糊涂了。薇奥拉得心应手地扮演起年轻侯爵夫人的角色，穿梭在人群之中，对着老掉牙的笑话也能哈哈大笑，她快乐得两颊绯红，仿佛生活在美梦之中。圣诞礼物堆在壁炉边上，薇奥拉亲昵地搂住母亲，她收到了一枚胸针作为礼物，橘色钻石两边各镶嵌一块祖母绿，构成橘子图形，那是他们家族的护身符。斯特凡诺俯身凑向礼物，从中抽出一个写有我名字的信封，扔给我，这番举动完全在我意料之外。里面的卡片切过边，上面是烫金的两个束棒，一份邀请函，邀请斯特凡诺·奥尔西尼参加 1943 年 3 月 23 日意大利皇家学院的晚宴。我笑盈盈地把邀请函还给他。

“我想，这是给你的。”

斯特凡诺耸起一边眉毛，研究一番后，耸耸肩膀。

“我搞错了。”

他装作在口袋里翻翻找找，终于掏出另一个信封，递给我，同时投来狡黠的目光。我的心跳骤然停止。信封里面是 1942 年 12 月 21 日颁布的政令副本。经文化部部长个人推荐，因雕塑家米开朗琪罗·维塔利亚尼在艺术领域为意大利的精神思想进步作出的杰出贡献，接纳其成为意大利皇家学院的成员。

泪水夺眶而出。仿佛回到了十三岁，我在别墅的边门上痛哭流涕，众人审慎地移开目光，容许我恢复常态。在这种场合，男人是不会哭泣的，除非他是个娘们。我正式当选皇家学院成员的仪式会放在 3 月 23 日的晚宴上，斯特凡诺告诉我。大家打开香槟，举杯庆贺，接着又喝了几杯。我避开薇奥拉的目光，而这次是她主动找上我，用她那戴了手套的手抚过我的手腕。

“可喜可贺。我为你高兴。”

晚宴过程中，其中一位老太太清醒过来，就圣座针对德国的立场发起讨论。香槟发挥效力了。

“你，”她对弗朗切斯科说，“你现在是主教大人了，可我给你换过襁褓，看过你的小鸡鸡。那么，请告诉我们那边到底怎么回事。因为我，我不支持墨索里尼这头猪，更不喜欢希特勒那头猪，但我支持上帝，我想知道他是怎么想的。”

弗朗切斯科一贯说话滴水不漏，他宽慰道，教皇陛下十分关注战争造成的生灵涂炭，他严厉谴责战祸。

“那他为什么不说？”

“他说了，亲爱的老姨。”

“并没有点名罪魁祸首。”

“教皇陛下也不能随心所欲地……表达。”弗朗切斯科解释说，朝兄弟投去揶揄的一瞥，“他要小心行事。”

薇奥拉凑过去，一手搭在阿姨的手上，就像她刚才祝贺我时那样。

“好啦，阿姨，别谈政治了。”

“的的确确。”斯特凡诺附和，气得满脸通红。

没有老糊涂的表亲负责照看这位阿姨，后者很快又在餐桌上打起了瞌睡。晚宴在略微紧张的沉默气氛中告一段落，宾客渐渐散去：斯特凡诺到花园抽烟，弗朗切斯科回卧室写信。我迟迟不走，因为薇奥拉还留在壁炉前。她从口袋掏出药盒，取出两粒粉色胶囊，就着水服下。

“你病了？”

“哦，米莫，你还在啊？不，我没病，只是医生给我开了些补药，以防我感到疲劳。”

“扮演完美无缺的小侯爵夫人确实累人。”

我把脸埋进手里，唉声叹气。我也喝了酒。薇奥拉似乎不为所动，把打开的药盒递给我。

“来一粒吗？你瞧，能解压。”

“对不起。我不想这么说的。”

“不想吗？我觉得这恰恰是你想说的。”

“或许吧，但不是这样说出口。我知道，你并不赞同我职业生涯中做出的某些选择。可是皇家学院，你明白的……那是认可。”

“我真的为你感到高兴。”

“假的薇奥拉才会为我高兴。真的薇奥拉，如果可以，会杀了我。”

“并没有真假薇奥拉之分。只有我。”

“你知道我是怎么想的？你这些年的掩饰就是为了让我发疯发狂。”

薇奥拉发出短促的笑声，不可置信似的，然后双拳抵在胯上。

“好啦，米莫，看来你也没读明白我借给你的那些书。可惜了，否则你应该知道布鲁诺之所以会死，就是因为他要捍卫自己那些学说，其中一条认为地球并没有绕着你转。”

嘘嘘声引起了我俩的注意，吓了我们一跳——侯爵还留在房子一角，没人留意到他。他的目光转瞬之间又变得空洞。薇奥拉摇铃，仆人匆忙现身，推走了一家之主。

“这些都是我应得的，”只剩下我俩之后，我再次开口，挥动我的提名政令，“我该得的，没人能够剥夺。”

“没有人想要剥夺。”

“你撒谎，薇奥拉。你恨这个政权。可对于我来说，它是好政权。”

我往前一步，使出了我的终极武器。我指着自己这副躯体。

“别对我指手画脚。你不知道我到底是什么人……”

薇奥拉如法炮制，指了指自己。

“你也不知道我到底是什么人。”

她转身面向炉火，得意地撇撇嘴，就像一个渔夫在钓上来一条有点愚蠢的鱼儿之后又把它扔进河里，并不在乎这微不足道的战绩。

母亲痊愈了，众人如释重负，我可以回到罗马。永恒之城飘起了雪花，寒风刺骨，我的公寓供暖很差，但任何事都不会影响到我的好心情。再过三个月，我就要接受这个国家最高级别的艺术荣誉。随之而来的宣传效应会为我带来新订单。

一星期之后，那种奇怪的感觉又一下子回来了。有人跟踪我，确定无疑。我使出了各种手段，突然钻进一条窄巷，穿过一栋大楼，那感觉会消失几小时或者几天。我再次找到斯特凡诺，他在内政部身居要职。

“你当你是谁啊，格列佛？”他打趣地问我，“你以为自己是大人物，还有人跟踪你？我们为什么要跟踪一个领袖刚刚嘉奖过的家伙？政权的坚定支持者？”

不过，他答应给我一个结果，当天晚上他来到作坊，信誓旦旦地说我是在胡思乱想。没人跟踪我，或者说，不是他的人。随后几天这种感觉变弱了。我决定好好犒劳自己，我即将跻身皇家学院，典礼举行前数周我预订了俄罗斯酒店的花园，以我的名义举办一场晚宴——只有自己才会尽情奖赏自己。弗朗切斯科保证会有几位红衣主教到场，我知道如果公务允许，庇护十二世也会莅临。我的塞尔维亚公主不久前成了寡妇，又找了个情人。“那人更有存在感。”她对我说。我不清楚她是在暗示我常常留宿彼得拉－达尔巴，还是说我做爱的时候越来越心不在焉。但她还是来了，风情万种、光彩夺目，陪伴她左右的裙下之臣乐意干任何事来博美人一笑，包括向我订制一件根本不需要的雕塑品。斯特凡诺和往常一样，呼朋唤友地大驾光临，那些朋友或多或少不值一提，但不得不承认他们挺能搞气氛的。空旷的大厅里，两队人马泾渭分明，不由得使人想起两支足球队，代表梵蒂冈的红队，代表政权的黑队。各色美女竞相争艳，模糊了两队之间的界限，起到了连接、润滑的作用，但双方是不会合流的。香槟酒哗哗流出，还有其他酒水。我甚至看到可卡因在法西斯那伙人之间来回传递。

亚历山德拉·卡拉－彼德洛维奇公主不吝于和我公开调情，瞬间惹得现场某些女性分外眼红，或许还有些男人。他们会想，既然那副德性的家伙都能得到这样一位女性的青睐，皇家学院也要接纳他，那说明他绝对有不同凡响之处。我并没好好利用这种关注，我本以为自己会那样做。自从感到被人跟踪之后，我时时处于警惕状态。

路易吉·弗雷迪也来了，还带了一名年轻女演员。我的身高有时会让我陷入尴尬。斯特凡诺好几次吹嘘我看世界的眼光独一无二，但我并不喜欢冲着女士的胸脯说话，尤其是这个女演员还特意凑近我，和我交谈。我后退，她向前，上演了一出奇怪的双人舞。临近子夜时分，门房来找我。

“维塔利亚尼先生，保安拦住了一个人，他试图进入酒店。

他声称认识你，可拿不出邀请函。我们怀疑那人想混吃混喝，或者是个记者。”

“他长什么样？”

门房露出厌恶的神色，几乎难以察觉。但我可以从石头中读出表情，更何况肉体……

“您最好亲自去看一看。”

我们来到二楼。门房指了指走廊上的窗户，他已挑起窗帘，从那里可以居高临下地看到入口。楼下，一个男人迎着寒风在耐心等待，他踱着步子，冲双手呵气，我瞬间明白最近几周跟踪我的人是谁了，因为不可能是别人。我也明白了在我询问来人的相貌时，为什么门房会面露难色。那人和我长得类似：他是比扎罗。他的头发有些白了，背有些弯了，但那是比扎罗，我百分百确定。

我露出圣彼得的笑容，一如两千年前那样，对着一脸好奇的保安正色道：

“我这辈子都没见过那人。”

凌晨三点我打道回府，比我预料的要节制。我坚持步行，司机跟在我身后。或许是为了忏悔吧，我刚才把比扎罗留在了冰天雪地之中。我站在二楼窗户边，亲眼看见保安把他轰走。他冲他们的脚下啐了口痰，之后顶着鹅毛大雪走远了，他的脑袋缩进衣领中，手插在兜里。他的出现绝没有好事。他并没有像其他正经人那样彬彬有礼地来到我家，自报家门，而是跟踪我，试图闯进我根本不想看见他的晚宴。比扎罗无所不能，他可以为了朋友，让人打开圣马可修道院的大门，在下一秒又把那人叫作侏儒，后来又捅了一个法西斯党徒。他或许想敲诈勒索我。我现在生活优渥，我的脸经常出现在这份或那份报纸的社交版面上。

只有见过银装素裹的罗马才能宣称在人世活过一遭。寒冷激发出各种气息。经历了夜之气息——价值连城的香水、挥汗如雨的玉体，紧随而来的是日之气息——路灯的金属味、咖啡香味透过酒吧蒙了水汽的玻璃窗飘散而出。我回到家的时候都快冻僵了，和衣倒在床上，连灯都懒得打开。房间一角的锅炉仍在燃烧——我出门前点上的。为什么要撒谎？比扎罗令我不安，但并非恐惧促使我矢口否认。那年我和薇奥拉同游佛罗伦萨，我也是用同样的理由打消了去探望他的念头。比扎罗和莎拉见过我埋身污水沟。他们见过最烂的我，我只是不想再次和这些人重逢，生怕发现那个最烂的我才是真实的。如果这是真实的，那今时今日戴着坦克手表、穿着定制西服的米莫·维塔利亚尼就只能是个冒牌货。

再过几小时，我和供应商有个约会。我并不打算睡死过去，处于一种半睡半醒的状态。安纳托利亚平原的暖风吹来了火苗的气息。遥不可及，如梦似幻，之后更加浓烈。我没在做梦。房间里有什么东西在燃烧。

“那么，你是认不得老朋友了？”

我惊跳起来，动作太大直接从床上摔了下来。我的眼睛适应了黑暗，这一次，我看见了。比扎罗坐在房间一角，离窗户不远的地方。炉灶也在边上，他正好脱离了炉火的橘色光晕。他抽着烟斗，从中冒出的红光映照在他的眼珠子上，那样子令人不安。

“该死的，我差点犯心脏病！你怎么进来的？”

“大门口，和所有人一样。安保措施有待加强啊。”

我恢复镇定。这终究只是老朋友之间的调侃。我是米莫·维塔利亚尼，没有什么能伤害到我。我去厨房倒来两杯李子酒，把其中一杯推到他面前，然后席地而坐——毕竟这房间里也没有椅子。

“对不起，刚才，可是那个晚宴……”

“没关系，米莫，我理解。”

“好久啦，我说。你还好吗？”

他笑了起来。

“你真的想问这事？我们来聊一聊美好的旧时光？”

“很好。你为什么跟踪我？”

“我要弄清楚你接触的人，再和你接头。我害怕你的某些朋友，那些一身黑的人。我需要搞清楚你和他们同流合污到了什么程度。”

“你想要我做什么？”

“我对你没要求。我需要你的帮助。或者更确切地说，我姐姐。”

“你有姐姐？”

“当然，我有姐姐，你个蠢货，你和她很熟。莎拉。”

“莎拉是你姐姐？”

我目不转睛地看着他，马戏团最后那段日子不堪、纷乱的记忆向我袭来，我愣住了。莎拉带给我的慰藉无人可比。

“你没说过她是你姐姐！”

“我也没否认过。”

比扎罗抽了口烟斗。我在等待，他一声不吭。

“发生了什么事，莎拉？”

他慢慢地从口袋掏出一张折起来的纸，传给我。一张印刷品，字迹都快看不清了，还沾了水渍和糨糊，显然之前是张贴在某处又被撕下来。

“这是什么？”

“443/45626号通报。你的朋友下令拘禁外籍犹太人和无国籍犹太人。莎拉遭到了逮捕。她在塔尔夏的费拉蒙蒂集中营待了六个月，那是在意大利南部，荒无人烟的沼泽地上建立起一百多座营房。她运气算好的，还有条件更差的。”

“我不知道你们是犹太人。”

“我们当然是犹太人。你不会以为我真的叫阿方索·比扎罗吧？我出生在托莱多[1]附近，真名叫伊萨克·萨尔蒂埃尔。我要搞清楚你的为人是否变了。我一直在追踪你的职业生涯，亲爱的。有一天，我在《晚邮报》上看见你的照片，差点没认出来。瞧瞧你啊，真的，你不是侏儒了。你成功了。”

“你来这里就是为了侮辱我？”

比扎罗眼神中那争强好胜的火苗再次点燃了。它曾经能焚起纯净而炽热的精油，而今只遇到一潭死水，浑浊而深不可测，火苗随即熄灭。比扎罗颓然坐在角落里。

“不是的，”他嘟嘟囔囔，“或者说，我情愿如此，但我是要你想办法解救莎拉。你有关系，别撒谎。她待的集中营还算凑合，可那终究还是集中营。还有，事情不会到此为止。镇压

1 西班牙中部的一个自治市。

会越来越残酷。我知道的，因为我见过。”

“什么，你见过？”

“我什么都见过。我是流浪的犹太人，米莫。我活了两千年。两千年来，我饱受欺凌，流散四方，家破人亡，两千年的唾弃、隔离、在黑夜中出逃。我走遍了全世界，威尼斯、敖德萨、瓦尔帕莱索，无论我在哪里定居，他们都会把我找出来。他们杀了我千百次，而我一次又一次重生，记得所有一切。”

“你彻底疯了。”

“或许吧，我的朋友，或许吧。那么，你会帮助我吗？”

“为什么你没有遭到逮捕？”

“就差一点。我们得到了通知，可莎拉在最后一刻改变了主意。她不愿再东奔西跑了。‘他们总会来的。’她就是这么说的。果然，他们来了。他们是不会错过这种机会的。”

他最后抽了一口烟斗，直勾勾地看我。然后，他翻过烟斗，就地敲打，清空了烟斗，毫不在意我的地板。

“那么，你会帮我吗，会还是不会？”

“如果我拒绝呢？你要威胁我吗？告诉全世界的人，我曾经和醉醺醺的恐龙一起翻跟斗？给我插上一刀？”

“哦，我太老了，插不动刀了。你拒绝的话，我只能孤零零、遗憾地离开。我是要告诉你，终有一天你的良心会比你的手表更值钱。等到那天，你会发现，在这世上只有良心是你用再多的金钱也无法赎回的。”

斯特凡诺必须关上办公室的门，因为我在大吼大叫。

“你对我撒谎，你这个混蛋！你把那个女人从你那该死的集中营里放出来！”

他命令我安静下来，声称他没做过伤天害理的事，这倒是真的。没人会做伤天害理的事，罪恶的美恰恰在于它无须主动做任何事，只要眼睁睁地看着它发生。”

“这事很棘手的，格列佛。如果那人在集中营……”

“我叫米莫。”

“很好，米莫。如果那人在集中营……”

“给我听仔细了：我为你的家族做得够多的了，在你们需要我的时候，你明白我这话的意思吗？”

斯特凡诺眯缝起眼睛，他的脸盘愈发显得臃肿。他并没有显得咄咄逼人，反而像是一头在日头下呼呼大睡的猪猡。

“这是威胁？”

“当然是威胁。你是脑子坏了还是怎么的？”

他跳了起来——我从没有用这种语气和他说过话。接着他叹气。

“我来看看能做点什么。既然这人也没犯罪……”

“她犯了一桩罪。生而为犹太人。”

他面色愠怒地弹响舌头。

“你不觉得自己有点过分了？集中营并不是你以为的那样。好吧，看看这些。”

他转身，拿起柜子上的一份文件夹，丢在办公桌上。一张照片滑了出来，舞会中的舞者。每对舞伴都是男人。

“亚得里亚海上的圣多米诺岛。1938 年，岛上关押了五十多名堕落的同性恋。好吧，你猜怎么着，我们不得不关闭那个营地，他们成天寻欢作乐，一群小疯子，小骚货。他们穿女装，聚众鸡奸……他们的开销抵得上一个公主了！而你的犹太女朋友，她的处境不算差了。”

他哈哈大笑起来，瞅见我的脸色又阴沉下来。他见过很多杀人犯，能够作出辨别。

“我做出了选择，米莫。我从不后悔自己的选择。我跟犹太人无冤无仇的，相信我。就连那些搞同性恋的家伙，我也无所谓。他们什么都没对我做过。可命令就是命令。意大利是伟大的，而我们只是小人物。你不能只接纳你喜欢的，排斥你讨厌的。”

他做了个手势，让我出去。

“等一切搞定了，我给你打电话。”

1943 年 3 月 3 日，罗马－普雷内斯蒂纳火车站，莎拉走下来自那不勒斯的火车。我和比扎罗等在月台上。看到她的刹那，我受到了沉重一击。她在费拉蒙蒂集中营没有遭受虐待，不过那个让我失去童真的六十老妇已经八十了。她依旧美丽，头发雪白，骨瘦如柴。不再是集市上的女巫，抚慰人心的女人，而是一名女预言家，目光悠远的圣贤，散发出奥秘和月桂的芳香。她搂紧弟弟，然后笑盈盈地看着我，用她的双手握住我的双手。

“米莫，你没变。”

“你也是。”

我们四目相对，良久良久、默默无闻。比扎罗清了下嗓子，抓起他带来的行李箱，领着我们走向另一个月台。最后几名乘客正在登上一列火车，他扶姐姐爬上去。

“你们要去哪里？”

“你还是不要知道更好。”

比起我在1916年抵达的都灵火车站，差距天上地下。接近一半的火车采用了电力。烟雾少了，噪声也小了。离别不复往昔那般轰轰烈烈。女祭司从车厢探出头，蜻蜓点水般送给我一个吻，旋即消失不见。比扎罗还留在踏板上。我以为他是要向我道谢，而他只是说：

“我不会评判你的抉择，米莫。打不过他们，就加入他们[1]，我的朋友这么说过。你打不赢他们，就加入他们的阵营吧。你理应在皇家学院有一席之地。”

“谢谢。”

我们又聊了几分钟，直到汽笛发出嘶鸣。在一声气压的长叹中，火车晃动起身躯。比扎罗仍驻足在踏板上，我跟着走起来，又变成小跑。那不是电力火车。喷吐而出的黑色浓烟散发出1916年的气息，从我俩之间飘过。声响越来越大，火车在铁轨上摩擦、碰撞，发出尖厉的声音。我要跑起来才能追上比扎罗。

“其实，”他说，“忘掉漂泊的犹太人的故事吧，就那个晚

1 原文为英语。

上！我有点喝多了，要暖暖身子！”

我跑得上气不接下气，在月台的尽头，我目送我的部分少年时代拉扯出一道悠长、蜿蜒的烟炱，随后烟消云散。

又过了两周，名流齐聚法尔内塞别墅，意大利皇家学院的总部。我在门口迎来送往，此刻的我还是平头百姓、平平无奇、微不足道。再过一个小时，我会成为皇家学院的一员。每个月可以收到三千里拉的工资，拥有一套让埃马努埃莱妒忌到发狂的制服，免费乘坐我们国家漂漂亮亮的火车，还是头等车厢呢，大家会尊称我“阁下”。我还不到四十，尽管我已长出了几缕白发。

奥尔西尼兄弟来了。薇奥拉没有来。我看见路易吉·弗雷迪一晃而过，他身边总有我不认识的各色美女。仪式之前安排了鸡尾酒会，我意外地在宾客之中发现了内里。他也上了岁数，穿得光鲜亮丽，下颌四四方方，露出招摇撞骗的笑容。内里热情洋溢地祝贺我，仿佛过去那些事儿根本没发生过。他发家致富了，之所以出现在这里，是因为希冀着有朝一日也能受邀加入我们这个声名显赫的组织。在他要离开的当口，我拉住他的袖子。

“还有件金钱上的小事，你欠我钱。”

“我欠你钱，我？”

“当然啦。好好想想。佛罗伦萨，1921 年，你和你的打手揍了我一顿，把我洗劫一空。听着，我的结局不算差，可问题不在这里。信封里有一百五十七里拉。算上通胀，就是两千里拉。”

我向他伸出手。内里不可置信地看着我，发现我没在开玩笑。有些人投来好奇的目光，他扯住我的肩膀，勉强挤出笑容。

“好啦，米莫，太可笑了，我们那时还都是小屁孩。”

“两千里拉。”

“我身上没带这么多钱。一千，顶多了。”

“你的手表真漂亮。”

“你疯了？那可是沛纳海。比你要的钱贵三倍。”

“我们把话说清楚，内里。要么你现在给我钱，要么等我当上皇家学院成员之后，我绝不让你加入。”

内里面色惨白，呵呵一笑，最终脱下了手表。

“我们两清了？”

“还没呢。”

我把他的手表小心翼翼地放在地上，然后用脚后跟踩上几脚。

“好了，两清了。”

必须多说一句，在为灵魂过秤时，我不会是个好赌客。

晚宴开席。这么长时间以来我第一次感到紧张。身着制服的皇家学院成员令人印象深刻。不消说，还有着装一丝不苟的名流，几名宪兵，或许是为了保护我们的人身安全，这种上流聚会很容易成为众矢之的。有个高大的身影鹤立鸡群，坐在路易吉·弗雷迪边上，和我隔了几桌。他占了两个人的位子。在某次换餐盘的间隙，我走上前去，不可置信地拍了拍他的肩膀。那是我这辈子最美妙的一夜。

“对不起，您是马奇斯特吗？我是说，巴尔托洛梅奥·帕加诺？”

巨人转身，朝我微笑。那是个疲倦的巨人，曾无数次把坏人扔出窗外，又无数次把魔鬼赶回地狱。他站起来。有那么一瞬间，我们上演了整个意大利最滑稽可笑的一幕，全国最知名的演员和最知名的雕塑家形成了如此悬殊的身高差。帕加诺微微弯下腰，向我伸出手。我看得出，他有些费劲。

我俩寒暄了几句，之后我告退。我在铺了大理石的洗手间，面对镜子背诵演讲稿，几乎整个人都在发抖。走廊尽头，掌声雷动，椅子嘎吱作响。轮到我上场了。皇家学院主席致敬了在场的名流，说了几句机灵话惹得众人哄堂大笑，最后宣布了今天的正事，我，我生于淤泥，摆脱了淤泥。我腼腆地穿过众人，红着脸接受大家的拥抱、握手、拍背，登上舞台。我不知道他们是否刻意选择法尔内塞别墅，为了让人肃然起敬，但它真的产生了类似效果。招待会安排在二楼的透视厅举行。佩鲁齐的壁画造成了视觉陷阱，让人以为边上的两座凉廊面朝罗马。那效果简直令人叹为观止、目眩神迷，最令人啧啧称奇之处是这地方根本没有美景，也没有凉廊，那只是两堵坚实的墙壁。我有点晕晕乎乎，或许是因为我背诵了太多遍演讲稿，早就烂熟于心。谢谢，尊敬的朋友，谢谢。你们可以想象这份荣誉所承载的……主席递给我一个方盒子，里面衬着午夜蓝丝绒，一枚金质奖章躺在其中。我没听见他对我说的话，我最终站到了听众面前，他们聚精会神，鸦雀无声。同样是这些人，在二十年前绝不会给我一个里拉。

“谢谢，尊敬的朋友，谢谢。你们可以想象这份荣誉所承载的意义，对于我这样一个男孩，我出生的时候，没有琼楼玉宇，没有金汤匙。雕塑是一项讲究体力的暴力艺术，所以我从未想过有朝一日可以站在诸位面前，因为诚如你们所见，我和我的少年偶像巴尔托洛梅奥·帕加诺先生迥然不同，他今晚也大驾光临。”

掌声响起。帕加诺半起身，轻轻挥手，点头向我表示谢意。

“我不会用长篇大论把你们搞得兴味索然。我要感谢那些在我的艺术求索之路上陪伴我的人，它和我们此刻颂扬的任何艺术都有一个共通点，当你以为找到了孜孜以求的，你会发现那是竹篮打水，那个东西永远在你面前，遥不可及。你朝它迈出一步，它同样前进一步，我们总希望能缩短一点距离，心存侥幸希望有一天能赶上。一件作品只是下一件作品的毛坯。我首先要感谢我的父亲，他教会了我所知的一切，还有奥尔西尼家族，我的资助人。最后，我要借用一位友人的话来收尾，不仅代表奥尔西尼家族，当然也是我想要传递的。Ikh darf ayer medalye af kapores... in ayer tatns tatn arayn! 请原谅我的发音，这是意第绪语。字面翻译过来的意思是：这枚奖章，塞到你爸爸的爸爸的屁眼里。或者，我们用更现代更直白的语言翻译下：你尽可以拿起你的奖章，塞进屁眼里。”

众人面面相觑，鸦雀无声。我想，我发起的这波冲击是地动山摇的，连地球都稍稍偏离了它的轴心。接着，抗议声四起，融汇成难以辨认的隆隆声，有人报以嘘声。帕加诺平静地双臂交叉，惊讶地打量我。

“米莫·维塔利亚尼和奥尔西尼家族向你们致以诚挚的问候，亲爱的朋友们！”我的高喊声盖过了喧哗声，“我们再也不会为刽子手政权服务了！”

我在跨出大门前便被逮捕了。我用眼角余光瞥见两个人架住昏头昏脑的斯特凡诺，把他拖向门口。没人打我，可之后黑暗笼罩了一切，或许是因为我在前一秒迸发出了璀璨的光芒。

这是长久以来的头一次。

主意来自薇奥拉。我打电话给她是为了向她道歉，承认她这些年的看法都是对的，同时告诉她我会拒绝皇家学院的提名，她当即打断了我的电话忏悔。

“你想赎罪吗，米莫？那就行动起来。”

人类历史上出现过重大的政治或军事转折点，包括温泉关战役、特拉法尔加海战、奥斯特里茨战役或者滑铁卢战役——依据阵营立场不同——以及1940年6月18日的宣言[1]，但最为拍手叫绝的当属薇奥拉的那通电话，因为它的发起者不是将领也不是众望所归的首领，而是一个双腿折断又勉强接上的年轻女人。薇奥拉现在不用躲躲藏藏了，她如饥似渴地阅读所有落在她手上的报纸，她和我解释说，鉴于盟军在非洲战场上令意大利军队频频失利，他们很快就要登陆意大利。在这种时候，还是不要当法西斯为妙。她试着给斯特凡诺解释过，无济于事。

“他小时候就蠢得脑袋冒泡，”她低声抱怨，“岁数越大，越来越无可救药。以前他还算生瓜蛋儿，现在就是大傻蛋。”

我能想到的，薇奥拉也应该看得明白，大傻蛋终其一生想要弥补兄长去世留下的空洞，后者曾经承载了所有人的希望。无论如何，结论都是一样的：必须推斯特凡诺一把。

薇奥拉嘱咐我要以奥尔西尼家族的名义表达立场。斯特凡

1 戴高乐当天发表了《告法国人民书》，这次演说被认为是法国抵抗德国占领的起源。

诺肯定会遭到逮捕，我也是。弗朗切斯科不会受影响。斯特凡诺也不会在牢里待很长时间——弗朗切斯科手眼通天。

“至于你的情况，米莫，不太一样。政权用过你，你也在他们桌上吃过饭。他们决不会让你轻松脱身的。我不会勉强你。”

那些士兵都是大小孩，只是更容易死去。1943 年 2 月，哈士奇行动拉开帷幕，为入侵西西里岛做准备。6 月，德布鲁克行动，入侵西西里岛。仿佛那些家伙不给军事行动起个名字就没法尿尿似的。不过，所有一切都如薇奥拉所料，奥尔西尼家族能幸存下来多亏了她。1943 年 9 月，贝敦行动。整个意大利南部被盟军占领，墨索里尼遭解职和囚禁，之后被德军解救，后者从意大利北部长驱直入占领罗马。

国家分裂成了三部分，这些记忆之所以深深印刻在我的脑海中，那是因为牢里实在无事可做，除了翻来倒去品味这些细节。南方解放之后，一部分直接接受盟军的行政管理，另一部分交由设立在布林迪西的新政府，盟军起监督作用，为战后重建做准备。北方落入萨洛共和国[1]手中，这个好名字是墨索里尼的主意，他得到了德国人的支持。所有人达成一致：还是偃旗息鼓为好。

在我大闹会场的当晚，我和斯特凡诺被关进了天皇后监狱，它由修道院改建而成，是罗马最大的监狱。天皇后，对于监狱来说这个名字太过美丽。奥尔西尼家族遭到德国人软禁。弗朗切斯科留在罗马，养精蓄锐，但他长袖善舞，总能扳动命

---

1 即意大利社会共和国，因中央政府在萨洛，故有此名。

运的齿轮让事情朝着于他有利的方向发展。斯特凡诺刚被抓起来，甘巴莱家族便蠢蠢欲动，他们就像石头底下沉睡的虫子，当春天来临，便钻了出来。一夜之间，引水渠被毁坏殆尽。有人目睹果园中形成的一汪汪水洼，旭日照耀下一片火红，仿佛橘树在流血。然后，大地吸尽水分，引水渠沦为废墟，杂草丛生，常春藤爬上了水泵，事情就是这样。甘巴莱家族不敢冒更大的险，正如薇奥拉所料，斯特凡诺过了三个月就被放出来了。他回到彼得拉－达尔巴，顶着反法西斯勇士的光环。

“起初，我觉得那想法挺棒的，”他讲给每个愿意听他说话的人听，“后来呢，那些恐怖行径……我的灵魂和良心都促使我不再沉默。奥尔西尼家族也不能沉默。”

我成了杀鸡儆猴的典型，胆敢反咬衣食父母一口。我又成了法国佬，为某个机构效力的外国间谍分子，妄图搞垮意大利这个国家。我的雕塑作品，但凡政府能插上手的，要么被毁掉，要么被拆除，然后不知道被偷偷卖到了哪里。巴勒莫的邮政大楼两边没有我的束棒了——仅剩照片为证。我在罗马和彼得拉－达尔巴的作坊被洗劫一空。维托里奥、埃马努埃莱和母亲眼睁睁地看着一群暴徒打砸抢，在墙边撒尿，又泼上油漆。发表演说前，我便周到地给每位雇员发了半年薪水，又把曾为了《新人类》而挑选的顶级大理石存放到安全的地方，再也不会有新人类了。我还给了维托里奥一笔钱，全都是现金，等我出狱之后，它能确保我过上几年清苦的日子。在我入狱一周之后，除了那笔钱，我变得一无所有。二十年的苦心经营烟消云散，足以让我反思自己是否做出了正确的决定，但我从未真的这么做过。很久之前我已选择了我的道路，我会一条路走到底，绝不打退堂鼓。即便要穿过烈火熊熊的森林，我也必须这么做。

我被判了重刑，相较于我犯下的罪行，只是发表了一篇演说，但幸运的是，我在天皇后监狱没有遭遇虐待。弗朗切斯科在远程保护我，他早就计算好了下一步棋。当德国人在遭遇了一次袭击之后，他们企图展开报复行动，跑去监狱搜罗了两百多名犯人，带到阿尔迪亚蒂诺洞屠杀殆尽，我并未出现在罗马警察局局长彼得罗·卡鲁索的名单中。卡鲁索并没有理由饶我一命，恰恰相反。但我后来明白了，某人，某地掌握了一份和他有关的“文件”，如果他想要避免文件被公之于众，那就得表现得好商好量。

我身陷囹圄，困于四壁，常常想起比扎罗。我成了雄鹰，振翅翱翔在远方的天空上。他在哪个国家流浪，为了找寻一方土地？没人能找到他，可终究还是会被找到的吧？他看得很准。德军入侵之后，集中营的情况不容乐观。位于的里雅斯特的圣萨巴集中营，或者称为斯塔拉格 339，和波兰最差的集中营相比也毫不逊色。那地方用汽车尾气来杀人。我曾为这些家伙工作。我任由恶大行其道。有些人叽叽歪歪地表示什么都没做过，我比那些人强，那正是因为我没有叽叽歪歪，也没有说自己什么都没做过。

在牢里的三年，我接待过几次潘克拉蒂斯·费弗来访。他是德国牧师，属于神圣救世主协会，大家给他起了一个绰号，叫他“罗马的天使”。费弗顶着一头蓬乱的白发，戴着和帕切利及弗朗切斯科的同款圆眼镜——你都会以为他们是在同一个地方买的眼镜。他只是和我说说话，但他的声音能温暖我一个星期。每次他离开时都会带走我的些许罪愆，直到有一天我一觉醒来发现它不存在了。当然还留有残渣，就像杯底的渣滓，但它不再让我的梦境盘桓在血色天空之下。那些年里，经由费弗周旋，释放了好几名囚犯，拯救了为数众多的犹太人。后来有人指摘庇护十二世没有尽力保护犹太人，认为他过于在乎梵蒂冈的中立性，可我就身在其中，与教廷近在咫尺，我可以断言，帕切利在幕后积极行动，尽其所能地拯救受害者。几乎没有教皇愿意献出甘多尔福堡的卧室，供流亡的犹太人栖身。然而，帕切利只字未提。

薇奥拉没来看过我，一次也没有。我心存感激。此刻的我终于明白她住院期间为什么拒我于千里之外。关于那几年的岁月，我没有更多的话要说了，毕竟所有的监狱大同小异。监狱中的犯人同样如此，他们的罪行如出一辙：相信了并不存在的世界，而当他们觉察到这点时便发起火来。

维塔利亚尼的《圣母怜子像》在 1951 年的下半年被运到了圣弥额尔修道院，具体日期不详。之所以选中这座修道院，是因为它遗世独立，访客量可以忽略不计——可今时不同往日了，温琴佐神甫想道。雕像装在三层箱子里，最外面是钢结构，里面是两层木箱。关于雕像的谣言甚嚣尘上，或许正因为这点，它才价值连城，那是米莫·维塔利亚尼寥寥可数幸存于世的作品，这位创作者仿佛生来容易招致麻烦。

运输大理石作品的风险，来自隐藏的细缝，碰撞可能导致雕像崩裂。在那个年代，艺术品很少旅行。当不得已而为之时，损伤并不少见。为此还组织了调研，用以评估《圣母怜子像》的最佳防护方案，美国科珀斯公司提供了名为“发泡胶”的材料样品。同样的方案后来再次被用在了另一尊《圣母怜子像》上，米开朗琪罗·博纳罗蒂那件在 1964 年漂洋过海参加了纽约世博会。

1951 年某天，地下室的大门合上，维塔利亚尼雕塑的故事就此封存。后续无非是安保措施不断升级，关于它的谣言也渐渐流传开来。拉斯洛·托特事件发生后，还安装了先进的警报系统。

温琴佐整理好最后几份文件，重新放回保险箱，关门。齿轮无声转动，带动了锁芯和插销。老旧的保险箱又变成了古朴的柜子。温琴佐重新挂好钥匙，转身望向窗户，他的身子在微微颤抖。他没有注意到夜色已然落下。办公室冷得像冰窖。他每每提出需要一套和他地位相配的取暖设施，总有人以资金短缺为理由驳回他的要求，他们总是有能耐把他惹得火冒三丈。信仰能够点燃火苗，但也是有限度的。

温琴佐关掉灯，走下逝者之梯。楼梯两侧的墙壁后面，本应听不见任何响动，但总会传来呻吟、断裂和呼啸声。或许逝者在酣睡。温琴佐继续往下走，在走廊的迷宫中闲庭信步，凭着本能低下头避开某处拱顶，接着上楼，走进临终者的卧室。

四位修士一直守护在米莫·维塔利亚尼身边。医生在候命，他朝神甫打了个招呼，翻起雕塑家蓬乱白发下的眼皮，用手电筒照了照眼珠——没有转动。

“快了。”

“您今早和我说过同样的话。”

温琴佐回答的口气过于生硬了——他打了个手势表示歉意。看着他那张骨瘦嶙峋的脸，翻起的嘴唇，断断续续的呼吸灼烧着开裂的嘴唇，他希望一切到此结束。米莫·维塔利亚尼，说到底，更像他的朋友。

他转向修士，示意由他来照料病人。众人抗议：“神甫，可能要折腾一个晚上呢，您看他生命力多么顽强。”但他用一个微笑屏退了众人。米莫·维塔利亚尼在要离开的时候便会离开。谁知道那个略大的脑子里在想什么。甚至于，谁知道到底发生了什么。

温琴佐神甫在床边坐下，握住雕塑家滚烫的手，等候。

我在 1945 年 4 月末正式得到释放。墨索里尼不久前遭到逮捕和处决，被人倒挂在米兰的某个加油站顶上，而在一年前，法西斯党徒将十五名被枪杀的游击队员陈尸在同一处地方。我又等了一个月才离开监狱，在一片混乱的国家需要时间来搞定所有文件。弗朗切斯科坐在监狱门口的黑色大轿车里等我。他的长袍缝上了红色纽扣，镶了蓝宝石的金戒指装点在右手上。他在两次轰炸之间晋升为红衣主教。他把我安置在梵蒂冈一处公务房，从窗户望出去便是某个小教堂的屋顶，一到中午，阳光炙烤着锌皮屋顶，屋里成了烤炉。可比起之前待过的牢房，这间公寓于我而言很宽敞了。我掉了十五公斤。有些爱开玩笑的人会说坐牢至少有这点好处。

尽管战争已经结束，整个国家仍旧风声鹤唳。反法西斯肃清运动开展得如火如荼，围捕、处决，大张旗鼓。较为温和的反法西斯主义者担心这师出无名的内战会演变为共产主义革命。为了拉住这股势头，最终决定把话语权交还给人民。国家自 1921 年之后便没有举行过自由选举了，新的选举定在 1946 年 6 月 2 日。终于会有新一届议会来执掌国家。在同一场投票中，意大利人民还要在君主政体和共和国之间作出选择。我目睹这一切纷扰，不为所动，锌皮反射的阳光照得我头晕眼花。现在独裁者倒台了，我可以不再掺和政治了，终于。无论如何，我当时是这么想的。

我连续好几个月过着深居简出的生活。周遭的一切在我看来都太大了，太吵了。老朋友拉着我出门，一点一点，循序渐进。“如果你想过这样的日子，那待在牢里就行了。”塞尔维亚公主冲着我喊道，她又摇身一变成了战地记者。比起丧失人身自由，更可怕的是没了滋味。她强迫我参加重要的晚宴。尽管我没有从中获得乐趣，但感官在逐渐恢复，我感受到了新生白日的气息，当旭日东升，城市还在沉睡。我同样发现，我的那颗启明星，我一度以为它湮灭了，释放出的亮光更甚以往。我成了反法西斯主义的代表。旁人征询我的看法。重点是问我在我的订单簿上是否还有空余位置。我撒了谎，声称订单都满了。我不再有雕刻的欲望。

当我攒够了力气，便回到彼得拉－达尔巴，决心再也不离开我的村庄。1946 年 3 月，我回来了，腰身一如三十年前，头发已然花白。就像我每次回归，维托里奥在房前的砺石院子里迎接我。他四十五了，安娜离开之后掉的体重再也没有回弹。头发几乎掉光了，倒也不影响他的气质。七十三岁的老母亲身体健朗，尽管很容易感到疲劳。我俩很少交谈。

我的朋友悉心周到地翻新了我的作坊，看不出一丝一毫被破坏过的痕迹。玻璃窗更换了，墙壁重新粉刷了，覆盖住“布尔什维克”“犹太人的朋友”这些涂鸦。

舟车劳顿，我筋疲力尽。我本应该去拜访奥尔西尼家族，和埃马努埃莱、双胞胎的母亲、安塞尔莫神甫打个招呼——这些事都要往后排了。我只眷恋我的床。但我回来的消息像导火索，先我一步传开了。那天傍晚，我趴在窗户上关百叶窗，我胳膊太短，每次都要费点劲才能关上，我看到奥尔西尼别墅那熠熠生辉的红光。那光芒热烈、殷勤，我有二十年没见过了，最后一次点亮时我选择了无视。

我在牢里学会了自言自语，我低声说：

“我来了。”

树桩里面有张撕下的纸片，潦草的字迹写下一句话。我等你。

我踏上前往墓地的路，步伐不如以往矫健。我在牢里来回踱步，尽我所能来对抗四肢长期不动造成的后遗症，我听从了狱友所有的建议，却还是于事无补，我用了好几个月的时间才找回灵活劲儿，或者说，在我四十二岁这个年纪还剩下的灵活劲儿。

一如往常——我记得我琢磨了一下往常这个词，毕竟这条路我好久没走了——我率先抵达。夜色温柔，春天即将来临。那一夜洋溢着隐秘的欢乐、欢笑和亮光，后来，那亮光灭了。五分钟后，她出现了。我百感交集，却无法形容。走出森林的人不是那个梦想像鸟儿一样飞翔却支离破碎地摔在松树脚下的女孩。不是坎帕纳大律师的贤妻，也不是完美无缺的奥尔西尼小侯爵夫人。

是她。薇奥拉。

我认出她了，从她的步态，从她嘴角的微笑，仿佛在说她可比我知道的多得多，从她那跃动的十指，那一有机会便咄咄逼人地指向某人或者欢欣雀跃地指向未来的十指。她走到我面前，戴了手套的手抚上我的脸颊。我端详着她，良久，良久。几根银丝嵌进她那一头乌发。眼角生出了细纹，是我之前没有见过的。颧骨更加突出，下巴也变尖了。我们迟迟没有开口说出第一句话，无从得知那言辞过于平庸抑或夸大，那一刻的欢欣喜悦要在往后余生细细品味。薇奥拉的手顺着我的胳膊滑下，握住我的手，领我走向墓地。我知道我们要去哪里。我俩一言不发地躺在托马索·巴尔迪的墓穴上，我敢发誓我听见吹笛手少年发出了如释重负的轻叹。

“我见到了巴尔托洛梅奥·帕加诺。”我说。

“他长什么样？”

“人高马大的。”

银河在我俩头顶缓慢流淌。长大成人之后，一切都变得渺小了，除了墓地。墓园西边的荒地而今新坟林立。柏树参天，在我们倒置的世界中，仿佛繁星之地长出了巨型绿萝卜。

“我的时间概念总是不对头。”薇奥拉低语。

“它拿你怎么了，时间？你还是那么迷人。”

薇奥拉没有感谢我的恭维。她并不是对别人的奉承毫不在意，只是从不在乎自己的美貌。薇奥拉确确实实是个美人，或者更确切地说，她能给人这种印象，类似大变活熊的老套把戏——魔术师会刻意引导众人的注意力。我当时满脑子都是那头野兽，都没注意到它身上的裙子并不一样。端详薇奥拉的人只会注意她的双眼，全然遗忘了继承自父亲的脸太长了，嘴唇太薄了，而只会感叹：她真美！

“昨天，”短暂沉默后她开口，“我亲吻了我的兄长维尔吉利奥，他一身戎装，英俊帅气，即将奔赴战场。他散发出琥珀和香皂的气味。今晚，我的兄长成了一具军装骷髅，那是尘土的气味。昨天，二十五年前。时间流动的速度并不一致。爱因斯坦说得在理。”

“你应该亲口对他说，他准会开心的。”

“你这么想？”薇奥拉问，那样子仿佛是全世界顶顶认真的人。

我情不自禁地哈哈大笑，她对我摆起了臭脸，维持了整整一分钟。终于，她爬起来，掸掉裙子上的小树枝和干枯的花瓣。

“明天你会来别墅吃饭吗？”

“哦，不，”我嘟嘟囔囔，“又要发生点事情了？”

“什么都不会发生的，米莫。只是一顿晚饭。”

“永远不会只是一顿晚饭，我们这些人凑在一起。”

“别犯傻。你陪我走回别墅吧？最近这些日子夜路不太安全。”

薇奥拉一路上告诉我最近发生的事。她说夜路不安全，并非夸大其词，换作以前和我说这话，我可能不太在意。夜晚伴随着食不果腹者出没的，还有自诩为要围剿法西斯党徒的游击队员。他们当中大部分人其实都是临时起意的强盗，趁着中央政权真空等待选举的当口，进行抢劫勒索。有传甘巴莱家族和其中某些人狼狈为奸。他们可不愿错过这大好时机砍掉或烧掉奥尔西尼家族的几棵果树，他们大可以声称自己什么都没做，丧尽天良干坏事的都是强盗。斯特凡诺纠集起一群喜欢用拳头解决问题的人，自封首领，在甘巴莱家族的山谷游荡，逮到某个家族成员便不假思索地揍上一顿，随后声称他那伙人什么都没做，只是把甘巴莱家的某人当成了强盗。

即便是在晚上，我也注意到引水渠遭到破坏之后农田不复当年的壮丽。它们仍旧处于耕作状态，整齐划一，并没有荒芜，虽然村子从20年代起经历了连年干旱。但产量在节节下滑。薇奥拉预测橘子价格会下跌，可就算她说对了也无济于事。不过，她说的总是对的。

我俩分手时，她转身面对我。

“Sit felix occursus, optime Leo, nam totos tres annos te non vidi. 晚安，米莫。我喜欢你听不懂我说话的样子。”

她朝别墅走去，披肩紧紧裹住肩头，优雅、心碎的身影一瘸一拐地行走在1月的夜色中。

“薇奥拉！”

“嗯？”

“幸会了，亲爱的狮子，我有整整三年没见到你了。你逼着我读过伊拉斯谟的书，一头狮和一头熊互相交谈。你真有先见之明，教会我拉丁语。”

薇奥拉看着我，一脸惊讶。

“好啊，我都不记得了……”

她走了，洋溢着往昔的欢笑，洒向月亮，最后消失在边门后面。她在暗自高兴吧，高兴自己老去，生出华发，变得坚强，还有，终于，终于，能够遗忘某些事情。

早上，我下楼走进厨房，发现自己面前杵着一个二十来岁的年轻人，胡子拉碴，壮实得像个大力士。他乐呵呵地看着我，见我一脸状况外，不由得哈哈大笑起来。

“是我呀，米莫叔叔。佐佐！”

我差不多有五六年没见过维托里奥和安娜的儿子了，可这变化简直是天翻地覆，从小男孩长成了大男人。我也经历过类似的巨变。所以，出现第一根白发时，我遭受了沉重打击。转变是温情脉脉的，在你耳边狡诈地低语，什么都不会改变，直到一切为时已晚。

佐佐而今在父亲的作坊里搭把手。他昨晚从热那亚回来，去探望了母亲，母子俩长得很像。同样圆润的脸颊，同样和善的眼神，只是安娜的变得黯淡了。

我完成了所有礼节性访问，最后一站是安塞尔莫神甫。七十岁的他仍旧精神矍铄，可我当年在村里初遇的那个神甫在哪里，那个激情昂扬、隐隐让人惶恐不安的神甫？他的皮肤长出了星星点点的老人斑，双手微微发颤。我眨巴眼睛，我们都老了。

"我就像这座可怜的教堂。"他抬头望了一眼穹顶，穹顶上的壁画开裂了。冷风灌入。

晚上，我出现在奥尔西尼别墅。餐桌上只有侯爵、侯爵夫人、斯特凡诺、薇奥拉和我。只有侯爵没有变化，自打他坐上轮椅再也站不起来，最后清晰地说出几个字，他回来了，他回来了。他那张长脸，加上那个发型，足以抵抗岁月蹉跎。只是他的眼睛变得空洞，很难再有点燃的时刻。我们谈论政治，谈论赋予女性的投票权——"那又怎么样？"斯特凡诺嗤之以鼻，"过不了多久，我们的马都能投票了。"——甘巴莱家的一个儿子会参加即将到来的选举。侯爵夫人粗暴地打断了他的发言，她的反应表现出的女性进步让众人始料未及。她本人并不看好投票，像大多数妇女一样，她压根不懂政治，但她并不反对某些受过良好教育的女性从政。说到底，女人并不比男人更愚蠢。

“特别是，如果是你这样的男人。”薇奥拉一针见血地指出，笑得露出了一整排牙齿。

斯特凡诺的嘴巴在胡子底下嘀嘀咕咕，把满腔怒气淹没在酒精中。大家随后对着甘巴莱家族破口大骂，那是果园发展大计上永远的绊脚石。

我真的打心眼里认为这顿晚饭会正正常常地进行，我的人生终究会回归平淡。但忘记了晚餐的餐桌，无论在奥尔西尼家，还是在意大利其他地方，从西西里岛的王宫到热那亚的蜗居，永远不是简简单单的一张餐桌。那是一台戏。我们上演着一幕幕低劣的闹剧。越是大是大非之际，越是荒诞不经。

上甜点之前，薇奥拉宣布：

“我要参加制宪会议的选举。等我成功当选，我就会成为你们的议会代表。”

斯特凡诺差点被噎住，用红酒送下了第二块萨克里潘蒂娜蛋糕，他试图恢复镇定，脸涨得通红，用拳头捶胸口。

“开玩笑吧？”

“参照立法法令 74 号，没开玩笑。我有权参选，我会这么做。”

这场争吵惊心动魄。侯爵夫人突然没了进步思想，指责女儿简直是失心疯。她的血统本可以让她避免遭受选举的侮辱，或者，更糟的说法，选举的粗野庸俗。斯特凡诺透不过气来，他无法理解一个女人，还是他妹妹，竟然要参与这类活动。

“你没有从政经验，他妈的！”他大喊大叫，“难以想象！”

“你多少岁了？”薇奥拉冷静发问。

“嗯？四十八。这和我多大有什么关……”

“四十八岁了，经历了两次大战，每次挑起战端的都是你们那些男性精英，最后还打了败仗。既然这就是所谓经验，请容许我尝试其他可能。”

吼叫声此起彼伏。侯爵夫人说起话来声嘶力竭，斯特凡诺也是。薇奥拉置身于纷纷扰扰的争吵，面带微笑，岿然不动，那平静的表情一如安吉利科修士笔下的圣母玛利亚。从今往后，再也没有风浪可以左右她的命运轨迹。她邀请我参加今天的晚餐，就是为了让我明白这点。

隔天，我们上路了。我之前的三年放慢了速度。围墙轰然倒塌，狂风刺痛了我的眼睛，流出了泪水，一切都在加速。斯特凡诺稍微冷静下来了，昨天晚上，我和他讲道理，他妹妹参选会激怒甘巴莱家族，因为到目前为止他们根本没有竞争对手。斯特凡诺丢下一句：“无论如何，我不赞成。”出门抽烟去了。

维托里奥的儿子佐佐充当我们的司机。我们跑遍了整个地区，挨家挨户敲开房门。我承认，在薇奥拉宣布消息那刻，我和斯特凡诺一样将信将疑。程度更轻点吧，因为我相信他的妹妹能做成任何事。我是出于情谊才追随她，我提醒自己光靠愿力是不可能展翅高飞的。

一个月之后，我确信她会取得胜利。没有参与过政治的薇奥拉给这个国家上了一堂课。当地居民感到难以置信。有人来和他们谈论他们自己，谈论他们的孩子。还有更令人称奇的，谈论未来，那是有钱人才了解的密辛。薇奥拉说出了其他可能性，不用在摇篮和坟墓之间蹉跎一辈子，还可以去大城市接受教育。可以外出旅行。起先，人们一脸警惕地打开家门，后来又不肯放我们走。甘巴莱家的儿子烦躁不安，他的选举攻势算是起了个大早，闲得挠裤裆。他压根没有政治抱负，之所以参选，只是因为几个大人物某天跑来对他说，这地方还缺候选人。可他也有自尊心，当他意识到可能败北时，感到了挫败。所谓游击队员的侵袭愈演愈烈。一对前往伦巴第的夫妻路过此地时被洗劫一空，妻子还遭到强暴。警察只得出警，结论是找不到嫌犯。

经常一天结束时，我和薇奥拉互相交换一个简简单单的眼神。我俩一度以为我们的人生停留在了 1920 年 11 月那个晚上，她从屋顶一跃而下。不过，薇奥拉的梦想，一如梦想的主人，拥有坚硬的外壳。

“特拉蒙塔纳风、西洛可风、利贝乔风、泽菲罗斯风和密史脱拉风。这一点也不难！”薇奥拉发怒了，“这里只吹五种风！”

“特拉蒙塔纳风、西洛可风、利贝乔风……泽菲罗斯风和密史脱拉风。”

“再来一遍。”

“特拉蒙塔纳风、西洛可风、利贝乔风、泽菲罗斯风和密史脱拉风。”

倒霉催的我只因为说了一句“起风了”，薇奥拉就怒吼吼地推了推我肩膀。

“单词是有含义的，米莫。命名，才能理解。‘起风了’，没有任何意义。那风会生灵涂炭吗？会播撒种子吗？会冻死植物或让万物复苏吗？如果这些单词都没有意义，我会是什么样的议员？我和其他人没任何两样。”

“好啦，好啦，我明白啦。”

“那么，再来一遍。”

“特拉蒙塔纳风、西洛可风、利贝乔风、泽菲罗斯风和密史脱拉风。”

我对薇奥拉的奇思妙想千依百顺，哪怕只是为了在路上找点事干。那一天，佐佐开车送我俩去临近山谷中的村庄——甘巴莱家族的地盘。同一天早晨，有人来找薇奥拉，帽子拿在手里，面露难色。过了半小时他斗胆开口了，渣酿白兰地让他稍稍放松下来。他来见薇奥拉，因为所有人都说她会当选地区代表，在罗马代表他们，而在山谷里，大家都在谈论高速公路项目，它会穿过他的农田，他不希望这事发生。一小时后，我们出发前往他的村庄。

薇奥拉坐在中央广场上，老人像领头犬一样迅速召集来众多居民。她宽慰众人，承诺高速公路不会穿过他们的山谷，又留下来和每个人一一握手。回家的路上，我们在每个小村庄都稍事停留，包括甘巴莱家族居住地。气氛陡然紧张起来，某个参与讨论的家伙倚靠在长柄叉上，挑衅地发问：

“高速公路，那是进步！你是反对进步，是吗？”

薇奥拉用一个手势让吵吵嚷嚷的众人安静下来。

“高速公路，才是进步的对立面。确实，速度会提上来。可是，那是在其他地方。山谷里的村庄会沦为高架桥下的石头立方体。没人会在这里停留了。”

薇奥拉的观点一针见血，拿长柄叉的家伙嘟嘟囔囔地走开了。那晚我躺在床上，开始干一件事，这个习惯我保持了一辈子，算是迷信的癖好，或许吧，在沉入黑暗和遗忘之前，我重复了一遍：特拉蒙塔纳风、西洛可风、利贝乔风、泽菲罗斯风和密史脱拉风。

他们杀了埃马努埃莱！他们杀了埃马努埃莱！

时值正午。我们从热那亚回来，薇奥拉完成了正式提名。一路上她又冒出了十个新点子，比如，拓宽几个枢纽点的道路，在热那亚、萨沃纳和彼得拉－达尔巴之间开通每日班车。在当时，下乡的人只能搭别人的顺风车，还有，动不动就浪费一个小时的情况并不少见，就因为拉车的毛驴走在前头，把路给堵死了。

他们杀了埃马努埃莱！他们杀了埃马努埃莱！

我们刚到村口，一辆车子风驰电掣般打旁边驶过。车后挤了好几个人，我隐约看见一个人躺着。汽车刚在广场上停稳，双胞胎的母亲几乎是扑到车轮旁。她歇斯底里，六神无主，就像一个疯子。她绕着汽车打转，用尽力气拍打车窗。

他们杀了埃马努埃莱！他们杀了埃马努埃莱！

彼得拉－达尔巴盛产一种块菰，小巧、紧实，生长周期较长，香气浓郁，不需要借助狗也能找到。有个当地农民正巧在吊死鬼橡树附近找块菰，他听到了喊叫声。等安静下来后，他大着胆子走出森林，瞧见埃马努埃莱晃晃悠悠地挂在橡树最粗大的树枝上，身上穿着轻骑兵的军装，脖子上挂了一块牌子，写着“法西”，还漏了“斯”字。所谓的游击队员看见他那身制服，二话不说把他逮了起来，审判、定罪，吊在树上。埃马努埃莱肯定为自己辩护了，他慌里慌张地叽里呱啦，可他无法向这个临时拼凑起来的法庭解释他的制服已有百年历史，他不应该被吊死，他还没完成自己的例行工作，分发完所有邮件。

他们杀了埃马努埃莱！他们杀了埃马努埃莱！

然而，埃马努埃莱不仅仅是埃马努埃莱。埃马努埃莱成了概念。一个不合时宜的存在，有点像我，一个异类。或者说，他也属于某种常态，只是还未到来，埃马努埃莱是另一个世界的使者，在那个世界里，像他那样的人可以表达自我，只有在热烈拥抱时才会弄疼对方。众所周知，概念是杀不死的。所以，他们没法杀了埃马努埃莱。

或许是他早已掌握了靠稀薄的氧气就能生存的技巧，毕竟那条被视作生命纽带的脐带在他出生时差点勒死他，或许是因为路人在罪案发生后迅速发现了他，并把他救了下来，埃马努埃莱大难不死。一周后，他从热那亚的医院回来了，笑容满面。似乎更加痴痴傻傻了，不过也是一回事。只是维托里奥说出了变化——他现在听不懂埃马努埃莱的话了。

人们还是没有报警。这一次，村里人拿起武器，在森林中整整巡查了十天，某天日落时分，终于逮到一伙饥民，一共四个人——食不果腹又携带武器——他们声称只是路过。不，他们没听说过那桩惨案，他们画起十字架，深表同情。只是其中一人挂着一枚漂亮的勋章，那是埃马努埃莱穿轻骑兵军装时最爱佩戴的铁冠勋章。那人宣称是在小路上捡到的。山里回荡起枪声。村民带着勋章回来，什么话都没说。勋章表面刻有“上帝将其赐予我，胆敢触碰者三思”。人们把勋章还给埃马努埃莱，后者泪流满面。还有件事让他闷闷不乐，他的邮包一直没找到。袭击他的人发现包里没有值钱的东西，便随手丢弃在森林中。

勋章失而复得之后的那个周日，安塞尔莫神甫登上布道台。他抨击了暴力行径在世界各地肆虐，彼得拉－达尔巴也无法幸免。他痛斥自以为替天行道的团伙，他们背离了世人，背离了上帝的目光。有人抗议，有人对抗议表示抗议，神甫抬高声量，盖过喧哗，自顾自地说下去。薇奥拉站起来，一下子全都安静了。她并没有比以往更相信上帝，但她会陪父母来做弥撒，为父亲搭把手。

“安塞尔莫神甫说得对，”她语气坚定地表示，“万一那些家伙是无辜的呢，那这就是一桩罪行。”

“就算真的不是他们伤害了埃马努埃莱，他们也有可能干了其他事啊！”有人说道，并且有掌声附和。

安塞尔莫神甫站在布道台上试图恢复秩序。薇奥拉事后向我描述了当时的场面，因为我没去教堂。

“如果他们有罪，”她反驳，“我们有司法体制来惩罚他们。我们不是活在两千年前的《旧约》世界中。我们也不是活在一年前的独裁体制下。”

有些人忏悔地低下头，可争论愈发热烈。安塞尔莫神甫面色阴沉，他无能为力了，把《旧约》和独裁拿来相提并论有点冒犯到了他。然后，事情发生了。起先是咔啦一声，那声音响彻整个教堂，众人顿时鸦雀无声。抬头的工夫，圣彼得之泪教堂的穹顶出现了一条裂缝，一块石头脱落下来，砸到了交叉甬道，砸碎了我曾细细端详的《圣母怜子像》。惊讶过后，所有人呼号着跑出教堂。所幸石头没有砸伤任何人。

安塞尔莫神甫倏忽之间焕发了青春。他冲出教堂，嘴唇翘起，挥舞起沾染了尘土的拳头。就像萨伏那洛拉[1]慷慨激昂地斥责佛罗伦萨道德沦丧，他向吓傻的村民宣布，上帝刚刚给了他启示，怒火的启示。上帝厌倦了战争，厌倦了人类的罪行，他通过破坏自己的住所来让世人知晓。赎罪的时刻来临了。这一次，没人胆敢出声反对。

安塞尔莫神甫眨巴着眼睛，仿佛是在被附身后清醒过来。他定定地看着人群，不免有些惊讶，从事圣职五十余年，这是人们第一次认真听他说话。

没人知道消息是如何传开的，但两次世界大战除了屠戮了数百万人之外，还扼杀了缓慢。隔天，记者从热那亚纷涌而来。第三天，米兰、罗马的记者也来了。弗朗切斯科随众人抵达。梵蒂冈一度想开启调查，万一事关神迹呢，接着想起来安塞尔莫神甫曾发来过各种各样的请求（但被驳回了），包括申请额外的资金来做加固工程，因为教堂周围的地面出现了轻微沉降。奇迹只是地质因素，但也不能排除万一是个征兆。启示我们，在走出战争阴霾之际，发起舆论攻势也不是个坏主意。几通电话打完，梵蒂冈银行（也称作宗教事务银行）为圣彼得之泪教堂拨了专款。

意外发生三天后，弗朗切斯科·奥尔西尼红衣主教在足足开裂了一厘米的穹顶下召集起记者。可怜的《圣母怜子像》损毁殆尽。

“亲爱的朋友们，我来到这里，是作为普通人，作为神甫，

1 萨伏那洛拉（1452—1498），意大利多明我会修士，以严厉的讲道著称。

作为彼得拉–达尔巴的孩子。上帝给了我们一个征兆。但上帝并不咄咄逼人，上帝不是发怒。那是和解的愿景把我们召唤到了此处。我向大家宣布，应庇护十二世的要求，梵蒂冈将负责教堂穹顶的维修工作和必要的加固工程。我还要向大家宣布，我们邀请了一位雕塑家，他为我们家族、为我们的国家贡献良多，他勇于反抗法西斯暴政，不惜牺牲个人自由，是的，我们邀请了米开朗琪罗·维塔利亚尼来为我们的教堂雕刻一尊新的《圣母怜子像》，而他已欣然答应。”

我在那里，在人群之中，难以掩饰惊讶的表情。薇奥拉踩了我一脚，示意我合上嘴巴。众人朝我涌来，纷纷道贺。弗朗切斯科什么都没和我提，我也压根没有答应，然而这些细节在渴望和解的村民心里无关紧要。我成功躲开了记者，他们在交差的文章中会自圆其说，说我已进入创作环节，不想被打扰。一小时后，我冲进圣器室，薇奥拉、奥尔西尼兄弟和安塞尔莫神甫等着我。欢呼声在教堂前的广场上蔓延开来，夹杂着朝天鸣枪声。“和解！”村民嘴里只有这个词。“和解！”他们互相拥抱。经历了前几年的苦日子，我没法对村民心生怨憎。但这无法阻止我对弗朗切斯科开炮。

“你总该问下我的意见，你不觉得吗？”

“我很抱歉。我以为你会很高兴在教堂重获新生的过程中出份力。”

“这座教堂，你们熟视无睹了这么多年，就因为它不能服务于你的野心？”

“好啦，米莫，愤怒让你迷失了方向。或者是你累了，我不明白你为什么生气。”

“我生气，因为我不是猴子。我不会照着订单来雕刻。”

“可我记得，你以往似乎接过很多订单，既然我们提到了野心这点。”

安塞尔莫神甫抬手，落在我俩的肩头。我们垂下了眼眸，红衣主教弗朗切斯科，艺术家米莫，就像两个被逮着的犯错的孩子。

“好吧，我的兄弟们，我们都在为同一件事努力。谁做了，谁没做，忘了这些吧。和解，就是遗忘过去，面向未来。米莫，你还是个孩子的时候就严厉批评过这尊《圣母怜子像》，你还记得吗？你说过，圣母的手臂太长了，或者类似的话。还有谁比你更合适呢？本地的孩子，才华横溢的艺术家，将为我们带来另一尊《圣母怜子像》。”

“你会得到优厚的报酬，”斯特凡诺补了一句，耸起一边眉毛，“宗教事务银行有的是钱。”

“米莫做这事不是为了钱，我很肯定，”弗朗切斯科又说道，“当然，你得到的报酬绝对配得上你的才华。”

“我认为我给奥尔西尼家族帮的忙够多了。我们两清了。别来烦我。”

我朝门口走去。

“米莫。”

薇奥拉往前迈出一步，转向神甫。

“安塞尔莫神甫，您能给我们点时间吗？”

“当然。”

神甫离开圣器室，他的圣器室，把我留给了奥尔西尼兄妹。薇奥拉看着哥哥们。

"别装什么无辜，玩什么艺术赞助了。你们在乎的，是家族荣耀。或许还有，弗朗切斯科，你老板庇护十二世的荣耀。是的，米莫，你说得对，我的兄弟只想到自己。可是，我，我也请求你接受这张订单。如果我想改变世界，那我必须当选。大家都知道我们很亲近。你接受了，我可以因此受益。这是我人生中第一次享受到奥尔西尼家族的好处。"

兄弟俩并不反感薇奥拉对他们的描述。斯特凡诺是完全没料到妹妹有这番大道理。弗朗切斯科，他心知肚明妹妹的说理水平和他一样好，而且他满意地知道这局他赢定了，因为我无法拒绝薇奥拉。

"很好，"我回答道，"我为你雕一尊《圣母怜子像》。"

"你需要一块石头，"弗朗切斯科低语道，"要配得上圣母怜子的石头。我们可以去……"

"我有石头。"

他们走了，心满意足。斯特凡诺回家，弗朗切斯科回罗马，薇奥拉融入等在广场上的人群。安塞尔莫神甫在几分钟后现身，看见我坐在木箱上，双手抱头。

"奥尔西尼主教向我宣布了好消息。谢谢你，米莫。"

随后，他挑起眉毛。

"你看上去不太舒服。"

"都好，安塞尔莫神甫，都很好。"

我无法告诉他我看不见了。

两天后，我乘坐十七点五十六分的火车抵达佛罗伦萨，差不多就是当年齐奥把我卖掉的时间。但不再是冬天，而是春天，下车的刹那，印象全然不同。整座城市欲拒还迎。它装作不愿委身，却通过蛛丝马迹，一轮落日，一扇半开的门，邀请你钻入街巷。罗马是位朋友。佛罗伦萨，是我的爱。城市和女孩之间只差了一个字母。[1]

梅蒂到火车站来接我。我们走了以前走过的那条路，还是步行，几乎一言不发。在作坊的一个角落，他掀开篷布，露出了我托付给他的那块卡拉拉石料，我本来是为了《新人类》买下它的。在我前往意大利皇家学院发表演说前，他同意帮我藏起石头。

我抚摸石头侧边。它在对我说话。那是一块美丽的、致密的石头。我的本能在轻轻告诉我，它毫无瑕疵，绝没有隐秘的裂缝，不会导致雕塑家的心血毁于一旦。但那个雕塑家不会是我。我只是看着它，却什么都看不见。或者说，我只能看见过去，还有过去雕过的几十件作品。

“你看不见了，是吗？”梅蒂温柔的声音在我背后响起。

我的手仍停在石头上，没有转身。

“是的。”

“我从战场回来后也是这样。只有一条胳膊，我还能应付，总能找到办法的。但我再也看不见了。那只是石头，里面什么都没有。”

“十年了，我有十年什么都看不见。你看，这并不妨碍我雕塑。”

“但你不会干这件活儿。”

---

1 “城市”在法语里是ville，女孩是fille，所以说只差了一个字母。

“不会，我撒了太多的谎。”

“你再也不会雕刻了，是吗？”

我终于转过身。把那两个字吐了出来，并没有我以为的那么可怕。

“不会。”

“那你打算怎么办，关于这尊《圣母怜子像》？”连篇累牍的文章已经把它叫作奥尔西尼的《圣母怜子像》。”

“我请求雅各布接手，悄悄地。”

“雅各布？”

“我以前的助手。他目前在都灵，他同意了。等一切尘埃落定，大概一年多之后吧，没人会在乎创作者到底是谁。他能来你这里工作吗？”

“没问题。”

我用左手握住了他的胳膊，紧紧地。

“谢谢。再见，师父。”

“再见，米莫。”

我在佛罗伦萨待了一周，打了个电话给弗朗切斯科，声称我开始打磨粗坯。就算他派人来探班，他做得出这种事，那也能证实我说的话。事实上，是我罗马的助手完成的粗坯，就在我得到这块石头之后。棱角经过了打磨，勾勒出大致形状，三角形，完全适合《圣母怜子像》。

乘火车回彼得拉－达尔巴之前，我绕道去了市集空地。不再有马戏团了，一座八层高的楼房正拔地而起，混凝土的平行六面体上开满了小小的窗户，仿佛一只只恶毒的眼睛。

离选举只剩一个月。村民草率的审判至少产生了积极效果：匪徒的侵袭偃旗息鼓，道路恢复了安全。或许是铲除了真正的罪犯。或许是在歌舞升平的地区没想到会有暴力行径，就算是暴力施加者也始料未及，从而吓阻了其他匪徒。

薇奥拉趁机走街串巷，拜访她所属选区最偏远的角落。暑意渐浓，白日拉长，人也变得倦怠慵懒。在赫斯珀里得斯[1]的夜晚，迎来了生育高峰。

关于看不见这件事，我一个字也没和薇奥拉提过。我宣称会在选举结束后开工。我以后会向她解释的，我知道她能明白其中缘由。道路在召唤我们，那无穷无尽、欢欣雀跃的道路。我俩常常在后座上依偎着入睡，放心地把警戒任务留给佐佐。我们一大清早出发，三更半夜回来，都没注意到，5月的某一周，橘子树和柠檬树覆盖上了高原的尘土。但那不是风刮来的，不是特拉蒙塔纳风、西洛可风、利贝乔风、泽菲罗斯风和密史脱拉风，而是一辆菲亚特2800频繁进出奥尔西尼别墅带起的尘土。

1 赫斯珀里得斯，希腊神话中看守极西方赫拉金苹果圣园的仙女，在希腊文中的意思则是“日落处的仙女”。

自从圣彼得之泪教堂的穹顶开裂之后，侯爵像变了个人似的。每次推他去参加周日弥撒，他都坐在轮椅上躁动不安，发出悠长的叫唤，用那条还能动弹的胳膊指向遭到损坏的壁画，那裂缝恰恰处于天堂和地狱之间。他从中看到了什么？等待着他的旅途？在他青年时代，他无数次抬头端详穹顶和完好的壁画，在漫长得没有尽头的仪式中昏昏欲睡，迎娶侯爵夫人，为孩子们施洗，送走长子，而今一道黑色的伤疤令穹顶和壁画变得丑陋不堪。

修复工程已经启动。专家信心十足：几乎无法看出整修的痕迹。脚手架占据了教堂的交叉甬道。弥撒临时转移到侧边的小教堂进行，搞得人满为患。在侯爵的打嗝声两次中断了仪式之后，众人决定不再带他去教堂。安塞尔莫神甫每周前往奥尔西尼别墅为侯爵送去圣餐。

选举前两周，薇奥拉性情大变。我眼见她跌入谷底，不免忧心忡忡。她声称一切都好，但我们出门时她看向景色的眼神游移不定。她不再说话了。不过，当她和她所称的“未来的被治理者”待在一起时，她又变得快活、专注。握紧一双手，便是赢得一张选票。接着，在返程的路上再次陷入忧郁。一天早晨，我去找她时，看见她拄着拐杖。我假装有东西落在屋里，找到斯特凡诺，说出了我的担心。他耸耸肩。

“肯定是因为每个月总有那么几天，你明白我的意思吧。”

选举越是临近，意外情况越是频发，在我们挨家挨户敲开房门拜访村民后，我们发现风挡玻璃上被扔了鸡蛋，还有更麻烦的，轮胎被扎破了。佐佐是得力助手，他总能确保我们再次赶路。殷切期待的氛围禁锢了彼得拉－达尔巴，连一丝风也没有。道路两旁的农田归于沉寂。工人靠着长柄叉看着我们的汽车驶过，若有所思。或许他们在思考，他们是否更喜欢国王——翁贝托将接替其父维托里奥－埃马努埃莱登上王位——还是共和国，选举那天他们还要作出这个选择。

回到作坊时，维托里奥向我宣布，他要在热那亚待上两周，但会回来参加投票，然后再南下。之前，安娜和他为了交换孩子必须定期见面，现在已没有这个必要，但两人养成了一同远行的习惯。分别之际，总有那么一瞬间的尴尬，而那个“如果”从未说出口。维托里奥打算利用这次机会带上他的母亲和我的母亲，两人成了好闺蜜。他的目的他自己也差不多承认了，想再次俘获安娜的心，如果可以的话。埃马努埃莱坚决要求参加这次谋求情感复合的伟大出征。他害怕孤孤单单一个人，他几乎每天晚上都会梦到一群没脸的家伙把他吊起来。村里一个年轻人在他外出期间会替他送信。

我的母亲临出发时潸然泪下，再次落下几滴紫水晶般的泪珠，一如 1916 年把我送上火车时的情景。我安慰她不过是外出两周，而且距离彼得拉－达尔巴只有一小时的车程，不过在意大利每次外出都有可能变成传奇。维托里奥顺路把我放在教堂门前，我答应了安塞尔莫神甫要对大门上的一处雕塑进行小小的修复，没必要把它拆下来。薇奥拉终究还是停止了走访。离选举只有一周了。大局已定。

我步行回到作坊。那是春日最美妙的一个夜晚，空气中混合着野大豆和茉莉的芳香，尽管周围并没有这两种植物。我刚离开村子，朝高原走去，一辆汽车停在我身旁。后门打开，是弗朗切斯科。

“上车。”

“我以为你在罗马？”

“上车，米莫。”

我顺从了，我确信他已经看穿了我的把戏，知道我不会雕刻《圣母怜子像》，还找好了替代者。但他一路上什么都没说，只是看向窗外的风景。司机在十字路口右转，把我们放在奥尔西尼别墅门口。另一辆车，一辆菲亚特 2800 停在那里，沐浴在如水一般绯红的黄昏之中。弗朗切斯科戴上圆帽，先我一步走进客厅。

站在门口的我惊呆了。好些人围坐在餐桌周围，但不是为了开饭。侯爵、侯爵夫人、斯特凡诺坐一边。在他们对面，甘巴莱老爹坐在两个儿子之间。弗朗切斯科在他兄弟边上坐定，冲我指了指餐桌一头的位子。

“我们的《圣母怜子像》进展如何？”他彬彬有礼地提问。

“正做着。”

我狐疑地坐下，不作声地打量在场的人。房间里弥漫开蜂蜡的气息，还混杂了汗味，这来自甘巴莱一家，他们在花田干了一天的活。侯爵夫人时不时用手帕捂住鼻子。但还有另一种气味，更加刺鼻，曲终人散的气味。

“我们把你找来，”弗朗切斯科终于开口，“是为了和你分享一个重大消息。奥尔西尼家族和甘巴莱家族终于握手言和。那将是一个强有力的象征，标志着我们迎来了新世纪的黎明。”

甘巴莱一家点头同意，山里人情感克制，也没有什么肢体动作。

“恭喜啊。我为你们感到高兴，尽管我还是不明白你们为什么吵架。”

长久的沉默，有点尴尬，之后甘巴莱老爹声音沙哑地宣布：

“无论如何，事出有因。”

“甘巴莱家族慷慨地把湖泊和我们农田之间的土地转让给我们。我们不仅可以重建引水渠，灌溉田地，还能利用一半的土地来种植四季柠檬树和巴伦西亚甜橙树，我们的产量预计可以提升百分之六十。另一半土地将用来栽种香柠檬树，我们将借此打开利润可观的香水市场。”

“那交换条件呢？”我问。

“作为交换，”斯特凡诺插嘴，身体前倾，“薇奥拉必须退出选举。”

我立马站起来。弗朗切斯科向哥哥投去怨憎的一瞥，示意众人安静。我重新坐下，呼吸沉重。

“有个问题，米莫。奥拉齐奥，就是这位，”他指了指甘巴莱的长子，“是制宪选举的候选人。他之所以参选，是因为财团……一些投资人想借助他的力量推进在临近山谷建造高速公路的计划。”

“薇奥拉反对这个计划，”我喃喃低语，“而薇奥拉会赢得选举。”

奥拉齐奥嘟嘟囔囔地刮擦胡子。他长得像个大老粗，但他那双石貂一样的眼睛透射出精光。

“薇奥拉不会赢得选举，因为她会退选，为了奥拉齐奥。”

弗朗切斯科更正道，“我们两大家族会因为这份协定而更加强大。”

“当事人怎么说？”

斯特凡诺发出冷笑，弗朗切斯科叹气。

“你知道她的。一周前我们找她谈过。她固执己见。你是我们最后的救命稻草，只有你可以让她回心转意。”

“我？我为什么要让她回心转意？”

目光交汇，游移不定。斯特凡诺张了张嘴，弗朗切斯科抢先发言。我想，我能猜到他要说点什么。

“因为投资者是我们招惹不起的那些人。我们身处的时代动荡不安，也振奋人心。世道变了。没人可以螳臂当车。我们要跟上变化。”

“等等，我听明白你试图向我表达的意思了吧？”

“威胁。”弗朗切斯科承认了。

奥拉齐奥头一次开口。

“不只是危险。如果你们的妹妹当选了……”

他的手指划过脖子。震惊的沉默再次笼罩全员，连他自己都觉得有点尴尬。

“请各位谨记，我们，我们无能为力，”甘巴莱老爹补充说，“我们只能让奥拉齐奥参选，为了换取慷慨的投资。突然之间，罗马决定女人可以搞政治，而你们的妹妹决定参选，这不是我们的错。我们和她无冤无仇，永远不会碰她一根汗毛。大家按规矩办事。不过，那些人……”

他摇摇头。我不是天真的人，我知道一个在八十年前被强行整合在一起的国家难免会滋生出诸多巧取豪夺。总有管道应运而生供他们牟利剥削。一场战争以及战后重建能为这些管道提供无数发家致富的可能。

“坎帕纳说得对，真的。你们都是不折不扣的混蛋。”

“这个控诉不公平。我们爱我们的妹妹，我们要保护她。可时局复杂，既然有简单的解决办法。”

我哈哈大笑。

“我确信是你策划了这一出，用这种或那种方式，从你八岁起。和我说说另一件事，弗朗切斯科，你只相信上帝吗？”

在他的圆镜片后面，弗朗切斯科的目光看不真切。并非怯懦，而是看向了远方，比我们任何人都要远。

“我信仰教会，就是这样。不同于政权，不同于独裁者，教会，它屹立不倒。”

“因为从来都没有人会来质问教会是否兑现了诺言。你们知道吗？我受够了，受够了你们疯疯癫癫的一大家子。”

我和奥尔西尼家族打了三十年的交道，终究还是学会了如何扭转局面，让局势有利于我，我接着说下去：

“我不会雕刻《圣母怜子像》了。你们另请高明。”

弗朗切斯科也和米莫·维塔利亚尼打了三十年的交道，他对我知根知底，于是回答：

“薇奥拉在她的卧室。”

房门开着。她坐在写字台前面，沉浸在书本里，但她注意到我时，合上了书本。她戴了眼镜，椭圆形的，外框用了动物的角，这个样子的她我从未见过。

“我不知道你要戴眼镜看书。”我拿起眼镜说道。

薇奥拉没回答，她兴致盎然地打量起我。我把眼镜放回书上，皮质的封面，书名烫金了，是从家族图书馆拿出来的。约翰·洛克的《人类理解论》。屋里唯一的光源来自她凑近读书的那盏灯。夜色沿着四壁在慢慢吞噬绿色、墙纸的花朵、流苏和穗饰，那一整个不符合薇奥拉审美的花里胡哨的世界，自打我第一次闯入这个房间，它没有任何变化。

"我在想他们什么时候派你来。"她最终轻声细语地开口了。

"薇奥拉，我知道你要对我说的话。"

"那好，既然你知道，咱们就别浪费时间了。下楼告诉他们你失败了。"

她重新打开书本。

"你不明白。他们会杀了你。或者伤害你，迫使你知难而退。这一切事关巨大的金钱利益。你瞧，或许有其他解决办法。比如，你保住自己的候选人资格，但就让他们去修那条该死的高速公路。"

薇奥拉看向我，眉毛挑起。我发起了脾气。

"我不会留在这里目睹这一切。我受不了。他们能干出更加可怕的事。"

她继续看着我，什么话都不说。怒气冲冲的我朝着软垫踢了一脚，后者滚到了床边。

"他妈的，你不能正常点吗？哪怕这辈子就正常一次？"

怒意扭曲了她的脸，但立刻被忧伤的皱纹取代了。

"对不起。我不想说这些的。"

"不，米莫，确实如此。我这一辈子都需要你来显得正常。

你是我的重心，所以你并非一直滑稽可笑。然而，我身上有某种不正常，就连你，连你都永远无法治愈，那就是，我是女人，而我无能为力。”

她要从我身边逃走了，我感觉到了，她总能从我身边逃走。我拉住她的手想要挽留她。

“离开，薇奥拉。我受够了暴力。”

“离开不会改变任何事。最可怕的暴力，是习惯。习惯导致像我这样的女孩，聪明伶俐的女孩，我是这么认为的，无法掌控自己的人生。我听多了他们的说法，连我都以为他们知道一些我不知道的事，他们有个秘密。唯一的秘密，就是他们一无所知。这就是我的兄长们、甘巴莱家族，以及其他人试图守护的东西。”

她有点气喘吁吁，脸颊泛红，仿佛她早已准备好了论据——或许她真的早有准备。

“那万一他们杀了你，谁落得好处？”

“没人能与我为敌。我经历了一切。你知道谁伤害我最深？我。我试图加入游戏。我说服自己他们说得在理。当我从屋顶跳下去的时候，米莫，我的坠落并不是短短几秒，它整整持续了二十六年。现在，全都结束了。”

她起身，笑着继续说：

“我是站起来的女人，就像那个我非常熟悉的女孩所说的。”

她的话并没有逗乐我，一点也没有。我也不再迷恋她。那一刻，只剩下恐惧。

“薇奥拉，好好听我说。我不是在开玩笑，我不能容忍他们加害于你。我可以为你挡下子弹，只要我做得到，不带半点犹豫，可这又有什么用？第二颗子弹照样会飞向你。我要你……不，我求你，最后一次，放弃吧。理智点。我们之后会找到解决办法的。我们总能找到。”

“如果我拒绝呢？”

“我马上就走。今晚。我是认真的。你再也看不见我了。”

她缓缓点头同意。之后，她从书里抽出一个东西递给我，我起初以为那是书签。那是一封密封的信。

“如果我发生了意外，我希望你能读一读它。在此之前不要打开。你发誓。”

“薇奥拉……”

“你是说认真的？真的要走？”

“你不改变主意的话，是的。”

“那么，发誓。”

我拿起信，一败涂地。

“我发誓。”

她重新投入阅读，不再瞧我一眼。在罗马的那些岁月，我上过几次赌桌，输过很多钱，也曾赢得盆满钵满。在我走投无路打算了结生命的时候，在我无所畏惧的时候，我便能赢钱。当你把赌注推到赌桌中央，必须表现得漫不经心，就好像已经在惦记其他的事儿，就好像输赢毫无所谓。一些赌场老手在我虚张声势的攻势下输掉了一手好牌。

“永别了，薇奥拉。”

我转身。出门的那刻，她叫住了我。

“米莫？”

她把两根手指放在太阳穴边上，那是道别的手势。

“再见了，法国佬。”[1]

斯特凡诺和弗朗切斯科在底楼铺了绿色大理石的大门口等我。我打从他们身边经过，没有停步的意思。

“你们全他妈的给我滚。”

弗朗切斯科脸色一黑，径直朝等着他的汽车走去。一分钟之后，当我往主路走去时，他的轿车超过我，掀起了一朵尘土云，朝罗马驶去。

我回到作坊，没有片刻犹豫。

“我们走。”我对佐佐说。

“去哪儿？”

“不知道。随便。”

“我还没去过米兰……”

夜幕低垂之际，我把行李箱扔在后座上。头顶的天空正把云朵吸进它幽暗的腹部，明明灭灭的火光在云层中燃烧。我们一路往北驶去。暴风雨如期而至，那是夏季到来前的最后几场暴雨，死亡的气息和苦橙叶的气息蒸腾、喷涌。我没有换衣服。薇奥拉的信就在我外套内侧口袋里，扔在我的行李箱边上。我取过信，掂量了下，试图透过信封看清里面的字，但车里一片漆黑，根本办不到。经过良久的天人交战，我把信放回口袋。之后，我又掏出来，启封。一张三折的信纸掉了出来，上面用绿色墨水写了几行字。

1 原文为英语。

亲爱的米莫，

我知道你坚持不了多久便会打开信，尽管你发过誓。我只是想告诉你我知道。我知道你每次背叛我，在佛罗伦萨，还有今晚劝我放弃，还有你打开了这封信，都是因为你爱我。我永远不会恨你，不会真的恨。

你亲爱的朋友，薇奥拉。

我大笑起来，神经质的笑声引得佐佐透过后视镜忧心忡忡地看向我。我们刚抵达蓬廷夫雷阿。一家客栈亮着灯光，在狂风暴雨中，橘色的光温暖、好客。

“就停在这里。”

“这里？为什么？”

“喝一杯。”

佐佐把车停在客栈前面的空地上，一棵梧桐树下。我们距离客栈只有二十来米，可还是淋成了落汤鸡。我点了两杯啤酒，一头埋进酒乡。差不多一个小时前，我的怒火像是花岗岩，黝黑闪光，棱角分明。但那是幻象，是薇奥拉施展的魔法。距离彼得拉－达尔巴越来越远，魔力也开始减弱，花岗岩现出了真身：一堆沙子。我徒劳地想留住它，怒气从我指尖流过。第二杯啤酒下肚，怒气烟消云散。

“我们不去米兰了，嗯？”

我冲佐佐笑了笑，后者露出失望的表情。

“不去了。”

“你要我现在就把你送回去？”

“我们在这里睡一晚。我又冷又累。明早出发。现在，再来一杯。”

过了午夜，我俩晕晕乎乎地爬上楼睡觉，那是 1946 年 6 月 1 日。客栈是经过改造的灰砖磨坊，依河而建。佐佐睡一张床，我上了另一张。我不太记得那晚的梦了，那是一个黏腻深沉的梦，我试图逃避某个不确切的危险。传来了枪声，或者是爆破声。

当我睁开眼睛，四周一片漆黑。我不在床上了，而是躺在房间中央，脸朝地，满嘴的尘土，双手在流血。佐佐在我边上咳嗽，四肢趴地。他想开口说话，摇摇头，又继续咳嗽。空气滞重得像是石膏。必须通风。必须离开。鲜血流进我的双眼。我转头望向窗户。

没有窗户，没有墙壁，只有黑夜垒起的巨大屏障。

麦加利地震烈度

Ⅰ级

无感，只有仪器能检测到。

Ⅱ级

十分轻微，只有少部分人在合适的位置能感知到。

Ⅲ级

轻微，少部分人感到摇晃，悬挂的物件会摆动，类似小型货车驶过而产生的震动，未必会被认为是地震。

Ⅳ级

中等，大多数人能感觉到摇晃，吊灯晃动，悬挂的物件轻微摆动，类似大型货车驶过。

Ⅴ级

接近强烈，睡者惊醒，物件掉落，液体溢出，门自动开合。

Ⅵ级

强烈，建筑物造成轻微损坏，玻璃窗震碎，树木和灌木丛移位，小型钟自鸣。

Ⅶ级

十分强烈，难以保持平衡，烟囱倒塌，建筑物损坏，池水变浑，大钟自鸣。

Ⅷ级

剧烈，某些建筑物出现部分倒塌，雕塑从基座上掉落，有少量受难者。

Ⅸ级

破坏性的，某些建筑物被完全摧毁，另一些建筑物毁坏严重，地下管道断裂，受难者分散在各地且人数众多。

Ⅹ级

毁灭性的，大量建筑物完全摧毁，出现大量受难者，地面开裂，桥梁、堤坝损害，铁路扭曲变形。

Ⅺ级

灾难性的，城市居民区遭到摧毁，受难者数量惊人，山泥倾泻，地表开裂形成深渊，海啸来袭，堤坝断裂，交通中断。

Ⅻ级

巨灾，所有建筑物被夷为平地，地貌发生改变，地面起伏不平，地壳移动，生还者寥寥。

1946年6月1日凌晨三点四十二分，一场麦加利地震烈度XI级的地震袭击了彼得拉－达尔巴及其周边地区。我们下榻的客栈没有受难者，因为我俩是当天唯一的客人。面向河流的客栈外立面倾颓了，客栈成了一栋玩偶屋。女主人在马路上歇斯底里地大喊大叫。我们尽其所能地让她冷静下来，接着佐佐发动汽车。早上五点，我们朝彼得拉－达尔巴驶去。雨停了。

道路在好几处被切断，要么是开裂要么是塌陷，我们一番努力之后全都克服了。在距离彼得拉－达尔巴十公里的地方，一段二十米长的马路消失不见了。我们只得丢下汽车，下到河床，再从另一边爬上来，继续闷头赶路。路过了一处昨晚见过的小村庄，被夷为平地。没有一点声音，只有一只母鸡在废墟上溜达。下午时分，一次余震震得我俩脸贴在地上。公路另一头，山上的泥浆倾泻而下，在森林中画出一道褐色的痕迹。松树像柴火一样被折断。

我们在日落前回到了彼得拉－达尔巴。肮脏、疲惫，身上满是污泥和干掉的血迹。当我俩踏上高原，佐佐流下了泪水。空气中弥漫着焙烧石头的气息。村庄没有了。什么都没有了，除了教堂的一截。高原变得面目全非，地面高低起伏，歪歪斜斜，仿佛即将倾倒。我开始奔跑，在坑坑洼洼的道路上跑得上气不接下气，我抄近路穿过田野，扭伤了脚踝，摔倒在地上又爬起来，浑然不觉疼痛。我们路过作坊，谷仓成了一堆木板，一半的房子倒塌了，院子中央以前饮水槽的地方，奇迹之泉如间歇泉喷涌而出。我未作停留——维托里奥和我的母亲都在热那亚——一直跑向奥尔西尼别墅，沿路的农田被一位疯狂的神明划出了道道伤痕。迎接我的是那头熊，我十六岁时为薇奥拉雕刻的熊。它被抛到了低处，滚到了大门附近，断成两截。

奥尔西尼别墅和它美丽的绿色窗帘，奥尔西尼别墅和它的装饰、它的镶木地板，我曾经胆敢用我的鲜血玷污它，全都不在了。泥浆和树木的混合物覆盖住了一半的废墟。别墅后面的森林滑落下来，光天化日之下暴露出一道骇人的伤口，这番景象不由得使人想起采石场。只剩下一百来株柑橘树屹立不倒。

我扑向废墟，搬动我能搬动的石头，又向一根大梁发起进攻，后者纹丝不动，直到我发觉佐佐的手搭上我的肩头。我推开，继续搏斗，直到疲劳战胜了我。我从残垣断壁上滚落下来，处于半无意识状态，额头撞开了道口子。佐佐把他的外套披在我身上。

“米莫……没用的。等待救援吧。”

我不知道救援需要多久才能到，也不知道他们能怎么做。我和佐佐无处可去，那一夜是在临时搭建的窝棚中度过的，我们把几块木板抵在石头上，两人依偎在一起。这是我来到高原之后第一次感受到纯粹的寂静。没有鸟叫，没有虫鸣。荒凉不会发出声音。晚上大雨倾盆。突然之间，他们出现了。身穿制服的人们乌泱泱地赶来，大声下达着一道道指令，看到我们的时候发出了欢呼声。霞光照耀下，我们披上了厚实的羊毛毯。那天早晨，高原的粉色异常艳丽，仿佛崩裂的石头吐出了最后一口气息，释放出长久以来积攒的色彩。

最先找到的是薇奥拉，临近正午时分。她的卧室位于顶楼，处于没有被泥石流覆盖的那一半。我听到叫声便跑了过去，全然不顾旁人阻挠。一名工兵把她交给站在较低处的另一人，后者双手穿过她的胳肢窝接过尸体，继而蹲下将其放平。薇奥拉一丝不挂，满是尘土。我跪在她边上，抚摸她的脸，然后扯过一截窗帘，盖在她身上。奥尔西尼家族和死亡缔结了奇怪的条约：死亡会带走他们，但不会摧毁他们。薇奥拉的兄长维尔吉利奥被发现时也是躺在被撞得稀巴烂的车厢旁边，她也完好无损。完好无损，除了几处擦伤，以及爬满了她的双腿、双臂、躯干的触目惊心的疤痕，在她振翅飞翔三十年后，我从未亲眼见过。直到此时此刻，我才能估量她的创口面积，估量她在坠落之后忍受的痛苦。她的右腿，膝盖以下部分有些扭曲。但给予我会心一击的是她的脸。我一直以为她的嘴唇太薄了，是我搞错了。丰满的嘴唇形成了一个圆润的微笑，现在的她再也不用咬紧牙关。一缕秀发落在沉睡者的脸上，我用手指轻轻拨开。我那破碎的薇奥拉。佐佐为我哭泣。

斯特凡诺和他的母亲在这天结束时被拉出废墟，还有西尔维奥和别墅的工人。侯爵的遗体出人意料地从未找到。我和佐佐南下热那亚，受到维托里奥、安娜和两位母亲的迎接，他们全都吓坏了。我被迫在医院留院观察一晚，因为头上有道伤口。第二天，我迫不及待地穿上衣服，穿过医院前台，走进火车站。

当天傍晚，我头上缠着绷带穿过作坊，菲利波·梅蒂吃了一惊，但他没有表现出来。我径直走向我的大理石，一把拉开盖在上面的篷布，抓起雕刻刀和锤子，全力以赴地向石头发起进攻。那一夜，我终于哭了，泪水伴随着飞溅的石屑。临近午夜，梅蒂送来一碗汤，我心不在焉地囫囵吞下，然后继续雕刻。一小时后，我瘫倒在刚开工的石头边上。

有双手把我扶起来，有声音在窃窃私语。有人登上楼梯，门吱呀打开。接着，有人把我放在床上。一只干燥、温柔的手抚上我的额头，然后脚步声远去。我有三天三夜没睡了，最终沉溺在最初的遗忘之中。我在师父的家里待了一年多，现在我看得见了，可以审视我的《圣母怜子像》了。

地震造成四百七十二人死亡，差不多是彼得拉－达尔巴的全村人口，但仍是沧海一粟，比起1908年死了十万人的墨西拿地震，1915年死了三万人的阿布鲁佐马西卡地震，后两次地震同样定为麦加利XI级。双胞胎兄弟、他们的母亲还有我的母亲因为前往热那亚旅游，侥幸活了下来。奥尔西尼家族惨遭灭门，除了弗朗切斯科，他当天晚上离开村庄返回罗马。安塞尔莫神甫和其他人将性命还给了满目疮痍的高原，它曾见证了每一个人的出生。专家解释说，圣彼得之泪教堂穹顶上的裂缝就是灾难的先兆，本应引起大家的警觉。只有侯爵明白了这点，可没人理解他的话。几个月之后，我五味杂陈地读到一篇报道，一名科学家在阅读了关于教堂裂缝的文章之后，曾写信给村长提醒此事。可他从没收到过回信。我内心的一部分，最诗意、最阴暗的部分，时至今日仍在思索，那封信是否恰巧在埃马努埃莱的邮包中，在他被吊起来之前被抢走的邮包中。或许有一天有人会在矮树丛里找到它，开裂的皮包里面封存着风干的信纸，连带着微不足道的警示。

地震之后，在我们的村庄之下，另一个村庄的遗迹显露出来，可能是因为一场类似的灾难在13世纪时将其夷为平地，而人们已然遗忘了相关记忆。没有什么白金王宫，没有白化病人，薇奥拉曾笃信这些，整个地下网络被完美地保存了下来，而在五百年后，小托马索·巴尔迪带着他的笛子迷失在其中。彼得拉－达尔巴的墓地，命运的讽刺，是唯一幸免于难的地方。它的力量胜过岩浆。

由于没有其他候选人，奥拉齐奥·甘巴莱在幸存下来的村庄推举下当选。高速公路项目在彼得拉－达尔巴发生地震后被搁置——在危险丛生的山谷中修建公路乃愚蠢之举。1960年，高速公路A6在更远的西边穿行而过。

1946年6月2日，我的同胞投票赞成共和制。翁贝托二世流亡海外，二十一名女性第一次当选为意大利议会议员。

我一年多没有离开佛罗伦萨。白天雕刻，晚上偶尔继续干，我不需要任何助手，除了梅蒂。一天早上，他出现了，但凡是一只手能完成的工作都由他协助我完成。我俩只是简单地点头示意。玛利亚从石头当中浮现出来，正如我所见，接着是她的儿子。模模糊糊的存在经过雕琢、打磨、抛光，逐渐清晰。1947年冬季某天，我往后退了一步欣赏我的作品。外面天寒地冻，而我卷起了衬衫袖管，满头是汗，炉灶并没有点燃。梅蒂走进作坊，领着一个男孩，约莫十二岁，拎着行李箱，似乎有些迷茫——新来的学徒。他把手搭在男孩肩上，默默靠近。

这几个月用来抛光的砂纸从我僵硬的手中滑落。梅蒂绕着雕塑转了一圈。他摸了摸玛利亚的脸庞，那种柔情我见过，然后是她儿子的，缓缓点头，连续数次。他的左手本想伸向并不存在的右手，又作罢。

“有些缺憾我们无法恢复。”

在所有见过我的《圣母怜子像》的人当中，我相信只有他能看懂。男孩仰头，张大了嘴，端详雕塑。

“是您创作的吗，先生？”他怯生生地问。

他让我想起了曾经的自己——我俩身高相当。

“你有一天也能做到。”我向他保证。

“哦，不，先生，我想我没这个本事。”

我和梅蒂交换了眼神。接着，我把凿子放到男孩手里。

“好好听我说。雕刻，简单得很。只要去掉故事、逸事的表皮，那些没用的表皮，然后直抵故事本身，那是关乎我们所有人，我和你以及这座城市和整个国家的故事，故事我们不能减损，要原原本本地保留下来。那时候，你就停止敲击凿子。明白了吗？”

“没有，先生。”

“不是‘先生’。”梅蒂纠正，“你该叫他‘师父’。”

我的《圣母怜子像》初次亮相是在佛罗伦萨的主座教堂。弗朗切斯科前来发表演讲。他看上去更加严肃了。地震带走了他的一丝轻快，而我先前从未在他身上留意到这点。起初，什么都没发生。我避开媒体，这是我的照片最后一次登上本地报纸。接着，最早一批反应出现，事态扩大。我的《圣母怜子像》转移至梵蒂冈，情况越来越糟。后续的事情，全世界都知道了。当然了，只是在嘴上说说而已。只有少数知晓内情的人知道，梵蒂冈压下了这件事。

他们给了我便利，让我和她在圣弥额尔修道院长相厮守，他们把她藏在了这儿。我活了千百回，不需要再多活一回。我度过了生命中最后的四十余年。不能算是完完全全的修士，我要承认。我时不时离开修道院去探望我的母亲、朋友，偶尔还去看看我的塞尔维亚公主。在相拥的怀抱中，我们试图遗忘那衰老的肉体，效果差强人意吧。

我的母亲，那位在我的生命中间歇性存在的母亲，于 1971 年因肺部“交响乐”去世，享年九十八岁。她的双眸变淡了，不再是暮色的深紫，而是勿忘草的颜色。我及时赶到医院。她抚摸我的脸庞，低语：“我的好儿子。”

维托里奥和安娜这对小老头老太一直生活在热那亚，还有埃马努埃莱做伴。经历了大地的扭曲变形之后，两个人的距离反倒给拉近了，相扶到老。佐佐六十三岁，他们的女儿玛丽亚再小两岁。接到温琴佐神甫电话的那刻，他们一定会伤心难过的。事关你们的朋友米莫……

我的《圣母怜子像》引发的丑闻势必牵连到奥尔西尼家族，给弗朗切斯科带来麻烦。庇护十二世于 1958 年去世，众人属意龙嘉利主教，弗朗切斯科在后续选举中也没有更多胜算。而今，他是一抹佝偻的红色暗影，出没于主教会议和教皇选举会。不过，我猜，他终究是坦然接受了。

除了梅蒂，没人理解。我翻看了报告、鉴定结果、民科的疯言疯语，全都荒诞不经。那位就我的《圣母怜子像》写了专著的教授，他某种程度上接近了真相，他声称我认识玛利亚。确实如此。不过，他和其他人一样被我的障眼法给诓骗了，这个障眼法是薇奥拉教我的，她可以大变活熊。

魔术师会刻意引导众人的注意力。玛利亚不是薇奥拉。关于玛利亚，我参考了安娜的脸庞，她是那个名叫彼得拉－达尔巴的村庄最纯粹的温柔。

看一看基督。看一看薇奥拉。我雕刻的基督就是我那天在废墟瓦砾中看到的薇奥拉，那伟大而残破的躯体，双腿微微扭曲，胸脯几乎没有，平躺的姿势更是拉平了胸部，长发遮住了脸庞。是个女人躺在那里，勉强算是雌雄同体吧，但她有女性的锁骨，女性的胸脯，女性的胯部。众人的目光在期盼一个男人，于是看到了一个男人，可是，所有感官记录下的都是女性特质，而这种女性特质因为几乎隐而不见反而更具爆发力，狂热的教徒把她钉上了十字架，那种情感冲动产生了断裂。有些观众适应下来，耸耸肩。其他人，更加敏感的人，产生了强烈反应，甚至表现为欲望，对于无法理解的人——我的意思是，对于所有人而言，简直是无法解释、荒唐至极。他们在其中找寻魔鬼和科学，还有天知道的什么东西，其实只有薇奥拉。那个薇奥拉，我在不情不愿的情况下，背叛了她，否认了她，就连圣彼得都会痛哭流涕。

是的，我的兄弟。那天，身处废墟瓦砾，我明白了，我看见了。你们委托我雕刻一尊《圣母怜子像》，意在达成和解。圣母在为基督伤痕累累的躯体哭泣。可事实是：如果基督受苦受难，请您别见怪，基督是位女性。

我想知道事情会如何发展。跨过那一步，咽下最后一口气。万一话说到一半我就要离开？悬而未决的话语，没有了下文，美妙的沉默，如释重负？当我的灵魂被带离肉体时，或许我该牢牢抓住我的床？

特拉蒙塔纳风、西洛可风、利贝乔风、泽菲罗斯风和密史脱拉风，我要用所有风的名字来呼唤你。

我爱过我的人生，我那作为艺术家卑劣懦弱、背信弃义的人生，正如薇奥拉教会我的，当你离开心之所爱，必然恋恋不舍。我感到有人握住了我的手。一位修士，或许就是亲爱的温琴佐本人。

特拉蒙塔纳风、西洛可风、利贝乔风、泽菲罗斯风和密史脱拉风，我要用所有风的名字来呼唤你。

啊，科努托，科努托！和我们说说离别吧。唱起那小调！

安吉利科修士的壁画要在电闪雷鸣中欣赏……

温琴佐抬起头，皮埃蒙特清晨的寒冷令他瑟瑟发抖。他起初以为是晨曦唤醒了他，但它才刚刚显露，将些许粉色涂抹在窗玻璃上。接着他醒悟了。他守护的那个男人紧紧握住他的手，显得焦躁不安。他呼吸急促，双眼圆睁——他看不见了。

温琴佐机械性地摸了摸脖子上的钥匙。事后，他会去看看《圣母怜子像》。一次，一次，又一次，直至搞明白。或许雕塑家想在离开人世之前告诉他。*再看一看*。或许他错过了某个细节，某个微乎其微却足以掀起革命的细节。

紧握的手慢慢松开。最后一次摆动，最后一声嘀嗒，时钟即将停摆。远处，阿尔卑斯山刚刚和地平线分离。那依然漆黑的天空中，一点亮光画出一道慵懒的轨道。

米莫·维塔利亚尼，生于鸟儿啁啾的世界，消逝在卫星的注目下。

感谢亚历克西娅·拉扎－勒帕热帮助我登上屋顶，感谢德尔菲娜·比尔东提供了金合欢花香水爆炸的想法以及我俩长达四十五年的友谊，感谢萨曼莎·博尔代带来的阳光。

感谢洛朗·巴罗尼和让·古尼的拉丁语课程，还有最初的场景以及雪中罗马。

译后记

你还愿意再相信一次浪漫吗？

2023 年 9 月我去过一次巴黎，彼时《守护她》铺满了书店橱窗，人人都说它是“文学返校季”最瞩目的明星，媒体乐意谈论它，大众也愿意买单，要做到被两边认可不是件容易的事儿，但《守护她》做到了，并在两个月后众望所归地摘得法国最高文学奖项——龚古尔奖。

《守护她》为什么能获奖？这个高深的问题还是留给评论家来解读吧。我第一次读完小说只想到两个字：回归。

对经典叙事的回归。20 世纪的“新小说”浪潮打破了小说叙事传统，作家不再以讲故事为首要目标，转而从结构、技巧等方面实现突破，当法国文学在炫技路上狂奔半个世纪多之后，让-巴蒂斯特·安德烈亚却反其道而行之，他就是要娓娓道来一个酝酿许久的故事。

然而，在快节奏时代，快到连看个电影都想快进或者用倍速观看的时代，大家会疑惑：有必要读一个长达 600 页的故事吗？毕竟，用短视频来解说的话，两三分钟就能说完故事梗概。但故事的迷人之处恰恰在于细枝末节：米莫和薇奥拉“私奔”到佛罗伦萨，在漆黑的夜晚，两人静静地欣赏安吉利科修士的《圣母领报》，“雨点重重击打在我们头顶的屋檐上，绵延不绝。我吹灭了灯，交由闪电引导我们从一间房走到另一间。有那么转瞬间，在青色、金色、橘色、粉色和蓝色汇聚而成的风暴中，我俩的友谊重又焕发了色彩。”薇奥拉哭了，她说永远不会忘记那个晚上。翻译到这段时，我想着，在我垂垂老矣之际，我或许不记得自己经历过的事，但米莫和薇奥拉度过的那晚于我而言是莫大的慰藉，那绚烂的色彩同样涂抹在了我的个人记忆之上。

那就让我们偷得浮生半日闲，暂时地回归慢节奏，沉浸在故事之中，和主人公同悲同喜同命运。米莫和薇奥拉的故事，可以归为成长小说[1]，他俩初登场时才十几岁，穷得一文不名的石匠学徒和古灵精怪的贵族小姐，抛开墓地那次见鬼——米莫撞见了在墓穴里悼念哥哥的薇奥拉，两人正式认识源于米莫的“坠落”，米莫从别墅屋顶摔下来，摔进了薇奥拉的房间，而她之所以会对米莫产生兴趣，只因他说自己会飞。两人的宿命就此开启，“坠落”和“飞翔”这对反义词伴随了他俩一生，为他俩的每个人生节点写下注脚。

我起初把译后记的标题定为《你还愿意再相信一次浪漫的爱情故事吗？》，但思虑再三，删去了“爱情故事”这几个字。米莫和薇奥拉的关系并不能简单定义为爱情，在和作者对谈时，他表示并不想给两人的关系下定义，因为爱本身就是一个广义的词。确实，米莫和薇奥拉亦师亦友，就像一面镜子，真实地映照出对方 / 自己的优点和不堪。他俩的灵魂可以共振：

---

1 成长小说，亦称启蒙小说，起始于18世纪末期的德国，是西方近代文学中常见的一种小说的形式，以一位主人公的成长、发展经历为主题，如《魔山》《红与黑》《大卫·科波菲尔》。

米莫帮助薇奥拉制造飞行器，尽管这个计划异想天开；米莫为了践行十年之约披星戴月地从罗马赶回家乡，气喘吁吁地靠在墓园墙壁上，薇奥拉也如约而至；当薇奥拉失踪后，米莫凭直觉在森林中找到了在陪狗熊度过最后时光的她。爱同样生恨，薇奥拉一度憎恨米莫投靠了墨索里尼的法西斯政权，米莫则恨薇奥拉不再是当年那个勇敢的女孩，反倒成了丈夫的花瓶、家族的吉祥物。他俩都恨对方的坠落，因为他俩确信对方本可以成为更好的人。那分分合合、兜兜转转的半个世纪，米莫和薇奥拉从稚嫩的少年到沧桑的中年，他俩既互相救赎也在自我救赎，他俩都铭记着当年的墓地誓言："米莫·维塔利亚尼，您会帮助薇奥拉飞翔，您永远不会让她摔落在地上。""而我，薇奥拉·奥尔西尼，我发誓会帮助米莫·维塔利亚尼成为这世界上最伟大的雕塑家，我发誓永远不会让他摔落在地上。"

然而，在薇奥拉看来，十六岁生日的那一跃标志着她往后的人生就是一条不断下坠的抛物线。我问过作者，《守护她》是否算女性主义小说。他一如既往地反对定义，他笔下的薇奥拉强悍、聪明、独立、高傲，也温柔，她为了争取和男性一样生活，要付出很多努力，进行许多斗争。如果有读者认为《守护她》没有大女主爽文的快感，那我必须指出，这是时代背景所限。故事发生在20世纪上半叶，薇奥拉有的只是贵族身份和地位，其余的权利，她比米莫还匮乏：她没有上大学的权利，没有独立处置财产的权利，没有参与公共事务的权利，甚至没有人生自由，她这辈子几乎都被困在小镇彼得拉–达尔巴，心心念念想去大洋彼岸的美国，到头来只能去一次影视基地。作为一个贵族女性，她的人生由父亲、兄弟、丈夫轮番操控和利用，父亲用她和其他家族联姻，丈夫用她来换取贵族头衔，以装点商人身份，即便是最懂她的哥哥弗朗切斯科，也通过她来操控米莫。她试图从这些男性手里夺回主动权，第一次公开抗争便是十六岁那一跃，也是她和米莫两条命运轨迹的分叉点，此后，米莫冉冉上升为雕塑界的明日之星，薇奥拉则被困在婚姻的束缚中日渐枯萎，她的坠落“整整持续了二十六年”。命运对薇奥拉是残忍的，她的梦想一一夭折：没法飞翔，没法上高等学府，没法去美国，没法参加选举……在身不由己的下坠过程中，薇奥拉仍不忘记救赎米莫，避免了他的坠落。她为米莫分析时政，向他揭露法西斯的暴行，这使得米莫终于在授勋仪式上和墨索里尼政权划清界限。薇奥拉是个复杂而迷人的角色，我刚才已列举了她诸多优点，而我最钦佩她的决绝。她这一生屈从过社会规则，打算随波逐流做贤妻良母，但内心觉醒的火苗从未熄灭，米莫规劝她退出选举，甚至以自己的离开为要挟，薇奥拉不为所动：“她把两根手指放在太阳穴边上，那是道别的手势，‘再见了，法国佬。’”她固然知道自己会因此性命堪忧，但这一次她决不让步。薇奥拉试图再一次飞翔，只是造化弄人，地震不期而至，砖瓦坠落，她最终折翼。这是一个女性长达半个世纪的抗争史。米莫则用自己的方式为这段抗争画上了句号：他让薇奥拉成了受难的基督。

米莫和薇奥拉互为镜像，相辅相成，这对宇宙双胞胎的羁绊超越了时间和空间，坚不可摧。谁不羡慕这样的关系呢？我在视频连线时问过作者，怎么会想到“宇宙双胞胎”这个表达？他回答说，他写过一首歌，就叫《宇宙双胞胎》，用来纪念他和我妻子的相识。我看着大屏幕上他绽放的微笑，那一刻，我的心灵被击中了，仿佛看到了浪漫的具像化。

我们身处21世纪上半叶，在《守护她》的故事发生百年之后，我们不屑于说爱了，或者疲于说爱了，我们日复一日地生活、工作，只是为了维系随时可能崩塌的物质世界，看似一无是处的浪漫没了依着之地。《守护她》却不合时宜地回归了浪漫的基调，带着理想主义，带着对人性的美好期许。这是这部小说最打动我的地方，它让我跳脱出了庸常的生活。古灵精怪的薇奥拉确信躺在坟墓上就能和去世的人沟通，米莫一度以为薇奥拉可以大变活熊。听来着实荒唐可笑，但我们宁愿相信，相信了这些“不可能”，才会有勇气挣脱生活的窠臼。我需要浪漫来温暖世界。

我用了一年时间来翻译这个故事，在此过程中，AI技术有了重大突破，大家又开始讨论：翻译和写作是否会被AI替代？我对科技一向持乐观态度，AI在不远的将来确实能简化人类的工作吧。但这并不妨碍我继续翻译小说，如果我真的喜欢它，这是一种纯粹自发的行为，因为人有讲故事、传播故事的本能。写作或者翻译类似于手艺活儿，每一个匠人出品的东西都各有千秋，也各有瑕疵，不似机器出品的又快又完美，但它们蕴含了“人气儿”，是独一无二的创作。

付出时间和心血来完成一件事，唯愿悦己悦他人，这是我理解的浪漫。

黄雅琴

2025年3月于上海